平川祐弘決定版著作集◎第10巻

小泉八雲

西洋脱出の夢

平川祐弘

勉誠出版

目次

小泉八雲——西洋脱出の夢——

第四章　稲むらの火……174

第五章　異端児の霊の世界——来日以前と以後のハーン——……196

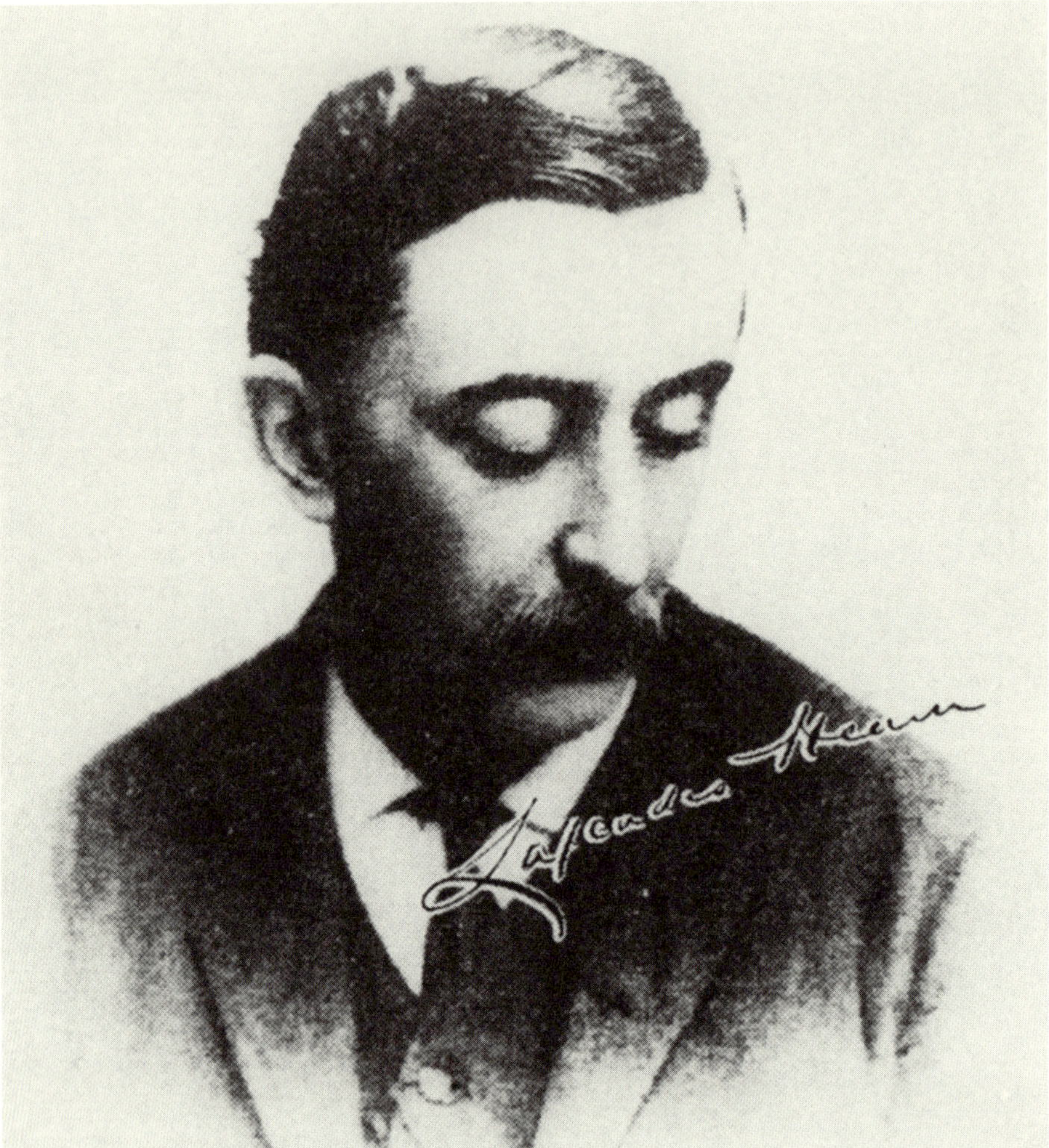

三十九歳頃の小泉八雲（フィラデルフィアにて撮影）
（松江、小泉八雲記念館）

凡例

一、本著作集は平川祐弘の全著作から、著者本人が精選し、構成したものである。

一、本文校訂にあたっては原則として底本通りとしたが、年代については明確化し、明かな誤記、誤植は訂正した。

一、数字表記等は各底本の通りとし、巻全体での統一は行っていない。

一、各巻末に著者自身による書き下ろしの解説ないしは回想を付した。

一、各巻末には本著作集のために書き下ろした諸家の新たな解説を付すか、当時の書評や雑誌・新聞記事等を転載した。

底本

本著作集の底本は講談社学術文庫、一九九四年刊である。

小泉八雲
――西洋脱出の夢――

第一章　小泉八雲の心の眼

ニューオーリーンズの朝

ラフカディオ・ハーンは片目で、しかもその目もひどい近視だったが、耳はなかなかさとい人であった。まだアメリカ南部で貧乏暮しをしていたころ、『夜明けの声』Voices of Dawnという記事をニューオーリーンズの『アイテム』紙、一八八一年七月二十一日号に寄稿したことがあった。それにはニューオーリーンズの初夏の朝を賑《にぎ》わす物売りたちの英語の声が、イタリア系、黒人系、フランス系、スペイン系などの訛りとともに実に鮮やかに活写されている。朝の陽光が通りに溢れると同時に、町には肉声の広告が始まる。鳥屋が通りの開《あ》いている家の窓に首を突っこんだと思うと、

「鶏《とり》は鶏、奥さん、鶏は鶏」

と叫ぶ。その鳥屋の踵を踏むように、

「レモン、いいレモンだよ」

とレモン売りが、また林檎売り、苺売りが続く。眼付きは多少凶暴《きょうぼう》だが、深いバスの声の持主はイタリア移民の物売りで、ドアが開いていると人の家の中まで無遠慮にはいりこんでいきなり（何を売るつもりなのだろう）、

「お負けだよ、奥さん、お負け」

とまるで雷の轟くような大声を立てて、黒い燃える瞳《ひとみ》でじっと見つめる。ミシシッピーの河口の町は、レース状のヴェランダ造りもいかにも南国で、開放的で、どこか牧歌的でさえあった。物干竿を売る人が、晴れた日には何マイル先へも届きそうな声で、喉をふるわせながら、

「もの、ほ、ほ、ほ、ほーしーざーおー」

と呼ばわるが、その声はテナーとしても、それはそれは見事であった。——そのようなハーンの新聞記事を読むと、南北戦争が終った後のアメリカ南部の日々の生活はこうであったのか、と一種ノスタルジアに似た感慨さえも湧いてくる。なるほど日本ではいまでも金魚売りの声が聞え、夜、石焼芋を売る声も聞えるかもしれない。しかし竹竿や旗竿を売る人がいるにしても、携帯《けいたい》式のマイクでもって、

「さおやー、竹ざおー」

とやられると、聞く方は閉口してしまう。その竹竿にもきっとどぎつい色《ペイント》が塗ってあるのだろう。ハンディ・マイクを通すと声も濁り、人情も薄れる。かつての詩情も消え失せてゆく。アメリカの田舎にしても、竹竿屋の声は、

“Clo - ho - ho - ho - ho - ho - ho - se - poles !”

と肉声でもって遠くから聞えてくる時、人々ははじめて昔懐しさを覚えるにちがいない。もっともそうした（直訳すると）、

「きものー、ほ、ほ、ほ、ほすさおー」

といった物売りの声は、今日の大都会ニューオーリーンズの市中ではもちろんのこと、ルイジアナ州の田

舎にだって、求めるべくもないのだろうが。

比べるとアメリカの風俗の変遷は、旧大陸よりよほど速いようだ。前世紀、南欧から食いつめた連中が一旗あげに移民して来た落着き先の一つがアメリカ南部だった。しかし行商人の物売りの声がいまでも聞えるのはもうその合衆国ではなくて、本国イタリアの山奥の方である。肉断《にくだ》ちの金曜日など、アペニン山中の町で「魚《ペーシェ》！　さかなあ！」という呼声を聞いて、はじめは何事かと私も窓を開けたことがあった。またこれはもう廃れたことかもしれないが、木下杢太郎によれば、

マドリイに来てまづ聴くは水売の声である。Agua《アグア》, agua《アグア》, quien《キエン》 quiere《キエレ》 agua《アグア》 ? Agua《アグア》 helada《エラダ》, fresquita《フレスキタ》 como《コモ》 la《ラ》 nieve《ニエベ》！（水、水、水はよしかえ。冷い水、雪のやうにつめたい水。）と女、男が売りあるく。

とゴーチエの『エスパニヤ紀行』に記されているという。そのゴーチエを愛読し、英訳したのがハーンで、みなそれぞれ其国其俗《そのくにそのぞく》を愛した人たちであった。

さまざまな物売りの声の面白味を伝えるには、どうしてもハーンの原《もと》の英語をそのまま引かねばならない。一八八一年は明治十四年に当るが、そのころから日本の安物の扇子《せんす》はもうすでにアメリカ南部にまで輸出されていた。

“Cheap fans !”

と行商人が呼び声を立てると、その声がハーンの耳には実際、

“Jap - ans !”

と叫んでいるように聞え、また、

“Chapped hands !”

と叫んでいるようにも聞えた。安物の扇子「チープ・ファンズ」が「ジャップ・アンズ」日本、と聞えたり、「チャプ・ハンズ」あかぎれの手、と聞えたりした、というのである。それはハーンが実際に日本へ行くまだ九年も前のことで、極東行きのことなど夢にも考えていなかった時期である。それなのにハーンが安物の扇子から日本を連想し、女子供の皹《あかぎれ》した手を思い浮べたらしいのは、不思議な縁という気もする。ハーンは自分でも、日本と知りあいになったきっかけはニューオーリーンズの市街電車の中で人が忘れた日本製の扇子を拾ったことだ、とどこかに書いていたように記憶する。

New Orleans は「新しきオルレアン」の地名が示すように、摂政オルレアン公（一六七四―一七二三）の時代にフランス系の移民が開いた町で、つい先年まではフランス語の新聞も出まわっていた。いまでもフランス人そっくりの顔立ちの男がいて、鼻下《びか》に髭など蓄えているが、そうした伊達《だて》な男《ムスタシュ》がこれまたフランス人そっくりの顔立ちの女と南部訛りの英語を話している。なにか映画の吹きかえを目のあたりにするような気分である。町の名前にも **Désirée** などというフランスの女の名前がついた区劃もあった。「デジレー」は、生れて来て欲しい、欲しい、と親が望んだ女の子がついに生れた時につけられた名前である。それでその **Desiree**（デザイアとアメリカ式英語では発音する）行の市街電車とか「天国」（これも地名である）行の市街電車とかがつい先年まで実際に路面を走っていた。それをもじってアメリカの近代劇の一作家は「欲望という名の市街電車」*A Streetcar Named Desire* などというどぎつい芝居を書いたのであった。

そのようなテネシー・ウィリアムズの荒々しい男女関係の劇中世界に比べると、百年前のハーンのいたころのニューオーリーンズは性《セックス》の面でもずいぶん慎しみが深かったように思える。ハーンは「上品な耳には聞くに耐えない言葉を大声で呼ばわってまわる男もいるが、しかしその実その行商人は上等のじゃがいも fine potatoes を宣伝しているに過ぎない」とさりげなく書いている。察するに「ファイン・ポテート」が叫びようによって「インポテントー」とハーンたちの耳には聞えたのに相違ない。ニューオーリーンズの夜明けの物売りの声はまるで英語の謎なぞ遊びのようである。ハーンはこんないたずらも書いた。

"Tom - ate - toes !" Whose toes ? We should like to know.

「トムが足の指を食った!」誰の足の指を? 一つ調べたくなるじゃないか。――トマト売りが、トマトを三音節に分けて売る声を、ハーンはわざとそう聞き違えて興じたのだった。そうした嘘っぱちの中には最高級の黄色絵具《オーカー》を売る声も混じっていた。

「オーカー、A。オーカー、A!」

この"ochre - A"といういかにもA級の黄色絵具を売るかに聞える声は、実際はオクラを売っていたのだろう。昨今日本でも食卓にあらわれる――ねばねばするさやで濃厚にした鶏のスープなどに出てくる――オクラ okra である。あの青物の原産地はどうやらアメリカ南部やカリブ海の島々であったらしい。ハーンはそうした住み心地のよいニューオーリーンズの夜明けの声を写しながら、

「人間ちょっと閑雅《かんが》な心があって、ちょっと自分で楽しもうという気さえあるなら、朝、日の出とともに陽光《ようこう》が金《きん》の液体のように部屋へ流れこむ時、その陽光とともに自分の家へはいりこんで来る物売りたちの声

にも必ずや耳をかすだろう。そうすれば人間必ずや楽しい、楽しい想いをするだろう」と書いて、この短い新聞記事（後に *Creole Sketches* に収む）を結んだ。ハーンが三十一歳の時のことで、ようやく文名も高まろうとしていた。

松江の朝

ところでハーンの愛読者なら、ニューオーリーンズの夜明けの声を聞いて、はたと思い出す節があるだろう。それはハーンが、それと同じ筆法で松江の夜明けの声を書いているからである。

ニューオーリーンズで開催された大博覧会の日本の部で日本からの展示品――その中には漆塗《うるし》りの光沢をもつ綿で作られたこおろぎや色様々なバッタ、また機織《はたおり》が急いで機《はた》を織る時のような鳴く音《ね》をたてるこおろぎもいた――に心惹かれたハーンは日本から出張してきた服部《はっとり》一三事務官に日本の様子をいろいろ聞いた。ロティに心惹かれたこともあるハーンは産業主義や能率万能主義の米国を離れて、西洋以外の異国の土地へ脱出したかったのである。それで一八九〇年、明治二十三年、三十九歳の時にハーンは日本へ渡って来た。ギリシャ人の母親に幼くして生き別れ、カトリックの信者の大叔母の手で育てられながら後にそのキリスト教にも反撥したハーンは、ギリシャの多神教の世界にたいする憧れを心に秘めていた。しかし今日のギリシャでは実際誰一人アポロンの神もゼウスの神もデルポイの神託も信じてはいない。それなのに日本では八百万《やおよろず》の神々がいまなお生きて尊崇《そんすう》の対象となっている。チェンバレンの英訳で『古事記』を読んだハーンは、神々の国出雲へ行こうと進んで決心をした。そして先にニューオーリーンズで会った服部一三が文部省の学務局長になっていたという奇縁にも恵まれて、チェンバレンの推薦で松江の中学校へ英語教師として赴任した。鉄道はまだ姫路までしか通じていなかったので、中国山脈は人力車で越えて鳥取県に入り、米子《よなご》から小さな汽船で中海《なかうみ》を渡り、大橋川をさかのぼって宍道湖畔《しんじこはん》の松江に着いた。その「神々の国の首都」で迎えた朝の印象をハーンは次のように書いている。

松江の一日の最初の物音は、寝ている人のちょうど耳の真下から、まるでゆっくりとした、巨大な脈の鼓動のように伝わってくる。それは枕を揺《ゆす》りあげるような、聞えるというより肌に感じられる、大きな、おだやかな、鈍く響く音である。心臓の鼓動のように規則的で、なにかにくるまれたように深いところから伝わってくる音である。それは米搗《つ》きの杵《きね》の重たいずしんと響く響きなのだ。その音は日本の暮しの物音の中で一番哀感を誘う音のように私には思える。

ハーンは米搗きの杵の音に目をさまして「ああなるほど自分は杵築《きづき》の地へ来たのだな」と大地の脈搏の鼓動 **the Pulse of the Land** を感じて感動した。手名椎《てなづち》、足名椎《あしなづち》の国、大国主命の国へ来たのだな、という深い実感であった。

それから川向うの洞光寺《とうこうじ》の大きな鐘が町の上に鳴り渡り、続いて近所の材木町《ざいもくちょう》のお地蔵様のお寺の太鼓の音が朝の読経《どきょう》の時を告げた。やがて朝早くから物売りに来る人たちの物売りの声が聞えた。

「大根《だいこ》やーい、蕪《かぶ》や蕪」

「もややもや」

もやは炭に火を点けるためのたきぎである。ハーンがローマ字で綴った **“Moyaya-moya!”** などの、明治二

十三、四年の日本の田舎の県庁所在地の朝の物売りの声は、私たちの耳にもいかにも懐しく聞える。横文字で読むと母音《ぼいん》に力がこもって「やーい」「やー」と長く強く引かれて発音され、懐しさがひとしお昭和生れの人の身にもしみる。

やがて宿屋の庭先から、灌木の茂みで姿こそ見えないが、柏手《かしわで》の音が、一度、二度、三度、四度と聞える。雨戸を繰って人々が石段を降り、大橋川の水で顔を洗い、口をすすぎ、お日さんに向って四たび手を打つ。すると長い、高い、白い木の大橋の上からも、まるでこだまするように柏手の音がはね返ってくる。川の上のこの小舟からもあの小舟からも。その舟の上で半裸《はんら》で裸足《はだし》の漁師がやはり東を向いて頭を垂れている。柏手の音は急に激しくなり、まるで四方八方から一せい射撃をしているようである。天照大御神《あまてらすおおみかみ》にお祈りし、今日様《こんにちさま》に感謝し、また中にはさらに西の方を向いて杵築《きづき》の大社《たいしや》におまいりする人もいる。東西南北に手を打つ人もいる。

「はらいたまい、きよめたまい、と神いみたみー」

ハーンは神道《しんとう》の祈りの言葉のaiという母音の配列にほとんど詩的な魅惑《みわく》さえ覚えた。

やがて日々の働きに出てゆく人々が宍道湖に面した木の大橋を下駄ばきでからころからころ渡ってゆく。あの下駄の速くて、陽気で、小刻みな音楽――あれはまるで大きな踊りのようだ。松江の人が皆朝、あの時刻、踵《かかと》を地につけないで爪先《つまさき》で動いている。なんという光景! なんというすばらしい下駄の音楽! ギリシャの壺に描かれたような男女の脚、脚、脚!

ハーンは松江に来てしみじみと幸福を味わった。『日本の庭で』ではハーンはあるいは強く、あるいは嫋々《じようじよう》と鳴く山鳩の声を次のような大小のローマ字に綴った。その声に心動かされることのない人はこの幸せな大和島根《やまとしまね》に住む資格の薄い人だ、とさえ言いきった。

Tété
poppō,
Kaka
poppō,
Tété
poppō,
Kaka
poppō,
Tété……

No European dove has such a cry. He who can hear, for the first time, the voice of the yamabato without feeling a new sensation at his heart little deserves to dwell in this happy world.

かつてニューオーリーンズの夜明けの声をルポルタージュして名声を博したこの新聞記者は、出雲へ来てからも、同じように耳を澄し、松江の夜明けの音を通して、神々の国日本の庶民の宗教的な心性を西洋人読者に伝えたのだった。ハーンの文章は明治二十年代の日本の地方都市の生活を伝えて、当時の日本人の作家の誰の文章よりも、懐しい文章となっている。また貴重な、正確な報道ともなっている。新聞記事を書くことが同時に短篇を書く訓練にも通じるだけの推敲《すいこう》と吟味《ぎんみ》を重ねたハーンであったから、それで明治日本の人の心も驚くほど正確につかむことができたのだ。またそれを表現するだけの筆力も持ち得たのだ。

イタリアでもフランスでも、短篇《ヌヴェル》と新聞報道《ヌヴェル》は起源的に同根といわれる。今日あれだけの発行部数を誇る日本の大新聞や週刊誌の記事の中から、日本文学史に残るに足るような記事は一篇も出ないのだろうか。ホーフマンスタールはハーンの小品を目して、「最高度に教養のある、真面目で、内実のあるジャーナリズム活動の所産」と評したが、もしそれだけの記事がどうしても出ない、というのなら、日本の新聞文化もずいぶんわびしい、空しいものとなってしまう。戦後来日してハーンについて伝記研究を試みたフランスの英文学者マルセル・ロベールはその間の機微《きび》にふれてこう書いている。(1)

ルポルタージュ記者の仕事《メチエ》がフローベールやモーパッサンの弟子であるハーンにとって最初の修業の場であった、と考えるのははたして根拠のないことであろうか。それにフローベールの『サランボー』のごときも、見方を変えれば、魔術のごとき幻惑《げんわく》に満ちた一箇のルポルタージュと呼び得るのではあるまいか。

家庭のない人、ある人

アメリカ時代のハーンの閲歴をたどると、なるほどああした人だから日本へ来てこうした文章を書いたのだ、と合点される節が多い。両親に見捨てられ、莫大《ばくだい》な財産も親戚の者に横領《おうりよう》され（と本人は信じていた）、信仰も失い、文無《もんな》しで渡米し、活字拾いからようやく犯罪記事担当の記者となったハーンは、自分自身の中にある不安や恐怖を犯罪記事の中へ投影させた。当時のハーンの記事は怖ろしいのでセンセーションをまきおこしたが、いま読返すと二十代のハーンの文章の中にも後年日本へ来て怪談に傾倒するあの性癖がすでにありありと看取される。

ハーンは劣等感にさいなまれた人でもあった。短身矮軀《たんしんわいく》で——「日本に来て初めて人並の身長者となった」と萩原朔太郎は書いたが、丈は五尺三寸であったらしい——左眼は醜く潰れ、右眼も飛び出していた彼は、自分は白人の女とは結婚できない、と感じていた節さえあった。それに転々と職を変えたので、収入は自分一人食うのがやっとであった。アメリカ時代のハーンは、一時黒人の血の混った女と同棲したことはあったが、home というものは無かった。その家庭を持てなかったハーンがどうしたことか先の『アイテム』紙の一八八一年一月八日号に Home という題で一文を寄せている。後に *Creole Sketches* に収められたこの話は次のように始まる。

ニューオーリーンズに三十年来住んできた人が昨日記者（ハーン）を訪ねて来て、この町の特徴をかいつまんでこう話した。

「要するにここは結婚しない限り自分の家庭というものが持てない土地だね。私は三十年努力して結局失敗したよ」

その話を枕に、ハーンは読者の愛郷心に訴えつつ次のように反論する。人間誰しも年を取り、髪に霜が置くにつれ、家庭生活の安らぎに憧れを覚えるのは人情の自然だろう。しかしよほどの大金持でない限り、結婚しないで家庭生活の幸福を手に入れようとするのは無理な注文だ。ニューオーリーンズの土地柄が悪くて家庭の安楽が手にはいらないのではない。

だが——とハーンはそこで話を自分の問題に引き寄せてゆく——だが世の中には目先を転々と変え、異国の風土で新しい友達と知合いになり、新奇な体験を重ねることがいわば生活の必要となってしまった、現代世界のボヘミヤンとも称すべき連中がいる。結婚もせずぐるぐる放浪してまわる以上、金《きん》の苔が身につくはずもない石ころ連中だ。

しかしそうした別クラスの人間にも、幼年時代の追憶がある以上、家庭という観念は心中にしっかり根づいている。居心地のよい部屋、上等な食事、行届いた心遣い、なにかしたり考えたりする自由、出掛けるのが名残り惜しく、夕方帰宅すればほっとくつろげるあの家庭、楽しげな家人の出迎えの挨拶、悦《よろこ》んで吠える犬、炉端に据えられた快適な椅子……

ハーンはそのように家庭の幸福をかぞえあげ、心からそれを讃えて、さらに臆面《おくめん》もなく書いた。

だが女の人の心遣いがなくてどうしてこうしたもろもろの幸《さち》を手に入れることができようか？　女は家庭の魂である。女がいないならば、そこにあるのは高々、家具調度と煉瓦の壁にしか過ぎない。女がすべてを美しく変えるのだ。女がいない限り幼年時代に私たちが知ったあの家庭の幸福は得られない。女がいない限り、どこの何番地に住んでるとは言えても、どこの何番地に家庭を持っているとは言えない。He has no home!

その真剣な語気には、相手の冷笑を封ずる迫力がある。ハーンは生真面目にアングロ・サクソン流の home, sweet home の理想を讃えた。それは所詮《しょせん》自分のものとはなるまいと思っていた家庭の幸福だったが

……

ところが『アイテム』紙に下宿屋の独身者の侘住居《わびずまい》の味気なさをかこつこの記事を書いた十年の後、四十を過ぎたハーンは、はからずも日本の松江で家庭生活の幸福にめぐりあうのである。明治二十四年のラフカディオ・ハーンと小泉節子の結婚については双方の打算ということもあるいはあったであろう。松江に来てハーンははじめて安定した地位についた。島根県尋常中学校の英語教師というが、当時は島根県にただ一つしかなかった尋常中学校であり、その生徒はいまの島根大学の学生よりなおいっそう選ばれた少数者《エリート》であった。それだから、明治の欧化熱という時代背景も手伝って、ヘルン先生の社会的威信《プレスティージュ》は今日の地方大学の外人教師よりはるかに高かったのである。

アメリカ南部で貧乏な記者暮しに慣れていたハーンは日本でもルポルタージュを書こうと思っていた。そのために進んで日本の生活習慣に自分をあわせようと心掛けていた。しかし県庁のお役人にとっては県として二人目の英人教師のお出迎えである。富田旅館では双方の御対面のために市中から椅子やテーブルを特に借りてきた。ところがお湯から出たハーンは宿屋が出した白浴衣が大層気に入って、それを着て二階の八畳の間にちょうど日本人のように腰をキチンと曲げて坐ったので、これを取囲むようにして威儀を正して椅子に腰掛けたお役人方の恰好は、さながらお白洲《しらす》で罪人でも取調べるような珍妙な図となってしまった。そうした滑稽な情景をかいま見て半世紀後に物語った人たちは宿屋のおかみやお手伝いさんだが（桑原羊次郎『松江に於ける八雲の私生活』、昭和十五年、による）、面白おかしく話すのが癖といえ、職業柄やはり異人のお客さんの一挙手一投足《いっきょしゅいっとうそく》をよく見ていたと思う。

その生真面目さにおいてコミカルな面もなくはない県庁側の出迎えであったが、八月三十日ハーン松江到着、九月二日知事面会、九月五日授業開始、とはまたなんと手筈のよく整った日本側の受入れ態勢であろう。県知事はハーンをよく催し物に招き、彼が病んだ時、令嬢に鶯を届けさせた籠手田安定《こてだやすさだ》である。その鶯の鳥籠はいまも松江の小泉八雲記念館に大切に保存されているが、それを見ると明治の人はお雇い外国人を手厚くもてなしたものだと思わずにはいられない。またその熱誠にこたえて外人教師がよく働いたという面もあったのに相違ない。それに日本の中学生が書く英作文の一つ一つがハーンには日本人の心性を知る上の手がかりともなった。島根県がハーンに支払った給料もずば抜けて高かった。それでハーンは松江に来て、アメリカの友人に得意気に報じた通り、庭つきの家中屋敷《かちゅうやしき》に住まうこともできたのである。ハーンが非常な愛着をこめてその庭のことを書いているので（『日本の庭で』）、実際に根岸家を訪ねた人は実物の庭が存外手狭《てぜま》なのに意外の感を抱くらしい。しかし三方に庭のある家を借りられたということが、かつての文無しの、下宿屋住いのハーンにとっては、それは素晴らしいことだったのである。しかもそこには妻がいた。上等な食事、行届いた心遣い、夕方帰宅すればほっとくつろげる家庭があった。**He has his home!**

「ヘルンさん言葉」

縁組後暫くして前夫《ぜんぷ》為二が出奔《しゅっぽん》してしまった、という辛い目にあったことのある、「余ッぽど橋の上から投身しようかと思った」（小泉一雄『父小泉八雲』による）こともある、貧窮した士族の娘で、当時満二十三になっていた小泉セツが、高給取りの外人さんの妻となったについては、いろいろ訳もあったであろう。四十歳を過ぎたハーンの側では、日本語もよく通ぜず、生活もなにかと不如意《ふにょい》なので、身近に土地の女を置いたのかもしれない。節子が喜んで異人さんの奥さんになったとは思われないが、その間の詳細はぼかされたままである。がとにかく明治二十四年二月ごろ、節子は十七歳年上のハーンの事実上の妻となった。当初はたがいに言葉もよく通ぜぬ、けったいな同棲であったろう。その節子がハーンに愛情を覚えたのは、子供らが宍道湖《しんじこ》の渚で沈めては上げていじめていた猫の児を節子が貰い受けて家に連れ帰った時、ハーンが、

「おお可哀想の小猫」

と言って、びっしょり濡れてぶるぶるふるえているのを、そのまま自分の懐に入れて暖めてやった時だった。小泉節子は『思ひ出の記』の中で遠縁の三成重敬《みなりしげゆき》に筆記させて、

「その時私は大層感心いたしました」

と述べているが、くだけた言葉で言えば、夫の優しい心根《こころね》に自分もじーんときた、ということにちがいない。ハーンは自分自身が捨て猫のような境涯に置かれた人だったが、そしてそのためにかたくなな一国者《いっこくもの》になったきらいもなくはなかったが、けっして優しさを忘れたことはなかった。

ハーンと節子は合性《あいしょう》の、仲のいい夫婦となった。それでも当初は言葉が通じないから、松江中学校の教頭でハーンにとって真に良き友となった西田千太郎が家に寄っては通訳をしてくれたこともあったらしい。ハーンと節子が西田をどれほど徳としていたかは『思ひ出の記』の冒頭の次の文章からも察せられる。

学校は中学と師範の両方へ出てゐました。中学の教頭の西田千太郎と申す方に大層御世話になりました。二人は互に好きあつて非常に親密になりました。ヘルンは西田さんを全く信用してほめてゐました。「利口と、親切と、よく事を知る、少しも卑怯者の心ありません、私の悪いこと、皆いうてくれます。本当の男の心、お世辞ありません、と可愛らしいの男です。」お気の毒なことにはこの方は御病身で始終苦しん

でいらつしやいました。「ただあの病気、如何に神様悪いですね――私立腹」などといつてゐました。また「あのやうな善い人です、あのやうな病気参ります、ですから世界むごいです、なぜ悪き人に悪き病気参りません。」東京に参りましても、この方の病気を大層気にしてゐました。西田さんは、明治三十年三月十五日に亡くなられました。亡くなつた後までも、「今日途中で、西田さんの後姿見ました、私の車急がせました、あの人、西田さんそつくりでした」などと話したことがあります。似てゐたのでなつかしかつたといつてゐました。

ハーンが松江で知りあったこの年若い友人は、まことに立派な人柄の日本人だった。『西田千太郎日記』は昭和五十一年島根郷土資料刊行会の手で公刊されたが、それを読むとこの二十九歳の島根県尋常中学校教頭（または校長心得）がハーンのために尽したことの深きに心打たれる。中には、

明治二十三年十月二十六日
島根県教育会ノ集会アリ、予モ常議員ニ当撰ス。此日突然両三回咯血シ止血剤ヲ服シ、エルゴチンノ皮下注射ヲナセシガ、予テ約束アリ止ムヲ得ズヘルン氏ノ長演説ヲ通弁ス。

などという悲壮としか呼びようのない記事もある。ハーンはこの友の厚意に次の形で報いた。西田の日記をまた引くと、（ハーンはもう松江にはいなかったが）、

明治二十八年四月八日
ヘルン氏新著、*Out of the East* 亜米利加出版書肆ヨリ送リ来ル。巻首ニ"To Nishida Sentaro in dear remembrance of Izumo days"トアリ。

この英文は巻首《かんしゅ》にペンで記したのではない。活字に印刷させて、ハーンは出雲の良き日々の思い出に『東の国より』を西田千太郎に献じたのである。西田もハーンと毎週のようにつきあい、談話し酒を酌《く》み、時を移してたがいに得るところが多かったのであろう。しかし西田にしても、また後にハーンを助けてその識見を惜しみなく提供した雨森信成にしても、明治人としてのいうならば愛国心から、日本の心を海外へ伝えてくれるこのハーンに協力したのだろう。こうしたハーンと肝胆《かんたん》相照した日本人がいたことを有難いことと思わずにはいられない。

西田はハーンに会った最初の日（明治二十三年八月三十日）「割合ニヨク日本ノ生活法ニ慣ル」と観察した。しかし二人とも英語を使ったせいか西田はハーンの日本語にはふれていない。

それに反し節子の『思ひ出の記』にはハーンの日本語の語り口が直写されていて面白い。初めは節子も英語を覚えようとしたが基礎的知識がないため全然と言ってよいほど上達しなかった。ハーンは、ニューオーリーンズや西インド諸島では原住民の不思議なフランス語を覚えたり、その歌を書き写したりしたように、外国語の学習に手慣れたところがあった。それだから日常の日本語の単語も言い廻しもずいぶんよく覚えた。しかし文章の仕事に追われ忙しかったので系統的に学習したことはなかった。それで「ヘルンさん言葉」という夫妻の間だけで通ずるテニヲハを欠いだ面白い日本語が出来あがったのである。妻の節子も夫と話す時は、夫の片言流の日本語を自分も使ったのである。その夫妻の会話を萩原朔太郎は『小泉八雲の家庭生活』で、羨望《せんぼう》の情を禁じ得ず、次のように評した。

ヘルンの奇妙な言葉を、真に完全に理解し得たものは、彼の妻より外にはなかつた。さういふ場合に、妻もまたヘルンさんの言葉を使つて応答した。二人の仲の好い成人《おとな》が、子供の片言のやうなことをしやべり合つて、何時間もの長い間、笑つたり戯れたりして居る風景こそ、おそらく真にフェアリイランド的であつたらう。さうした夫婦の会話は女中や下僕には勿論のこと、子供たちにさへもよく解らなかつた。「内のパパとママとは、だれにも解らない不思議な言葉でだれにも解らない神秘のことを話してゐる」と、学校へ行つてる男の子が、自慢らしく仲間の子供に語つたほど、それは奇妙な別世界の会話であつた。（子供と会話する時には、ヘルンは多く英語を用ゐた。）

その二人の会話を証拠だてるものはハーンと節子の間の手紙だろう。ハーンの節子宛の手紙（第一書房版『小泉八雲全集』別冊に収む）には最晩年のハーンの妻を愛する気持がやさしく出ている。ハーンは避暑先の焼津から留守宅へこう書き送った。西洋人で自分の妻を「ママ」と呼んだ例はないとはいわないが珍しいに違いない。(2)

小サイ可愛イママサマ。
ヨク来タト申シタイアナタノ可愛イ手紙、今朝参リマシタ。口デ言ヘナイ程喜ビマシタ。

ママサマ、少シモアブナイ事ハアリマセン。ドウゾ案ジナイデ下サイ。今年ハ一度モ夜ノ海ニ行キマセン。乙吉《オトキチ》ト新美《シンミ》ノ二人ガ、子供ヲ大事ニ気ヲ附ケマス。一雄《カズヲ》ハ深イ所デ泳イデモ危イコトハアリマセン。

此ノ夏ハクラゲヲ大変恐レマス。然シヨク泳ギ、ソシテヨク遊ビマス。

アノ成田様ノオ護符《マモリ》ノコトヲ思フ。アノイハレハ可愛ラシイモノデス。

私少シ淋シイ。今アナタノ顔ヲ見ナイノハ。未ダデスカ。見タイモノデス。

蚤ガ群ツテ集マルノデ眠ルノハ少シムツカシイ。然シ朝、海デ泳グカラ、皆、夜ノ心配ヲ忘レマス。

今年私ハ、小サイタラヒノオ風呂ニ二三日毎ニ入リマス。

焼津　八月十七日

パパカラ

可愛イ子ニ、ソレカラ皆ノ人ニヨロシク。

小泉八雲

小サイ可愛イママサマ。

今朝成田様ノオマモリガ参リマシタ。パパハ乙吉ニヤリマシタ。スルト大変喜ビマシタ。（中略）

ママニ願フ。自分ノ身体ヲ可愛ガルヤウニ。今アナタ忙シイデセウネ。大工ヤ壁屋ヤ沢山ノ仕事デ。デスカラ身体ヲ大事ニスルヤウニクレグレモ願ヒマス。

私今日ハ忙ガシカツタ。本屋ガ校正ヲヨコシタカラ。然シモウ皆スマセマシタ。

巌ト一雄、丈夫デ可愛ラシイ。海デ沢山遊ビ黒クナリマシタ。乙吉ハ二人ヲ大事ニシテクレマス。勉強毎日シマス。
サヨナラ、可愛イママサマ。
オババサンニ可愛イ言葉。
子供ニ接吻。

焼津　八月十八日

小泉八雲

萩原朔太郎がこの情緒纏綿《じょうちょてんめん》たる手紙――新婚当時ではなく、結婚十数年、すでに三人の男児と一人の女児の親となっている晩年の手紙にいたく感動し、再婚しても妻と姑とうまくゆかなかったわが身の上と引き較べて、手放しに感嘆したことは知られている。西洋風の愛情の形容をそのまま日本語に持ちこんでいるから――しかもそれが「小サイ可愛イママサマ」といった舌足らずの日本語表現となっているから――童話的な愛情風景をひとしお強く感じさせるのである。(実際の節子は日本女性としては大柄の方であったから、節子は夫の死後もその言い廻しを思い出しては笑った)。ハーンは子煩悩《こぼんのう》であったし、同居の節子の養母にも「オババサンニ可愛イ言葉」と伝言を頼むのを忘れない、心やさしい人であった。

「ママニ願フ。自分ノ身体ヲ可愛ガルヤウニ。今アナタ忙シイデセウネ」
「私少シ淋シイ。今アナタノ顔ヲ見ナイノハ」

この英語直訳調の「ヘルンさん言葉」の温かさ、それは生涯節子の耳を離れなかった声音にちがいない。もっとも右に引いたハーンの手紙は読者にわかり易いよう修正されている。日本通として著名なハーンの日本語知識がこれしきのものか、ということが世間に知れるのをハーンもおそれたし、死後遺族もおそれた。それで公表に際しハーンの次男稲垣巌が文章に手を入れたのである。原文はもっと稚拙《ちせつ》であったろう。また稚拙なりに魅力も秘めていたであろう。参考にハーンの日本語の実際を示す、一九八〇年現在原文のままで公表されている唯一の手紙(3)（焼津発　玉木光栄《あきひで》宛）の冒頭をここに掲げよう。

アキ・チヤン・ニ

アナタ・ノ・シンセツ・ノテガミ・ヲアリマス・アリガト・ワタシ・イマ・大ジヤウブ・デス・ビオキ・アリマセン・シカシ・カタイ・ノ・ゾリ・カラ・アシノユビ・ヲ・スコシ・イタイ・サクネン・ノ・ヨナ・イマ・ウミ・ノ・ミズ・イツデモ・スコシ・サムイ・デス・シカシ・クラゲ・ワ・ナイ・

しかし「ヘルンさん言葉」で書かれた手紙は実はこれ以外にも存する。それは節子が夫ハーンのためにやはり「ヘルンさん言葉」で書いたからで、東京から節子は次のような返事を送った。明治三十七年夏のことである。

パパサマ、アナタ、シンセツ、ママニ、マイニチ、カワイノ、テガミ、ヤリマス。ナンボ、ヨロコブ、イフ、ムヅカシイ、デス。アナタ、カクノエ（絵）、ヒキフネノエ、オモシロイ、デスネー。ワタシラ、ハヤクやいづエ、マイリマスト、パパノカオミルト、オモシロイノ、コトバ、キク、大《だ》いー、スキ。百日、ミマシタ、ナエノヨナ、パパノカオ、ト、カワイノ二人ノムスコ、シカシ、ユメ、マイバン、ミマスヨ。

アア、シカタガナイ、イマ、大久保ノイエニ、ダイク、アリマス。パパサマノ、カワイノ、ベンキヤウノ、マ（間）ト、ストウフノ、マ、ナオスデスヨ。パパオカエリノ、トキ、ナンボ、キレイ、ト、ベツニ、ト、ナリマシヨーヨ。ワタシ、やいづニマイル、二十五日マタハ二十六日デ、シヤウ。デンポオ、アゲマスヨ。パパノカワイガルノ、バシヤウ（芭蕉）、大キ大キデス。ナンボ、タクサン、ハ、アリマス。シカシ、ミナ、ニワノ木、イイマシタ。ダンナサマ、ルス、サムシイデスネー、ト、イイマスヨ。セミ、アサカラ、ウタウ、ミン、ミン、ミン、ミン、ツク、ツク、ウイス、ツクツクウイス、ウエヨース。……ナミ、アライデス、イケマセンネー。ワダ（和田）ニユク、ミチ、ワルイ、イケマセンネー。シカシ、アメフルナイ、タクサン、シヤワセ、デスネー。TOKYO マイニチ、ヨキテンキ、アツイデスヨ。ミナ人、大ジヤウブ。シンパイ、アリマセン、ヨ。

ママ　セツカラ

八月十八日

ミナ人　ヨキコトバイイマシタ

パパサマノ、カラダダイヂスル、クダサレ

睦《むつ》まじい夫婦である。妻は笑いを含んで夫を軽く揶揄《やゆ》してもいる。ハーンの好きな話題——夢、庭の木、蟬の声をその擬声音《ぎせいおん》まで伝え、大の寒さぎらいのハーンのためにストーヴの間の修理を報じ、その上ままごとのような追伸の句で結んでいる。野田宇太郎氏は「夫ヘルンのためには、ヘルン流の片言の日本語と文字で懸命にしたためた……この手紙を判読してゆくうちに、わたくしの胸はいっぱいになり、涙を押へた」と書いているが、(4) 同感される向もあるだろう。「筆不精《ふでぶしょう》」と子供には叱られたとはいえ、普通の日本語の手紙を書くのに不自由はなかったはずの一日本婦人が、夫のためには「ヘルンさん言葉」を話し、「ヘルンさん言葉」で手紙を書いたことが尊いのである。そして妻の節子がこのような「ヘルンさん言葉」で説明しながら、日本の昔話や怪談を夫に物語って聞かせたからこそ、あのおびただしいハーンの再話文学は生れたのである。萩原朔太郎は『小泉八雲の家庭生活』という一文で、妻節子の協力に言及し、深い感動をこめて書いている。

ヘルンにとつての夫人は、……またその仕事の忠実な助手でもあり秘書でもあつた。日本字の読めないヘルンは、その『怪談』や『骨董』やの題材を、主として妻の口述から得た。怪談を話す時には、いつもランプの芯を暗くし、幽暗な怪談気分にした部屋の中で、夫人の前に端坐して耳をすました。話が佳境に入つて来ると、ヘルンは恐ろしさうに顔色を変へ、「その話、怖いです、怖いです」といつてをののきふるへた。夫人にとつては、それがまた何より面白いので、話がおのづから雄弁になり、子供に聞かすやうにしてなだめ話した。

かうした夫婦の生活では、読書が妻の重大な役目だつた。ヘルンが学校に行つてる間、夫人は暇を盗んで熱心に読書をし、手の及ぶ限り、日本の古い伝説や怪談の本を漁りよんだ。夫人が書斎の掃除をしたり、家事の雑務をしたりする時、ヘルンはいつも不機嫌であつた。「ママさん。あなた女中ありません。その時の暇あなた本よむです。ただ本をよむ、話たくさん、私にして下され」と言つた。しかしヘルンは、素読される書物の記事には、何の興味も持たなかつた。すべての物語は、夫人自身の主観的の感情や解釈を通じて、実感的に話されねばならなかつた。「本を見る、いけません。ただあなたの話、あなたの言葉、あなたの考でなければいけません」と常にいつた。それ故多くのヘルンの著作は、書物から得た材料ではなく、その妻によつて主観的に翻案化され、創作化されたものを、さらにまたヘルンが詩文学化したものであつた。それ故にヘルンもまた、自分の著作は皆妻の功績によるものだといつて、深く夫人の労に感謝した。……しかし夫人はあくまで良人に対して謙遜だつた。彼女は田舎の程度の低い学校を出たばかりで、充分の高等教育を受けなかつたので、常に自分の無学を悲しみ、良人に対して満足な奉仕ができないことを嘆き詫びた。

ある時ヘルンから『万葉集』の歌を質問され、答へることができなかつたので、泣いてその無学を詫び、良人に不実の罪の許しを乞うた。その時ヘルンは、黙つて彼女を書架の前に導き、彼の尨大な著作全集を見せて言つた。この沢山の自分の本は、一体どうして書けたと思ふか。皆妻のお前のお蔭で、お前の話を聞いて書いたのである。「あなた学問ある時、私この本書けません。あなた学問ない時、私書けました」と言つた。

小泉八雲の家庭生活

萩原朔太郎は田部隆次著『小泉八雲』を読み、その中に収められた節子夫人の『思ひ出の記』に感動した。また小泉一雄の『父「八雲」を憶ふ』にこめられた真実に打たれて、このような一篇の溢れるような讃歌を書いた。新聞記事も奇談も怪談も節子が読んで内容のあらましを彼女の言葉でハーンに伝えたからこそ数多くの作品は生れたのである。この夫妻の合作は真に賞讃に値する仕事といえよう。しかし朔太郎は良かれ悪

しかれ学者的ではなかったから、ハーンを自己の主観に即して理解し時に創作も混じえた。朔太郎がハーンを目して、

ヘルンは、魂のイデーする桃源郷の夢を求めて、世界を当なくさまよひ歩いたボヘミヤンであり、正に浦島の子と同じく、悲しき「永遠の漂泊者」であつた。

という時、朔太郎はいわば自己と同質の詩人としてハーンを捉えたのだろう。しかし晩年のハーンは家庭人として恵まれた。自己の身辺に欠けたその幸福に対する深い羨望の情が朔太郎をして『小泉八雲の家庭生活』を書かせたのである。だがその時朔太郎はいわば自分の友人室生犀星と同質の家庭人としてハーンを捉えたのだろう。そのような親友の家庭の主人ぶりを念頭に思い浮べていたからこそ朔太郎の筆には熱がこもったのである。朔太郎が、

すべて貧困の家に育ち、肉親の愛にめぐまれずして家庭的、環境的の不遇に成長した人々は、そのかつて充たされなかつた心の飢餓を、他の何物にも増して熱情するため、後に彼が一家の主人となつた場合、その妻子の忠実な保護者となり、家庭を楽園化することに熱心である。

と書いた時、朔太郎がイメージしていた人物が犀星であったことは間違いない。この『小泉八雲の家庭生活』の一文には「室生犀星と佐藤春夫の二詩友を偲びつつ」という言葉が現に題に添えられているのである。

ところでそのような、朔太郎自身の家庭生活の幸福への憧憬の念が結晶した『小泉八雲の家庭生活』の一文であってみれば――またそれを読んだ人々がひとしく感歎の念を洩したとなれば――実情は必ずしもそうでなかった、という反撥が生じるのは不可避的なことかもしれない。またハーンの日本生活がそれほど幸福なものではなかった、という説も出るかもしれない。

チェンバレンは *Things Japanese*『日本事物誌』の第五版（一九〇五年）までは手放しにハーンを礼讃したが（「細部における科学的正確さが、繊細で柔和で華麗な文体と、これほどうまく結合している例は他にないであろう。」「ハーンは誰よりも深く日本を愛するがゆえに、今日の日本を誰よりも深く理解し、また読者にもより深く理解させる。」）、死後に出た第六版（一九三九年）では「ハーンの一生は夢の連続で、それが悪夢に終った。彼は、情熱のおもむくままに日本に帰化して、小泉八雲と名のった。しかし彼は、夢から醒《さ》めると、間違ったことをしでかしたと悟った」などと書き加えている。チェンバレンは正確を重んじた学者だが、この評価はあまりに主観的傾向が強過ぎるようである。ハーンの著作を読んで日本を理想化する英米人読者の多いことを憂えたチェンバレンの反撥であるともいえようか。

ハーンが愛した日本が夢の日本であり、今日の欧化された俗悪な日本でなかったことは事実である。（しかしハーンは日本が近代化することの必要も、産業化することの必要も一面では十分理解していた）。日本でも不愉快なことや誤解はいろいろあったから、ハーンは内外の人と衝突したこともあるし、絶交したこともあった。また事実、手紙の中では相当あけすけにいろいろ不平不満も述べている。フロック・コートに対し、帝国大学に対し、文明開化そのものに対し……

何事にも感じやすい、被害妄想《ひがいもうそう》の気味さえなしとしないハーンであったから、日本に裏切られた、という幻滅に似た感情を晩年洩したこともないわけではなかった。しかしハーンにありがちな精神の暴発の言葉尻をとらえて、それが彼の日本観の結論だ、とするのは性急に過ぎるだろう。そうした定型化したハーン論は内外に存外多いが、そうした論の運び方にはあらかじめ用意された予断が強過ぎるように私には思える。たしかにハーンは日本の悪評も洩しはしたが、しかし日本の女にたいする悪口はハーンの作品にはついぞ見かけない。

『ある女の日記』のような薄倖《はくこう》の庶民の女でも、後でふれる『君子』のような芸妓《げいぎ》でも、いや、怪談奇談に出てくるお化けの女でさえも哀れ深くこそあれ、悪者はいないのである。『雪女』の妻は、夫巳之吉《みのきち》が秘密の約束を破ったので、怒って煙出しの穴から白い霧となって姿を消したが、しかし夫を殺しはしなかった。日本の民間伝承ではあるいは殺したのかもしれないのだが、ハーンの手にかかるとお化けにすらヒューマンなタッチが感じられる。

ハーンが実生活でも「オババサン」をはじめ家人を大事にしたことはすでに手紙を引いた時にふれた。お祖母様が縁側でお孫さんの縫物をしていた時、ハーンが帰宅し、夫人から「いま、お祖母様は子供のものを縫っています」と聞かされて、ハーンが「サンキュウ」と言うつもりか、お祖母様の襟元にキッスしたようなこともあった。八雲ゆかりの人藤崎ヲトキさんのこうした伝聞(5)に接すると、天保生れの稲垣トミ刀自《とじ》の擽《くすぐ》ったそうな、笑うに笑えぬ顔が目に浮ぶようである。

妻の節子にたいしてハーンは、良い意味でのアングロ・サクソン風の愛妻ぶりを示した。道案内の便ということもありはしたろうが、よく旅行にも散歩にも一緒に連れて行った。また奥様《レイディ》は直接家事に手を下さず頭を使うべきだ、という十九世紀の英国風も持ちこんだ。コック、書生、俥屋、女中などを置くことができたのは、ハーンの収入が豊かであったからだが、しかしそのように大勢使用人を置いたのは、階級差の著しかった明治時代の日本の上流階級の生活様式でもあったし、しかもそれは同時にダブリンの大叔母ブレナン夫人のお邸での生活様式に連なるものでもあった。ところでその頭を使う仕事の方だが、

「英語どころか日本語でさえ正しくは話せなかつた若い頃の事だもん、何う話《はな》いたらえゝやら判らんで、真《ほん》に困つた事もあつたがね」

と母が述懐したと小泉一雄は『父小泉八雲』の第四章で語っている。節子は結婚すると、暇さえあれば著作の材料になるような話をするようハーンから頻りに促されたというのである。幸い節子は幼少のころから人に話をせがんで聞くのが大好きで、二十歳を過ぎる頃迄その癖があったという。それで最初にハーンに話して聞かせたのが「鳥取の蒲団の話」であった。夜中「兄《あに》さん寒かろ」「お前寒かろ」と言って泣く蒲団《ふとん》の話を節子が語った時、ハーンは、

「あなたは私の手伝い出来る仁《じん》です」

と言って非常に喜んだとのことである。この蒲団の話は鳥取から来た前夫為二から聴いた話であった。士族の娘の節子は、大勢の使用人を使う上でも、立派な奥様振りであったらしい。はじめのうちこそ十七歳年上のハーンがいろいろリードしたに相違ないが、後には万事妻にまかせた。節子が相談しても、

「ただこれだけです。あなたの好きしませう。宜しい。私ただ書くこと少し知るです。外のこと知るないです。ママさん、なんぼ上手します」

と言って相手にならなかった。ハーンは自分がなすべき文筆の仕事が多いのに死期が近づいたという予感があったのだろうか。自分の屋敷を建てることについても、一切妻まかせで、節子にはこう言った。

「もう、あの家、宜しいの時、あなたいひませう。今日パパさん、大久保にお出で下され。私この家に、朝さやうならします。と、大学に参る。宜しいの時、大久保に参ります、あの新しい家に。ただこれだけです」

そして本当にその通りにした。また晩年には健康が衰えたこともあって、淋しそうに大層節子を力にした。『思ひ出の記』をまた引くと、

私が外出することがありますと、丸で赤坊の母を慕ふやうに帰るのを大層待つて居るのです。私の跫音を聞きますと、ママさんですかと冗談など云つて大喜びでございました。少しおくれますと車が覆つたのではあるまいか、途中で何か災難でもなかつたかと心配したと申して居りました。

二人の仲はざっとこのようであった。

もっともこのような、萩原朔太郎を感動させた「美しき日本の妻」のイメージにたいし、長男の小泉一雄は『父小泉八雲』で、母親の死屍《しし》に鞭打つという感じの異常な語気の文章を書いている。節子の『思ひ出の記』が、あれだけ平易なうちに達意の名文となったのは筆記に当った三成重敬《みなりしげゆき》の功に帰すべきものだ、という一雄の暴露《ばくろ》は事実その通りであろう。しかし節子の口述が上手で、しかも真実でなかったならば、三成氏といえどもあれだけの文章を書けたはずはない。結婚の当初からハーンに促されて、いろいろ日本の物語を話して聞かせた節子夫人であったからこそ、あの『思ひ出の記』の口述もできたのだと私は思う。田部隆次の分厚い伝記『小泉八雲』の中でもっとも感銘深い一章は、学者田部氏の筆になる部分ではなくて節子夫人

の『思ひ出の記』の一章であるとは、多くの読者がひとしく感じたところにちがいない。ただ節子は、文豪小泉八雲未亡人として、自分の無学を恥じ、その事実をひた隠しに隠した。それというのも、一雄（『父小泉八雲』第四章）によれば、

母は幼少の頃士族の商法で大失敗した養家にあつて、明治十二年六月満十一歳五ケ月の時、中原小学下等教科を卒業したのみで、それ以上学校へ通わせられなかつたと聞いた。勝気であつたので学校の成績も悪くなく、校長先生や県令さん代理から褒美を頂戴した事もあつたとの事。……家計を助ける為に機織《はたおり》と針仕事は熱心にやらされた由。特に機織には精を出したとの事。父と結婚する前夜迄も機を織つていたとか。一日、西田氏の案内でハーンが、機を織つているセツをそつと垣間見て、大いに憐愍同情の念を催した等のエピソードもある。

このような節子の閲歴《えつれき》がハーンの作品中にどのような形で姿を現すかはまた後でふれるが、自分の母を文豪小泉八雲未亡人として虚栄的に振舞ったと非難した一雄も、父母の相思相愛のことはよく認めており、二人の結婚にまつわる良からぬ噂さに対抗する気持もあって、この本の第二章にはこうも書いている。

父は初めの頃、母の手を見て、その荒れているのを傷ましがり、気恥しがるその皹《あかぎれ》のきれた手を父は自分の白い柔い掌で撫でさすりつゝ「あなたは貞実な人です。この手その証拠《しるし》です」と云うて労つた事を母は屢々語つている。その時西田氏も傍に居られ、父の云う種々の慰めの言葉を取次がれた由である。後年、

父も亦私へ、是に言及した事がある。ママの手足の太いのは少女時代から盛んに機を織つた為だ、即ち親孝行からだと。

そして節子も夫の死後その話を子供たちに繰返し語った由である。それは情愛の濃《こま》やかだった夫への節子の感謝の念の表白《ひょうはく》でもあったろう。

ハーンは不思議な運命のめぐりあわせで、父子二代、異国の女と結ばれた。父が自分の母であるギリシャの女ローザを捨てたために幼いハーンは不幸となった。終生父親に好感を持てなかったハーンは、長男一雄が明治二十六年十一月に生れた時、深く感動し、

「自分の子供を生んでくれる女を虐待する男も世の中にはあるのだと思い出したら天地が暫く暗くなる様な気がした」

とヘンドリック宛に書いている。また自分の子供の産声《うぶごえ》を聞いて、

「自分の体が二つある様な妙な気がした」

とも述べている。前の言葉が自分の父の所業《しょぎょう》に言及しているのは明らかだが、ハーンはその時、自分は父チャールズ・ブッシュ・ハーンと違って、我が子も、我が子の母も大事に大切にしようと思い、死んでも遺産が妻子の手に確実に渡るよう日本へ帰化する決心をしたのである。英国人チェンバレンにはそのようなハーンが理解できなかったのであろう。なおハーンの日本を見る心の眼にはこの父を憎んだ幼時体験も深く関係しており、そしてその反射作用として、日本における父子関係や父性愛を理想化することとなったが(『停車場にて』など)、それについては第五章で述べるのでここではこれ以上詳述しない。

ハーンとロティ

ここでハーンの日本を見る目をフランス文学との関係で二、三説明しよう。

ハーンは今日、『知られぬ日本の面影』などのルポルタージュ文学、『心』などの日本研究の小品、『怪談』などの物語文学によって記憶されている。英語でアメリカの『大西洋評論』等の雑誌に発表していた作家だから、いま読者は日本人の方が数多くなったとはいえ、本来アメリカ文学史上の作家である。そのハーンについて世間で知られることの薄い功績の一つに、フランス十九世紀文学の翻訳者という仕事があった。ハーンはゴーチエ、フローベール、ロティ、モーパッサンなどの英訳者としてもっとも秀れた一人といわれる。一文無しでシンシナーティに着いたハーンは次から次へ職を求め、走り使いや活字拾いの仕事に追われて、外では悲惨だった。しかし市の公共図書館の中では幸福だった。二十代のハーンはその図書館の五万部の蔵書の中に混っていたフランス文学の書物を貪り読み、当初は出版の目安もたたなかったがゴーチエの『クレオパトラの一夜』を英訳し、フローベールの『聖アントワーヌの誘惑』を英語に移しては推敲《すいこう》に推敲を重ねていた。ハーンは後に東京大学の教壇に立った時、日本の学生たちに文学修業の第一歩として、翻訳することを推めたが(『性格と文学の関係について』)、それは彼自身の体験に基く忠告なのだった。貧乏なハーンが英訳した中には、原本を自分自身では持たずシンシナーティの図書館から借りて訳した本も混っていたらしい。

「図書館にはいつも風変りな常連《アビチュエ》がいるものだが、ハーンのひたむきな態度は図書館員の敬意を呼ばずにはおかなかった」

とハーンの最良の伝記(6)を書いたエリザベス・スティーヴンソン女史は、書庫への立入りも自由に許されるようになった当時のハーンのことを想像して叙している。

二十代から三十代へかけて、彼自身のスタイルを確立してゆく道程で、フランス文学は、英文学以上にハーンに強烈に働きかけた。ところでそのような背景を知らずに、フローベールとハーンの文章を読んで両者に共通する詩情のあることを直覚した明治の一日本人がいる。その正確な判断力の持主はほかならぬ夏目漱石で、彼は英訳本『サランボー』の見返しに、

Monumental work.

戦争ハアマリ沢山過ギル

ヘルンニ此 poetry アリ。此雄大ノ構想ナシ。

と記した。まことに慧眼《けいがん》な漱石の鑑識《かんしき》であった。

当初はゴーチエに惹《ひ》かれ、フローベールを学んだハーンは、ニューオーリーンズ時代（一八七七―一八八七）にはロティに惹かれるようになった。ハーンが生れた一八五〇年は、偶然にも、チェンバレン、スティーヴンソン、ロティ、モーパッサンなども生れたと同じ年である。バジル・ホール・チェンバレンは元銀行勤めの身だったが体が弱く、病気療養のため遠洋航海に出、明治六年日本に上陸するとそのまま住みついて勉学に打込み、日本研究の大御所《おおごしょ》となった。ロバート・ルイ・スティーヴンソンは『宝島』の著者で、吉田松陰の略伝も書いたことのある人だが、光と風と夢を求めて南太平洋のサモアへ渡った。ピエール・ロ

ティはフランス海軍の士官で、軍艦の航海するままにトルコやタヒチや安南やまた日本の長崎へ寄り、明治十八年には鹿鳴館の舞踏会でワルツも踊った……　十九世紀の後半は、西洋人が欧米という天地に自足できず、西欧文明の枠の外へ進んで乗り出した時代であった。作家ばかりではない、一八四八年生れの画家ゴーガンは、はじめ仏領西インド諸島のマルティニーク島に住んだが、ついでタヒチに地上の楽園を求めた。

西欧の産業社会を重苦しい圧迫と感じ、キリスト教文明にも反撥を感じていたハーンが、父性的なるものへの反逆からも、エグゾティシズムに惹かれる理由は十分あった。ハーンも絶えず脱出を望んで、それでアメリカでも南部のニューオーリーンズまで流れて下ったのである。それもニューオーリーンズ止りではなかった。日本へ渡航する前には二年間を仏領西インド諸島で過していた。

そのようなハーンは、異国趣味《いこくしゅみ》という点からも、また印象主義作家という感受性のあり方やスタイルの点からも、ロティに強く惹かれた。ロティの作品は出版されるとすぐ読み、直接文通もした。ロティから手紙、写真、文章などを送られると『タイムズ・デモクラット』紙の文芸欄に急いで載せた。ゴーチエやフローベールを尊敬しつつ訳していたころのハーンは、いわば修業時代の生徒の立場にあった。しかし同年輩のロティは自分の一歩先を行く同志のように思えた。ハーンはロティの文学に親近性を覚えた時、自分もアクチュアルな文芸運動の第一線に出る資格があると感じたのである。ちょうど画家のモネーがアトリエを捨てて戸外《こがい》へ出たように、ロティもハーンも自分自身外へ出て、自然を、そのうつりゆく時刻の推移《すいい》において、その情調とともに、写そうとした。ただ単に客体としての場所でなく、その瞬間の印象を描こうとした。インプレショニストの画家・作家たちのこれらの狙いには、同一主題をさまざまな瞬間において捉えようとした北斎や広重の狙いと確かに共通するところがあった。ハーンの夜明けの描写は、ニューオーリーンズの朝を描いても松江の朝を描いても、素晴らしい。しかし一番すばらしいのは太平洋から見た富士山の夜明けの姿だろう。『ある保守主義者』の最終の章は、いわば文筆による富嶽真景として永く日本人の魂に訴えるにちがいない……　外国で長く苦学した、明治の反政府側の一自由思想家が船に乗っていま日本へ回帰してくる。

それは一点の雲もない四月のある朝、日の出のすこし前であった。暁闇《ぎょうあん》の透明な大気を通して青年はふたたび故国の山々を見た、――彼方遠くの高く尖った山脈《さんみゃく》は、インク色をした海のひろがりの中から、黒い菫色をして聳え立っていた。流浪《るろう》の旅からいま母国へ彼を送り届けようとする汽船の背後では、水平線はゆっくり薔薇色の焰で満たされつつあった。甲板にはもう何人かの外人船客が出て、こよなく美しいといわれる太平洋から望む富士山の第一景を眺めようと心待ちにしていた。朝明けに見る富士山の第一景は今生《こんじょう》でも、また来世《らいせ》でも、忘れることのできぬ光景であるという。皆は長く続く山脈《やまなみ》をじっと見つめていた。そして深い夜の中から峨々《がが》たる山岳の輪廓がおぼろげに見える上のあたりをじっと見まもっていた。そのあたりでは星がまだかすかに燃えていた。しかしそれでも富士山はまだ見えなかった。

「ああ」

と皆に訊《き》かれた高級船員が微笑して答えた。

「皆さんは下の方ばかり見過ぎますよ。もっと上を、もっとずっと上を御覧なさい」

そこで皆は上を、ずっと、ずっと上の、天の中心の方を見あげた。すると力強い山頂が、いま明けなんとする日の光の赤らみの中で、まるで不可思議な夢幻《ゆめまぼろし》の蓮の花の蕾のように、紅《くれない》に染まっているのが見えた。その光景を見た時、皆は心打たれてひとしくおし黙った。たちまち永遠の雪は黄色《きいろ》から黄金《こがね》へとす横切《よぎ》り、影深い山脈の上を横切り、また星々の上をも横切って来たかのようであった。日の光は地球の曲線の上をばやく色を変《へん》じ、太陽の光線がその山頂に達するやさらに白色《はくしょく》に変じた。というのも巨大な富士の裾野は依然として見えないままであったからである。そして夜はすっかり逃げ去った。おだやかな青い光が天空《てんくう》をことごとく浸《ひた》すと、さまざまな色彩《いろど》りも眠りから目覚めた。凝視《ぎょうし》する船客の眼前に光に満ちた横浜湾が開けた。聖なる富士の高嶺《たかね》は、限りない日の光の穹窿《きゅうりゅう》の中天にかかって、その裾野は依然として目に見えぬまま、まるで白雪《はくせつ》の霊のごとくであった。

流浪の旅から帰って来たその人の耳には、「ああ、皆さんは下の方ばかり見過ぎますよ。もっと上を、もっとずっと上を御覧なさい」という言葉が響き続けた。そしてその言葉は、彼の胸中に湧きあがる、抗《さから》いがたい、大いなる無限の感動と、いつか茫洋たるリズムをあわせた。するとすべてがぼーっとにじんだ。もう空高くの富士の山も、靄《もや》がはれるにつれて青から緑に色を変じつつ近づいてきた手前の岡や小山も、湾中で混みあっている大小の舟も、また近代日本の一切《いっさい》の事物も、彼の眼には見えなくなった。その時彼の心の眼に見えたもの、それは古き日本であった。春の匂を帯びてかすかに香る陸の風が彼の頬を吹き、彼の血にふれた。そして長い間かたくなに閉ざされたままであった記憶の細胞の中から、彼が一度は忘れようとつとめたもの、一旦は捨てさったものの面影を激しく揺《ゆ》さぶった。身内の死んだ人々の顔がまざまざと彼の眼前に浮んだ。もうお墓に埋められて何年も経つ故人の声がはっきりと彼の耳に聞えた。ふたたび彼は父の邸の中の小さな子供に返った。明るい一間《ひとま》から一間へ子供は駈けまわり、木の葉の影が畳の上でふるえている日の当る縁側で彼は遊んでいた。あるいはまた庭先のおだやかな緑の夢みるような平和な風景をじっと見つめていた。ふたたび彼は母親の手がそっと自分の手を握ったのを感じた。毎朝毎朝、神棚の前、御先祖様の御位牌《ごいはい》の前へ幼い足取りの自分をお詣りに連れて行ってくださった母親の手を。するといまは大人《おとな》のこの人の唇が、突然新しく見出した意味に新しく心打たれつつ、幼い日々何気なく唱えたあの単純な祈りの言葉をふたたびそっと小声で繰返したのであった。

海外に勤務していた明治の日本人が、外国人があまりに褒めるのを聞き、日本へ帰る船旅の途中、ハーンの『心』を読んだ時の感銘はいかばかりであったろう。小村寿太郎も読んだ。幣原喜重郎も読んだ。そして作中の主人公が、

"Ah! You are looking too low! —— higher up —— much higher!"

と高級船員に言われた時、その言葉はただ単に場所を差し示す句としてではなく、精神のあり方を差し示す教訓として、読む人の心魂《しんこん》に徹《てつ》したに相違ない。その時なつかしい祖国の記憶が目覚め、過去は新たな意味をもってよみがえった。そしてその時、眼前のページが涙ににじんだ明治の人もまた必ずやいたに相違ない。

ハーンは外国人の身でありながら、一八九〇年（明治二十三年）四月四日の自分自身の横浜到着の朝の印象を基に、これだけの描写のできる人だった。フランスの印象派の画家は、フランス人にとって聖なるルーアンの大聖堂の正面《ファサード》に朝日のさす瞬間を、その情調とともに、写そうとした。ハーンは印象派の作家として、刻々に推移する富士山の日の出を文筆で描こうとした。それもただ単に外的の印象のみを写そうとしたのではなかった。ハーンは内なる声に耳を傾け、人生の貴重な瞬間において、日本人の血や追憶の中によみがえる魂を捉《とら》えようとした。ハーンはキリスト教信仰はなかったが精神の世界の動きには無限の興味を寄せてい

た。母なる世界への回帰は、幼時に母と生き別れたラフカディオにとっては、永遠の主題だったからである。

お地蔵様の微笑

「私にとって一時期ロティは自然の赫奕《かくやく》と燃えあがる魂のすべてを覗き見た人のように思われました」

ハーンはチェンバレンへ宛てた手紙の一通（一八九三年二月十八日）で自分のかつてのロティへの傾倒をそのように表現した。しかしまことに奇妙なことに、ロティに誘われて来日したと思われる節もあるハーンは、日本へ来て自分とロティの資質《ししつ》の相違をまざまざと自覚させられてしまった。かつて『お菊さん』を読んで空想した日本と自分の眼で見た実際の日本と、その差のあまりに甚しいことに驚いた。ハーンにとって日本はロティの小説を通して空想したよりもずっと美しい、心美しい国だったからである。するとロティがにわかに光も色も褪《あ》せて、

「小さなつまらぬ、病的で、鼻持ならない、近代的フランス人となってしまった」

とハーンはその幻滅を語っている。そして翌明治二十七年二月には、

「ロティは日本の女に対して公平を欠いています」

とまたチェンバレンに書いている。ロティの異国趣味の散文は結構だが、長崎で女と月極《つきぎめ》で「結婚」するようなフランス海軍の船乗りの生き方は、自分の生き方とは反する、というハーンの気持であったろう。ロティの生き方は人生に倦《う》み疲れ、情に感ずる心を失った blasé の生き方である。自分はそうした生き方を是《ぜ》認《にん》できない、という徳義的な感情は、日本人の女を妻とし、その間に長男一雄が生れた時、一段と強まったに相違ない。イギリス人はつい近年にいたるまで、非西洋で土地の女と正式に結婚することを go native と

いって忌《い》み嫌った。それをあえてしたハーンは、在日英国人で日本人妻を捨てるような者がいると、それまで親しく交際していても突然つきあわなくなるような一国《いっこく》さがあった。ハーンは異邦の女を妻とし後にそれを捨てた父チャールズ・ブッシュ・ハーンを許さなかったように、横浜や神戸の外人居留地の西洋人のある者の行動を憎しみの眼で見ていたに相違ない。日本人の妻を捨てるような仕打ちは、日本人として正式に小泉家の籍にはいったハーン自身に対する個人的侮辱のようにすら思えたに違いないのである。

ロティとハーンを区別する一線は人間観（日本女性観）であろうが、その冷たさと温かさとは、大西忠雄教授も『へるん』誌上で指摘されたと記憶するが、二人の石地蔵を見る目にもおのずから反映している。日光へ行く道すがら、たまたま見かけた地蔵尊《ぢぞうそん》についてフランスの印象主義作家は次のように描写した。

花崗岩《かこうがん》で出来た地蔵様が、ずいぶん古い地蔵様が、間を置いて、灌木の茂みや茨の下に並んでいた。やがて渓谷の流れに沿って、一群の地蔵様が、少くとも百ぐらいあったと思うが、ずっと並んでいた。皆似たり寄ったりで、暗い河床をしぶきをあげながら流れる水を眺めているらしかった……

すこぶる醜い、小人《こびと》のような地蔵たちである。なにか悪《あく》を働いているにちがいない。歳月と地衣類《ちいるい》が地蔵たちの顔形《かおかたち》を食い荒してしまった。ある時は長い耳の一つが落ち、ある時は鼻が欠けている。どの地蔵の前にも草の上に黒い灰が汚く湿って固まっている。線香の滓《かす》である。夏ここへ来た巡礼たちが上げていったのであろう。活字が印刷された赤や白のお札《ふだ》が地蔵の腹の上に無暗に貼ってある。参詣《さんけい》の時節にここへ来てお詣りをしたりお願い事をした人々の名刺代りというべきお札《ふだ》だろう。秋の雨がその紙をぐしゃぐしゃに濡らしていた。

ロティの観察は、このように外面からするスケッチで、「醜い、汚い」印象を細かくとらえている。小人《グノーム》という言い廻しは、不恰好な、地霊的なものに対するロティの嫌悪感の表明でもあろう。悪を働く、病的な、不健全なものとして、ロティは道端に並ぶ苔の生えた片輪の石地蔵にいわば違和感を覚えたのである。――西洋でも聖像の前で香を焚き、絵馬に似たさまざまな額も奉納し、道端の壁龕《へきがん》におさめられたマリヤ様に果物などお供えをする。時にはその果物が雨に打たれて腐っていることもあるのだが、そうした地方の風物や農民の心を不信心のロティは長い船旅のうちにわすれてしまったのだろうか。

ハーンのお地蔵様に対する感じ方はロティとよほど異なる。『東の国より』の中には『石の仏様』という一篇があるが、熊本時代の思い出をハーンは次のように書いている。第五高等学校の授業の合間に空きがあったので、ハーンは裏山へ登ってみた。ばったが飛び、無害な蛇が草むらを匍って過ぎた。日光は燦々と眼下《がんか》の肥後《ひご》平野に降り注いでいる。

私の脇に、石の蓮の台《うてな》の上に坐った仏様がいらした。加藤清正の時代にもこのように坐っていらしたのだと思う。半眼《はんがん》に瞼《まぶた》を閉じて瞑想《めいそう》的な眼差《まなざ》しで官立高等学校やその騒々しい生活を斜めに見おろしていらっしゃる。その微笑は人から侮辱を受けようとも瞋恚《しんい》の炎を燃やすことのない方の微笑である。それは仏師が刻んで出来た表情ではない。苔《こけ》と石垢《いしあか》とが歪めてしまった表情だ。よく見ると仏様の両手も欠けている。なにかお気の毒な気がして、仏様の額《ひたい》の小さな象徴的な隆起から苔を落して進ぜようと思った。

……

ハーンの理解は、このように内面からする共感であった。彼は仏像の両手が折れているのに気がついた時、「お痛わしい」と感ずる心の持主なのである。ロティにとって石像は異質なものだったが、ハーンにとって、石仏《ストーン・ブッダ》は「仏様」と訳した方がすなおなように、内に穏やかな感情を秘めた、生きたなにかなのである。ハーンは周囲の日本人がお地蔵様や仏様に対して覚える感情を彼自身のものとして石仏に対した人なのである。

ハーンがお地蔵様に寄せる愛着の深さを感じさせる文章はほかにもいくつかあるが、『日本人の微笑』の中の次の考察は忘れがたい。ハーンはイギリス人の深刻な表情と日本人の微笑を浮べる表情の違いの由って来たるわけをいろいろ考えて、ふと前に京都で一夜見かけた情景を幻のように思い出す。町名は忘れたが、たいへん人ごみのする街燈《がいとう》の点《とも》った町を心をはずませて自分は歩いていた。ハーンは小さなお寺の門前にあるお地蔵様を見に道を折れた。そのお地蔵様は美しい少年で「その微笑は神々しい写実の一端を示していた。」以下ハーンの目撃した光景を訳すと、

私がじっと眺めていると、十歳くらいの幼い子が私の脇へ駈けよってきて、お地蔵様の前で小さな両掌《りょうて》をあわせると、頭を垂れ、ちょっとの間黙ってお祈りをした。その子は遊び仲間からたったいま別れてきたばかりらしい。はしゃいだ遊びの楽しさがその童顔にまだ光っていた。そしてその子の無心の微笑は石の地蔵様の微笑に不思議なくらい似ていた。自分は一瞬その子とお地蔵様と双子《ふたご》であるかと思った。そして考えた。

「銅でできた仏像の微笑も石に彫まれた仏像の微笑もただ単なる写生ではない。仏師がその微笑によっ

て象徴的に示そうとしたものは、これは日本民族の、日本人種の微笑の意味を説明するなにかであるにちがいない」

そしてハーンは日本人の微笑は菩薩《ぼさつ》の微笑と同じ観念を意味する。それは自己を抑え、自己を殺すことによって生れた幸福なのだ、それがあの無心な子供の微笑となり、またお地蔵様の微笑ともなるのだ、と結論するのである。

——なお日本人の微笑についてハーンと偶然同じような見解に達したフランス人がいた。自分の感情を露《あら》わに示して隣人に不快な感情を与えるのはこの人の混みあった国では礼儀にそむく。そう観察した人はクローデルで、フランス大使として東京に在勤中たまたま関東大震災に遭遇した彼は、日本人が非常の際に微笑を浮べて運命を甘受する様を目撃して感動する（『炎の中の町を通って』）。文中に登場する、妻子を亡くしたことをいましがた知ったが、しかも微笑を浮べて再び外国人との会話にまじわる日本海軍の一士官の面影には、実録というよりハーン風の日本人像のイメージが先行してクローデルの念頭にはいっていたのかもしれない。暫く会話にまじわっていたが、やがて日本士官は、

「とんちんかんな返事をしてしまって、お許しください。ちょっと気が立っていたものですから（a little excited)」

と言った、というのである。

恩に感ずる心

このようにお地蔵様の表情に浮んだ微笑にも、日本人の心性にしみ渡った仏教的感化の優しさを感じとることのできたハーンは、人の思いやり、他人から受けた親切に対して感謝を忘れない人だった。あれだけの逆境に育ちながら――それともあれだけの逆境に育ったから、というべきだろうか――ハーンは人の恩に感ずる心を尊しとした。十九歳で寄るべなき身一つでアメリカへ渡った時、そのアメリカ合衆国は南北戦争後の疲弊《ひへい》をいまだ脱しておらず、苛烈《かれつ》な生存競争、適者生存の時代であった。ニューヨーク市から汽車は、移民を満載して西部へ進んだが、その三十八時間の長旅の間、ハーンはパン一つ買う金がなかった。見かねてノールウェイの少女が黙ってサンドイッチを一つ突き出した。――そうした言葉にもならぬ好意に対する感謝の念をハーンは終生忘れなかった人のように思える。東京大学で『性格と文学の関係について』講義した時、ハーンは、

涙とともに糧《パン》を食べたることなき人は、
また苦しみ多き夜々
床《とこ》に坐《ざ》して夜《よる》を泣き明したることなき人は、
天の力、天の定めのいかなるものやを知らず。

というゲーテの詩を繰返し誦したといわれるが、ハーンにはこの詩が、他人事《ひとごと》とは思えなかったにちがいない。ハーンは自分自身が『ヴィルヘルム・マイスター』中の哀れな旅人のごとくに思われたのだ。

ハーンは日本へ来る前、仏領西インド諸島のサン・ピエールで熱病に罹り、土地の女の献身的な看護で一

命を取りとめたこともあった。また困窮《こんきゅう》した彼に金を只で貸してくれた友レオポルトもいた。そうした体験を経ている人だけにハーンが、『仏領西インド諸島の二年間』を叙した文章の中で、

“No heart-beat is cheap, no gentleness despicable, no kindness is common.”

という時、その句はいかにも真実に響く。「およそ親切な心の鼓動に安物はない、およそ親切な情につまらぬものはない、およそ親切な行為に月並な行為があろうはずはない」

そのような感恩《かんおん》の心根のハーンであったから、一八八〇年四月十二日、ニューオーリーンズにいた頃、土地の『アイテム』紙という四ページの新聞に、次のようなロマンス的色彩《いろど》りを添えた記事を寄せた。ハーンの短篇構成の参考になるので *Creole Sketches* に収められたその全文を掲げるが、アルジアズとあるのは市の郊外の地名、モンテズーマ市とあるのはいまのメキシコ・シティであるという。「耳に金の環をつけた」などという描写には、ジプシーの血を引くとかいうハーンの幼年時代の記憶が混っているのかもしれない。

メキシコ人の感謝

アルジアズから気持のいい話が私の耳に伝わってきた。

数年前、春時分、ベラ・クルスを出た船が色の浅黒いメキシコ人水夫とともにこの港に着いた。炎天下の作業中、水夫の一人が重病になり、出港の日が近づいたが、結局置いていかねばならなかった。正確な事情は詳《つまび》らかにしないが、烈日の下でも悪寒《おかん》のふるえが来る奇妙な熱病の一種に罹《かか》り、材木を積んだ日陰で苦しんでいたところを通りすがりの一令嬢がある朝早く見つけた。病人はブロークンな英語で水を乞う

た。娘はほど遠からぬ家から水や食物を届けてやった。そして慈悲の心に動かされ、世間体《せけんてい》も構わず、見知らぬ水夫を家に引取ると、柔いベッドに寝かせ、母と娘はつきっきりで親切に看病し、快方に向うまで世話をしてやった。男はなにしろ全く文無しの貧乏水夫で、謝礼を払うと言い出すこともできない。知っている英語は外人が外地の港で二、三聞き齧《かじ》った単語程度で、上手に口を利《き》いて礼を言うことすらできない。健康がまだすっかり恢復《かいふく》する前に、老夫人が引留めるのもきかず、その手に深い感謝の気持を示す接吻をすると、その家を立去った。行ったきりもう戻って来なかったから、きっとうまくスペイン船でもつかまえて乗組むことができたのであろう。

……ずっと後になって、先のアルジアズの令嬢はたまたまメキシコのモンテズーマ市へ行った。もう結婚しており夫と同伴であった。ある朝二人が市の中央の広場《プラザ》から脇の小路へ曲った時、耳に金の環をつけた小柄の色の浅黒い男が、背に大きな籠《かご》を背負って近づいてきた。そして若い夫人の顔を一瞬じっと黒い眼で見つめると、いきなり、

「聖母《マードレ・デ・デイオス》さま！　あのお嬢《エス・ラ・セニョリータ》さまだ！」

と叫ぶや、汚い道に跪《ひざまず》き、夫人の両手を握りしめ、両手に熱烈な接吻を浴びせた。感謝の涙が男の赤銅《しやくどう》色《いろ》の顔に溢れるように流れた。夫はキューバ人だったが、前からその水夫の話は何度も聞いていたので、すぐ事情を察し、納得《なつとく》した。その間その小柄なメキシコ人は若い夫人を守護天使にたとえ、聖人様やマリヤ様にたとえ、その真情《しんじよう》をあの不思議なまでに美しいスペイン語のお世辞に吐露《とろ》したが、真心をこめて語られた時のスペイン語のお世辞ほど聞く人の魂を優しく愛撫《あいぶ》するものはない。それから籠の革紐《かわひも》をはずすと、香ばしい果物と目もさめる色彩《いろど》りの花々の荷をひろげ、膝をついて、なにとぞこれを贈物としてお宅

へ届けることをお許しくださいと夫人に頼んだ。

「ちょっとあなた言って頂戴」

と女は通訳を買って出た夫に言った、

「この人の贈物いただくわけにいかないわ。困ってらした時お助けできただけで私は嬉しかったの。それだけでもう十分。だからお礼はいらないわ」

しかし男がどうしてもきかぬので、夫人はきれいな花束を一つ受取らざるを得なかった。すると天の聖人様のお恵みがありますようにと声に出して祈りつつ、男は悲しげに籠を背負って立去った。

しかしどうやら男は気づかれずに夫人を家までつけたらしい。それから先、毎朝、夫人がメキシコにいる間ずっと、山々の頂《いただき》が暁の薔薇色に燃えはじめるころ、通りに面した扉《ドア》をノックする音で召使は毎朝必ず目を覚ましたからである。扉を開けてみると人影はもうなくて、すばらしい果物と熱帯の花々の籠が一つ、そこで強烈な香気《こうき》を放っていた。その籠を届けた人の謝恩の気持と同じく情熱的な強い烈しい香気であった。

馥郁《ふくいく》たる芳香《ほうこう》が、読み了えた後も、名残香《なごりが》としてあたりに強く漂う。この詩的残像を残さんがために書かれた一篇といえるかもしれない。いかにも「ラテンの国の果物売りは我々アメリカ合衆国の国会議員よりもはるかに美の感覚にめぐまれている」と後年（一八九四年）チェンバレンに向って書いた人の文章といえよう。作中の果物売りがもし米人《ヤンキー》だったならば、この短篇は絶対様《さま》にならないのだ。

右の新聞記事も、感恩という主題はハーンが繰返し説くものである。南国の色彩や余香はロティ風の印象主義である。そして「低音の絶叫」ともいうべき結びは、モーパッサンなどに学んだハーンの技巧である。一時期傾倒したが後に幻滅したロティの場合と違って、ハーンとモーパッサンの関係にはもっとずっと深いものがあるように思える。多少技術的な面にもわたるが、いままで不思議と話題になることの少なかった奇縁ともいうべきこの二人の共通性にふれよう。

イヴトーの寄宿学校

ハーンもモーパッサンもその事実を死ぬまで知らなかったらしいが、同じ一八五〇年生れの二人は、偶然二人とも同じ、ノルマンディーのイヴトーのカトリック寄宿学校で暮した。(7) ハーンがアメリカ時代仏文学の翻訳者として名を成したのも元はといえば彼が十二、三のころ、このフランスの学校で寮生活を送った学習体験に由るのだろう。その点では貴重な中学時代の外国留学といえなくもないが、ハーン家としては厄介払いにラフカディオを異国のカトリックの寄宿舎へ預けたのにちがいない。ハーンの父は、旧恋《きゅうれん》の女で、亡くなった前夫との間に二人子がいるアリシア・ゴスリン・クローフォードと再婚したからである。ハーンはこのルーアンの近くのイヴトーの Institution Ecclésiastique らしき学校については、悪口のほかは具体的になにも語っていない。そのカトリックの寄宿学校がいかに厳格で冷酷であったかは、(おそらくハーンがイギリスへ戻ってから後に同校に入学したと思われる) モーパッサンによって描かれている。モーパッサンは一八六三―六四年、六六―六七年を同校で過し、やがてそこから追い出されることに見事に成功した。*Une Surprise* は当時を回顧した短篇である。

自分は十四、五歳の時、学費に割引があるというので、イヴトーの聖職者学院の寄宿寮へ入れられた。それは物悲しい建物で、生徒たちは大半が聖職者になるはずだった。そうした生徒や坊さんたちがそこにはうようよしていた。いまでもあの学校を思い出すと私はぞっと体がふるえるような気がする。大漁の日、魚市場で魚の臭いがするように、あの学校ではお祈りが臭っていた。ああうら悲しい中学校！　年がら年中お祈りの式ばかりしていた。朝は寒いのにミサがあり、黙想があり、福音書朗読があり、食事の時は食事の時で坊さんが敬虔な御本を声を立てて読んで聞かせた。ああ、あの悲しい昔の日々、自分はその日々を高い石塀と壁に囲まれた寄宿寮の中で過した。あすこで聞いたものといえば神様の話だけだった。なにかといえば神様、神様だった……

偏狭《へんきょう》な信仰を無理強いされ、それを反芻《はんすう》して生きていたわけだ。日常生活は不潔そのもので、思い返してみると、足を洗ったためしは年に三回、休みの前の晩だけだった。入浴ときたら、ヴィクトル・ユーゴー氏の名前と同様、完全に黙殺されていた。あの学校の教師たちはそんなものは徹底的に軽蔑していたに相違ない。

このモーパッサンの証言は、ハーンの後半生を説明する上で、たいへん貴重な手懸りである。ハーンもモーパッサンと同様、この雰囲気に反逆した生徒だった。モーパッサンは後に短篇の中で繰返し神父を嘲って復讐したが、ハーンも終生カトリックの宣教師を忌み嫌った。熊本時代には近所に宣教師が来たというだけで引越したことすらあった。東大時代には学長から同僚の外人教師を紹介され、当時フランス文学を担当していたイエズス会士エミール・エックと握手してしまったが、その時の模様をヘンドリック宛の一八九七年一月の手紙にこう書いている。

このイエズス会士とは知合になりたくなかったね。ぼくはイエズス会士が怖ろしいんだ。片目の隅からぼくが眺めたら、先生立派な着こなしで、お髯も御立派、むじゃむじゃとよく生えて、長くのびて、地獄みたいに真黒だった。小さな、鋭い、きらりと光る、黒い、悪魔的なお眼でこちらを見おった。学長がまたなんと思ったかぼくを紹介するもんだから、いやはや、内心けしからぬことを考えているぼくなもんだから、相手が礼儀正しいだけにいやもうどぎまぎしたね。狼狽して、悲惨なフランス語を喋って、うっかり正体を暴露しちまった。たちまち相手からは上手な質問を浴びたけれど、相手はさるもの、なにを自分が考えているのかその内心は曖《おくび》にも出さない。すばやく鋭い目でこちらの正体を見破るのにはほとほと感心したよ。しかしその日はぼくはもう一日中不愉快だった。まだぼくの前に半眼を閉じた髯もじゃのイエズス会の坊さんがいるみたいな気がして、その日一日中ぼくはおずおずひとりごとを言って過した始末だ。

ハーンのこの異常な宣教師嫌いは、彼の生活にも作品にもにじみ出ている。夏目漱石の『三四郎』に、文科大学の学生が、三四郎に向い、

「小泉八雲先生は教員控室へ這入るのが嫌で講義が済むといつも此（池の）周囲をぐる〳〵廻つてあるいたんだとさ」

と言う条りがあるが、その理由は漱石が与えた高尚な説明とは違って、実は右のエック等と控室で顔をあわせたくなかったからだともいわれている。そのイエズス会士嫌いは晩年ますますつのった。遺著『日本

――一つの解明』でもっとも長い一章は「イエズス会士の脅威」と題されている。そのようなハーンの日本観に彼の幼少期の体験が投影しているのは疑いないが、――そしてそのキリスト教宣教師嫌いの反動として神道や仏教に関心を寄せていったこともまた疑いないが、そのようなハーンであったからこそ幽霊や怪談にあれほど興味を寄せたのである。周知のように、キリスト教のような一神教の大宗教の信仰が失われると、いままで影をひそめていた魑魅魍魎《ちみもうりょう》がその間隙《かんげき》によみがえる。モーパッサンもハーンも坊さんたちに反撥し、キリスト教信仰を捨て、無神論者になったつもりでいたが、人間精神の夜の部分はどうしてこの二人をほっておきはしなかった。モーパッサンは西洋流怪談ともいうべき「コント・ファンタスティック」を書かずにはいられなかったし、ハーンも魅せられたごとく「怪談」などの執筆に打込んだのである。

「それを書いている時のハーンは、この世ならぬ妖鬼《ようき》と情《じょう》を通じている人のようだった」

と雨森信成は晩年のハーンを回顧して『大西洋評論』一九〇五年十月号に書いている。雨森はハーンの家に一夜客となって泊ったが、深夜書斎にまだランプの火がともっているので覗き見する。その時、近眼のため極端に前屈みの姿勢で鼻を高い机につけるようにして、原稿用紙にペンを走らせていたハーンは、茶の間のハーンとはまったくの別人であった。その彼がちょっと頭をあげた。

「その顔はぞっとするほど蒼白で、大きな片目は光り、この世ならぬ何者かと情を通じている人のようだった」

君子の「無言の愛」

自分でも知らぬ間にモーパッサンと同じ寄宿舎生活を体験し、同じようにそれに反撥し、旧大陸と新大陸と場所の差こそあれ、ひとしく文筆活動に身を投じたハーンが、モーパッサンの最良の英訳者になったという事実は偶然のようでいて偶然でないのかもしれない。二人はともにフローベールに傾倒し、彼から文体を学んだ。ハーンははじめは『聖アントワーヌの誘惑』などを英訳したが、しかし後にはモーパッサンを訳すことをより好んだ。短篇ならば訳しても新聞に載せやすいし、それにハーン自身が短篇作家だったからである。彼が訳したモーパッサンのコントは三、四十篇に及ぶが、いまではアメリカではかえって手に入れ難い。日本では北星堂から英語教科書としていまでも八、九篇は活字になっている。その一つに『旅路』**En Voyage** という短篇がある。ハーンがモーパッサンからどのような短篇技法を学んだかを例示するために、その趣向をハーンの『君子』の結びの節と比べてみよう。

ハーンがスケッチした君子の生涯をはじめに紹介するとおよそ次の通りである。女は身分の高い武士の家に生れ、本名はあいと言った。はじめは私塾に後に公立の小学校へ通った。「一年に一度、試験の時に、政府の大官が学校に参観に来、全生徒にたいしてまるで自分の子供ででもあるかのような口調で話しかけた。そして御褒美の品を配っては一人ずつ頭を撫でてくれた。絹のような髪であった……」そのような細部には妻の節子の少女時代の思い出も織りまぜられているのかもしれない。それというのも節子も、前にふれたように、校長先生や県令代理から褒美を頂戴したことがあった。そして作中の一家も明治維新に引続く変革の際に、松江の小泉家や稲垣家（小泉セツの養父母）と同様、貧窮《ひんきゅう》にあえぐこととなる。作中の娘も節子と同様、学校をやめ、家計を助けるために機織《はたお》りの仕事に精出さねばならなかったからである。「母と娘に出来たことといえば織物を織るのがせいぜいで、その織物だけではとうてい暮してゆけなかった」

もっとも父に死なれた作中の母娘の運命は小泉家よりもずっと悲惨であった。家屋敷を手放し、先祖から伝わった家具調度《かぐちょうど》を次々に売って一家は細ってゆく一方である。母が弱って病み機も織れなくなったとき、姉娘あいは芸者になろうと決心する。父が健在の時分に宴席に芸者の君香を呼んだことがあったのを思い出して、あいは彼女を頼って行く。あいは君香の養女になって君子の名を貰う。

君子は才色兼備《さいしょくけんび》で客たちに騒がれるが、言い寄る男たちを一向相手にしない。しかし誰にもなびかなかった彼女が遂に或る若い男と思い思われる仲になる。その男が思い余って自殺を計り辛くも助かったのを君子が元の体になるまで介抱したということがあって男が女を家に引き取ろうという話になる。男は富もあり爵位もある人の息子で、しかも両親も彼女との結婚に承諾を与えている。母は既に世を去っていたが、気になる妹を嫁がせ、いざ自分の番という時になって君子は尻込みする。母と妹のためとは言え暗い生活をしていた自分は良家の嫁になる資格は無いことを婚約者に告げて行方をくらます。

諦めるのに必要な幾らかの時間が過ぎると男はやむなく別の女性を妻に迎え、男の子が生れる。そうしてさらに数年が過ぎた。

するとある朝、その家に、まるで喜捨《きしや》でも乞うかのように旅の尼が通りがかり「はーい、はーい」と読経《どきよう》をはじめた。子供はその声を聞きつけて門の外へ駈け出した。そして間もなく召使がきまりになっている施物《ほどこしもの》のお米を持って外へ出ると、驚いたことにその尼が子供の頭を撫で、なにか小声で子供に囁いている。するとその幼児《おさなご》が召使に向って、

「ぼくにやらせて」

と言った。尼も大きな編笠のかずきの蔭から、

「どうぞお坊っちゃまにやらせてあげてくださいませ」

と頼むように言った。そして子供は托鉢《たくはつ》の尼の鉢の中へお米を入れてやった。尼はお礼を言い、

「さあ、お父さまに申しあげるようお願いしたさっきの言葉をもう一度私に言って頂戴ね」

と頼んだ。すると子供は舌足らずの言葉で囁くように答えた、

「お父さん、この世でまたとお目もじできぬ者が坊っちゃんを見させて貰うて嬉しいと申しました」

尼はおだやかに笑って、子供の頭をまた撫でると、足速に立ち去った。召使は何事かと驚いていたが、子供は父のところへ駈け戻って托鉢《たくはつ》の尼の言葉を伝えた。

その言葉を聞くや父の目は涙に曇り、涙は子供の上へこぼれた。この父には、この父だけには、いましがた誰が門の前へ来たのかわかったからである。いままで隠されてきた事すべての犠牲の意味も痛いほどよくわかったからである。

男はいろいろ思い、いろいろ考えた。しかし自分の考えを誰にも言いはしなかった。

陽《ひ》と陽《ひ》とをわかつ距離《へだたり》すらも自分と自分を愛してくれた女をわかつ距離にはついに及ばぬことを知っていた。

探しても無駄なことを男は知っていた。どこか遠くの市《まち》の、名もなく狭い路地の奥で、貧民窟の貧民たちのわびしい御堂の一隅で、君子は静かにお迎えを待っている。無明《むみょう》の闇の彼方には無量《むりょう》の光が輝く暁がある。阿弥陀仏のお顔はやがて微笑み、阿弥陀仏はやがてやさしく女にお声をおかけになるだろう。いかなる人の唇《くち》から洩れる声より、いかなる恋人の唇から洩れる声より、深く優しい尊いお声で――

「我が法《のり》の女《むすめ》よ、そなたは全《まった》き道を歩まれた。仏法の真《まこと》を信じ、法性真如《ほっしょうしんにょ》を悟られた。信女《しんにょ》よ、それゆ

ええなたを迎えに我はいま西より参る」
と。

森亮教授は『君子』一篇を分析して、これは女の自己犠牲の一つの姿であり、よごれた前歴をもつ君子が自分は正常の結婚生活に入れないと身を引いたのは、貞女は両夫にまみえないというような儒教的中国思想――それをずいぶん屈折させて受け取った結果の自分を卑下する気持である。「しかし、その解決方法として彼女が選んだのは仏教的遁世であった。自分は罪深い身だという諦め切った運命観とそういう深い罪をさらに繰り返すことを避けたいという配慮が彼女を尼僧にさせたのである。ここで注目したいのは庶民の生活信条と行動原理の中で儒教的なものと仏教的なものとが何のこだわりもなく手をつないでいることである。思想も生活の段階にまで降りて来ると本来の色分けを意識させないほどに白けてくるのであろうか。ハーンはこんな分析は行なっていないが、彼の勘で君子の前後の行動に一貫性を認めて美しい物語を語ったのであった」と論評された（森『小泉八雲の文学』、恒文社、所収「ラフカディオ・ハーンと日本の心」）。

私も『君子』に心打たれた一人で、森亮氏の思想的分析にうなずくところがあった。しかし『君子』を読みながら、途中気になる点がなくもなかった。それは、男が自分の考えを誰にも言わなかった以上、尼となった君子が男の家を訪ねに来たことなど他人がどうして知り得たか、などという理詰めの詮索ではない。結びの、陋巷《ろうこう》の奥の御堂で静かに死期を待つ尼の姿も男の想像の目に映った姿として描かれた君子である。作者の工夫に即していえば、かねてマックス・ミュラー監修の『東洋聖典』叢書を読んで、仏典の英訳から秀れた詩句を拾ってはそれを上手に作品中に散りばめて仏教的雰囲気を読者へ伝えていたハーンである。この結びもそれと似た工夫をこらしたもの、と言ってよいだろう。拙訳では漢訳仏典の語彙《ごい》も用いたが、英文で読む限り仏様のお諭《さと》しは西洋キリスト教の観念をもってしてもわかるように書かれている。

先の『ある保守主義者』も、幕末維新の変革を幼くして体験した明治の男の半生を描いた物語だったが、この『君子』も、幕末維新の動乱を幼くして体験した明治の女の一生を描いた点では、それと対《つい》をなす物語といえるかもしれない。しかしある保守主義者が朝日に輝く富士山を仰ぎ見つつ日本へ回帰し、世の師表《しひょう》と仰がれ、活動的な人生を送るのに反し、君子は人生の裏を歩み、陋巷に生を了えることとなる。ハーンはそうした女の身の上を、祇園《ぎおん》などで実際に聞いたのであろうか。今日の私たちに縁遠くなった明治の薄倖《はくこう》な女の一生である。

とは云い条、この物語の中には読者に違和感を覚えさせる節がやはりなしとしない。いまは尼様となった君子が、昔のお邸を訪ねに来たのは確かに約束を守ってのことだろう。しかし子供に父親への伝言を復唱させる条りは実際あり得たことだろうか。技巧がかちすぎてはいないだろうか。聞える距離ではなかったかもしれないが、近くには女中もいたのである。

私は『君子』を自分で訳してみて、実はこの伝言を日本語に移すのにつまった。日本の尼様なら、蔭ながら見る、ということはあっても、子供にこうした伝言を托することはあるまいと思えたからである。（それで私は、「お父さん、この世でまたとお目もじできぬ者が坊っちゃんを見させて貰うて嬉しいと申しました」という森亮教授の訳語をそのまま使わせていただいた）。

しかし実話的見地でなく、文芸的見地から考えるなら、この伝言はまた別の意義を持ち得る。ちょうどメキシコ人水夫の感謝の果物籠の場合でも、水夫は直接夫人とは口を利かない。毎朝、召使が扉を開けた時、その人影はもう見えない。しかしそれでもその前に「扉《ドア》をノックする音」があって、それがいわば男の伝言となっている。「無言の愛」を小説化するためには全くの無言ではやはり駄目なので、どうしてもなにか伝言が必要なのである。そしてそれをいたいけな男の子の口から言わせたところに、いかにもハーンらしい工夫が感じられる。本来大人同士が交わすべき会話を子供を介してやらせる、という工夫は彼がすでに『停車場にて』でも巧みに使ったところの技巧であった。

西洋人読者に限らず、日本人も今日の読者は、明治の日本に、相思相愛の男の妻になることを躊躇し、玉の輿《こし》に乗ることを自ら諦めた芸者がいたことに意外の感を覚える。なるほど汚れた過去という自己卑下《じこひげ》の気持も、元武士の娘という誇りから来る屈折した心情もまったくわからぬではない。それがこの君子という人間離れしたほど完全な生き方を説明するものかもしれない。

しかし短篇小説の文芸的効果という点からいえば、モーパッサンの『旅路』――それは命の恩人であるロシヤの伯爵夫人に国事犯が、約束だから口は利かないけれども無言の愛で尽す、という物語である――の伯爵夫人がロシヤ貴族と相思の情を抱きつつも、ついに親しく会話を交わさなかったからこそ、短篇が文芸的緊張を保ち得たと同様、君子が男に連れ添わず、常識を越えた自己否定をあえてしたからこそ、この作品の最後の節にはあふれるばかりの感動が添うたのである。モーパッサンは、結核で弱ってゆくバラノフ伯爵夫人に無言で尽すロシヤ青年の献身と貞節には「度を越えた詩情」poésie exagérée がある、と書いた。ハーンはそれを英訳した際 romantic exaggeration と置き換えたが、詩人ハーンが『君子』において描こうとしたものも、良い意味でのこの「ロマン派的誇張」だったのではあるまいか。

没落士族の子女が花柳界《かりゅうかい》に身を沈めた話はもとより歴史的実話としていくらもあったであろう。その中から明治の高官夫人としてまた復活した芸者上りの奥方の例も知られている。もちろん中にはこの小説に描かれた君子のように、自分は良家の嫁になる資格がない、といって身を退《ひ》いた人もいたであろう。しかしそれでもハーンが描いたような君子の後半生の姿は、明治といえども現実には存しなかった理想の姿ではあるまいか。日本人の心をよく見、その典型を描き出す術を心得たハーンであったが、やはりロマンティックなるものへの憧れがあって、その気持やその芸術的要請に惹かれて『君子』を描いた、という気がする。いろいろの細かい材料を集めてモザイクのように全体を形造ってゆくハーンであるが、細部が真実であるにもかかわらず、統合的なイメージの創造には必ずしも成功したとは言えない場合もあるのである。

「コノ魚泣ク」

晩年、自己のハーン評価を改めたチェンバレンが『日本事物誌』の第六版でハーンを悪く書いたことについてはすでに触れた。その記事の中にはこんな条りもあった。

ハーンは部分部分はたいへんはっきり見てとることができたが、それを全体として理解する力はなかった。この事は彼の頭についても眼についても言える。片方の目が盲だったハーンは、もう一方の目も極度の近眼だった。それだから部屋にはいった際のハーンの癖は、その辺りのものを手探りでさがし、壁紙であろうが、本の背であろうが、骨董品であろうが、その他の飾りであろうが、近くから綿密に眺めた。そうした細部についてはは正確なカタログを作製できた彼だが、しかし水平線であるとか天の星であるとかをきちんと見ることは彼にはついに出来なかった。

チェンバレンの言分《いいぶん》には一理も二理もある。ハーンが日本文化を全体的に捉えようとした『日本――一つの解明』が、主観的解釈に色彩られた失敗作であることを認める人は今日多いだろう。ハーンはなんといっても部分を描くのが得意で、抽象化や一般化の論を立てるのには不向きな人であった。

しかし右のチェンバレンの記述を読むと、この英国人の紳士が自宅に来た時のハーンをどのような風に観察していたかがしのばれて厭《いや》な気がする。ハーンの同じ癖についても学生だった浅野和三郎が『英文学史』に書いた思い出は今日読んでもまことに気持がいい。雑誌『へるん』第七号から引かせていただく。

小泉八雲は明治二十九年の初秋を以て帝国大学の講師として来任せり。二十九年は著者が大学に入学したる年にして、師が初めて帝国大学の教室にあらはれたる当時の風ぼうは宛として眼裡に映ず。ただ見る身材五尺ばかりの小丈夫、身に灰色のセビロをつけ、折襟のフランネルの襯衣に、細き黒ネクタイを無雑作に結びつけたり。顔は銅色、鼻はやゝ高く狭く、薄き口髭ありて愛くるしく緊まれる唇辺を半ば蔽ひ、顎やゝ尖り、額やゝ広く、黒褐色の濃き頭髪には少し白を混へたり。されど最も不思議なるは其眼也。右も左も度を過ぎて広く開き、高く突き出で、而して其左眼には白き膜かかりてギロ〳〵と動く時は一種の怪気なきにしもあらず。されど曇らぬ右眼は寧ろやさしき色を帯びたり。やがて胸のポッケットより虫眼鏡様の一近眼鏡をとり出で、之をその明きたる一眼に当てて、やゝさびしく、やゝ羞色あり、されど甚だなつかしき微笑を唇辺に浮べつつ、余等の顔を一瞥されし時は、事の意外に、一種滑稽の感を起さざるを得ざりき。突如その唇よりは朗かなれど鋭くはあらぬ音声迸り出でぬ。英文学史の講義は始まれる也。出づる言葉に露よどみたる所なく、句々整然として珠玉をなし、既にして興動き、熱加はり……

同じ片眼鏡《モノクル》ですばやく一瞥《いちべつ》する癖についても、師を敬愛する弟子が書く文章は格段に気持がいい。肉眼がこのように不自由なハーンではあったが、彼が描いた明治中期の日本の風物は、松江にしても、焼津のような漁村にしても、魂の郷愁に似た懐しさを覚えさせる。この人は実によく日本人の内懐《うちぶところ》にはいっている。同一の音も同一の風景も、ハーンの耳にふれ目にふれたからこそ、魔法の杖で触ったように、かくも美しくなったのかもしれない。

図1　ペン先入れと片眼鏡（松江、小泉八雲記念館蔵）

その魔法を探る一助にもなろうかと思って、これまで十四年間の日本滞在の小泉八雲を、それ以前の四十年間の欧米時代の生活や体験、またフランス文学知識などとの関連で、幅広く眺めて見た。そして不自由な肉眼ではない、彼の心の眼にいったい何がかかっているのか、彼の偏見や先入主をも興味深いものに思い、先行した体験についても私見を述べてみたのである。

それにしても、逆境《ぎやくきよう》に育ちながら、心の優しさを忘れない、とはどういうことであろうか。そんなことを考えて、ふとある時、ああこれがハーンだな、と感じいったことがあった。それはごく他愛《たあい》ない話で、桑原羊次郎氏の『松江に於ける八雲の私生活』という小冊子に拾われた一エピソードに過ぎない。

或る時白魚の吸物を召上がつた時、フト先生は椀の蓋を開けたまゝ静かに耳を傾けてをられましたが、奥様に向つて、

「この魚泣く」

と申されました。奥様は「それは魚が泣くのではありません。入れ物が漆器で、余り熱い汁を入れたためで、どうかすると、こんな音がするものです」と説明され、先生もやうやく納得され、あとで皆々大笑ひになつたことがあつたとのことでした。

吸い物の椀を前にして、椀が微かに耳の奥へ沁むようにジイと鳴っている。あの遠い虫の音のような音を聴きつつ、これから食べる物の味わいに思いをひそめて、その感覚を基に日本文化論ともいうべき随筆を書いたのは、『陰翳礼讃』の谷崎潤一郎だった。谷崎の風流の美学の境地に比べると、日本式にきちんと箸を使いたいにも自由にならず、握り箸で、ちょうど日本の三、四歳の子供のようにして、馳走を食べるハーンは幼稚に見えるかもしれない。また椀がジイと鳴るのを聞いて、

「この魚泣く」

と真顔で言うのなど、いくら近眼で漆《うるし》の椀の中がよく見えぬからとはいえ、子供じみていると笑われるかもしれない。しかしかりそめにもそのように思い、かりそめにもそのように言ったハーンの心の動きに、この人の現世にも稀な、来世にも稀な、詩人の心が感じられる。この話を読んだ時、私には、ハーンのその言葉が「鳥啼き魚《うを》の目は泪《なみだ》」の句よりも切実に感じられた。ハーンが描く日本の優しさは、ハーンの心のこの

優しさの反映なのである。なにか童話じみた話だが、心に沁みたので、昔のお手伝いさんの談話から拾って
この章の結びに代えさせていただく。

第二章　子供を捨てた父
──ハーンの民話と漱石の『夢十夜』──

二人の英文学教授

いまはもう百年を越す日本の英語英文学の歴史の中で、大学教授であるとともに作家としても名を残した人物といえば、一人が外国生れのラフカディオ・ハーンで、いま一人が夏目漱石であることに異論はあるまい。一八五〇年に生れたハーンは、一八六七年（慶応三年）に生れた夏目金之助より十七歳年上で、漱石のことは顔を見たこともなかったし、その作品についてももちろんなにも知らなかった。ハーンは漱石が『吾輩は猫である』を世に出す前の年、明治三十七年九月二十六日に五十四歳で急逝してしまったからである。それでもハーンは明治三十六年三月、自分が半ば強いられるように帝国大学文科大学の英文科の講壇を去った時、四月から自分の後任講師として教壇に立つはずの男が今度は日本人で、イギリスに二年あまり留学しこの一月に帰国したナツメという文学士だ、ぐらいの噂は、大久保の自宅まで留任の運動に来た学生たちから聞かされもしたかと思う。しかし外人教授待遇の契約が切れた東京大学にもう未練のなかったハーンは、自分の教え子でもない人のことはほとんど念頭になかった。

それに対して三十六歳の新任講師夏目金之助ほどハーンの存在を意識させられた男はほかにはなかった。

漱石は奇縁とも呼べるほどハーンの後任としてその軌跡を追った人で、すでに熊本の第五高等中学校でも、ハーンが去った一年半あとに英語教授として赴任していた。そして漱石は、明治二十九年、はるか熊本まで都落ちしたと感じたその時、ハーンが逆に上京し、母校の帝大英文科の教壇に立ったことを知ったのである。しかしその後熊本で四年暮し、ロンドンで二年学び、明治三十六年帰朝した際、漱石は自分が押し出すような恰好でまさかハーンを帝大からほうり出し、その後任者になろうとは予期していなかった。その時漱石は内心すくなからぬ困惑を覚えたにちがいない。もちろん漱石は、日本も独立国であり、大学も植民地の大学ではない以上、その教育も研究も次第に実力のある若手の日本人教授の手にゆだねられるのが当然の成行きである、と考えていた。それだから文部省ならびに帝大当局が外人教授の契約を更新しようとしないのを、俗世間が非難するように「忘恩」などとは考えない立場にあった。この件に関する漱石の自己弁明というか自負心のほどは、それより五年半後に書かれた『三四郎』中の一節、

　大学の外国文学科は従来西洋人の担当で、当事者は一切の授業を外国教師に依頼してゐたが、時勢の進歩と多数学生の希望に促《うなが》されて、今度愈々本邦人の講義も必須課目として認めるに至つた。そこで此間中から適当の人物を人選中であつたが、漸く某氏に決定して、近々発表になるさうだ。某氏は近き過去に於て、海外留学の命を受けた事のある秀才だから至極適任だらう。

という文章からも察せられよう。明治四十一年、漱石が「某氏」が一読して夏目自身とわかる右のような記事を作中に書くことができたのは、本人がもう大学を辞めて作家としての地位を確立していたからだった。

文壇上の成功が『三四郎』の作者に過去の履歴について一種の自己満悦を許したのである。しかし五年半前、夏目金之助がはじめて本郷の教壇に立った時、その心境はまことに暗かった。

学生たちは新任で無名の夏目講師を冷ややかな敵意をもって迎えた。（中にはもう教室へ出て来ない川田順のような学生もいた。）小山内薫らの上級生たちは小泉先生の留任を策して不穏なストライキをやりかけた学生だった。それに英文科の学生たちには学問対象が西洋の文学である以上、やはり日本人でなく直接外人教授について学びたい、という気持もあった。（いまでも日本人のカトリック信徒たちが西洋人の神父は信用しても、日本人の神父はうとんずるようなものである。）そしてその学生の不安な予感の正しさを証するように、漱石の講義は無味乾燥で、奇妙に科学的で、学生の受けはたいへん悪かった。当時の学生の一人だった金子健二は『人間漱石』におさめられたその日記にこう書いている。

五月五日（火）午前中は夏目講師の『サイラス・マーナー』の時間に出席し、指名された友人がうんと油をしぼられたのを見て気の毒に感じた。大学に入つてから皆気位が高くなつたが、読書力があやしいものだと感じた。それにしても先生から衆人の前で小僧扱ひにされるのには誰でも憤りを感ぜざるを得ない。午後一時から再び登校して四時迄「文学概説」の講義を聴いた。余り理論づくめなので、ヘルン先生時代のものと比較して文学そのものに対する興味をそがれるやうな感じがした。

それでは前任者ハーンの講義ぶりはどのようであったかといえば、ハーン留任の学生運動の委員長を勤めた安藤勝一郎は、その当時の思い出を京都女子大学『東山論叢』第一号（昭和二十四年）に次のように書い

ている。(8)

講義は静かに緩かな速度で始められる。……先生は常に平明な表現、同時に流暢な調子で学生が充分書き取りうる程度のテムポで講演の口授を進められる。絶対に必要なき限り異常な難解な語句表現は避けられた。然るにその講義のノートを後に読み返して見ると、盤上に珠を転ばすやうな名文となつてゐるのに感歎する。否、先生の講義の書き取りに夢中になつてゐる間にも、先生の名文の名調子は我々の耳朶を打つてその快い楽音に我々を陶酔させるのであつた。……講義が蔗境《しやきやう》に入れば、先生の声は熱を帯び調子も自然に高められテムポが速まつて来る。筆記のペンの音のみが、先生の緩やかな跫音に和して聞ゆる瞬間である。……

学生たちのハーン先生に対する景望崇敬の念のほどが感じられる。厨川白村も『小泉先生』で「みな能く聴者の胸底に詩の霊興を伝ふるに足るものがあつた」と在りし日の師を偲んだ。就任早々の漱石が一大学生を皆の前で小僧扱いにして油をしぼったのも、自分が学生たちからなにかと前任者ハーンに比較されるのを意識して、負けまい、と気を張ったからにちがいない。それでも漱石は自分がロンドンの下宿以来あれほど苦心惨澹の準備を重ねたにもかかわらず、『英文学形式論』『文学論』等の講義が学生の心奥にひびかず、むなしく空転することを知って、苛立った。ふだんは妻に学問上のこと、文学上のことなどおよそ話さない漱石だったが、その時は苦衷を洩したと見えて、鏡子未亡人の『思ひ出の記』に次のように出ている。妻もそれとなく察していたが、漱石は、思いつめた、あらたまった顔をして言った。

小泉先生は英文学の泰斗《たいと》でもあり、また文豪として世界に響いたえらい方であるのに、自分のやうな駆け出しの書生上りのものが、その後釜に据わつたところで、到底立派な講義ができるわけのものでもない。また学生が満足してくれる道理もない。

自尊心を傷つけられもした漱石は明治三十七年十二月十九日には野間真綱宛に書いた。

僕の事が雑誌に出る度に子規が引き合に出るのは妙だ。とにかく二代目小泉にもなれさうもない。

ハーンが英文科の学生たちの間で人気があったのは、その講義内容もさりながら、彼が『知られぬ日本の面影』以下の著書によって世界的ともいえる名声を博していたからでもあった。それに対して漱石が多少でも有名だったとしたら、それは松山・熊本時代にわずかに俳人としてであり、それも子規あっての漱石という程度だった。そのようになにかと先輩の後塵《こうじん》を拝さねばならぬ漱石の居心地の悪さ——その不快感も手伝って、漱石は明治四十年、大学教授の職を捨てて、喜んで朝日新聞社へ入社したのだろう。ラフカディオ・ハーンの後任となった英文学教授は、おそらく誰であろうと貧乏籤を引いたようなものだが、それも一因で作家漱石が生れたのだとしたら、これはまた運命の悪戯というか、逆にたいへんな富籤だったことになる。

夏目講師はそのように前任者ハーンを意識した。しかし大学教授としてのハーンの講義内容がどのようなものであったかは、学生がノートしたその講義録がすぐ活字となったわけではないので、漱石は当座は知る由もなかった。漱石が知っていたハーンは種々の日本に関する作品で米英諸国で有名になりつつあった作家としてのハーンである。なるほど「漱石山房蔵書目録」にはハーンの著書としては、漱石が最晩年に求めたHearn : *Interpretation of Literature* Selected and ed. by J. Erskine 2 vols. New York : Dodd, Mead & Co. 1915. しか残されていない。しかし漱石がハーンの文学作品のいくつかを読んでいたことは確実で、『吾輩は猫である』第六章にも、迷亭が、

> 僕のも大分神秘的で、故小泉八雲先生に話したら非常に受けるのだが、惜い事に先生は永眠されたから、実の所話す張合もないんだが、折角だから打ち開《あ》けるよ。其代り仕舞迄謹聴しなくつちやいけないよ。

と怪談めかした話を、その実は艶聞を茶化して、物語る一節がある。漱石は皆川正禧が野間真綱に与えてくれと漱石に託したハーンの『怪談』を通読していたから（漱石の野間宛明治三十八年一月一日付の手紙による）、それで言及もできたのだろう。漱石のハーン読書が後期の『怪談』に限らず、『知られぬ日本の面影』などそれ以前の印象主義的な華麗な散文にまで及んでいたことは『文学評論』中のOf Women's Hairへの言及や、フローベールの『サランボー』への書入れ、また談話などからも察せられる。それに後でふれるが、漱石は霊的なghostlyな話や、精神感応や霊の交換、また仏教でいう自我が西洋流の単なる個性でなくて、無数の前世代における思考と行為の結果から業因《カルマ》が創造した複雑ななにものかである、とする見方に共感を寄せていた点で、実はハーンと同一の趣味をわかちもっていた節もある。同じ明治三十八年三月十四日、野村伝四宛の手紙に漱石は次のような文芸批評も書いた。

……『ホト、ギス』を見たかね。（坂本）四方太の『稲毛』をもう一返読んで御覧、何の奇もないが嫌味がない。（高浜）虚子の『石棺』は奇な代りにどこか不自然で嫌味がある。今の人はとかくあゝ云ふものをほめる。僕の『倫敦塔』をほめてくれるのも全くその為である。巴の助といふ人の『コマイ釣』は面白い、末段抔はことに振つて居る。小泉先生の文をよむ様だ……

小泉先生とはもちろんハーンで、その書振りには、間接的とはいえ、漱石のハーンの英文に対する愛好と評価とが示されている。

『「コマイ釣」の話』は佐藤春夫編『漱石の読書と鑑賞』に収録されており、北海道の根室で冬、海に張った氷の上で、篝火を焚いて釣をする話だが、結びに若い男女のアイヌが岸に堅く凍りついた氷がゆるぎ出してそのまま沖で情死した伝説が添えられているあたり、ハーンの作品でいえば『知られぬ日本の面影』の中の『日本海に沿って』とか『伯耆《ほうき》から隠岐《おき》へ』などの幾齣と似た感じの小品《スケッチ》である。漱石が『怪談』にかぎらずハーンの作品をかなり広く読んでいたことが察せられる手紙であろう。

出雲の民話

ところで漱石に一つ、ハーンの文章から示唆を受けて書かれたのではないか、とも思える作品がある。もっともその両者の間に実際に影響関係があったのか、それとも偶然の一致で似たような主題、似たような表現が繰返されたのか、となると確実に立証することは難しい。まず不可能に近い。しかしここではその種の影響関係の有無を問題とするより、両者の作品を並べて文芸比較を試みることで、二人の作家と作品の特質を浮びあがらせてみよう。

ラフカディオ・ハーンはすでにふれたように明治二十三年春来日、九月から松江の中学校で英語教師を勤めつつ、出雲地方を中心とする見聞を小品や随筆に書きまとめていった。その日本での第一作が『知られぬ日本の面影』だが、その中に『日本海に沿って』という十二節から成る旅行記がある。その中にはお盆の仏《ほとけ》海《うみ》の話や、難破した漁夫の話や、鳥取の蒲団の話なども採録されている。一つの昔話を聞くうちにまた一つ別の昔話が思い出されて、ハーンの従者――実際は妻の節子であろう――がその夜、不意にこんな出雲の伝説をハーンに語って聞かせた、と書いている。その拙訳を掲げる。

昔、出雲《いずも》の持田浦《もちだのうら》という村にある百姓がいた。たいへんな貧乏暮しで子供が出来るのをおそれていた。それで妻が子供を生むたびに川へ流してしまった。そして世間には死産だったと言っておいた。それはある時は男の子で、ある時は女の子だった。しかしいつも子供は夜、川へ投げこまれた。六人はこうして殺された。

しかし年月《としつき》が経つうちに、その百姓もすこしは暮しが楽になり、土地を買い、金を貯《た》めることもできた。そしてついに妻に自分の七番目の子供――男の子が生れた。

するとと百姓は言った、

「わしらもいまは子供を養えるし、わしらも年を取ると息子に助けてもらわんといけん。それにこの子は可愛いげなええ子だが。ひとつ育ててみらか。」

そしてその子はすくすく育った。そして毎日毎日かたくなな百姓はわれながら自分の心根《こころね》の変化に驚きのつのるのを覚えた。というのも毎日毎日息子にたいする可愛さの情がつのるのが自分にもわかったからである。

ある夏の一夜、百姓は息子を腕に抱いて庭へ散歩に出た。小さな赤ん坊は五ヵ月になっていた。大きな月が出て、夜はまことに美しかった。それで百姓は思わず大きな声で、

「ああ、今夜めずらしい、ええ夜だ。」

と言った。するとその子が、下から父親の顔を見あげて急に大人《おとな》の口を利いて言った、

「御父《おとっ》つぁん、わしを仕舞《しまい》に捨《し》てさした時も、丁度今夜《こんや》の様《よ》な月夜だたね。」

そしてそう言ったかと思うと、子供はまた同《おな》い年のほかの子たちと同じようになり、もうなにも言わなかった。

百姓は僧になった。

後に『怪談』の著者となるハーンの趣味がすでにうかがわれる作品だが、しかしハーンがとくに手を入れたと思われないほど、淡々とした語り口で、聞いたままの話を書きとめたようである。

貧しい山陰の海浜の村だったから、間引《まび》きは口減《くちべ》らしの上からも、止むを得ぬこととして行われていたのだろう。この百姓がとくに残酷とか性悪《しょうわる》な我利《がり》我利の父親とはいえないのかもしれない。日本の読者であれば、江戸時代の貧農の苦しさが、さほど昔の事とも思われないので、中にはこの百姓の立場にあわれみを覚

える人もいるだろう。

　もっともハーンの文脈は合理的で、そのためにこの百姓が功利的な男という印象を与えかねない。年が経つうちに多少は豊かになり、土地も買い、金も貯めた、そこで自分たちの老後の世話のことも考えて、器量よしの七番目は育てた、と経過が説明されているからである。憎むべき利己主義者だ、という倫理主義的批判も出るかもしれない。（もっともそう批判する西洋人読者があるとすれば、ペローにも七人の子沢山ゆえに餓えて子供を捨て、捨てた上で「あの子を捨てなけりゃ老後の杖となったのに」と歎く樵夫夫婦がいたことを想起させればよいかもしれない。）あるいはたとい親子とも餓死するかもしれずとも、それでも子供を捨てずに生き抜こうとした家もあったはずだ、という理想主義的批判も出るかもしれない。

　しかしハーンは――そこがルポルタージュ記者上りの巧さだが――そうした議論や主観的感情はまったく表に出さず、淡々と事実のみを簡潔に、時間の経過に沿って、書いてゆく。子供の成長につれて可愛さが増すのも人情の自然だし、夏の夜の月を愛《め》でたのも気持のゆとりがなせる自然だろう。いまそれ以下の英文を引くと、

And the night was so beautiful, with its great moon, that the peasant cried out :
“Aa ! kon ya medzurashii e yo da !” [Ah ! tonight truly a wondrously beautiful night is !]
Then the infant, looking up into his face and speaking the speech of a man, said :
“Why, father ! *the* LAST *time you threw me away* the night was just like this, and the moon looked just the same, did it not ?”

And thereafter the child remained as other children of the same age, and spoke no word.

The peasant became a monk.

百姓の口を思わずついて出た、

「ああ、今夜めずらしい、ええ夜だ」

は英文の中にも日本語をそのままローマ字で組み、それの直訳調めかした——be動詞を最後に置いてある——英文を次に入れて、月夜の情景の雰囲気を盛りあげた。父親は満ち足りた、いい気分で、家庭は幸福そのものであると見えた。すると腕に抱いた五ヵ月の赤子が、父親を見あげ、にわかに大人の口を利いて、

「御父《おとつ》つぁん、わしを仕舞《しまい》に捨《し》てさした時も、丁度今夜《こんや》の様《よ》な月夜だたね」

と言う。このクライマックスの恐ろしさは、今の平穏無事な生活の中で、ますます可愛さのつのった、ほかならぬ我が子の口から、突然過去のおぞましい記憶をありありと呼びさまされる、この逆転にある。短篇小説、とくに怪談には、決定的な一句というものがあるが、それが右の句で、それだからハーンは英文でも、

"Why, father ! the LAST *time you threw me away* the night was just like this, ……"

と大文字、小文字にイタリック体をまじえて表現に気を配り、その上、出雲方言であると註して脚註に原話の日本語も引用した。それは多くの人が繰返し繰返しこの民話を語るうちに表現が練れてぴたりと決った

句であろう。いかにも坐りのよい出雲方言となっている。（ハーンの英文だけから逆に日本語を復元させようとしても、脚註に添えられたような、落着きのよい句はけっして出てこないものである。）

大きな夏の月は、それまでは親子の姿を浮びあがらせ、庭先のむつまじい父子の情愛を感じさせていた。だがその月の光は、大人の口を利いた子供の言葉によって、一瞬のうちに暗い過去を照らす月光となった。同じ月がいまは罪を端的に象徴する無気味な青白い光へと変ったのである、「丁度今夜《こんや》の様《よ》な月夜だたね。」

この赤子が発した大人の声については、過去に我が子を六人も殺した百姓の意識下に潜む罪の意識がなせる幻聴だとも、良心の声だとも、解釈できないことはない。いや、この子を人一倍可愛がったのも以前に犯した罪の無意識裡の代償行為だったのかもしれない。そして幸福の絶頂で、心に優しい感情がしのびこみ、幸福なるがゆえにふと不安を感じた時、農夫は月の光の連想で、自分の過去の所業を思い出してしまったのかもしれない。昔は貧乏暇なしで気がせいていたから、いい月夜だ、などと満月を仰いでいるゆとりすらなかったのだが……

しかしこの民話ではそうした近代合理主義に即した解釈はなじまない。そうしたラショナルな説明では話は迫力に欠けるし、つまらない。いま自分の両腕に抱いている赤子に、前に殺した子の霊が乗り移って口を利いた、というところに話の凄みもある。その背後には仏教の輪廻《りんね》や転生《てんせい》の考えがあるのだろう。また六人殺して七人目の子というその数にも、もしかすると七度《ななたび》生れかわる、という信心が暗示されているのかもしれない。間引きが広く行われた地方での、心の咎めに由来する民話とも、その種の所業を戒めた仏教説話ともいえる。本当は母親がいちばん辛い立場にあるのだろうが、母親を責めてはあまりに酷《こく》に過ぎるからだろう、この話では女親は表に立たないことになっている。

ハーンの語り口は典型的な「起承転結《きしょうてんけつ》」の構成である。「御父《おとっ》つぁん、わしを仕舞《しまい》に捨《し》てさした時も……」と我が子が大人の口を利いた時のショックは、父親に対してはもちろん読者に対しても、強い。一挙に雰囲気は逆転するが、それが「転」で、そう言った子供がまた普通の赤子に戻って黙った。畏怖の念に打たれて口も利けぬ父親の沈黙は一行の空白で示され、話は、

「百姓は僧になった」

で終わる（「結」）。

ところで最後の、

〈The peasant became a monk.〉

の一行だが、その行為はどのような意味を持つのだろう。百姓が僧になった、と聞いて読者の気持も落着き、話も終るが、この簡潔《かんけつ》な筆づかいは一つにはリズミカルな短篇構成上の必要からも来ているが、いま一つにはハーンの倫理感に由来しているかもしれない。百姓が自分の犯した罪の恐しさに気づいて、捨てた子を弔い成仏《じょうぶつ》を祈るために出家した、という解釈がそれで可能になるからである。話の展開には人間性に根ざした道徳観念や倫理感覚が認められる。徳川時代や明治時代の初期に貧乏百姓が寺男ならまだしも僧侶にそう簡単になれたものか、といった疑問や、また妻子を捨てて出家してしまって良いのか、といった疑問も浮ばないではないが、しかしそうした疑問は近代主義に偏した発想にちがいない。最後の一行はあるいは中世以来の説話文学の結びの形式をそのまま踏襲《とうしゅう》したまでかもしれないが、ハーンにとっては、百姓の改心の証《あか》しのようなものでもあったろう。出雲の原話は日本の民俗学者の手で採集されずにしまったので、原話が実際どのような結末を迎えたか私たちはもはや知るに由ないのだが。

『夢十夜』の第三夜

夏目漱石の『夢十夜』は明治四十一年七月二十五日から八月五日にかけて『朝日新聞』に発表された。真夏の夕涼みにちょうど怪談のふさわしい時節である。その十話中四話は「こんな夢を見た」という書出しで始まる。そしてその第三夜もたまたまハーンと同じ「子供を捨てる父」という主題を扱っている。短いのでいま全文を引かせていただく。


こんな夢を見た。

六つになる子供を負《おぶ》つてる。慥《たしか》に自分の子である。只不思議な事には何時《いつ》の間《ま》にか眼が潰《つぶ》れて、青坊主になつてゐる。自分が御前の眼は何時《いつ》潰れたのかいと聞くと、なに昔からさと答へた。声は子供の声に相違ないが、言葉つきは丸《まる》で大人《おとな》である。しかも対等《たいとう》だ。

左右は青田《あをた》である。路は細い。鷺《さぎ》の影が時々闇に差す。

「田圃へ掛つたね」と背中で云つた。

「どうして解る」と顔を後《うし》ろへ振り向ける様にして聞いたら、

「だつて鷺が鳴くぢやないか」と答へた。

すると鷺が果して二声程鳴いた。

自分は我子ながら少し怖《こは》くなつた。こんなものを背負《しょ》つてゐては、此の先どうなるか分らない。どこか打遣《うつち》やる所はなからうかと向ふを見ると闇の中に大きな森が見えた。あすこならばと考へ出す途端に、背

中で、

「ふゝん」と云ふ声がした。

「何を笑ふんだ」

子供は返事をしなかつた。只

「御父《おとつ》さん、重いかい」と聞いた。

「重かあない」と答へると

「今に重くなるよ」と云つた。

自分は黙つて森を目標《めじるし》にあるいて行つた。田の中の路が不規則にうねつて中々思ふ様に出られない。しばらくすると二股《ふたまた》になつた。自分は股《また》の根に立つて、一寸休んだ。

「石が立つてる筈だがな」と小僧が云つた。

成程八寸角の石が腰程の高さに立つてゐる。表には左《ひだ》り日《ひ》ヶ窪《くぼ》、右堀田原《ほつたはら》とある。闇だのに赤い字が明《あきら》かに見えた。赤い字は井守《ゐもり》の腹の様な色であつた。

「左が好いだらう」と小僧が命令した。左を見ると最先《さつき》の森が闇の影を、高い空から自分等の頭の上へ抛《な》げかけてゐた。自分は一寸躊躇した。

「遠慮しないでもいゝ」と小僧が又云つた。自分は仕方なしに森の方へ歩き出した。腹の中では、よく盲目の癖に何でも知つてるなと考へながら一筋道を森へ近づいてくると、背中で、「どうも盲目は不自由で不可《いけな》いね」と云つた。

「だから負《おぶ》つてやるから可《い》いぢやないか」

「負《お》ぶつて貰つて済まないが、どうも人に馬鹿にされて不可《いけな》い。親に迄馬鹿にされるから不可《いけな》い」

何だか厭になつた。早く森に行つて捨てゝ仕舞はふと思つて急いだ。

「もう少し行くと解る。――丁度こんな晩だつたな」と背中で独言《ひとりごと》の様に云つてゐる。

「何が」と際《きは》どい声を出して聞いた。

「何がつて、知つてるぢやないか」と子供は嘲《あざ》ける様に答へた。すると何だか知つてる様な気がし出した。けれども判然《はつきり》とは分らない。只こんな晩であつた様に思へる。さうしてもう少し行けば分る様に思へる。分つては大変だから、分らないうちに早く捨てゝ仕舞つて、安心しなくつてはならない様に思へる。

自分は益《ます〳〵》足を早めた。

雨は最先《さつき》から降つてゐる。路はだん〳〵暗くなる。殆んど夢中である。只背中に小さい小僧が食付《くつつ》いてゐて、其の小僧が自分の過去、現在、未来を悉《こと〴〵》く照して、寸分の事実も洩らさない鏡の様に光つてゐる。しかもそれが自分の子である。さうして盲目である。自分は堪《たま》らなくなつた。

「此処だ、此処だ。丁度其の杉の根の処だ」

雨の中で小僧の声は判然《はつきり》聞えた。自分は覚えず留つた。何時《いつ》しか森の中へ這入つてゐた。一間ばかり先にある黒いものは慥《たしか》に小僧の云ふ通り杉の木と見えた。

「御父《おとつ》さん、其の杉の根の処だつたね」

「うん、さうだ」と思はず答へて仕舞つた。

「文化五年辰年《たつどし》だらう」

成程文化五年辰年《たつどし》らしく思はれた。

「御前がおれを殺したのは今から丁度百年前《まへ》だね」

自分は此の言葉を聞くや否や、今から百年前《まへ》文化五年の辰年《たつどし》のこんな闇の晩に、此の杉の根で、一人の盲目を殺したと云ふ自覚が、忽然《こつぜん》として頭の中に起つた。おれは人殺《ひとごろし》であつたんだなと始めて気が附いた途端に、背中の子が急に石地蔵の様に重くなつた。


夜が持つ恐怖、自分より劣っていると思っていた者から不意打ちを受ける無気味さという点で、ハーンと漱石の作品は共通している。子供が自分の過去の所業を知った恐ろしい致命的な存在として現れる点、両者の発想は等しいといえる。出雲の民話では先に子供を捨てたが、漱石の「第三夜」ではこれから捨てて仕舞って安心しようとする。漱石にも、

「丁度こんな晩だつたな。……御前がおれを殺したのは」

という言葉があって、それはハーンの、

〈*the* LAST *time you threw me away* the night was just like this,〉

という台詞といかにも似通っている。ハーンの作中では赤ん坊がにわかに大人の口を利いたが、漱石の作中でも、

「言葉つきは丸で大人である。しかも対等だ」

とあり、類似点が極めて多い。

しかしより興味深い比較は、子供を捨てた父という同一の主題を二人の作家がその資質に応じて異なる処理を施した点にある。ルポルタージュ記者出身のハーンは主人公を三人称で客観的に叙述する。話は事実に

即して、時間の経過に従って淡々と語られる。情景描写も、黒白の影絵のような、民話の世界であった。英文に即して言えば Once で始まり、

〈each day the hard peasant wondered more at his own heart, —— for each day he knew that he loved his son more.〉

と同じ言葉を繰返す語り口もメルヘン風といった印象を強める。会話も少く、父が口にした言葉は一言《ひとこと》、子供が口にした言葉も一言で、話は終ってしまう。メルヘン風といったが、父親は満月の夜、可愛い子を腕に抱いて庭先へ出た。作者はいわば明るく怖ろしいことを語ったのである。

それに対して漱石の話では主人公は一人称で「自分は」と語り出す。闇夜、醜い盲目の小僧を背負って出、いわば無気味に薄気味悪い話を語り出す。それだけに自分の気持や、はっきりとはわからないが漠然とした不安な感じが、最初から文面に漂う。ハーンの短篇では事実の並べ方そのものが論理的説明となっていたが、漱石の「第三夜」は、悪夢がおおむねそうであるように、論理的ではない。作中の時間の流れも現実の時間の流れと同じではないらしい。親と子でも時間の流れ方が喰違っていて、その喰違いが解消する時、すなわち子供に、

「文化五年辰年《たつどし》だらう」

といわれて、

「成程文化五年辰年らしく思はれた」時、話は急激に結末に向う。

作品の構成についていえば、ハーンの淡々とした単線的な文章に比べて、漱石の「第三夜」はいかにも緻密に計算された芸術作品という感じがする。父親である自分と六つの子供の力関係が、当然あるべき日常的な親子関係とどこかずれている。そのために薄気味悪さが漂うのだが、そうした異常性の一つ一つがいわば

伏線となっている。漱石の技巧は、子供の言うことが一々予言となっていて、それが次々と現実化する仕組みで、当初、親の方はいっこう罪の自覚がなくて、呑気に、

「御前の眼は何時《いつ》潰れたのかい」

と聞くと、青坊主の子供は、

「なに昔からさ」

と軽く答えた。しかしさりげない出だしの会話も結びの百年前の文化五年辰年《たつどし》の盲目殺し、と照応している。田圃へ掛ると、目が見えない癖に子供にはそれと解る。「どうして解る」と聞いたら、

「だつて鷺が鳴くぢやないか」と答へた。

すると鷺が果して二声程鳴いた。（傍点平川）

どうも我が子ながらこの子の増長した、小生意気な口の利き様は親しめない。（父親として家庭で子供に接することの不器用だった漱石の、子にうまくなじめない感じがあるいは生かされているのかもしれない。）自分は我が子ながら怖くなり、どこかへ打遣《うつち》やろうと思うたびに「ふゝん」と子供は親の心中を見抜いたように冷笑する。

「何を笑ふんだ」

子供は返事をしなかつた。只

「御父《おとつ》さん、重いかい」と聞いた。
「重かあない」と答へると
「今に重くなるよ」と云つた。

何気ない子供の言葉も、結びの「途端に、背中の子が急に石地蔵の様に重くなつた」の伏線となっている。しかもハーンの論理的説明と違って、「第三夜」では、自分がなぜ子供を背負って、こんな暗い雨の夜に細い道を行かねばならぬのか、読者にも本人にもはっきりしていない。しかし子供にはなにかわかっているらしい。自分が早く片付けちまおうと思って急ぐと、

「もう少し行くと解る。――丁度こんな晩だつたな」と背中で独言《ひとりごと》の様に云つてゐる。
「何が」と際《きは》どい声を出して聞いた。
「何がつて、知つてるぢやないか」と子供は嘲《あざ》ける様に答へた。すると何だか知つてる様な気がし出した。

ハーンの民話では百姓の罪の自覚は、最後の子供の一句で一気に意識下から表面へ引き出されるが、漱石の「第三夜」の夢の中では、罪の自覚は、間を置いてじわじわと真綿で首を締めるように発する子供の質問でもって判然としてくる。そのために自分はひきつったような「際どい声」を出し、「堪《たま》らなく」なり、ついには「うん、さうだ」と思わず答えて仕舞う。そして相手に「御前がおれを殺したのは今から丁度百年前《まへ》だね」と言われ「おれは人殺《ひとごろし》であつたんだなと始めて気が附いた途端に、背中の子が急に石地蔵の様に重く

なつた」

共通性と異質性

漱石の「第三夜」でも、やはり背後に仏教の前世《ぜんせ》の観念があるからだろうか、百年前の盲目殺しの罪を忽然として主人公は自覚させられる。だがそれは自分が実際に犯した罪なのだろうか。いったい百年前の自分とは何だろう。

漱石は親子関係という、自分自身の意志ではどうにもままならぬ絆《きずな》に対して、一種オブセッションのようなものを持っていた。「第三夜」の中でも、

「只背中に小さい小僧が食付《くっつ》いてゐる」

という言い方には、離そうにも離せないなにか、両手で抱いたのと違って背中にぺったりとくっつかれて段々重くなるなにか——血のつながりの絆に対する不安まじりの意識が感じられる。

「其の小僧が自分の過去、現在、未来を悉《ことごと》く照して、寸分の事実も洩らさない鏡の様に光つてゐる」

出雲の民話の赤子もいわば鏡の様に光って父親の過去の所業《しょぎょう》を照し出した。ハーンの作中の **infant** という呼び方は、マリヤに対する幼児イエスの **infant** を遠くに連想させて、西洋流にいえば自己の行為の責任を問う「良心の鏡」という趣きがなくはなかった。天使が百姓に自らの罪を気づかせるためにこの子をつかわした、聖なる感じである。

だが漱石の短篇で、青坊主の醜悪な小僧を「良心の鏡」と呼ぶことには違和感がある。だいたい「小僧」という漱石の呼び方には最初から嫌悪感《けんおかん》がこめられていて、その子が急に石地蔵の様に重くなっても宗教性

は毫末《ごうまつ》も感じられない。むしろ（滑稽味さえなくもないが）小悪魔と呼ぶべき小僧だろう。さらに詳しく差異を取りたてて言えば、「第三夜」の小僧が、

「御前がおれを殺したのは」

と露骨に「殺す」という語を用いたのに対し、ハーンの民話の赤子は、

「わしを仕舞《しまい》に捨《し》てさした時も」

と敬語を用いている。英語で読めば語気は荒いが、日本語で読む限り、子供も父親の苦しい立場を了解していた、といえそうな感じもする。その哀れがあればこそ、

「百姓は僧になった」

という最後の一行で読者はほっとするが、漱石の「第三夜」の終りは重く下へ沈むだけである。それはハーンに社会問題としての間引きや捨子への倫理的関心があったのに対して、漱石にとっては薄気味悪い怪談の後味の方がもっぱら大切だったためだろう。

ここで漱石の短篇の趣向《しゅこう》をまず江戸文化の流れの中で考えてみると「第三夜」は座頭殺《ざとうごろ》しのテーマを踏まえているようだ。河竹黙阿弥《かわたけもくあみ》の『蔦紅葉宇都谷峠《つたもみじうつのや》』、通称『文弥《ぶんや》殺し』なども漱石の頭の一隅にあったかもしれない。作中の会話の妙が江戸の咄家《はなしか》の語り口を連想させずにはおかぬ点も、出雲の田舎の無口な百姓の民話と対照的な相違だろう。漱石にももちろん読者の興を惹こうとして、夏の夕涼みのために近代風怪談を書いた、という職業意識はあった。文化五年（一八〇八年）は『夢十夜』執筆の明治四十一年（一九〇八年）のちょうど百年前に当る。漱石も年表を繰って文化五年辰年《たつどし》と確認して使ったので、年数の具体性も犯行日時の確認（証拠）となって恐怖を具体的なものとしている。漱石は『夢十夜』を書く工夫を楽しんでい

たので、その際、結末に向けて収斂《しゅうれん》する伏線構造の妙についてはすでに触れた。漱石は「正統」の文学者らしく、ハーンの再話と違って、形容や描写や会話に細工をこらして雰囲気を盛りあげようとする。出雲の民話の黒白の後景は「珍しいええ月夜」だけでほかに道具立てはなかったが、「第三夜」ははじめから雨脚の激しい不気味な闇夜である。しかし黒一色ではない。漱石の夢には濃い原色が病的に点綴《てんてつ》される。青坊主の青、青田の青、暗闇の中にも見える「井守の腹の様な色」の赤い字の道標、などがそれである。作中の森は、「あの穴八幡の坂をのぼつてずつと行くと、源兵衛村の方へ通ふ分岐道《わかれ》があるだらう。あすこをもつと行くと諏訪の森の近くに越後様といふ殿様のお邸があつた……」

という『僕の昔』という談話の一節を思わせる。そのあたりで腕白者で喧嘩がすきで、よくアバレ者と叱られたのが子供の金之助だったが……

ところで「第三夜」で、子供が眼が潰れた青坊主である、というのは黙阿弥の歌舞伎などと同様、不具者にたいして世間が抱きうる醜悪感《しゅうおかん》、恐怖感を、前提にしたものだろう。徳川末期のグロテスク趣味は怪談物にはつきものだが、漱石もその趣向によったらしい。目の見えない人間には、その欠陥を補ってあまりある感覚が発達している場合があるが、漱石はその超感覚能力を子供に賦与《ふよ》して、それで六歳の子供は大人の腹の中まで見すかしている。

「負ぶつて貰つて済まないが、……親に迄馬鹿にされるから不可《いけな》い」

しかし一方、心理家漱石の短篇についてはより近代的な心理小説的解釈を施すことができる。本人の自覚は薄いにもかかわらず子供は先廻りして知っている、という不安感は、意識下の世界を探ろうとする試みとも取れよう。夢は深層意識を探る手掛りとして、漱石が耽読《たんどく》した二十世紀初頭の西洋心理学者がしきりと掘下げた領域である。また人間、罪を犯してもいないのに、いつの間にか自分で自分の有罪を主張する心理を、漱石の夢魔《むま》にも似た不安感は暗示していないだろうか。出雲の民話と違って「第三夜」では、自分が実際殺せたはずもないのに殺している点が凄味《すごみ》なのである。精神的に呪縛《じゅばく》され、窮地に立たされ、悪魔的な検事ともいうべき青坊主の小僧の弾劾《だんがい》追及にあって、つい、

「私がやりました」

「その通りです」

「私は有罪です」

と自己誹謗《ひぼう》を重ねてしまったのではないだろうか。連想がいささか飛躍するが、たとえば、全体主義国の裁判所で厳しく査問《さもん》され、

「私は私の死刑を正しいものと認めます」

とついに言ってしまった時、その人の気持は急に石地蔵の様に重くなるにちがいない。

ただそのように解釈するのは、ハーンの民話について赤子が発した大人の声は百姓の罪の意識がなせる幻聴だ、と解釈するのと同様、近代心理主義に偏するものかもしれない。しかしこれより数年の後、漱石の弟子筋にあたる芥川龍之介が、日本中古の説話文学の枠組を借りて西洋短篇小説風の換骨奪胎《かんこつだったい》を試みたと同様、漱石も彼自身の才筆を揮《ふる》うべく『夢十夜』の枠を借りたのだろう。子供に自分が翻弄《ほんろう》される様がきめ細かく描写されている点も、漱石の文体重視のあり方が、ハーンの余計なものは一切削り落した文体重視――それが初期の印象主義作家時代と異る後期のハーンの特色となる――のあり方と質的に違うことを感じさせる。しかもその背後にあるものは『怪談』の作者ハーンの猟奇的《りょうき》趣味性の裏にある健康さと、漱石の軽妙な筆づ

かいの裏にひそむ陰惨さかもしれない。漱石の文章には子供に対する愛情らしきものは全然表現されていないが、そうした優しさは計算ずくだけで削ったのであろうか。

親の因果が子に報ゆ

ここで怪談や、ハーンや漱石の話を可能にした輪廻転生《りんねてんせい》や前世の観念を世紀末から二十世紀初頭の思想史の流れの中で再考してみよう。

周知のように排他的な一神教の大宗教が浸透してくると、従来の土着の信仰は滅びて、「流竄《るざん》の神々」**gods in exile** となる。妖怪変化《ようかいへんげ》に身をやつした異教の神々はヨーロッパでもブルターニュやアイルランドや北欧の辺境ではまだ生きのびることが出来て、フェアリー・テールの主人公ともなった。しかし同じ西ヨーロッパでもキリスト教化の歴史が長いイタリア半島には幽霊はおろか妖精の姿すら認めがたい。(だからイタリアの童話文学を代表する作品はフェアリー・テールではなくて『ピノッキオ』のような人間生活の現実を投影した人形の話となっている。)

キリスト教化の長い歴史におけるそのような敵対関係からもわかるように、キリスト教世界では幽霊とかお化けとか鬼とかは、異教の匂いのする、本来的に許されざる存在なのである。

それに対して私たちの日本は元来が八百万神《やおよろずのかみ》が住み給う国であり、一神による万物創造(creation)よりも万物の自然発生(generation)を信じている。そのような多数の神々の存在を認めている豊葦原の土地では、そこに死んだ人の幽霊が住もうが御魂《みたま》が草葉の蔭にじっとひそんでいようが、誰もそれを咎《とが》め立てたりはしない。

カトリックの信心深い大叔母に引き取られ、カトリック系の学校に学んだラフカディオ・ハーンの悲劇は、家庭が崩壊し、突然母親から引離された情緒不安定の幼児の折に、彼が魑魅魍魎《ちみもうりよう》の実在を信じたことだった。

「信じた理由は？」と聞かれた時、晩年のラフカディオは真顔で答えた。

「私が信じた理由ぐらい強い理由はほかにはありません。私は鬼やお化けを、昼も夜も、この眼で見たのですから」

『私の守護天使』という幼年時代の思い出で、ハーンは母親に生き別れた後の頃をこう回想している。

　眠る前に私は自分の頭を掛布団の下に隠した。それはお化けや鬼が私を覗きこむのを防ぐためだった。それだからお化けや鬼がベッドの寝具を引張りに来た時、私は大声をあげて叫んだ。

　だがラフカディオが ghost（幽霊）とか goblin（鬼）とかの名を口走るたびに、神父たちは顔を顰《しか》め、大叔母の愛情は薄れた。子供のラフカディオは夜な夜な自分の眼の前へ現れるお化けや鬼についてやがて他人に語るのを止《や》めてしまった。話せば叱られたからである。

「私にはなぜ私がこうした目にあったことをほかの人に話すのがいけないのか理解できなかった」

　そのような不安にさいなまれた少年は、中学時代カトリック系のセイント・カスバート学校の図書室で、幽霊屋敷を描いた文学作品を見つけてほっと安堵《あんど》した。自分の幼年時代をみじめなものとしたもろもろの存在に再会したのだが、不思議なことにリットンのその恐怖小説の読書がラフカディオの恐怖を癒《いや》してくれたからである。「黒い信仰」に取りつかれた当時の彼にカトリックの信仰はもちろんもはやあるべくもなかったが……

後年、西洋キリスト教文明社会に背を向けて来日したハーンは、はじめは出雲の国で神道に心惹かれたが、後には（アメリカ時代からすでに興味をもっていた）仏教に深い関心を寄せ、その教理を自己の内なる欲求に従って再解釈しようとした。前世の観念や輪廻転生の思想、またキリスト教の soul（霊魂）とは異なる魂についての考え方——仏教的な観念の方がキリスト教的な観念よりもハーンには自然ですなおに思われたのである。それはなにもハーンが ghostly なものに惹かれる気質だったからだけではなかった。十九世紀の進化論などの自然科学思想に照しても理があるように思われたのである。いま『横浜にて』『前世の観念』『業《ごう》の力』などの諸作品からハーンの説明を拾ってみよう。

「われわれが現在あるところのものは、われわれが過去においてあったものの結果なのだ」

これは一読した限りでは西洋の哲学者でも言いそうな句である。しかし横浜の老僧が言った場合には「過去においてあったもの」は前世の意味となり、この句は、前世の所行《しょぎょう》によって現世において受けるところの応報（業《ごう》）の説明となってしまう。その業についても「各自の運命は彼の以前の行為に左右される」という句を読めば、西洋人読者は「以前の行為」を「現世における以前の行為」の意味かと錯覚するだろう。人間は前世の行為にまでは責任は負えない、と個人主義者は思うだろうし、また前世の存在そのものを否定するのが西洋人キリスト教徒の常だからである。キリスト者は霊魂不滅を信ずる者として、

「子供は父や祖父の行き方に倣《なら》い、父や祖父の強みも弱みも受継ぐだろうが、しかし自分の霊魂は父や祖父から受取ったのではない」（『横浜にて』）

と主張するにちがいない。しかしハーンはキリスト教の神の観念と対をなす「個人の霊魂」「個人の自我」

という伝統的な観念に対し次のように疑問をさしはさんだ。
「われわれの深い感情は個人的なものではない、超個人的なものである」（『前世の観念』）
「感情のいちだんと深い波はけっして個人的なものではない。それはそこからわれわれが出て来た祖先以来の生命の海から湧いて出た波動である」（同右）
ハーンはここで当時盛んとなった進化論の学説を援用しているので、「本能」とは「生命の連綿たる連鎖《れんさ》において次に来た個人によって遺伝継承されるべき無数の印象の総計」（同右）であり「有機的に組織化された記憶」であるとした。それだからわれわれにも前世を憶い出す機会や力がまったくないわけではない。「実際はじめて訪ねた場所なのに、もうすでに一度見た、という奇妙に親しい感じを受けることがあるではないか」（同右）
そして「進化の論理と同じく輪廻の理論は現実世界に根ざしたものである」という『進化論と倫理』の著者T・ハックスリーの言葉を引きながら、ハーンはさらに次のように強調した。

こうしてわれわれは前世の観念であるとか、自我は複合的なるもの multiple Ego という観念について、生理学的にいっても立派に証明できるのである。一人一人の個人の頭脳の中にわれわれの先祖の数限りない体験が遺伝されて記憶となって蔵《ぞう》されていることには疑問の余地がない。

独学の人であったハーンが『前世の観念』で試みたこの仏教の私的解釈について難癖《なんくせ》をつけるのは容易だろう。西田幾多郎はハーンの文学的特質をよく理解した人であったが、この哲学説にたいしては「単に空想的感傷的たるを免れない」とアカデミックな批評をした。(9)しかし混血児であったハーンには瞼《まぶた》の母の故郷のギリシャの血が騒ぎ、イオニア海の潮騒《しおざい》が聞える時があった。個人を越えた源泉の感情が湧き出る時があった。それだけに「種の集合的記憶」といった考え方は身にしみて真実なもののように思われたのである。またそのような哲学的解釈を真に自己のものとした西洋人であったからこそ、英語で書かれた仏教文学とも呼ぶべき珠玉の随筆『草ひばり』なども書けたのである。虫籠の蟋蟀《こおろぎ》の運命にことよせて書かれたその文章の中でもハーンはこう説いている。

岡の露深い草葉の間から、その草ひばりと呼ばれる蟋蟀の魂が、夜りーん、りーんと鈴を振わすように鳴く時、それは（種の）有機的な記憶の歌なのである——何千億、何千兆という世々《よよ》の命、他の命の、深い、かすかな記憶の歌なのである。

英文でこの「魂」は soul でなく ghost と出ている。キリスト教世界では霊魂とは人間にとってのみの soul で虫や獣には霊魂はない、という考えに従った区分であろう。しかし「一寸の虫にも五分の魂」と諺で言いならわしてきた私たち日本人には、その種の区分がかえって不自然に思える。そしてそれを不自然に思う私たちはやはりどこかで仏教の感化を受けているのだろう。

ハーンは ghost に関心を寄せた人だが、その ghost は単に「お化け」や「幽霊」という意味だけではなかった。ハーンは虫籠の草ひばりの魂《ゴースト》にも、またその前世にも思いをめぐらさずにはいられない、という深い同情心の持主だったのである。日本の民俗にしみわたったこの仏教的心性にふれつつハーンはまた次のようにも言っている。

「前世の観念のあるなしが東西の思考法の一番大きな違いであろう」（『前世の観念』）

出雲の民話の七番目の赤子に亡くなった子供の霊が乗り移って大人の声を発した時、ハーンがその話にじっと耳を傾けたのは、彼がいま述べたような心性の持主だったからである。

それに対して、

「幽霊と雲助は維新以来永久廃業した者とのみ信じて居た」（『琴のそら音』）

のが文明開化の明治人であった。ところが漱石は、ハーンの『怪談』などの読書に励まされたのも一因だろうが、「霊の感応」や「心霊現象」を初期の作品『琴のそら音』で取りあげ、続いて『趣味の遺伝』では心霊の不可思議を遺伝学の立場からも十分可能である、という態度を示した。漱石もハーンと同様、自然科学の説明を借りて、前世の縁《えにし》の不思議を説明しようとしたのである。

「さうだ、此問題は……遺伝で解けば屹度《きつと》解ける」（『趣味の遺伝』）

本当はそんな説明では問題は解けないのだろうが、漱石もハーンと同様、擬似《ぎじ》科学風な装《よそお》いをこらしたのである。その下にひそんでいるのは、西洋科学でいう因果律《いんがりつ》とは異る、仏教でいわゆる因果なるものに惹かれる漱石の心性であった。

「親の因果が子に報ゆ」

それが「第三夜」の眼の潰れた小僧が象徴するなにかだろう。ハーンの作品中の赤子が百姓にとって「良心の鏡」という趣きがあるのに反し、青坊主の醜悪な小僧を「良心の鏡」と呼ぶことに違和感があることはすでに述べたが、鏡でたとえるなら、漱石の小僧は、

「業《ごう》の深い人間がすることなすことを照す鏡」とでもいえば適当なのではあるまいか。前世の善悪の所行によって現世で受ける応報が業だが、「第三夜」の自分は、生物学的にあり得ない、百年前の自分が犯した罪の重荷を忽然《こつぜん》として感じたのである。それは前世の自分が犯した罪だろうか。それとも自分の父や祖父の中に宿っていた自分が犯した罪だろうか。それとも人間ふだん気づかぬうちに人を傷つけている。その癖そうした罪の自覚はこうした事でもない限り生じないからだろうか。

「第三夜」には漱石の人間存在そのものにまつわる不安感が現れているらしい。背中に食付《くつつ》いている小さな小僧は、

「自分の過去、現在、未来を悉《ことごと》く照して、寸分の事実も洩らさない鏡の様に光つてゐる」

とあるが、その鏡の光は人間の心の中のエゴイズムの罪の意識を照し出しているのだろう。エゴイズムの罪の意識を剔抉《てつけつ》した『こゝろ』の中で、「私」は友人Kの恋人を策略で奪ったために人間として敗れ、その上Kの自決を目撃した時は、

私は……あゝ失策《しま》つたと思ひました。もう取り返しが付かないといふ黒い光が、私の未来を貫ぬいて、一瞬間に私の前に横はる全生涯を物凄く照らしました。

この「黒い光」と「第三夜」の「鏡の光」とその照し方が実によく似通っている。自分が背負っている青坊主は、人間一般が背負う暗い運命の象徴とも取れるのだ。そう思って読めば、

「こんなものを背負《しょ》つてゐては、此の先どうなるか分らない」

「今に重くなるよ」

「自分は仕方なしに森の方へ歩き出した」

「何がつて、知つてるぢやないか」

といった作中の言葉の一つ一つが、人間が背負いこんだ業の重荷を感じさせる言葉として意味を持ってくる。「自分」は、なにかしら罪悪感におびえ、屠殺場へ向けて追い立てられてゆく家畜のように、自己の力を超越した不可知《ふかち》のものによって引かれてゆくのである。

子供を捨てたラフカディオの父

子供を捨てた父親と、その父親を告発する子供の霊——これがハーンの再話であり、漱石の「第三夜」であった。そしてこのような主題に接すると、ハーンや漱石の伝記的事実に通じている読者は、ラフカディオや金之助の幼時体験のことを想起せずにはいられない。二人はともに、いわば父親に捨てられた子供だったからである。

ハーンの父親はダブリンのアングロ・アイリッシュ系の上流の出身で、イギリス軍の軍医としてギリシャのイオニア海の島に占領軍として駐屯《ちゅうとん》中、島の女ローザ・カシマティと知りあい、周囲の反対を押切って結婚した。——もっとも正式に結婚したのは最初の子供（早死する）が出来た後で、イギリス陸軍省への届けの提出はさらに遅れた。十九世紀の英国人は、いや二十世紀の半ばを過ぎるまで英国人は、植民地や土地の女と結婚することを忌《い》み嫌った。ハーンの秀れた伝記を書いたエリザベス・スティーヴンソン女史はアメリカ南部の出身だが、父親のチャールズ・ブッシュ・ハーンの人柄を「想像力に欠けた」と評している。上品な言い廻しだが、先の事も考えず無分別な結婚をしたものだ、という含みであろう。

英軍司令部はハーン軍医とローザの関係を知ってか知らずか、彼を大西洋の彼方、英領西インド諸島へ転任させてしまう。それで後に小泉八雲となる二番目の子供は、父親が去った後、レフカディア島（今日はレフカス島と呼ばれている）で一八五〇年六月二十七日に生れた。この不釣合いな結婚から出来た子は、アイルランド出の父親とギリシャの島の出の母親にちなんでパトリック・ラフカディオ・ハーンと名づけられた。しかし後に本人はアイルランドの守護聖人の名の方は嫌って、自分ではラフカディオとしか言わなくなるのだが、その事情についてはまた先でふれる。

占領軍の将校と一旦結ばれて残された母と子は、おそらく周囲から白眼視《はくがんし》されたであろうが、それでも幸福な二年余をイオニア海の島で過した。まだほんの子供のことであり、記憶も定かではなかったにちがいないが、ハーンは後年、その失われた楽園をしのびつつ、『夏の日の夢』と題する一篇に次のような漠とした思い出を記している。


私の記憶の中には魔法にかけられたような時と処の思い出がある。そこでは太陽も月もいまよりずっと大きく、ずっと明るく輝いていた。それがこの世のものであったか、それともなにか前世のものであったか私にはわからない。私が知っているのは、青空はいまよりずっと青く、そしてもっとずっと地上に近かった、ということだ。……海は生きて息づいており、なにか囁いているようだった。風も生きて息づいており、風が私にさわるたびに歓びのあまり私は大きな声で叫ばずにはいられなかった。……そして私をしあわせにしようと、ひたすらそのことのみを考えてくださった方《かた》の手で、その土地もその時も、穏やかに支配されていた。……

ラフカディオはこうして母の庇護《ひご》の下に二年余をギリシャの島で過した後、一八五二年八月、まだ父が復員していないダブリンのハーン家へ行ったのである。しかし戦争花嫁ともいうべきローザは、ダブリンの家庭やその社交界になじむことができなかった。まず第一に英語ができなかった。また英語以前に、母国語でも読み書きができなかった。それは当時のギリシャの島の女としては当り前の事だったというが、迎え入れる側も、周囲になじまぬ母子には絶望したことであろう。するとローザはわざとのようにギリシャ正教徒であることを誇示し、幼いラフカディオの耳に金の耳環をつけて溺愛《できあい》した。はたの者はジプシーのような扮装《いでたち》をしたラフカディオを見て顰蹙《ひんしゅく》したが、神経質で我儘な子はその周囲の雰囲気を敏感にさとると、誰かに盗られまいとするように人形をかたく胸に抱きしめた。後年のハーンが思い出すことのできた母の唯一の面影は、優しく気難しい顔だけで、その顔こそ幼児の宇宙の中心だったのである。異母妹《いぼまい》に宛てた一通にハーンはこう書いた。

私は母の顔だけは憶えています。それを憶えているのはこうした訳です。ある日母が愛撫《あいぶ》するようにその顔を私の上へ近づけました。それは色黒の、デリケートな顔でした。眼は大きくて黒かった――とても大きかった。子供の悪戯心《いたずらごころ》から私はその顔を衝動的に平手《ひらて》で叩いたのです。その結果どうなるか、きっとそれが知りたいだけで叩いたのです。母はすぐ私をきびしく叱り、懲《こら》しめました。その時泣き叫んだことやその時の気持をいまでも憶えています。当然受けるに値した罰なのですが。そしてこうした時、最初に手を出した癖にそうした結果に逆怨《さかうら》みして腹を立てる子供が多いけれど、私はまったく腹は立てませんでした。

そして自分が会ったことのない実の弟宛にもこう書いている。

あのお母さんの色黒の美しい顔を憶えていますか？　あの野鹿のような、大きな茶色の眼を？

こうしてダブリンの市中で母一人子一人の生活がさらに一年余続いた後、一八五三年十月、父チャールズ・ブッシュ・ハーンが帰還してきた。三歳四ヵ月のラフカディオはその時生れてはじめて父を見たわけだが、その時の思い出を弟宛にこう書いている。

父が聯隊とともに町に帰還した時、父が私を一緒に馬の背に乗せてくれたことを私は憶えています。赤いコートと縞入りのズボンの多数の士官と一緒の晩餐の席、子供の私は食卓の下を匍《は》いまわって軍人さんの脚をつねってまわったのでした。

だがその十月八日の晩、ハーン家の一人が残した日記によると、ローザは激しい神経の発作を起した。それは四年余ぶりに再会した夫が、もはや以前と同じように自分を愛していないことを本能的に直覚したからに相違ない。そしてチャールズ・ブッシュ・ハーンは翌一八五四年三月には、妊娠中の妻とラフカディオを残してまたクリミヤ戦争へ出征してしまった。ローザはその初夏四歳のラフカディオを残して出産のためにギリシャへ帰る。そしてその留守の間に戦場から生還した父は、結婚証書に署名のなかったことを利用して、結婚無効の訴訟を行い、ローザを離婚というか、相手が知らぬ間に一方的に捨てたのである。ラフカディオはギリシャで生れた未見の弟ジェームズ・ハーンに、その父の思い出を、こう書いている。

私が父を見た記憶は四度だけ——いや、五度あるきりです。けっして私を可愛がってくれなかった。いつも父親が恐くて私はおどおどしていました。なんだか黙りこくっている人でした。……父の写真をいま見ると（写真を送ってくださって有難う。私も一枚持っていたのだけれど、七二年から七三年ごろなくしてしまいました）、この厳格で怖ろしい顔と、冷静に落着いた眼と、——私には自分の中に父と共通のものがたくさんあるという感じが湧きません。どうやら私は父を愛してはいないらしい。

父がそのように無法に近い離婚手続きをしたのは、彼が昔恋した女がいまは未亡人となり、オーストラリアから二人の小さな子供を連れてダブリンへ引揚げていたからである。父は旧恋《きゅうれん》の女に会いに行く際、一度ラフカディオも連れて行った。

ある日、父は私が引き取られて住んでいた大叔母の家へ来て私を散歩に連れ出しました。父は私をある静かな通りへ連れて行った。そこはお邸町で高い家がずっと並んでいた——正面玄関まで長い石段を登らなければならぬような家でした。すると一婦人が私たちを出迎えに石段を降りて来た。髪の毛がきらきら光った、全身白いドレスをまとった婦人でした――とてもほっそりしていた。まるで天使のように美しいと思いました。そう思ったのはその人がキスして私を撫でてくれ、その上美しい本と玩具の鉄砲をくれたからかもしれません。しかし大叔母はそれに気づくと、本と鉄砲を私から取りあげ、「あれはたいへん悪い女だ」といい、私の父のことも「たいへん悪い人間だ」といいました。

その女がやがて父の後妻となるアリシア・ゴスリン・クローフォードで、彼等は一八五七年七月結婚し、八月に夫婦と子供たちは、ラフカディオは連れずに、インドへ向けて旅立ってしまう。母親に去られた子供は、こうして父親にも捨てられたのである。しかし弟に宛てた手紙によれば、それ以後「私は母のことばかり考えてきました――父のことはほとんど考えたことがなかった」。そしてその母もギリシャへ帰って、前夫の間に出来た子供は引き取らない、という条件でいまはまた止むを得ず再婚したのだが、そしてその事をハーンはおそらく終生知らなかったのだろうが、その母の自分たち二人の子供の扱い方について弟のジェームズから手紙で聞きただされた時、ラフカディオはそれをも弁護してこう書いた。

お母さんが私たち子供をどう育てたか――それは子供心にも変に思ったことが多かった、というのが正直なところです。しかし残された私を引き取って育ててくれた年老いた大叔母もほかの人も、とくにお邸に奉公に来ていた下男や下女は私によくこっそり言ったものです――「御母《おつか》さんのことを悪く言う人がいても信じてはいけませんよ。よござんすか。あなたの御母さんは世間のどの御母さんにも負けずあなたを大事にしてくださったんですよ。こうしたことになったのは御母さんとしてもどうにも仕方がなかったのですよ」

大叔母のサラー・ブレナン夫人は、アングリカンのハーン家やその周辺で、ただ一人カトリックの信者だった。それで大叔母だけがアングリカンの親族から疎外されたラフカディオとその母に同情を寄せたのかもしれない。たいへん裕福な未亡人で子供はなかったが、代りにラフカディオを跡取りとして引き取った。(ただし自分の財産が将来その不徳義な父親の手に渡ることは拒んだ。) ダブリン郊外にあったブレナン夫人のお邸は四階建てであったというから、母に去られ、父に捨てられたけれども、運命の子ラフカディオは金銭的にはたいへん恵まれた未来を約束されたかに見えた。

しかし精神的には、動揺と不安にさいなまれた、いわゆる心理的外傷《トラウマ》を受けた幼児の魂だった。家庭不和ということ自体が子供の精神に異常な緊張を強いたにちがいない。その上、家庭は分解し、突然捨てられた混血の小児は七十歳に近い婦人の手にゆだねられたのである。そのブレナン夫人がラフカディオを厳格に躾けようとした時、その子の心はおびえずにはいられなかった。子供は暗い部屋でひとり寝るのを嫌がった。すると五歳の子供は毎夜「子供の部屋」へ無理矢理入れられて、明りを消され、扉には外から鍵を掛けられた。こうしておけば神経過敏な子供もいつか暗闇に慣れるだろう、と周囲は思ったのである。だが恐怖は薄れるどころかますますつのった。ラフカディオは叱られると知りつつ大声で喚《わめ》いた。後で尻を叩かれるにせよ、ともかく大勢の使用人が明りを手に手に階下から登って来てくれたからである。しかし大人たちはじきに手間がかかる子供のその手には乗らなくなった。ラフカディオは夢の中で恐い人に会い、怖ろしい者に襲われ、胸を抑えつけられ、藻掻《もが》いて、金切り声をあげたが、もはや誰も助けに来てはくれなかった。いつのまにかラフカディオは夢魔の実在を信じ、幽霊を目のあたりに見る少年になっていった。しかも懲罰が恐さに、その現実に自分が見た鬼やお化けの話を、孤独なラフカディオは大人に打明けることはまったくできなかった……

敬虔なカトリックのお悧口さんな後嗣ぎを期待していた大叔母ブレナン夫人とこの少年の関係は、実際にはうまく行かなかった。その齟齬《そご》に目をつけた遠縁のヘンリー某が、老婦人の身のまわりの世話を焼くような恰好でだんだんとブレナン夫人に取りいった。ラフカディオをもはや自分の手にあまると感じていた大叔母は、その遠縁の若者の忠告を容れて、少年をフランスの寄宿学校へ預けた。体よく厄介払いされたわけだが、そして行先も冷酷なほど厳格なカトリックの聖職者学院だったが、それでもラフカディオはひとつだけほっとした。大叔母ブレナン夫人のお邸の幽霊からはじめて解放されたからである。

遠縁の者は巧みにラフカディオをブレナン夫人から遠ざけた。少年がフランスの寄宿学校から帰国しても大叔母のもとへは寄せつけず、英国のダーラム近辺のアショーにあるセイント・カスバート学校に預けてしまった。ハーンはそこでは悪戯で快活な人気者だったらしい。しかし遊戯中、飛んで来た綱の結び目が左眼に当って失明する、という不慮の事故にあった。事故は快活だった彼を寡黙《かもく》な十六歳の少年に変えてしまった。続いて、裕福に育てられたハーンにとって信じがたい報せが届いた。大叔母が、遠縁の者の事業に出資して、そのヘンリー・モリニュークスの事業不振の結果破産してしまい、自分は学業も継続できない、大学進学も諦めねばならない、というのである。ブレナン夫人の破産は事実だったらしいが、幼い時から大人の世界に不信感を抱き続けたハーンは、孤児同様の自分は謀られて、莫大な財産すらも親戚の者に横領《おうりょう》された、と信じた。遠縁の者の指金《さしがね》で、ハーンはブレナン家に元奉公していた女の嫁ぎ先をロンドンに訪ね、悲惨な生活をした挙句、さらに悲惨な生活を送るために十九歳の春、一文無しで移民船に乗ってアメリカへ渡ったのである。

青年は苦境の中で失われた幼時の楽園を想い、瞼の母を慕った。母の顔はギリシャ正教のイコンのように暗闇の中であたたかく輝いていた。またその思い出が懐しく慕わしいだけに、母を裏切り、自分を捨てた父親を憎悪した。シンシナーティの町でどん底の生活に喘《あえ》いだ時、ハーンは現在の自分の悲惨な困窮《こんきゅう》の原因はことごとく父親にあると怨んだ。ハーンは幼年時代パトリックを略してパディとも呼ばれたが、そのパトリック・ラフカディオという名前の中で第一のパトリックを進んで抹殺《まっさつ》した。みずからそのクリスチャン・ネームを捨てたのは（そしてもしかするとそれと一緒に父親の写真も捨てたのは）、彼が父方につながることを拒絶したためである。ラフカディオは自分を困窮のどん底に突き落した苛酷《かこく》な父、その父によって象徴される父性的な近代資本主義社会、西洋キリスト教文明そのものを憎悪する反社会的な人間となった。その若者にとっては自分の中にある多少立派なもの、尊いもの、秀れたもののすべてを造り出してくれたのはギリシャ人の母ローザでなければならなかった……

それでも父――その父も一八六六年にはインドから帰還の途中スエズで亡くなっていた――を憎む心は、ハーンが成熟し、新聞記者として多少はましな生活が出来るようになるにつれ、多少薄らぎはした。一八七四年一月、米国移住後四年余の二十三歳の記者は、当時流行した霊媒《れいばい》を見聞した記事にかこつけて、不思議なルポルタージュを書いている。ハーンはその記事で口先ではオカルト・サイエンスを揶揄《やゆ》しているのだが、ある霊媒を通じて次のような会話を交した。いまその記事“Among the Spirits”から訳すと、霊「私はおまえのお父さんだよ、P――」
記者「なにか私におっしゃりたいことがおありですか？」
霊「うん」
記者「何でしょう？」
霊「私を許してくれ」（と長く囁くように言う）
記者「別にお許ししなければならぬ事などありません」
霊「いや、ある、本当にある」（と弱々しく言う）
記者「何でしょう？」
霊「おまえもよく知ってるじゃないか」（とはっきりした口調で）
霊「私はおまえに悪いことをした。許してくれ」（と大きな、はっきりした声で）
記者「別にあなたが私に悪いことをしたと私は思っていませんが」
（ここで霊媒が口をさしはさんで「霊の言うことにあなたのように逆《さから》わない方がよろしいですよ。はっきり説明がつくまでは」と記者に言う）
記者「いや、何が話題になっているのか事情はよくわかっています。それでも別に私がひどい目にあわされたとはもう思っていないということを説明したかっただけなのです」

"I am your father, P――."というのは、霊媒を通して――ハーンはその霊媒の女をインチキだと笑い飛ばしているが――自分の死んだ父の霊が語りかけたのである。Pという頭文字は、父が自分をそう呼んでいたパトリックという名前の頭文字である。ハーンは実際に右のような降霊現象に立会ったのか、それとも霊媒にことよせて書かずにはいられなかったのか、新聞の読者が理解する、しないはまったく意に介せず、私的な領域内のことを語った。それは神道流の表現を使えば、ハーンが自分の過去にお祓《はら》いをしているような行為なのである。右の記事に注目したスティーヴンソン女史は「この時から、ハーンは米国に帰属《きぞく》し始め、もはやシンシナーティの通りを他国者《よそもの》として歩く人ではなくなった」と評している。父親に捨てられた子は、子供を捨てた父を書くことによって、過去を許し、自分の心のわだかまりを清めることができたからである。

ところで来日したハーンは、日本海に沿って妻と旅をした折、節子が、夜中「兄《あに》さん寒かろ」「お前寒かろ」と言って泣く鳥取の蒲団の話や出雲の民話を語って聞かせた時、

「あなたは私の手伝い出来る仁《じん》です」

と言って非常に喜んだ。短篇作家ハーンの意識の上では、それは妻が自分に作品の材料を提供してくれたからであった。しかしハーンは自覚していなかったかもしれないが、出雲の民話に彼が深く心動かされたのは、彼自身が父親に捨てられた子供だったからであった。

この『子供を捨てた父』の民話は、『鳥取の蒲団の話』とともに、後に小泉八雲の名を世界的にする彼の日本怪談の再話物の嚆矢《こうし》となった二篇だが——そして世間も本人もあくまで日本の怪談奇談の再話にしか過ぎないと思っていたに違いないが——そのような怖ろしい話に耳を傾け、それを自分自身のものとして語ったハーンの心底には、幼年時代の傷ついた、物の怪《け》に脅えた魂がひそんでいたのである。いまもなおなにか言わずには、叫ばずにはいられぬ魂が、日本の怪談を通して語り続け、語り続けることによって魂の古傷を癒《いや》していたのである。

子供を捨てた金之助の父

夏目漱石は、周知のように、歓迎されて生れて来た子ではなかった。金之助は父親の夏目小兵衛直克が五十歳の時に、五男三女の末っ子として生れた。『硝子戸の中』二十九には次のように出ている。

私は両親の晩年になつて出来た所謂末ツ子《すゑつこ》である。私を生んだ時、母はこんな年歯《とし》をして懐妊するのは面目ないと云つたとかいふ話が、今でも折々は繰り返されてゐる。

単に其為ばかりでもあるまいが、私の両親は私が生れ落ちると間《ま》もなく、私を里に遣《や》つてしまつた。其里といふのは、無論私の記憶に残つてゐる筈がないけれども、成人の後《のち》聞いて見ると、何でも古道具の売買を渡世《とせい》にしてゐた貧しい夫婦ものであつたらしい。

私は其道具屋の我楽多《がらくた》と一所に、小さい笊《ざる》の中に入れられて、毎晩四谷《よつや》の大通りの夜店に曝《さら》されてゐたのである。それを或晩私の姉が何かの序《ついで》に其所を通り掛つた時見付けて、可哀想《かはいさう》とでも思つたのだらう、懐へ入れて宅《うち》へ連れて来たが、私は其夜どうしても寐付かずに、とう〳〵一晩中泣き続けに泣いたとかいふので、姉は大いに父から叱られたさうである。

金之助の母千枝は長男大助、次男栄之助を生んだ後は、次に生れる子が女であったら、自分の子可愛さのあまり、先妻腹の二人の娘佐和と房を継子あつかいするおそれがあるとして、三度目に懐妊したとき極力胎児の流産をはかった。女の血が荒れるという黒鯛やするめを食べたり、堕胎薬を飲んだりしたという。その努力にもかかわらず三人目の男の子を生んだ。胎内でいためつけられたためか三男はひどく虚弱だったので、千枝は一種の自責にかられてこの和三郎直矩を溺愛した。さらに千枝は四男久吉を生み、ついで女の子ちかを生んだ。だが一人娘は、先妻の娘たちに対する義理から、生れるとすぐ他家に養女にやられたという。その後に来た金之助の誕生は、歓迎されるはずもなかったのである。

里子先から戻されても、またすぐ塩原家へ養子に出されてしまった金之助には、「そこでは太陽も月もいまよりずっと大きく、ずっと明るく輝いていた」という幼児期の楽園の思い出はなかった。

「自分は其時分誰と共に住んでゐたのだらう」

彼には何等の記憶もなかつた。彼の頭は丸で白紙《はくし》のやうなものであつた。けれども理解力の索引に訴へて考へれば、何うしても島田（＝塩原）夫婦と共に暮したと云はなければならなかつた。

この書き方の冷淡さは、幼年時よりも『道草』三十八執筆時の漱石の気持をより強く反映しているのかもしれない。しかし漱石にとっての楽園は九歳、牛込の実家に帰って、生母千枝とともに過した五年間に訪れるので、それまでは肉親の愛情については「丸で白紙」だった。いや白紙どころか、養父母の不注意のために疱瘡《ほうそう》の醜いあばたが自分の容貌《ようぼう》に残った、と言わんばかりの一節も『道草』にはあるのである。とにかく痘痕《とうこん》は、漱石にとっては不幸な幼年時代の徴《しるし》として永く後に残った。それはセイント・カスバートの中学校で、遊戯中、友人の過失とはいえ、ラフカディオが飛んで来た綱の結び目に当って左眼を失明するという不幸にあったのとどこか似ていた。

「過失だから仕方がない」

そう周囲は言ったかもしれない。しかし両親の保護を温く受けなかった子供は大人になってもその種の弁解を心中でかたくなに拒否した。ハーンも不幸な少年時代の徴《しるし》として、醜く失明した左眼をいつまでも意識した人にちがいない。

離婚した養父母の長い喧嘩やいざこざのはてに、金之助は九歳の時、牛込の実家に引き取られる。『道草』九十一の健三もやはり金之助と読みかえてよいのだろう。


……実家の父に取つての健三は、小さな一個の邪魔物であつた。何しに斯《こ》んな出来損《できそこな》ひが舞ひ込んで来たかといふ顔付をした父は、殆ど子としての待遇を彼に与へなかつた。今迄と打つて変つた父の此態度が、生《うみ》の父に対する健三の愛情を、根こぎにして枯らしつくした。彼は養父母の手前始終自分に対してにこ〳〵してゐた父と、厄介物を背負《しょ》ひ込《こ》んでからすぐ慳貪《けんどん》に調子を改めた父とを比較して一度は驚ろいた。次には愛想《あいそ》をつかした。然し彼はまだ悲観する事を知らなかつた。


それは創作中の親子関係で漱石の実の親子関係と違うという人もいるかもしれない。しかし漱石が八十四歳まで長生きした父親に対して終生親しみの情を持っていなかったことは、明治三十九年十二月二十二日の小宮豊隆宛、

「不思議な事はおやぢが死んでも悲しくも何ともない。旧幕時代なら親不孝の罪を以て火あぶりにでもなる倅だね」

や、大正二年九月十五日の寺田寅彦宛の手紙、

「小生は無法ものにて父の死んだ時勝手に何処へでも出あるき申候。最も可笑しかりしは其節友人の父も死にたれば茶の鑵か何か携へて弔みに参り其友人に変な顔をされた事に候」

などからも察せられる。それが作品中では『坊つちやん』の、

「おやぢは些《ちつ》ともおれを可愛がつて呉れなかつた」

などに転化したのではあるまいか。

突慳貪《つつけんどん》に邪魔者扱いされた金之助も、ラフカディオと同様、夢魔に襲われた。二人の回想があまりに似ていることに驚かされるが、『硝子戸の中』三十八を引くと、

……其頃の私は昼寐をすると、よく変なものに襲はれがちであつた。私の親指が見る間に大きくなつて何時《いつ》迄《まで》経《た》つても留らなかつたり、或は仰向《あふむき》に眺めてゐる天井が段々上から下りて来て、私の胸を抑へ付けたり、又は眼を開《あ》いて普段と変らない周囲を現に見てゐるのに、身体丈《だけ》が睡魔の擒《とりこ》となつて、いくら藻掻《もが》いても、手足を動かす事が出来なかつたり、後で考へてさへ、夢だか正気だか訳の分らない場合が多かつた。


だがその時、金之助の側には微笑しながら、

「心配しないでも好いよ」

と言ってくれた母千枝がいたのである。

この母親のことを金之助は生家に帰って来た当初、従来と同じように「おばあさん」と呼んでいたが、下

女に一夜「本当はあなたの御母《おつか》さんなのですよ」と耳語《みみこすり》するように言われて真実を知った。その母が金之助にとっていかに親しく、懐しい生母であったかは『硝子戸の中』三十七、三十八を流れる温い筆致《ひつち》によっても知られる。

……母の名は千枝《ちえ》といつた。私は今でも此千枝といふ言葉を懐かしいものゝ一つに数へてゐる。だから私にはそれがたゞ私の母丈《だけ》の名前で、決して外の女の名前であつてはならない様な気がする。幸ひに私はまだ母以外の千枝といふ女に出会つた事がない。

夢におびえた少年金之助の声を聞きつけて、すぐ二階へ上って来てくれた母の思い出は、ラフカディオの顔の上へ、愛撫《あいぶ》するようにその色黒で繊細《せんさい》な顔を近づけたローザの思い出と一脈《いちみやく》相通じるところがあった。だが金之助が九歳の時生家へ戻って心の安らぎを得たのに反し、ラフカディオは四歳以後、もはやその母の顔を二度と見ることはなかったのである。泣こうが喚こうがもはや誰も階上の自分の部屋へ上って来てはくれなかったのである。——それはこの二人の作家の運命の明暗を大きく分かつ相違でもあった。一人は有為《うい》転変《てんぺん》はあろうとも人生に容れられ、一人は有為転変のはてに社会の外へはじき飛ばされ、ついに世間を信ずる事ができずに逝《い》ってしまったからである。

ハーンと漱石のそのような幼時体験を踏まえて読み返すと、ハーンが出雲の民話に心打たれたわけも、またそれを再話する時に英文にこめた感情も、納得できるような気がする。原《もと》の民話も再話と同じ内容だったのかもしれないが、ハーンは母親を責めることはしていない。利己的なのはあくまで百姓の父親である。

だがその父にも許し得る事情がなかったわけではない。「百姓は僧になった」という最後の一行でハーンは、降霊術の記事で実の父親を許したように、作中の父親も許しているようだ。背が低く、学校時代に誤って左眼を潰し、右眼も飛出して、自分はまともな結婚はできない、とまで自分を醜く感じていたハーンは、自分が余計な子供だったから、器量よしでないから、ダブリンで大人から疎《うと》んぜられた、と憤怒《ふんぬ》を内攻させたこともあったのだろう。その復讐したい欲求、その意識下の衝動が、作中の赤子の口を借りて、

「御父《おとつ》つぁん、わしを仕舞《しまい》に捨《し》てさした時も、丁度今夜《こんや》の様《よ》な月夜だたね」

となったかのような錯覚すらも湧く。すくなくともハーンの胸中にこの子供の叫びに共感するなにかがあったことは確実なのである。

私たちは普通、父親の立場から出雲の民話も漱石の「第三夜」も読んでいるが、作中の子供の立場から読むという見方も可能なのである。その際、ハーンの作品に倫理性が感じられるのは、混血児であるがゆえに、また父母に去られ捨てられたがゆえに、また、財産を奪われたがゆえに不幸であったハーンが、彼自身がはからずもまた異国の女と結ばれ、子宝に恵まれた時、自分自身のかつての不幸をその子供やその母にまた味わわせまいとして、一家の主人として妻をいたわり、長男一雄以下をきちんと育てるような倫理感の持主であったからだろう。彼は長男を英語を話す子に育てようとして貴重な時間を割いて教育に当てた。『父「八雲」を憶ふ』の「私への授業」の章に掲げられた一雄の十歳前後の日記には次のような一節がある。

“Can you write Japanese ?” “Only a little.” “Can you write a Japanese letter as well as Nakamura ?” (a rikisha - man) “No, I cannot.” “Can you read a Japanese newspaper ?” “No.” “Can you read a Japanese letter ?” “No.” “Can you write or read or speak English well ?" "No." "Have you learned any trade ?" "No." "When papa is dead, how will you make some money ?" "I do not know." "If you do not know, this house will be taken and sold —— and you will have no home —— and your mamma and grand - mamma will be dead —— and you will have no friend. Then you will find how cruel people are in this world."

すなわち一雄がひどく我儘で言うことを聞かなかったので、その日ハーンが一雄に右の英文を書取りさせた、というのである。平明な英文だが訳すと、

父「おまえは日本語が書けるか?」
一雄「ほんの少し」
父「おまえは中村(車夫)と同じくらいきちんと日本語で手紙が書けるか?」
一雄「いいえ、書けません」
父「おまえは日本語の新聞が読めるか?」
一雄「いいえ」
父「おまえは日本語の手紙が読めるか?」
一雄「いいえ」
父「おまえは英語できちんと書いたり読んだり話したりできるか?」
一雄「いいえ」

父「おまえはなにか商売を習ったか？」
一雄「いいえ」
父「お父さんが死んだら、おまえはどうやってお金を拵えるのか？」
一雄「わかりません」
父「おまえにわからなければ、この邸は人に取られ売られてしまうぞ。おまえには家はなくなり、お母さんもお祖母さんも死んでしまい、友だちもいなくなるぞ。そうなればおまえにもこの世間の人々がどれほど意地悪かわかるだろう」

いたいけな子に書取りさせるにはあまりにも苛酷《かこく》な内容だが、苛烈な生活に苦労した父は、自分の死後の小泉家の行先を案じて、われとわが体験に照して、子供の教育に打込んだのである。しかし子供が“No”としか言えない質問を畳みかけるように浴びせたこの書取りは、心の衛生には良くなかった。小泉一雄が後に意味のない被害者意識の暴発を繰返す人となったのは、親の性質の遺伝もあろうが、ハーンの取越苦労が過ぎて、特別な家庭教育を施した結果が裏目に出たと言えないこともない。

「親の因果が子に報《むく》ゆ」

という諺は『父小泉八雲』の著者一雄についても言えなくはないのである。

漱石の「第三夜」は、すでに述べたが、高度の文芸意識と技巧とをもって構成された短篇だった。しかし作中の父子関係——父親を冷然と嫌う息子、という反撥の関係は、漱石その人の肉親関係における根深い不信感に裏面《りめん》で通じていたにちがいない。赤子の時、貧しい家に里子に出され、いわば父から捨てられた金之

助は、幼年時代、

「どこにも、誰にも属していない者の不安のなかに放置された」（江藤淳『漱石とその時代』）

その自分は、

「追放された者である。この罪障感は、あたかも存在することそれ自体が悪だとでもいうように、彼の精神に間断のない緊張を強いた」（同右）

そしてその状況とうらはらに、「第三夜」の父親は、先ず捨てる側の立場として、

「どこか打遣《うつち》やる所はなからうか」

「早く森へ行つて捨てゝ仕舞はふ」

「早く捨てゝ仕舞つて、安心しなくつてはならない」

などと思っているのである。作中では父親がもっぱら「自分」として表に出ているが、「父」と「子」の会話は、漱石が自分自身のうちにある親子の間の不信と不安の深層意識を二つに分解して会話させているのである。そして夢の中の「父」も少年時代の金之助と同じように「何時《いつ》何処で犯した罪か知らないが」罪によって「苦し」んでいる。そういう身に覚えのない「罪」が自分に「襲い」かかろうとするのも、これまた一度は捨てられた子金之助の、存在すること自体が罪であるような、幼時以来の恐怖感に由来していることは、すでに識者の指摘する通りかと思う。

「親の因果が子に報ゆ」

という俚諺《りげん》は、出雲の民話の赤子についても「第三夜」の眼の潰れた小僧についても言えた。しかもそれはその物語の作者のハーンや漱石についても等しく言えるのである。

前世などは存在しない、と因果の考え方に含まれる非科学性の迷妄《めいもう》を笑う読者もいるかもしれない。しかし説話にとって大事なことはそれが史実であるとかないとかという真偽《しんぎ》の問題ではない。説話は、それが存在するということによってすでにある心の真実を物語っているのである。仏教徒に限らず、西洋キリスト教社会の庶民の間でも、生命に対する畏敬《いけい》の情がまだ失われていないからこそ、

The father's sins are visited on the children.

という聖書由来の英語格言はいまなお力を持っているのだろう。なお同趣旨をフランスの俚諺では、

親が熟《う》れない葡萄を食えば、
そこの子供の歯がうずく。

と言うのだそうである。

あとがき

ハーンと漱石は、いまもなお私たちが熟読玩味《じゆくどくがんみ》して深い示唆《しさ》を受けることの多い教授作家である。すでに述べた通り、二人はともに熊本の第五高等学校の教職を経、帝国大学文科大学の英文科の教壇に立った。二人の講義のスタイルは全く違っていたが、それでもその講義録はともに活字となって残った。その点でこ

の二人は稀に見る良心的教授でもあった。しかもその上、多くの文学作品を遺して、過労で中年で倒れた。二人の墓はともに雑司ヶ谷の墓地にある。

そのハーンの出雲の民話と漱石の「第三夜」が、はたして直接の影響関係で結ばれているのかどうかは私も知らない。しかしなにも影響の痕跡を辿るばかりが比較文学《リテラチュール・コンパレー》でもなかろうと思う。——実は影響関係といえば、この「第三夜」を含む『夢十夜』の諸短篇は、ほぼ間違いなく魯迅の『野草』の一連の文章の原型となっている。

「こんな夢を見た」

「何でも大きな船に乗つてゐる」

こうした漱石の『夢十夜』の出だしは、『野草』の魯迅にあっては、

「私は夢で、氷山のあいだを走り廻っていた」

「私は夢で、せまい路を歩いていた」

「私は夢で、寝床に横わったまま、荒寥《こうりょう》たる野の涯《はて》の、地獄のほとりにいた」

「私は夢で夢を見ていた」

「私は夢で、路上で死んでいた」

という風な一連の散文詩の出だしへと転化した。そうした形式や枠組についてだけでなく、内容や文章上の技巧についても魯迅が漱石から学んだ節は幾つか認められるのだが、しかしそれでもハーンの出雲の民話が漱石の「第三夜」の世界に近いほど、魯迅の『野草』は漱石の『夢十夜』に近くはないのである。作家としての魯迅の資質や社会的背景に異るものがあるためであろう。影響の有無を問題としない文芸比較《コンパレゾン・リテレール》はむ

しろハーンと漱石の間に成立つと思い、伝記的事実を踏まえて「子供を捨てた父」について再考してみた次第である。

国学院の野村純一教授は小生が『新潮』誌上に掲げた本稿に目をとめられ、日本各地に「こんな晩」とか「六部殺し」という題で汎《ひろ》く行われている同工異曲の話の数々を御教示くださった（野村純一「昔話と世間話――『こんな晩』の位置」、臼田甚五郎・崔仁鶴編『東北アジア民族説話の比較研究』、桜楓社、昭和五十三年、一七五ページ以下）。広く各地で行われていた以上、ハーンも漱石もそれぞれ別の話を耳にしたのであろう。漱石が直接ハーン読書から『夢十夜』の「第三夜」のヒントを得たのではないであろう。しかし出所は違うとはいえ、二人が聞いた民話はさらにその先をたどれば、あるいは一つの同じ原型に行き着くのかもしれない。野村教授は青森、長岡、新潟県栃尾、岡山県真庭郡、丹後伊根町、山形県最上町、宮城県南方町、新潟県越路町、猪苗代湖畔などに伝わる話を紹介されているが、参考例として新潟県長岡市宮内町の佐藤ミト媼が伝承した「六部《ろくぶ》」をここに引用する。「六部」は「六十六部」の略で、ここでは巡礼の修行者という意味だろう。もと昭和三十一年刊行の水沢謙一編『昔あったてんがな』に収められた。

昔、あったっつお。
ある家ね、年夜《としや》に、六部がとまった。そこん家のとっつあは、この六部が、金をどうど持っていたんだんが、六部を殺して金をとってしもた。
それからやがて、かかが身持ちになって、男の子が生れた。この子は泣き声も立てないし、でっこうなっても、物もさべらん。

この男の子が七つになった年取りの日に、とっつあがまな板の上に、年取り魚をあげて、

「かか、この魚、どうきればいいや」

ときいたれば、今までちっとも音を出さんかった男っ子が、

「六部を殺したようね切ればいいねかし」

と言うた。とっつあは、六部の生れ代りでもあるかと、この子を殺した。

いきがポーンとさけた。

第三章　泉の乙女
――ハーンの再話文学の秘密――

帰って来た宣教師

西暦千八百七十年代のまだ前半というから、日本では明治維新後なお数年という時であった。そのころヴィクトリア女王が君臨する英京ロンドンで、次々と出版社を訪ねて原稿を差出しては断られる、ひとりの不思議議な風体の人物がいた。船乗りのように陽に焼けた、男らしい、それでいて穏やかな容貌だが、蒸気機関車の汽笛に驚き、鉄道馬車の音にも一々びくっとするのである。なにか時勢の流れに取り残された中老の男という物腰で、もうそれだけでたいていの出版社から断られた。

中には軽くあしらわずに身上話を聞いてくれる編輯者もいたが、聞けばなるほどこの人に、浦島に似た、世間離れの感じがあるのも無理ないことがわかった。この人はウィリアム・ワイアット・ギルという英国人で、一八二九年に生れ、大学卒業後、ロンドン宣教会に入り、やがて南太平洋へ渡って、その地で二十二年間にわたり、困苦にめげずキリスト教宣教事業に携って来たので、彼の原稿はマンガイアから持ち帰って来た島の原住民たちの神話や歌謡の翻訳だという。もっとも世間の人はマンガイアという島がどこにあるか知らない。ハーヴェー群島中にあるといってもその群島がどこにあるかわからない。それは南緯一九度と二二度、西経一五七度と一六〇度の間にある南太平洋の小さな島々なのであった。

ギル牧師が説明すればするほど、編輯者の態度は冷淡になっていった。たかが野蛮な土民の言伝えではないか、という気持が先に立ったし、それに、原稿をめくると、翻訳の文章がいかにもぎこちなく、文学的香気に欠けていて、気の毒だがいたし方なかった。母国語の英語も日々英国人と接触して交際場裡に磨かれてこそ柔軟になるのだ。そうした機会もないまま、南海の島で土民の生活になじみ、宣教師としてひたすら意志的に我と我身に義務を課して伝道生活を二十二年間も送れば、思考も文章もひからびて硬直化するのは避けられないことだろう。

しかし原稿を突き返されたギルとしては、自分の生涯の事業の形見ともいうべきポリネシアの土民の物語の翻訳を、このまま埋没《まいぼつ》させるにしのびなかった。自分は島の年寄りと親しくなって、「賢者」と呼ばれる故老が祭りの夜に祖先の話を物語るのを聞くことができた。だがいまでは島の若者がもうそうした物語を暗誦しようとしない。自分たちの文明開化の宣教努力が功を奏したからだといえばそれまでだが、島の若者で頭の切れる者ほどいまや片言の英語を習うに熱心で、それだけ口碑も神話も、誰も伝える者のないまま、やがてこの地上から消え去ろうとしている……

ギル牧師は人を介してオックスフォード大学のマックス・ミュラー教授に分厚い原稿を渡して意見を乞うた。一八二三年に生れ一九〇〇年に死んだ Friedrich Max Müller の名前は日本にもよく知られている。彼はその名前の頭にふだん使わぬフリードリッヒというファースト・ネームがあることからも知られるように、生れはドイツ人で、父はシューベルトの歌曲『冬の旅』『美しき水車小屋の娘』『菩提樹』の作詞者ヴィルヘルム・ミュラーである。どうしたわけかはじめドイツの大学に容れられず、イギリスに帰化し、その地でサンスクリットの学者、言語学の学者として名を成した。ギルと接触のあった時はすでに五十過ぎの大家で、オックスフォード大学で比較言語学の教授の地位にあり、フランス学士院の外国人会員でもあった。『リグ・ヴェーダ』や一連の『東洋聖書』叢書等を編纂公刊し、大乗仏教についても造詣が深く、仏教研究にも多大の影響を与えた碩学である。明治九年に渡英してオックスフォードで梵文仏典を学んだ真宗大谷派の学僧南条文雄《ぶんゆう》は、日本人学徒で最初にマックス・ミュラーについた一人だが、以後我国の梵文学の学徒の幾人かは次々と英国へ留学することとなる。後に『大正新修大蔵経』を監修する仏教学者、高楠順次郎もオックスフォードで彼について学んだ一人だった。

マックス・ミュラー教授はその華々しい学問的業績にもかかわらず、イギリスの上流社会にはなんとなく違和感を与えていた。第一に生れが外国種であること（彼が一八六〇年、オックスフォード大学のサンスクリットの正教授になるかならないかは物議の種を醸した）、第二にこの比較言語学、比較宗教学の教授が、聖書以外の書物に『東洋聖書』*The Sacred Books of the East* という叢書名を冠して、多くのオリエンタリストを動員し、インド・中国の古典を次々と出版し始めたことである。『聖書』と呼び得る書物は、キリスト教の『聖書』以外にはあり得ない、というのが当時欧米のキリスト教界に牢固として根をおろしていた見方であり、信念でもあった。それだけにキリスト教の聖典を相対的な地位におとすような『東洋聖書』という呼び名は面白くない、という感じを与えたのである。しかしその価値の相対化こそまさに比較宗教学者の狙いであったから、マックス・ミュラーは自分が先頭に立って『ウパニシャッド』以下を英訳すると、オックスフォード大学出版局（クラレンドン・プレス）から次々と公刊し始めたのだった。

南太平洋へキリスト教伝道に赴いて、その土地の神話や歌謡を蒐集して四半世紀後に母国へ戻ったロンドン宣教会の宣教師ギルが、自分の生涯の仕事の理解者をこのマックス・ミュラーにおいて見いだした、という経緯にはアイロニーがなくもない。しかし海外に布教に赴いてその土地の言葉を習い、その土地の文物に興味を覚え、その文化をヨーロッパに紹介した人々の中には宣教師出の学者が少くなかった。たとえば先の『東洋聖書』叢書の中で、四書五経を中心とする儒教の古典や老荘の古典を英訳した人は、ジェームズ・レッグというスコットランド出身の宣教師で、香港で布教活動に従事し、後にオックスフォード大学の初代のシナ学教授となったミュラーの同僚だった。

これは臆測に過ぎないけれども、マックス・ミュラーはイギリスの上流社会《エスタブリッシュメント》で多少疎外されがちな一面があっただけに、海外からはるばる渡って来た日本人留学生をそれだけ親切に迎え、また長年の海外生活を終えて帰国した宣教師たちの報告書も丹念に、教会関係者以上の理解をもって、眼を通してくれたのではあるまいか。彼は親切にもロンドンの **Henry S. King & Co.** 書店にギルの翻訳を紹介してそれが出版に価する仕事であることを強調し、一八七六年 *Myths and Songs from the South Pacific*, by the Rev. William Wyatt Gill, B.A., of the London Missionary Society. が目出たく出版された時にはそれに長文の序を寄せた。

W・ワイアット・ギル師がマンガイアから持帰った南太平洋の神話と歌謡の蒐集《しゅうしゅう》が日の目を見ずに埋没することは許されない、ギル師に限らず艱難辛苦《かんなんしんく》に耐えて事業に打込んできた宣教師諸氏の手で集められた貴重な資料が湮滅《いんめつ》することは許されない、とかねがね主張してきた関係で、私は乞われるままに、ここに手短かに、この蒐集の重要性について私見を述べさせていただく。

率直にいえば私にはこの南太平洋の神話と歌謡の蒐集が持つ重要性について疑問をさしはさむ人のいる

こと自体に奇異の念を抱いた。今日、もし新種の鉱物、植物、動物なりが発見されたと仮定する。あるいは珍奇な化石が見つかったと仮定する。あるいは火打ち石などの古代石器が川底から掘り出され、芸術品が土中から発掘されたと仮定する。あるいはいままで了解不能だった言語が解読されたと仮定する。そうした場合、その事が持つ重要性が何に由来し、その事がいかなる役に立つものであるか、いやしくも現代の学問世界の問題に通じている人々でそれに疑問をさしはさむ人は一人もいないであろう。それが自然の産物であれ、人工の作品であれ、本物であるという点について疑問をさしはさむ余地のない限り、その種の発見物は、早速学者の注目を惹き、世間一般の知的なる階層の注意を惹き得るのである。

　ところで、W・W・ギル氏がマンガイアから持帰って来たこの神話や歌謡の類は一体何であろうか？　それは言ってみれば、人類の古代そのものが何百年もの間、いや何千年もの間、昔のままの形でそのまま保存されてきた姿である。それはいかなる石器の武器やいかなる石器の偶像にもまして、古代という心理学者にとっても、歴史学者にとっても、神学者にとっても、もっとも謎に満てる時代の人間精神の発達の様を明らかに示してくれる材料である。……われわれはアーリア人種やセム人種にも神話時代があった、ということを知っている。しかしわれわれはその神話時代を遥か彼方の事としてしか知らない。ホメーロス以前のギリシャ人のように神話的に物事を考え、神話的に物事を話した人間に実際に会いたいと思うなら、神話的に考えたり話したりしている人々のもとへ行くよりほかに手だてはない。実際に神々を信じ、英雄を信じ、祖先の霊を信じ、いまなお生ける人間を犠牲として祀り、中にはその生犠《いけにえ》の人間を貪《むさぼ》り食うような、またそうはせずとも、祭壇で獣肉を焼くことが自分たちの神々の鼻にとって快いと信じるような、そうした人々の中で暮せるということは、これはいってみれば動物学者にとって実際生きている恐竜や大懶獣《だいらいじゅう》の間で暮せるというのと同様、類稀な幸運といわなければならない。……

マックス・ミュラーの序文はまだまだ続くが、この文章に示された「人類の幼年期としての神話時代」という見方には、地球上の各人種がやがてそれぞれに発展して、やがては現在のところ最高と目されている西欧文明社会の状態に到る、という西洋中心的な発展段階説がいわば当然自明の前提として了解されていた。その種の単線的な歴史区分の見取図は、実はただ単に唯物史観の持主に限らず、広く文明史観の持主をもとらえた、いかにも十九世紀的な「科学的」な史観なのである。一世を風靡《ふうび》したハーバート・スペンサーの進化発展論も、未開・半開・文明の三段階を説いた（というか巧みに請売《うけう》りした）我国の福沢諭吉も、その種の法則的歴史観の大枠の外に立つことはできなかった。

そして奇妙なことに父性的な欧米という近代資本主義社会——弱肉強食・優勝劣敗・適者生存の原理の上に成立つ西洋キリスト教文明そのものに激しい反感を持ち続けたラフカディオ・ハーンも、十九世紀後半に生きた時代の子として、発展段階説の法則的桎梏《しっこく》を終生脱することができなかった。一八五〇年に生れたハーンは一八六九年に一文無しの移民としてアメリカに来、二十代と三十代を貧窮《ひんきゅう》のうちに過した。千八百八十年代のはじめ、ニューオーリーンズで現在の自分のみじめな境遇に不満を抱いていた時、ハーンは白人文明社会から脱出したい、という気持に駆られた。そして後にはそれを実行に移して、仏領西インド諸島へ渡り、日本へ渡るのだが、シンシナーティやニューオーリーンズ時代にはもっぱら図書館や書店で、非西洋の神話や民俗に関する本を漁《あさ》っていたのである。

運命は扉を叩く人を待ち受けていた。その時ハーンの眼にとまった一冊の本がギルの『南太平洋の神話と歌謡』であり、いま一冊の本が、彼の後半生にとって決定的な意味を持つ、チェンバレンの日本の神話と歌謡の英訳 *A Translation of the Ko-ji-ki or Records of Ancient Matters* であった。ハーンは『古事記』にいざなわれて、後には「神々の国の首都」、出雲の松江へほかならぬチェンバレンその人の推薦で外国人教師として赴任する。そして須佐之男命《すさのおのみこと》がその地で女をめとったように、自分も妻節子をめとり、小泉八雲と名乗るにいたるのである。ハーンが自分自身の運命を「八雲立つ出雲八重垣妻籠《ご》みに」と歌った神話中の主人公の運命になぞらえて、その奇縁に驚く心理についてはまた別の機会にゆずるとして、ここではアメリカ時代のハーンがギルが集めたポリネシアの神話をどのように読みこなし、どのように変形させて再話したか、原話を自家薬籠《じかやくろう》中のものとして一篇の珠玉の魂の童話に仕立てた、さながら魔術師が振る魔法の杖にも似たハーンの「再話文学」の秘密を、その出発点において、探ってみたい。

ポリネシアの神話

ギルが宣教に従事したハーヴェー群島は、これより少し後にゴーガンやロティが行くタヒチ島と、スティーヴンソンが住みつくサモワ島のちょうど中間に位している。実はハーンもそのような南海の島へ行きたくて後に仏領西インド諸島のサン・ピエールへ渡ったボヘミアンだから、まだ文明に汚染されていない南太平洋の島の民俗は格別に彼の興味をそそった。そのハーヴェー群島の位置は、今日の日本の読者には、あるいはかつて相撲の力士たちが来日したトンガ島の近くにある、とでも説明すれば通りがいいだろうか。ハーヴェー群島にも、どういう関係があるのか、ラロトンガという名の島もある。

文筆家として身を立てようとしたハーンは、アメリカ時代に翻訳・翻案の仕事から始めたが、なるべく異文学の材料を使おうとして、ギルの『南太平洋の神話と歌謡』をひもといた。その本の第十一章にはこの世のものならぬ男女の話が南海の島々から集められているが、その一つが『泉の妖精』*The Fairy of the Fountain* である。これがハーンが利用した原作なので、いま全文を訳して参考に掲げよう。

ラロトンガの島のアオランギの美しい村にヴァイティピの小さな泉がある。満月の次の夜、目もさめるばかりに色の白い女と男が水晶のように澄んだ水からのぼってきた。この世の住人が寝静まったと思われるころ、二人は影の世界から出て来て、タロ芋や、食用のバナナ、野生のバナナ、椰子の実を盗んだ。こうした良いものを二人は下界へ持帰って生のまままむさぼり食った。

この男女の妖精《ようせい》は自分たちが人間の目にとまり、自分たちを捕えるために計画が練られていることにまるで気がつかなかった。このために大きなすくい網《あみ》が作られた。そして夜泉のほとりに番人が立った。新月がのぼるとすぐ二人はやって来た。そしていつものように畠を荒しに行った。大きな網がいまや泉の底に注意深く張られた。そして皆は精霊の世界から来た妖精を追い立てた。泉まで最初に駈け戻ったのは女の妖精で、泉に飛びこんだが、すぐ網に捕った。皆凱歌《がいか》を奏して連れ去った。しかしその争いの後で網を張り直す時に、小さな部分まで網がのびなかった。その僅かな口を通って男の妖精はどうにかこうにか逃げおおせた。

捕われの美しい女は酋長《しゆうちよう》アティの最愛の妻となった。アティはいまや自分の妖精の妻が下界へ帰ることのないよう泉を大きな石でもってすっかり埋めてしまった。

二人はたいへん幸せにともに暮した。女はラロトンガ一帯で「アティのタパイル」と呼ばれた。(「類《たぐい》なきもの」という意味である。）女は人間の生き方に折れあって、自分の新しい妻の座に満足した。時が経ち、女は腹に子を宿した。出産の時が近づくと、女は夫に「私に帝王切開を施して、それから私の遺体を埋めてください。しかし私たちの子供はやさしく可愛がってあげてください」と言った。アティはこの申出に応ずるのを拒み、自然のなすがままにまかせた。それで妖精は美しい男の子の生きた母親となった。

　子供が丈夫になった時、母はある日、夫の前で激しく泣いた。それははじめての子が生れる時に、影の国では母親が皆死んでしまうことの歎きだと夫に言った。そうした残酷な風習を廃《や》めさせるために自分は下界へ帰りたいが許してくださいますか？　アティもついて来てください。夫は承知した。それで大きな石は泉の底から引き揚げられた。あらゆる種類の植物のねばねばした液が集められ、妖精の妻はアティの体中を丹念に塗った。そうすれば下界へ帰るのが楽になると思われたからだ。

　妖精は自分の人間の夫の手をしっかり握って泉の底へ潜った。そして目に見えぬ世界の入口へもう僅かという処まで行った。しかしアティがおそろしく疲れはてたので、女は夫が気の毒になり、引返した。こうした事が五回繰り返されたが、やはり駄目だった。精霊の世界から来た美しい女は夫が自分と一緒には行けぬと知って泣いた。死んだ者の精霊か、さもなければ不死の者でなければそこにはいることはできないのだ。

　憂いに満ちてたがいに抱き合うと、「類《たぐい》なきもの」は言った。「私ひとり精霊の世界へ戻ってあなたからお習いしたことを教えて参ります。」こう言うと女はふたたび身を躍らせて澄んだ水の中へ潜り、それきりもう二度と地上に姿を見せなかった。アティは憂いに満ちて自分の元の住家へ戻った。それ以後二人の間に出来た子はアティヴェーと呼ばれた（「棄てられたアティ」の意味である）、それはいなくなった妖精の母親をしのんでそう呼ばれたのである。子供は霊魂の世界から来た母親と同じように、並はずれて美しかった。しかしたいへん不思議なことに、その子孫は普通の人間と同じように、黒い色をしている。アティ一族の古歌が言及しているのはこの美しい妖精のことである。

女はまた精霊の国へ降りていった、
男たちは褒めたものだ、泉のほとりでアティが見つけた神々しい女のことを。
だがアティの胸はいま嘆き悲しみでいっぱいに満ちている。

「タパイル」(類《たぐい》なきもの)という普通よく用いられる名前の起源は、一族のこの妖精の先祖の母を記念したものである。

ここでこの神話の解釈について多少余談にわたるが一言しておきたい。ギルの『南太平洋の神話と歌謡』は明治九年(一八七六年)にロンドンで出たが、明治三十年も過ぎると、それを読んで自分の詩の種とする日本人も現れた。それは蒲原有明で、『有明詩抄』の自序には、
「その時分巌谷小波氏の『世界お伽噺』の為に一部の書の下読みを引受けたことがあった。その中から図らずも『姫が曲』の資料を発見した」
そして『春鳥集』に収めたバラード『姫が曲』には次のような前書があって、その長詩がポリネシアの神話を踏まえたことを次のように明かにした。

この曲は材をギル氏が編せる『南太平洋諸島の神話及歌謡』中、『泉の精』（*The Fairy of the Fountain*）と題せる一章に採《と》れり。ラロトンガの伝説なり。泉の名をヴァイティピといふ。満月の後、この泉より出でて、椰樹芭蕉の葉かげに遊ぶ水精の女あり、酋長アティ、一夜人に命じて禽を捕ふるが如くして、この女を拉し来らしむ。女はこれより懐孕せり。嘆きて曰く、「腹部を剖《さ》きて子を出し、おのが亡骸をば土に埋めよ」と。既にして子を産みぬ。また曰く、「人界にて一子を設くる時、水国の母は悉く死なむ」と。アティはこの後、女の手を執《と》りて、共に泉底に下らむとしてえせず。とこしなへに、水精の女とわかれぬ。

……

出産神話の連想からであろう、有明は『古事記』の豊玉姫になぞらえて女を「多麻姫」と名づけた。また同じく『古事記』の伊邪那美命《いざなみのみこと》が、黄泉比良坂《よもつひらさか》で伊邪那岐命《いざなぎのみこと》に対決して言った「一日《ひとひ》に千頭《ちがしらくび》絞り殺さむ」も思い出したのだろう、

遽《には》かに姫はをののきて、
満ちてもゆくか胎の月、——
泉の底の呪詛《じゆそ》のこゑ
「日として聴かぬ日ぞなき」と。
「水の国なる法章《のりおきて》——

「人の世に来て、人の子を、
一人《ひとり》産《う》むとき、生児《うまれご》の
千人《ちたり》は死なむ水底《みなぞこ》に」

などと書いた。ギルの英訳がもっと滑かであったならば、有明もあるいは誤解しないですんだのかもしれない。その問題の箇所は女が夫の前で激しく泣いた時の言分《いいぶん》で、

……She told him that it was grief at the destruction of all mothers in the shades upon the birth of the first-born. Would he consent to her return thither in order that so cruel a custom should be put an end to?

この first-born を有明は泉の精と酋長との間に出来た子供と取り、「人の世に来て、人の子を一人産む時」、水底の国で殺戮《さつりく》が行われる、と解釈した。

しかしラロトンガのこの起源神話は、太古は第一児出産の際に女の腹を切り開くのがならわしであった。そのために母親はことごとく分娩《ぶんべん》に際して死んだ。しかるにその悪習が人情豊かなアティによっていま廃止され、その習慣の変化は水底の下界にまで及んだ。その知恵を下界の一族に伝えた神秘的な素姓《すじょう》の女がアティ族の祖先である、といういわゆる説明伝説であろう。それに「タパイル」という「類なきもの」を意味する言葉と古歌にまつわる由来伝説が添えられたのである。upon the birth of the first-born は一般に「はじめての子が生れる時に」と取るべき内容に相違ない。(第一児の分娩に際して母親が必ず死ねば、人口は世代

ごとに二分の一に減少してしまうが、その種の理詰めの詮索は神話に対しては行わないことにする。）

ラフカディオ・ハーンはギルの『南太平洋の神話と歌謡』について、

「これは奇妙な、しかし芸術性を欠いた書物で、すばらしい材料がいかにも乾燥無味に処理されている」

と評した（『異文学遺聞』序）。読者も妖精が、

「私に帝王切開を施してください」

“Perform on me the Caesarean operation.”

などと言うのを聞いて、異《い》な印象を受けられたことと思う。ラロトンガの土語では、

「腹を裂いて子供を取りあげてくれ」

とか、それに類したより直截《ちょくせつ》的な表現だったに相違ないが（ハーンの再話ではseverという動詞を用いている）、宣教師という身分と、ヴィクトリア朝という時代が「帝王切開《シーザリアン・オペレーション》」などという妙に上品なあらたまった表現を選ばせてしまった。その数年後に出たチェンバレンの『古事記』の英訳でも、伊邪那岐命・伊邪那美命の結婚をはじめ、詩趣に富める条りが一種の伏字ともいうべきラテン語に訳されたことも想起されるのである。

それではハーンはポリネシアの民俗の伝承をどのような文芸の短篇に仕立てたか。The Fountain Maiden は日本に知られることのきわめて薄い、アメリカ時代のハーンの再話物であるから、原話と同様、全訳を掲げさせていただく。

泉の乙女

あの太平洋の太平な島の伝説である。そこでは死者を除けば誰も衣服をまとうものはない。そこでは年若き者の美は琥珀《こはく》の像の美に似通い、そこでは常夏《とこなつ》を通して山々さえも白雲の腰巻きをまとうことを拒む……

逞《たくま》しきオマタイアヌク、
丈《たけ》高く色黒きアヴァーヴァ、
丈高きオウトゥートゥ、
我等が行手に影を落せ、
我等が前に椰子の樹のごとく高く立て、
まどろむ人の上に夢のごとく身を屈《かが》めよ、
眠れる人の眠りをなお深き眠りとせよ。
眠れ、敷居《しきい》の蟋蟀《こおろぎ》よ。眠れ、休みを知らぬ蟻《あり》どもよ。眠れ、おまえ、夜光る甲虫《かぶとむし》よ。風よ、囁《ささや》くことを止めよ。休みなき草よ、さらさら音を立てることをやめよ。椰子《やし》の葉よ、動きを止《と》めよ。堀の葦《あし》よ、そよぐことを控えよ。青い川よ、濡れた唇で岸にふれることをやめよ。
眠れ、おまえら家の梁《はり》よ、大小の柱よ、垂木《たるき》よ、棟木《むなぎ》よ、草葺《くさぶき》の屋根よ、蘆《あし》をもて編める道具よ、竹格子の窓よ、幽霊のごとく軋《きし》み、幽霊のごとく泣く扉《とびら》よ、低く燃える白檀《びゃくだん》の炎よ、ものみな眠れ。
おお、オマタイアヌク、
丈高きオウトゥートゥ、

色黒きアヴァーヴァ、
我等が道を影深くせよ、
我等が前に椰子の樹のごとく高く立て、
まどろむ人の上に夢のごとく身を屈《かが》めよ、
眠れる人の眠りをなお深き眠りとせよ――
風の眠りを
水の眠りをなお深くせよ――
夜の暗闇《くらやみ》をなお暗くせよ、
おまえたちの吐息《といき》で月にヴェールをかけ、
星々の火の明りをいっそう薄くせよ。
怪しい物の怪《け》の名において、
オマタイアヌク、
オウトゥートゥロラアー、
オヴァーヴァロロア、
眠れ、
眠れ。

月ごとに新月《しんげつ》がのぼる晩に、そのように盗人《ぬすびと》たちが魔法の歌をうたうのが聞えた。最初の晩は、椰子の葉の間をそよぐ風のように低い声だった。しかしその歌は夜ごとに大きく、大きくなった。甘く美しく、声は澄んでいった。そしてついに十五夜の大きな白い顔が、森に溢れるばかりに光を注いで、椰子の木のまわりの沼を銀色に変えた。満月の魔術の力は魔法の歌よりもいっそう力が強かった。それでラロトンガの人々は十五夜の夜は眠らなかった。だがそのほかの夜に盗人たちは沢山の椰子の実やタロ芋、食用のバナナや野生のバナナを持ち去った。ラロトンガの人々が罠《わな》を仕掛けても穽《おとしあな》を仕掛けても、盗まれた。人間の手が届くとも思えぬ高い木の梢《こずえ》からココ椰子の実が消えているのを見て人々の心はおびえた。

だが酋長《しゅうちょう》のアキは、地下の世界を流れる水が湧き出すヴァイピキの泉のほとりで、細い新月の光がかすかに水を照らすころ、その水の中から、若者と娘が水面へあがって来るのを見た。月よりも白く、魚のごとく露《あら》わに一糸《いっし》もまとわぬ、夢のように美しい若者と娘であった。そして二人は歌をうたいはじめた。その歌が聞えた時、アキは蛸《たこ》の木の繁みの中で両手で耳をふさいだ。あの魔法の歌――エ・ティーラ、オマタイアヌク、エ・ティーラ・オウトゥートゥロロア……であった。歌声が流れると、風はなぎ、波も眠りに落ちた。椰子の葉はうなずくことを止め、蟋蟀《こおろぎ》の声も聞えずになり、あたり一面はひっそりと静まった。

そこでアキは、二人を生捕りにしようと、泉の底深くに大きな網を仕掛けて、二人の帰りを待った。ぬばたまの夜のしじまは静けさを深めた。火の山の煙は、下面《かめん》は血の色に染っていたが、まるで巨人の帽子の羽飾りさながらに、じっと動かず、なびかず、中天にかかっていた。それでもついに海から吹き始めた潮風が、椰子の木立の間で、亡霊のようにひそひそ話をはじめた。一匹蟋蟀《こおろぎ》が鳴いた。すると百万の蟲の音がそれに和した。新月はその青白い角《つの》の一本《いっぽん》を大海原の水へひたした。東の天は白んで、まるで鮫《さめ》の腹のように色を変じた。いまや呪縛《じゅばく》は解け、夜はまさに明けなんとしていた。

そしてアキが見つめていると白いものが、果物や木の実《み》や芳《こう》ばしい草を抱えて、戻って来た。葉の繁みの隠れ場の中から、やにわに身を起したアキは、二人目がけて突き進んだ。すると二人はまるで魚のように、泉の中へ身を躍らせて飛びこんだ。水際《みずぎわ》に果物の実が散らばった。だが、ああ、二人はものの見事に網にかかって捕ってしまった。

そこでアキはおもむろに網を岸辺へたぐり寄せた。アキは強者《つわもの》であったから、網を引寄せるのはたやすい仕事だった。だが、網を返した時、男は網の口からするりと抜けると、まるで鮭《さけ》のようにきらっと躍ったと見る間に、水底《みなそこ》の測り知れぬ淵の奥深くへ潜《もぐ》ってしまった。それだからアキが生捕りにできたのは娘一人だけだった。娘は網の中でもがいたけれども甲斐《かい》はなかった。娘の月のように白い体は、男の手中でまるで美しい魚の体のように、オパルに似た乳光色の光を発した。娘は泣きながら訴えたけれども男は聞きはしなかった。アキは泉の底を珊瑚《さんご》の大きな岩の塊でつめて塞《ふさ》いでしまった。娘が自分の手から逃れて、また姿を消すことのないように、という用心であった。だが、娘の世にもあやしい美しさに見とれて、アキは娘に優しく接吻し、いたわりの言葉をかけた。すると娘もしまいには泣くのを止めた。その眼は大きく黒くて、まるで星が満天《まんてん》にきらめく熱帯の夜空のようだった。

こうしていつかアキは娘を愛するようになった。自分自身の命よりも大切に大事に娘を愛した。人々は娘の美しさに驚きの念に打たれた。娘が動けば、体から光がさした。娘が川で泳げば、その跡はさながら水の面《みも》に映える月のように、一条のきらめく光の筋となってふるえた。ただこの光り輝く美しい娘が、月の満ち欠けと逆さに満ち欠けすることに人々はやがて気づいた。娘の白さがいちばん白く輝く時は新月の折で、月が満月になれば娘はほとんど輝くことを止めてしまう。そして新月がのぼるごとに、娘はひっそりと泣いた。そうなるとアキにも娘を慰めるすべはなかった。娘に島の言葉で愛の語らいは何というかをねんごろに教えた後でも、慰めることはできなかった。——アキたちが話す島の言葉は、母音がたくさんまじっていて、聞く者の耳にはまるで夜鳴く鳥の歌を真似たように、心地よく響く言葉であったが。

こうして何年もが過ぎた。そしてアキもいまは年老いた。だが娘はいつまでも変らぬように見えた。というのは娘が属する不可思議の国の民《たみ》は、けっして年を取らぬ民であったから。だがある時、娘の眼がいままでになく深く、いままでになく優しく美しく、あやしいまでに甘美になったことに人々は気づいた。そしてアキはこの歳で自分が父親になるということを覚《さと》った。だが娘は泣きながらアキに訴えた。

「でも、わたしはあなたとは素姓《すじょう》の違う一族の者です。いまとなってはお暇乞《いとまごい》をいたさねばなりません。もしわたしを愛してくださるのなら、このわたしの白い体を切り開いて、わたしたちの子供を助け出してくださいまし。というのももしこの子がわたしの乳房から乳を吸えば、わたしはこの世界に、わたしとは縁のないこの世界に、あともう十年暮さねばなりません。——それにわたしの体を切り開いても、わたしを傷つけることにはならないのです。たといわたしが一旦死ぬようにみえても、わたしの体は生き続けるのです。斧《おの》や槍で突いても水に傷がつかないように、わたしに傷がつくことはありません。わたしは水と光から、月光と凪とから成る者だからです。それにわたしはあなたの子供に乳を飲ませてはいけない者なのです」……

だがアキは、女も子供も失《な》くしたくはなかったから、娘を上手になだめすかした。こうして生れた子供は白い星のように美しかった。そして女は十年の幸《さち》深い歳月の間、その子をやさしく育てた。

しかし、その十年が過ぎた時、女はアキに接吻して、そして言った。

「ああ、いまこそお暇乞《いとまごい》をいたさねばなりません。さもないとわたしはすっかり命が死に絶えてしまいます。なにとぞお願いでございます。泉の底から珊瑚の岩を取りはずしてくださいまし」

そしてアキにいま一度接吻すると、必ずまた戻って参ります、と誓った。それでアキもついに女の願いを容《い》れた。女はできればアキも一緒に連れて行きたかったが、それは無理なことであった。アキは死すべきこの世の人であったから。それで女は泉の奥へ滑るように姿を消した。微かな一抹《いちまつ》の光が流れるように姿を消した。

子供はすらりと背の高い、美しい子に育った。しかし母親似ではなかった――海の彼方から来る異人《いじん》のように色が白いだけであった。それでも少年の眼には、あやしい光が宿っていた。新月の夜にはきらきらと美しく輝き、月が満ちるにつれて輝きは薄れた……　一夜大嵐が吹き寄せた。椰子の木々も葦のように風にたわみ、不思議な声や叫びが風とともに吹き寄せた。泣きながら、叫びながら。夜明けに白い少年の姿は消えた。以後その少年の姿を二度と見た者はなかった。

だがアキは百歳を越えるまで生きのびた。そして女の帰りをヴァイピキの泉のほとりで待った。髪の毛が夏の雲よりも白くなるまで女の帰りを待った。しまいには島の人々がアキを運び去り、老人を彼の家の蛸《たこ》の木の葉の寝台に寝かせた。村の女どもはアキが死ぬことのないよう皆して見守った。

……新しい月の朔日《ついたち》の夜だった。新月ののぼる夜だった。にわかに低い甘美《かんび》な声が聞えた。古い昔の歌をうたっていた。もう五十年も前の歌だというのにその節《ふし》を憶えている人もいた。優しく美しく、甘美にいとも甘美に歌声は響いた。月はますます高く中天へのぼった。蟋蟀は歌うのを止め、椰子の樹は風に従うのを拒んだ。重たいなにかが老人を見とる女どもの上に押しつけるように降《お》りてき、女どもは目をあけていながら、手足を動かすことも、声を立てることもできなかった。その時みんなは白い女に気がついた。月の光よりも白く、湖の魚のようにしなやかな姿で、見守る人たちのならびを辷《すべ》るように抜けると、アキの白髪《しらが》の頭を自分の輝く胸の上に抱いて、アキに歌いかけ、アキに優しく接吻し、アキの年老いた顔を撫でその頬をそっとさすった……

日が昇った。詰めていた女どもは目を覚ました。アキの上に身をかがめると、老人はかすかに眠っているようだった。しかしアキの名前を呼んだ時、アキはもう返事しなかった。アキの体に触った時、アキはもう動かなかった。アキは永《とこし》えに眠ったのだった……

『異文学遺聞』

皆さんは、ではいかなる種類の仕事から〔文学に〕はいるのが良いか、と質問されるやもしれない。私は躊躇《ちゅうちょ》なく答えるだろう、「翻訳から」と。翻訳こそ創作にいたる、最善最良の準備である。

帝国大学の講義でハーンが文学部の学生にそう翻訳をすすめたのは、一面では明治中葉の日本が、後発国として「翻訳を多量に必要としている」という状況にあったからでもあるが、他面ではハーン自身のアメリカ時代のフランス文学翻訳の体験に照しての忠告でもあった。ハーンの処女出版は一八八二年、三十二歳の時英訳ゴーチエ短篇集『クレオパトラの一夜』の出版だった。前に「小泉八雲の心の眼」の章でふれたが、少年時代、どこかフランスの寄宿学校で学んだことのあるハーンは、フランス語も出来、フランス文学が好きだった。彼には英国の国文学に自足《じそく》できない抑えがたいなにかがあった。それは父によって象徴されるアングロ・サクソン系白人社会に対する反撥であったかもしれない。彼は伝統的文学世界の枠組から脱出しようとした。大学進学の機会を奪われたハーンにはまた、学者たちが掘り尽してしまった西欧文芸の正統的大道の外にある新規の文物を求める方が、逃避的かもしれないが、自分の性《しょう》に合うように思われた。十九世紀後半の地理的視野の拡大がハーンの視界に非西洋の国々を浮びあがらせた。彼の心中に時代的流行でもあった異国趣味《いこくしゅみ》が目覚めたのである。

仏文学の翻訳の次にハーンは第二作の材料を、エジプト、エスキモー、南太平洋、ヒンドゥー、フィンランド、アラビア、ユダヤなどの民俗的伝承や説話に求めた。ハーンは文筆家として必ずしも創作力に恵まれなかったが、翻訳の仕事に自己を限定するにしては、文学的野心もあり、筆力もあった。それで各国の民俗の伝承の英・仏訳を集めると、それらの再話を始めたのである。『泉の乙女』がおさめられた一八八四年刊行のハーン第二作はその種の翻案物をまとめた『異文学遺聞』*Stray Leaves from Strange Literature* で、ここに後年ハーンの名前を世界的にした日本の怪談・奇談の再話物の骨法《こっぽう》がすでに示されている感があるので、ここ多少詳しくふれてみたい。

『異文学遺聞』にはまえがき代りの説明があるが、それによればハーンは各国の原話を訳文をたよりに仕事をし、

「自分の小さな宝石の一つ一つを一つの型に応じて刻んだ。ある時はその本来の美しさを損ねたかもしれないが、原《もと》の光彩《いろどり》はあまりにもあやしく、その光沢《こうたく》は妖精に似た輝きを帯びているから、その本来の値打ちは、自分ごとき不器用な職人の手で細工されようと、別に台なしになることはなかったであろう」

と述べている。ハーンは自分を原石を拾ってきては宝石に磨きあげる職人に擬《ぎ》したのだが、その律義《りちぎ》な職人気質《かたぎ》は終生変らなかった。文筆の人ハーンには再話文学で芸術作品を作ろうとする野心があった。そしてその際、原話は完成した文学作品である必要はない。むしろ荒削りな素材のままで放置されているものの方が、再話の職人ハーンの腕の振いどころがある。ハーンは来日後も、教訓的な雑話集や世俗的な奇談怪談、さらには新聞の三面記事や周囲の人から聞いた話を種に芸術品に仕上げたが、その種の日本の国文学史に名も載らぬような原作から再話した方が、上田秋成の『菊花の約《ちぎり》』や『夢応の鯉魚』などの名作から再話したものよりも出来映えも評判もよいのである。

『泉の乙女』の場合もまさにそれで、ハーンは、

「私はポリネシアに取材した再話（『泉の乙女』）の中では、元の伝承を相当大幅に敷衍《ふえん》した。原作はギルの『南太平洋の神話と歌謡』の中にあるのだが、この本は奇妙な、しかし芸術性を欠いた書物で、すばらしい材料がいかにも乾燥無味《かんそうむみ》に処理されている。ギル氏の書物にはまた別の箇所にあやしくも妙なる『盗賊の歌』のテクストが英訳とともに出ていたので、私はこの歌もあわせて『泉の乙女』の話の中で使いたいと考え、多少気儘な空想を働かして変更を加えた」

日本の怪談・奇談の再話でもハーンはおおむね原作のプランを尊重したが、時に思い切った変更を加えている。『異文学遺聞』の中でハーンは大胆に加筆した例として自分から『泉の乙女』をあげたが、実はハー

ンが自由に工夫すればするほど、彼固有の文芸的特質が判然とするので、それだけに『泉の乙女』は再話文学者ハーンを分析する上では恰好《かっこう》の作品といえる。彼が自分でいうところの詩人に許される自由、**romantic liberties** をどのように行使したか、原話と再話の相違点を改めて検討してみよう。

（いま一つの材料『盗賊の歌』は、短いものであり、平明な英語に訳されているから、そのままここに掲げさせていただく。

Here is our sure helper.
Arise on our behalf :
Stand at the door of this house,
O thou divine Omataianuku !
O thou divine Outuutu-the-Tall,
And Avaava-the-Tall !

We are on a *thieving** expedition ——
Be close to our left side to give aid.
　Let all be wrapped in sleep.
Be as a lofty cocoa-nut tree to support us.
O house, thou art doomed by our god !

Cause all things to sleep.

Let profound sleep overspread this dwelling.
Owner of the house, sleep on !
Threshold of this house, sleep on !
Ye tiny insects inhabiting this house, sleep on !
Ye beetles inhabiting this house, sleep on !
Ye earwigs inhabiting this house, sleep on !
Ye ants inhabiting this house, sleep on !
Dry grass spread over the house, sleep on !
Thou central post of the house, sleep on !
Thou ridge-pole of the house, sleep on !
Ye main rafters of the house, sleep on !
Ye cross beams of the house, sleep on !
Ye little rafters of the house, sleep on !
Ye minor posts of the house, sleep on !
Thou covering of the ridge-pole, sleep on !

Ye reed-sides of the house, sleep on !
Thatch of the house, sleep on !

The first of its inmates unluckily awaking
Put soundly to sleep again.
If the divinity so please, man’s spirit must yield.
O Rongo, grant thou complete success !

*“Keia”, applies equally to *thieving* and *murdering*.

ギルが採集した『盗賊の歌』は、部族が一団となって他の部族を襲い、盗みや殺しを働く時に酋長以下が土俗の神ロンゴに「我等がために助けよかし」と祈る歌である。狙いをつけた家の近くで歌えば歌うほど、このまじないの霊験はあらたかであるという。

すべては眠りに包まれてあれ、
神よ、高き椰子のごと高く聳えて我等を守れ。
おお、我等が神に呪われたる家よ。
ものみなすべて眠れよかし。

そして以下連禱のごとく、「眠りのこの家の上にひろがらんこと」を祈り続ける。家の主にも、家の敷居にも、大黒柱、棟木《むなぎ》、垂木《たるき》の類にも、また昆虫の類にいたるまで「眠り続けよ」と祈る。

この家に棲む甲虫《かぶとむし》よ、眠り続けよ、
この家に棲む鋏虫《はさみむし》よ、眠り続けよ。

そしてこの蚕賊の呪術《じゆじゆつ》の歌は、

「愚かにも目を覚ました家人よ、ぐっすりとまた眠れ。お前等人間の霊魂がじたばたしようとも、ロンゴの神の御心《みこころ》には所詮かなわぬ。我等にはロンゴの神の御加護がある。我等に完全無欠の勝利をもたらし給え」

という荒々しい好戦的な祈願のうちに結ばれる。

キャプテン・クックはタヒチ島でこのロンゴの神に捧げられた四十九個の髑髏を見、さらに第五十個目が祭壇に捧げられる場面を目撃した、という。この島の言葉で「ロンゴが心を満たす」といえば「荒ぶる」とか「血を流さずにはおかぬ」という意味だ、とギルは註している。)

民俗の伝承から文学の短篇へ

ハーンは「言葉の画家《ワード・ペインター》」と評されたことがあったが、『泉の乙女』の前書きも、さながら一篇の散文詩のように常夏《とこなつ》の至福の国を暗示する。

あの太平洋の太平な島の伝説である。そこでは死者を除けば誰も衣服をまとうものはない。そこでは年若き者の美は琥珀《こはく》の像の美に似通い、そこでは常夏《とこなつ》を通して山々さえも白雲の腰巻きをまとうことを拒む……

A LEGEND of that pacific land where garments are worn by none save the dead ; where the beauty of youth is as the beauty of statues of amber ; where through eternal summer even the mountains refuse to don a girdle of cloud ……

印象派の画家や作家が南海の島に地上の楽園を求めて行く、そうした時代の風潮をハーンも感得していたのである。なにかゴーガンが描くタヒチの若い女のようではないか。その太平な南の島では山までが生気を帯びていた……

そしてハーンはその次に「盗賊の歌」が風にのって聞える、という絶妙の工夫をこらした。実際の生活の中では「生蕃」の歌は荒々しい呪文であろうが、それが『泉の乙女』の出だしではさながら童話の中の「盗賊の歌」に聞える。オペラでいえばまだ幕があがらぬ先に舞台の袖から静かに聞える合唱という印象を与える。ハーンはその歌詞に、

「蘆をもて編める道具」

「竹格子の窓」

「幽霊のごとく軋む扉」

などの情景描写の語をまじえ、原歌にはない「月」という要素も加えた。しかしはるかに重要な点は、その種の個々の修辞上の改変よりも、本来は全く別個であったこの「盗賊の歌」を短篇の冒頭に掲げたことである。その伏線の意味は短篇の結びでにわかにはっきりするのだが、『泉の乙女』はさりげなく、この歌によって『千一夜物語』にも似た、メルヘン風の出だしとなった。

……新月がのぼる晩に、そのように盗人たちが魔法の歌をうたうのが聞えた。

果物や木の実が盗まれ、人間の手が届くとも思えぬ高い木の梢からココ椰子の実が消えた。人々の心はおびえた。

犯人の姿を目撃した酋長のアキは網を張って、「月よりも白く、魚のごとく露わに一糸もまとわぬ、夢のように美しい若者と娘」の帰りを待った。その情景は前書きの散文と呼応して、一幅の絵のように美しい。読者は不安と期待の入りまじった気持で、その先に起ることを予期しつつ息を飲む。

……アキは、その帰りを待った。ぬばたまの夜のしじまは静けさを深めた。火の山の煙は、下面《かめん》は血の色に染っていたが、まるで巨人の帽子の羽飾りさながらに、じっと動かず、なびかず、中天にかかっていた。それでもついに海から吹き始めた潮風が、椰子の木立の間で、亡霊のようにひそひそ話をはじめた。一匹蟋蟀《こおろぎ》が鳴いた。すると……

この夜の呪縛こそ後のハーンの怪談の磁場でもある。『轆轤首《ろくろくび》』の磯貝平太左衛門も鬼が力をふるうことができるのは夜に限られると知っていたし、耳無し芳一も夜明けには自由の身となった。しかしその夜の呪縛の静寂を不動の火山の煙で描いた、というのは並々ならぬ手腕である。

……the smoke of the mountain of fire, blood-tinted from below, hung motionless in the sky, like a giant's plume of feathers.

この数行にはまるでマルティニーク島のプレー火山が夜空にしるく浮んで見えるようだが、しかし年表をいくら調べても、『異文学遺聞』を出した一八八四年までにハーンが火山を実際目撃したことは一度もないのだ。彼が仏領西インド諸島へ渡るのが三年後の一八八七年であることを思うと、この火の山の一幅の光景はなにか予覚に満ちているような気がする。

ハーンは童画のように書き進めた、

「新月はその青白い角の一本を大海原の水へひたした」

アキが見つめていると女は果物や木の実や芳ばしい草を抱えて戻って来る。ハーンの工夫は原話にない「芳ばしい草」を足し、東の天が白む様を「まるで鮫《さめ》の腹のように色を変じた」と書くところにある。その種の工夫は男の妖精が網の口から抜ける様を「まるで鮭のようにきらっと躍った」と見る間に潜るという描写にも、女を逃がさぬように泉の底に（原話では単に岩であったのを）珊瑚の大きな岩で塞《ふさ》ぐ、という描写にも繰返される。修飾や装飾の句に生彩を帯びさせる三十代のハーンは、晩年のハーンと違って、まだまだ華麗な印象主義風を好んだのである。

さりげないようでいて大事な工夫は、原話では村人が寄ってたかって妖精の男女を追い立てて女を捕まえたのに対し、ハーンの物語ではアキは酋長としての責任感から夜ひとり番に立つところにある。彼はあやしげな歌声が聞えるや耳をふさいで呪縛にかからぬ工夫をする知恵に富める男だった。周りが寝静まっているのに自分だけが目を醒ましているから、それだけ火の山も印象深いのである。そして強者《つわもの》のアキが一人で娘を捕まえ、一人で優しくいたわったからこそ一対一の愛情の関係で二人は運命的に結ばれたのだ。ポリネシアの原話では島民が寄ってたかって捕まえただけに娘は酋長に贈物として献上された感があったが、ハーンの再話を読むと、アキが「白いもの」を捕まえる情景は、さながら漁師が人魚や天女を捕まえる場面を髣髴とさせる。また原話と違ってハーンがはじめから「妖精」とはいわず「白いもの」White One と呼んだのは、女の正体をより神秘的にぼかすための工夫といえよう。女は半ば人間界の女のようでもあり、半ば地界《ちかい》の妖精のようでもある。

ところで地界の女といい条、女が月光と関係があるというのは原話にはないハーンの再話の特色で、娘が夜泳ぐ時、その跡はさながら水の面《みも》に映える月のように、一条のきらめく光の筋となって揺れる。(子供の時から水泳が好きで、日本でも、夜、月の光を浴びながら焼津の海で泳いでいたハーンらしい描写といえる。)下界から泉を通ってあがって来たというが、女は月光の化身《けしん》のようである。

「そして新月がのぼるごとに、娘はひっそりと泣いた」

そのようなハーンの再話を読むと、『竹取物語』の最終節の、

「月のおもしろく出でたるを見て、常よりも物思ひたるさまなり。……ともすれば人まにも月を見ては、いみじく泣き給ふ」

などが思い出される。西洋にも『竹取物語』や『羽衣』伝説に類した話はあって、地上に来て人間の男と結ばれた天女や人魚の類は、いつかこの世を去らねばならないのだろう。ハーンはその「別れ」の主題をここで用い、ポリネシアの原話での女のきわめて具体的な帰国の動機を再話では消してしまった。

約束を守った女

ポリネシアでは神話中の妖精も帝王切開で死ぬという。その点では原話中のフェアリーはむしろ人間的な限界をもっている。島に来た妖精の妻が出産に先立ち腹を切り開くよう夫に頼んだのは、それが下界のならわしであり、その掟に従って頼んだまでのことだった。ラロトンガの神話でその条りとそれに引続く女と夫の五回にわたる潜水が細かく語られているのは、この伝承の主題が、第一児の出産にまつわる母体の切開という自然産道を通過して胎児を娩出《べんしゅつ》することをしない悪習の廃止にあったからだろう。

ハーンの再話では、妖精の女は水と光と月と風の精であるから、ちょうど「水が斧や槍で突かれても傷つかぬように」腹を裂かれても死ぬことはないという。再話中の女はその特質についてはむしろドイツ浪曼派の作品にでもありそうな水の精《オンディーヌ》の幻想性を持っている。ハーンは女が下界へ去る動機もぼかして、別れの情景もさらりとすませた。ハーンの女はかぐや姫が月を恋うるように、あるいは浦島太郎が父母のいます里を思うように、故里をなつかしむ。そして泉の底から珊瑚の岩を取りのけてもらうと「微かな一抹の光が流れるように姿を消した」

二人の間に生れた子供は、原話ではその子孫が島の一族として生き続け、「不思議なことに、その子孫は（もはや色白ではなく）普通の人間と同じように、黒い色をしている」と妙に現実的で（まるで遺伝法則の記述のようで）ある。ハーンの再話では眼に不思議な光を宿した子供は、大嵐の夜姿を消してしまう。それきりその子は二度と現れずになって老酋長の身辺《しんぺん》は一層淋しくなった。アキは百歳を越え、いまは村の女どもに見守られて家で横になっている。その時、ある新月の夜に、あの忘れがたい歌が聞えた。虫は鳴くのを止め、椰子の木は風に従うのを拒んだ。女どもの上に重たいなにかが降りてきて、目をあけていながら、動くことも声を立てることもできなかった。その時みんなは白い女に気づいた。女は、

月の光よりも白く、湖の魚のようにしなやかな姿で、見守る人たちのならびを辷《すべ》るように抜けると、アキの白髪《しらが》の頭を自分の輝く胸の上に抱いて、アキに歌いかけ、アキに優しく接吻し、アキの年老いた顔を撫でその頬をそっとさすった……

日が昇った時、目を覚ました女どもはアキが永眠したことを知る。

女は約束を守った。はじめはさりげなく、悪戯のように歌われた「盗賊の歌」が、いま五十余年の間隔を置いてふたたび歌われたことにより、思いもかけぬ状況が設定された。泉の乙女は村人を皆眠らせて酋長アキの命を盗んであの世へ連れて行ったのである。だが「命を盗む」ということがこれほど美しく優しいことであろうとは。

村の女たちも、そして我々読者も、はっと眠りから覚めた時のようにこの「盗賊の歌」の魔法の力に気づ

く。考えてみると人間誰しも死なねばならぬ以上、その最後の時にこのような女に抱かれるとはなんという幸福であろう。かつて異郷でひとりぼっちの女を「自分自身の命よりも大切にいつくし」んだアキであったが、そのアキが年老いて地上での生を了え、いま見知らぬ世界へ旅立とうとする時、今度は女がアキを保護する者として、アキを導くためにやって来た。話の前半ではその美しさがやや人形のように強調されていた妖精の妻であったが、しかしこの最後の新月の夜、女は血の通った感情を持つ者として現れる。約束を守って帰って来、夫のアキ――いまは痩せ衰えて身の丈《たけ》さえ縮んで見えるアキを胸に抱き、子守歌を歌うように歌いかけ、その老いさらばえた顔をそっと撫で、やさしくさする……　その情景はまた二人の生前の交りが深く愛し愛された祝福されたものであったことを暗示している。

それではハーンの再話では主人公となったアキとはどのような男であろう。それは一人の男が美しい娘に出会い、幸せな結婚生活を送り――妻の眼がうるんであやしいまでに美しくなり、アキが「この歳で自分が父親になるということを覚って」深く感動する条りは、ハーン自身がこれより約十年後の明治二十六年、四十三歳の時、自分がこの歳で父親になることに深く感動することを予兆するかのようである。ハーンも異郷の女を娶った人である――出産に伴う一つの危機を回避してふたたび幸福な結婚生活を続ける。アキは妻をいつくしむが、それだけに未練がましい、弱い面も持っている。妻の白い体を切り開いて赤子を取りあげるような真似は妻に言われても出来ない。アキはただただ女を自分の側に置いておきたい一心である。アキはそのような点では英雄でもなければ超人でもない。そして避けがたい別れの時が来る。そして息子も失くして、老年期はわずかに再会に望みを託して生きている。その望みは夢なのかもしれない。しかしハーンはその切なる望みが成就する臨終の時を美しく描いた。

ギルが採集したポリネシアの伝承にギル自身は姿を見せないが、ハーンの『泉の乙女』はハーンのような心の持主にしか書くことのできない物語なのである。それだから素材がラロトンガの島の民俗の伝承であろうと、これはハーンの文芸上の創作と呼んでよいにちがいない。

夏の日の夢

ハーンは夢が好きな男であった。ハーンと子供たちの寝しなの挨拶はおおむね次のようだった。

子供たち「パパ、グッド・ナイト、プレザント・ドリーム」
ハーン「ザ・セーム、トゥ、ユー」

妻の節子も焼津に避暑に行ったハーンに片仮名の手紙を送る時は「ユメ、マイバン、ミマスヨ」と書いた。東京大学で学生に向けて講義した時も、夢こそ真実であると説き、『霊の日本』の巻頭には、

夜ばかり見るものなりと思ふなよ
ひるさへ夢の浮世なりけり

の古歌をそのまま引いた。心の憧れこそが人間にとってリアリティーだと信じていたからこそ、ハーンは夢の赴くままに筆を走らせたのである。

原話と再話の間にはまだ幾つか小さな異同もあった。泉の名を変え、酋長の名も「アティ」から「アキ」へ変えた。（そのためにハーンは後年のある日、妻が書生を「アキ」と呼ぶのを聞いて驚かされる。節子の遠縁に当る玉木光栄《あきひで》はハーンに可愛がられ、晩年の作品中にも「アキ」の名で現れる青年である。）しかし原話と再話との異同で一番意味深い点は、後年の日本の怪談・奇談の再話の場合もそうだが、その語りの奥にハーン自身の魂の憧れが、不幸な生き別れをした瞼の母を偲ぶの情が、深い底流となって、息づいていることであろう。

それを証するに似た作品がある。『泉の乙女』を書いてよりほぼ十年の後、熊本時代にハーンは『夏の日の夢』という一篇の散文を書いた。それはハーンが浦島太郎の身の上に事寄せて「失われた楽園」を追惜《ついせき》する一文である。

私の記憶の中には魔法にかけられたような時と処の思い出がある。そこでは太陽も月もいまよりずっと大きく、ずっと明るく輝いていた。それがこの世のものであったか、それともなにか前世のものであったか私にはわからない。私が知っているのは、青空はいまよりもずっと青く、そしてもっとずっと地上に近かった、ということだ。……海は生きて息づいており、なにか囁いているようだった。風も生きて息づいており、風が私にさわるたびに歓びのあまり私は大きな声で叫ばずにはいられなかった。……そして私をしあわせにしようと、ひたすらそのことのみを考えてくださった方《かた》の手で、その土地もその時も、穏やかに支配されていた。……

その方《かた》、大文字でOneと書いてあるその方がハーンの生母をさすことは明らかだろう。しかし彼がOneと書いた時、そこには『泉の乙女』でWhite Oneと書いたと同じように、半ばこの世の人で、半ばあの世の人の感じもあったのだ。

その方は神々しかったけれど、時々子供の私がすねて機嫌を直さないと、とても悲しそうにされた。それで私は本当にすまなく思ったことも思い出す……

そしてハーンはイオニア海の島での、幼年時代の失われた幸福を追い求めつつ、さらに次のように回想する。それらはそっくりそのままハーンの実際の体験ではないのかもしれない。むしろ想像力が生み出した追想と呼ぶべきものかもしれないが、しかしハーンの気持に及ぼした影響の深さからいえば真実の体験といってもよいのだろう。

日が沈み、月がのぼる前、夜の深いしじまがあたり一面を包むころ、その方はよく私にお話を聞かせてくれた。そのお話の楽しさのあまり私の体は頭の先から足の先まで興奮にわくわくふるえた。私はほかにはあのお話の半分ほども楽しい話を聞いたことがない。その楽しさがあまりに大きくなり過ぎると、その方はあやしい不思議な歌をすこし歌ってくれたが、その歌を聞くと私はたちまち眠りこんでしまうのだった。だがついに別れの日が来た。その方はさめざめと泣いて、私にお守りを渡し、けっして、けっして、これを失くしてはいけない、と言って聞かせた。なぜならそのお守りは私をいつまでも若いままに保ち、そのお守りがあれば私はいつか帰って来ることができるからだ。だが私はついに帰らなかった。そして歳月は過ぎ、ある日私は自分がそのお守りを失くしてしまったことに気がついた。

ハーンはこのように我が身の上を浦島になぞらえた。そしておよそ日本人が思いもかけぬような疑問を投げかけた。読者は浦島の運命にのみ同情を寄せるが、美しく飾られた御殿で空しく彼を待ち続けた乙姫の身の上にはなぜ同情を寄せないのか。事の次第を告げる雲が、雲だけが音もなく竜宮城に帰って来た時、それはむごい事ではなかったのか。――ハーンがそのような場面にまで思いをいたすのは、母の身の上を思えばこそだろう。そのハーンにとって竜宮城は水底にあるのではなくて、南海の島にあるらしい。常夏の常世《とこよ》の島にあるらしい。ラフカディオ・ハーンがそのように書く時、彼にとっての楽園の島は故郷のレフカスの島に似通い、それはまた『泉の乙女』の常夏の島に似通うのである。

「およそ夏が死に絶えることのない、あの魔法がかけられた国の喜び……」

『夏の日の夢』の中でハーンが浦島の物語を再話する時、この句は前後にルフランのように繰返される。リズミカルな英語でハーンが、

"Pleasures of that enchanted land where summer never dies."

と歌うようにいう時、その島の喜びは『泉の乙女』の島の喜びの数々に通ずるように思える。「日が沈み、月がのぼる前に」聞えてくる「あやしい不思議な歌」は「その方」の子守歌だが、それはまた「妖精」の歌のようでもある。生母ローザの声は『泉の乙女』にも生きているのだ。そしてその歌声を聞くと「私」はたちまち呪縛されて眠りこんでしまう。……その母性的なるものに優しく抱かれたい、という幼少の日のラフ

カディオの深い願望が、『泉の乙女』の結びの約束を守って帰って来た女との美しい再会の一節となって一篇の散文詩に結晶したように、筆者には思える。それだからアキは、母親の懐に抱かれて安らかに眠る子供のように、安心しきった表情で、永遠の眠りについたのだ。なにか私たち日本人には「阿弥陀様の御来迎《ごらいごう》」を思わせるような臨終といえよう。

萩原朔太郎はハーンを目して、魂のイデーする桃源郷を求めて、世界を当てなくさまよい歩いたボヘミアンであり、浦島の子と同じく、悲しき「永遠の漂泊者」であると言った。しかしハーンが『万葉集』にある浦島の長歌を愛誦した時には、それとはやや色彩りを異にする思慕《しぼ》の情もこめられていたのではあるまいか。節子夫人は『思ひ出の記』でこう言っている。

日本のお伽噺のうちでは『浦島太郎』が一番好きでございました。ただ浦島と云ふ名を聞いただけでも「あゝ浦島」と申して喜んでゐました。よく廊下の端近くへ出まして「春の日の霞める空に、すみの江の……」の節をつけて面白さうに毎度歌ひました。よく諳誦してゐました。それを聞いて私も諳ずるやうになりました程でございます。

ハーンは浦島の話が春の日に始まることを承知していた。それなのにそれを常夏の「あの魔法がかけられた国」へ変えたについては、本人が自覚していたか否かはともかくとして、幼い日から心に焼きつけられてきた南の島の楽園回復の深い願望、magical time の再現を待ち望む気持が働いていたからに相違ない。その島は北上する浦島太郎の目には夢のように消えてしまった島であったが。

ハーンの文学論講義

最後に *Life and Literature* の中に集められたハーンの文学論講義に照して、再話文学『泉の乙女』の特質を考えてみたい。ハーンはかつて東京大学で学生に向って次のように説いた。

> 創作活動については、私は前々から皆さんに、文学と作家本人との関係について（文学と社会との関係ではなく）、その真の機能について二、三語りたいと思ってきた。その機能とは道徳的なるべきものである。文学はまずなによりも道徳的訓練であるべきだ。もっとも私が、**moral** という言葉を使ったからといって、それが宗教的ななにかを私が意味するつもりはない。また不道徳と正反対の語義のなにかを意味するつもりもない。誤解のないよう言いそえるが、私が道徳的《モラル》という時、それは自己陶冶《じことうや》 **self-culture** の意味である。すなわちわれわれの内にある心と頭の最善・最強の資質を伸ばすことだ。文学は、それを創作する人にとっては、人生の絶え間なき慰めであり、人生の主要なる楽しみであるべきだ。

かつて大学生だった頃、私はこの論を読んで、ハーンは英国人であり、英国人は道徳主義的な文学観をするものだ、と図式に納めて片付けていた。しかし、

「幸福な人は文学を書くことを要しない。幸福はそのまま詩であるから。
不幸な人は文学を書かずにはいられない。不幸な人は思いのたけを述べずにはいられないから」

という句に要約されるハーンの文学観は、考えてみると、ハーンその人の切実な体験に由来している。な

るほどその種の文学観は西洋最新流行の文学理論ではないかもしれない。しかし、とハーンは言った。この見方は教養ある日本人には容易に理解されるはずの事だ。

日本の古来の慣習はある点でこの事実を認めている。苦しみの時や悲しみの時にあって歌を詠み、漢詩を作る伝統がそれである。嗜《たしな》みのある人は心を労する時に、道徳的訓練として、詩作した。この特殊な形態においてはその慣習は特に日本的であるといえるかもしれない。その起源を探ればそれはあるいは中国的伝統に由来するのかもしれない。しかしいずれにせよ西洋起源の慣習ではない。しかし皆さんに確言するが、西洋でも文学的教養のある人の間では、この種の道徳的な考え方は、過去数百年の間、詩に対してだけでなく、散文に対しても行われてきた。なるほど西洋の作家たちのその点に関する理解は日本人ほど鋭くはなかったかもしれない。西洋ではそうした事は処生の術としては教えられはしなかった。また（日本と違って）選ばれた、最良の人々以外にはそうした知恵は知られてはいなかった。だが西洋でももっとも秀れた人々はこのことを発見し、人生のあらゆる艱難辛苦の心の慰めとして文学に向ったのである。

ハーンはそう言って、子供の死の報せを聞いた時創作に向ったゲーテの例や、友人の死の悲しみから脱するために『イン・メモーリアム』を書いたテニソンなどの例をあげ、この人生には幸福よりも不幸の多いことを述べて、その不幸の苦痛を善用するの智恵を説いた。

……いや単に利用する、というだけではない。不幸を知らぬ者の手で偉大なるものが書かれたためしは過去にもない。未来においてもないであろう。あらゆる大文学はその源泉を悲哀という豊かな土壌《どじょう》の中に持っている。それがあのゲーテの有名な詩句の真の意味である。

涙とともに糧《パン》を食べたることなき人は、
また苦しみ多き夜々
床《とこ》に坐《ざ》して夜《よる》を泣き明したることなき人は、
天の力、天の定めのいかなるものやを知らず。

ハーンは『ヴィルヘルム・マイスター』の詩をこう解した。このゲーテの詩を繰返し誦したハーンの背後には、母親に去られ、父親に捨てられ、一文なしで「涙とともに糧《パン》を食べた」ハーン自身の痛ましい体験が秘められていた。それだけに、不幸な人は文学を書かずにはいられない。不幸な人は思いのたけを述べずにはいられないから、という文学観はある種の実感をもって読者に迫る。――そして『泉の乙女』も、その再話の源泉を悲哀という豊かな土壌の中に持っていたことを、私たちはあらためて感じるのである。泉の女はいつまでも若くて美しいが、それはハーンの記憶の中ではけっして老いることのない母の面影に似通うものでもあるのだろう。

しかしハーンは自然主義者ではなかった。彼は現実暴露の悲哀などということは言わなかった。彼は帝大生への講義の中で、文学者は私的な不幸を露わに語るような利己的な、自己中心的な真似はしてはならぬ、と戒めた。ハーンの文学観はナチュラリズムのそれではない。いま彼の言うところを聞こう。

……いかなる人も自分自身の悲哀が、自分個人の損失が、自分自身の苦痛が、なにか文芸上の価値を持ち得る、などとは一瞬といえども妄想してはならない。その悲哀や苦痛や損失がなんらかの価値を持ち得るのは、それが人間生活の大いなる苦しみを真に具現している時のみである。

文学者はまずなによりもその著述において利己的であってはならない。自己中心的な考えはまず文学的価値を持ち得ない。それだからこそ利己的な人間が大詩人や大劇作家になり得たためしがないのである。苦悩に対決し、苦悩を克服すること、特にこの克服するということが人に力を与える。人間は力強くなるために苦闘するものだ。そして頭脳を強固にするためにも、人はあらゆる種類の困難や面倒と取組むことを学ばねばならぬ。この真理を表現する文学上にあらわれた数々の比喩を考えてみるがよい。岩から金を分かつ火、激流の中で切磋琢磨《せっさたくま》して磨かれる玉、皮相的なるものを強引に破壊し、皮相的なるものを強引にひきはがす幾百千の自然の変化……

だがいかなる方法や手本についての助言よりも有益な忠告は、次のこの単純な忠告につきる。すなわち、君たちが苦しみ悩んで、何をしてよいのかはっきりわからない時、その時は坐って書け、なんでもよいから書け。

ハーンの講義録に示された懇切叮寧《こんせつていねい》な教え、その語調にこめられた熱気、そして人生に対して男らしく堂々と立ち向え、という説諭と激励の口調は、大学におけるハーンと学生の信頼関係の深さを証するものだろう。その口調は、ハーンの文学作品中には表だって見られない一種の倫理的熱気を帯びている。道徳的背骨《モラル・バックボーン》を持ったハーンの片鱗《へんりん》が、日本の学生に向って親身《しんみ》に説く講義の中で、はしなくも示された感がある。

しかし芸術を至上に愛したハーンは、文筆の職人として、文学者として、ただ単なる道徳的向上心だけでもって事が足りるとする人ではなかった。ハーンは文学と文芸評論《ジャーナリズム》の違いを言い当てて、次のようにも言っている。

しかしまだ一つ言い残した事がある。そしてそれが大切でないと思ったら間違いだ。それはこうだ。一旦ものを書けばもうそれで文学だ、とはいえない。文学の仕事とジャーナリズムと呼ばれる仕事の決定的な相違点はまさにそこに存する。いかなる人も一度書いただけで真の文学を産《う》み出すことはできない。なるほど世の中には有名な人物が一旦机に向うや一気呵成《いっきかせい》にすばらしい書物を書きあげて、その後自分の原稿に全然手を加えなかった、などというお話がたくさんあることは私も知っている。しかし私は皆さんに是非言っておきたい。文学的体験のある人なら誰でも、こうしたお話は百中九十九まで大嘘だ、ということを承知している。その点については皆の意見は一致している。良い文学の一行一句を産み出すためにもその文章は少くとも三度書き直さなければならない。とくに初心者は三掛ける三度書き直して推敲《すいこう》したとしても、なお十分とはいえない。

ハーンの『人生と文学』の講義に学生を魅了する迫力があったのは、ハーンが実作者としての体験を率直に語っていたからだ。今日の日本の量産を誇るマス・カルチャーの時代――文芸雑誌の目次にさえ「四百枚」とか「五百枚」とかの枚数が誇示される時代――に、自己を厳しく律して、およそ蕪雑《ぶざつ》な文字を残そうとしなかったハーンの職人気質は、なにか時代にそぐわないように見えるやもしれない。

しかし「リライト」とか「翻案」とかの言葉が、今日ややもすれば安易に文を売る商業主義の臭を帯びてしまったのに反し、ハーンの「再話文学」はいまなお芸術作品として私たちの心に訴える命を秘めている。フローベールの弟子であり、モーパッサンの訳者であったハーンは、一字一句をゆるがせにしなかった。その推敲に推敲を重ねる習慣は、文壇に名を成した後も、けっして捨てはしなかった。そのハーンの仕事のお蔭を私たち日本人はそれと知らずに蒙っているのである。私たちは誰でも『耳なし芳一』の怪談がどんな話か知っているが、それは私たちが天明年間に出た一夕散人の『臥遊奇談』の木版本中の一話を読んだからではない。今日『琵琶秘曲泣ニ幽霊ニ』を読んだ覚えのある人はごくわずかしかいまい。また私たちが『雪女』や『貉《むじな》』の話を知っているのは、年少の時、英語や邦訳で *Kwaidan* を読んだからだ。日本の国文学で小泉八雲を取りあげて論ずることは少いが、『怪談』などの再話物は「英語で書かれた日本文学」として末永く珍重されるに相違ない。

神話に感じる心

最後にハーンと神話の関係について一言ふれておきたい。日本の歴史学界では戦後、記紀の神話が史実であるか否かが論ぜられた。しかし神話にとって大切なことはそれが史実であるとかないとかいう真偽の問題ではない。神話は、それが存在するということによってすでにある心の真実を物語っているからである。ハーンはそれだからこそ『南太平洋の神話』に共鳴する節があったのだし、日本の『古事記』の英訳にも心のときめきを覚えたのだ。

マックス・ミュラー教授は、いまなお神話を信じ、神話的に思考する南太平洋の島々で生活できたギル師の立場を、「いってみれば動物学者にとって実際生きている恐竜や大懶獣《だいらいじゅう》の間で暮せるというのと同様、類《たぐい》稀な幸運といわなければならない」と評した。オックスフォードの一代の碩学《せきがく》がそのような見方をしていることを知っていたハーンにとって、出雲で暮した一年二ヵ月はなんという類稀な興奮に満ちた日々であったろう。松江の宿屋で朝、目を覚まして、人々がお日さんに向って柏手を打ち、天照大御神にお祈りし、今日様《こんにちさま》に感謝する光景を眼《ま》のあたりに見聞きした時、ハーンは『古事記』の八百万神がいまなお出雲に生き生きと生きていることを知った。陰暦の十月、日本のよその土地では神無月というが出雲では神在月《かみありづき》という。それは八百万神がこの出雲の国に集い給うからだ……　そうした故事の一つ一つがハーンの興味をひかずにはおかなかった。

　こんな事もあった。後に自分の名をその土地にゆかりの歌「八雲立つ出雲八重垣……」から頂いた須佐之男命と稲田姫を祀った八重垣神社へ詣りに行った折に、大庭《おおば》のあたりにさしかかったハーンは鶺鴒《せきれい》をたくさん見かけた。ところが松江の南の大庭の地には伊邪那岐《いざなぎ》、伊邪那美《いざなみ》の二柱の命《みこと》が男女の道を学ばれたのはこの鶺鴒からだという伝説があって、土地の人は誰もこの神鳥を傷つけたり、こわがらせたりしない。どんなに性悪な百姓でも鶺鴒をいじめることはしない。大庭の人々を、いや田圃の案山子《かかし》さえもおそれずに飛びまわっている鶺鴒を見ると、ハーンはひとしお感慨をあらたにせずにはいられなかった。神話は文明開化の今日にいたるまで連綿として生きている。大庭の地で鶺鴒は案山子をこわがらない、といったが、この神々の国にはなんと案山子にいたるまで神様がある。案山子の神様は少彦名神《すくなびこなのかみ》だと聞かされた時、ハーンは詩趣に富める日本の民俗に微笑まずにはいられなかった。

神話は生きている。ハーンは美保関へ行った時もその事を、悪戯心もなしとしないが、確めて知った。美保神社の祭神の事代主命《ことしろぬしのみこと》は、神代の時代に雄鶏《おんどり》が時を告げるのを忘れたために失敗をなさった。それで鶏をひどく嫌っていらっしゃる。そのために美保関では鶏を飼わないし卵も食べない。それなのに宿屋に泊って、ハーンは澄した顔をして、

「あのね、卵はありませんか？」

と聞いた。すると宿屋の女中が観音様のような笑みを浮べて、

「へえ、あひるの卵が少しござります」

と答えた。

こうした民俗の挿話の一つ一つに尽きせぬ興趣《きょうしゅ》を覚える人の心に、神話はよみがえる。ハーンにはその生い立ちからいってポリネシアの神話に共鳴する心の紘があった。神話に感じる心があった。しかしそれはあくまでハーンの心の眼で見、心の耳で聞いた神話であった。

ラロトンガの島の神話や、酋長ラオアとその部族の者によって歌われた『盗賊の歌』にこもっていた土着的なものや不気味なもの、『古事記』にも似た荒削りなものが、ハーンの再話の中で消え失せたのは、ハーンの心優しさの反映であると同時に、ハーンの『泉の乙女』がきわめて西欧的なイメージで描かれたためだろう。(『泉の乙女』を書いた年までハーンはまだ欧米の天地の外へ出たことはなかった。）ハーンが多く工夫し、多く手を加え、この短篇をわが心の歌とした以上、泉の女がハーンの夢の女と化したのは当然の成行きであった。女が、

「わたしはあなたとは素姓《すじょう》の違う一族の者です」

と言う時、そこには北の国の都ダブリンへ来てその土地の生活になじめなかったハーンの母の声が遠くこだましている。そのようにして出来上った再話作品に、原作が持つ、奪ったタロ芋を生のまま貪《むさぼ》り食うような、荒々しさが消え失せたのは、なるほど瑕瑾《かきん》であるかもしれない。しかし多くの読者は、アキが死とともに、女と同一化され得た時、そこに限りない、不思議な、安堵感《あんどかん》を覚えたのではあるまいか。

第四章　稲むらの火

日本国民の文化遺産

日本の小学校の国語教科書がいちばん立派であった時期は昭和十年代の前半であった、という説がある。私は戦後の教育の進歩を信じたい一人だが、しかし今日、自分の子供が使っている教科書を読むとがっかりしてしまう。小学校高学年の国語教科書にも、読んで記憶するに値するような、内実のある名文がほとんど選ばれていないからだ。それに比べて四十年前の『小學國語讀本』五年生用には次のような一文がのっていた。

稲むらの火

「これは、たゞ事でない。」

とつぶやきながら、五兵衛《ごへゑ》は家から出て來た。今の地震は、別に烈しいといふ程のものではなかつた。しかし、長いゆつたりとしたゆれ方と、うなるやうな地鳴りとは、老いた五兵衛に、今まで經驗したことのない無氣味なものであつた。

五兵衛は、自分の家の庭から、心配げに下の村を見下した。村では、豐年を祝ふよひ祭の支度に心を取られて、さつきの地震には一向氣がつかないもののやうである。

村から海へ移した五兵衛の目は、忽ちそこに吸附けられてしまつた。風とは反對に波が沖へ〳〵と動いて、見る〳〵海岸には、廣い砂原や黑い岩底が現れて來た。

「大變だ。津波《つなみ》がやつて來るに違ひない。」と、五兵衛は思つた。此のまゝにしておいたら、四百の命が、村もろ共一のみにやられてしまふ。もう一刻も猶豫《いうよ》は出來ない。

「よし。」

と叫んで、家にかけ込んだ五兵衛は、大きな松明《たいまつ》を持つて飛出して來た。そこには、取入れるばかりになつてゐるたくさんの稲束が積んである。

「もつたいないが、これで村中の命が救へるのだ。」

と、五兵衛は、いきなり其の稲むらの一つに火を移した。風にあふられて、火の手がぱつと上つた。一つ又一つ、五兵衛は夢中《むちゆう》で走つた。かうして、自分の田のすべての稲むらに火をつけてしまふと、松明を捨てた。まるで失神したやうに、彼はそこに突立つたまま、沖の方を眺めてゐた。

日はすでに沒して、あたりがだん〳〵薄暗くなつて來た。稲むらの火は天をこがした。山寺では、此の火を見て早鐘《はやがね》をつき出した。

「火事だ。莊屋《しやうや》さんの家だ。」と、村の若い者は、急いで山手へかけ出した。續いて、老人も、女も、子供も、若者の後を追ふやうにかけ出した。

高臺から見下してゐる五兵衛の目には、それが蟻《あり》の歩みのやうに、もどかしく思はれた。やつと二十人程の若者が、かけ上つて來た。彼等は、すぐ火を消しにかゝらうとする。五兵衛は大聲に言つた。

「うつちやつておけ。――大變だ。村中の人に來てもらふんだ。」

村中の人は、追々集つて來た。五兵衞は、後から後から上つて來る老幼男女を一人々々數へた。集つて來た人々は、もえてゐる稻むらと五兵衞の顏とを代る〲見くらべた。

其の時、五兵衞は力一ぱいの聲で叫んだ。

「見ろ、やつて來たぞ。」

たそがれの薄明かりをすかして、五兵衞の指さす方を一同は見た。遠く海の端に、細い、暗い、一筋の線が見えた。其の線は見る〲太くなつた。廣くなつた。非常な速さで押寄せて來た。

「津波だ。」

と、誰かが叫んだ。海水が、絶壁のやうに目の前に迫つたと思ふと、山がのしかゝつて來たやうな重さと、百雷の一時に落ちたやうなとゞろきとを以て、陸にぶつかつた。人々は、我を忘れて後へ飛びのいた。雲のやうに山手へ突進して來た水煙の外は、一時何物も見えなかつた。

人々は、自分等の村の上を荒狂つて通る白い恐しい海を見た。二度三度、村の上を海は進み又退いた。

高臺では、しばらく何の話し聲もなかつた。一同は、波にゑぐり取られてあとかたもなくなつた村を、たゞあきれて見下してゐた。

稻むらの火は、風にあふられて又もえ上り、夕やみに包まれたあたりを明かるくした。始めて我にかへつた村人は、此の火によつて救はれたのだと氣がつくと、無言のまゝ五兵衞の前にひざまづいてしまつた。

この一文をなつかしく思い出す日本人は大正末年から昭和初年にかけて生れた人には多いはずである。そして小泉八雲の愛読者はこの一文が彼の『生神様』に基いていることを知って、あるいは驚き、あるいはしたわしく感じたはずである。

ハーンはイギリス人を父として生れ、主として英国で教育を受け、英語で作品を書いた作家であった。その点ではハーンはあくまで英語圏の作家だったというべきだろう。しかしハーンを目して英国文学史上の作家と呼ぶにはやはり違和感がある。彼が記事を書き、作品を発表したのは、アメリカの新聞であり、『大西洋評論』などの米国雑誌であった。その英語もアメリカ式に綴られていた。しかしハーンを目して米国文学史上の作家と呼ぶにもやはり違和感がある。妻子の行末を考えての上とはいえ、ハーンは日本国籍を取得した。また日本の素材を用いて物語を書いた。ハーンは日本の怪談の再話者として名前を知られた小泉八雲でもある。かつては世界各国の言葉に訳されて広く読まれたハーンであったが、しかし今日、ハーンが一番よく読まれている国は、もはや英国でも米国でもなく、彼が帰化した先の日本においてであろう。ハーンは英文では日本の中学、高校、大学の英語教科書として読まれ、また翻訳を通して愛読されてきた。そして右に引いたように彼の作品は翻案されて日本の『小學國語讀本』巻十に掲げられたこともあった。作家としてのハーンもいまや日本文学史の中に国籍を取得した、といって良いのかもしれない。小泉八雲の作品は、英語で書かれた日本文学であり、私たち日本国民の文化遺産ともいえるのだ。ここでは日本の国定国語教科書の教材にも選ばれた『稲むらの火』の原作『生神様』を取りあげて、再話作家ラフカディオ・ハーンの特質を探ることとしたい。はじめにハーンの文章が小学校教科書に載ったいきさつにふれる。

稲むらの火

『稲むらの火』が昭和十二年から国語教科書に載ったについては、次のような経緯[10]があった。昭和九年、文部省は新しい国語と修身の教材を公募《こうぼ》した。それに応募して選に入った人が、和歌山県湯浅町の一小学校教員であった。当時の教え子花光茂樹はその感激を『ぼくらの先生』という綴り方に次のように書いている。

「中井常蔵先生は、ぼくらの学校の先生である。その先生のお作りになった文章が、ぼくらの読本に出る。やがて、ぼくらはそれを習へるとは何と言っても嬉しい」

そして中井氏自身、晩年に当時の事情を次のように回想した。

「文部省が民間から国定教材を採入れるというようなことは洵《まこと》に未曾有の英断であり、官選の教材から民選の教材に、というこの画期的試みは、教育に熱情を傾けつくせる年代であった私の心を強くゆすぶるものがあり、かねてから子供に愛される教科書、子供に親しまれる教材ということを念願していた私は、その渇望の一つを自分の手でと考えて応募したのがこの一篇でありました」

中井青年が『稲むらの火』を書いたについては訳があった。彼が住んでいた和歌山県湯浅（正確にはその隣村広村）こそ安政元年十一月五日、津波に襲われたその土地であったからである。中井は自分が応募した文章が、一字一句の修正もなく、文部省によってそのまま採用されたことに感動した。ただ自分がつけた原題「燃える稲むら」は「稲むらの火」にあらためられていた。そしてなるほど「稲むらの火」の方が題として坐りも良く、印象的であると思った。

郷土の先覚の事蹟を顕彰する一文が『小學國語讀本』に選ばれたことを喜んで、和歌山県出身の朝日新聞の大記者、楚人冠《そじんかん》杉村広太郎が祝いの手紙を中井によこした。主人公の名前は五兵衛ではなくて濱口儀兵衛のはずだが、とも書いてあった。中井は土地の人であったが、八十年前の郷土の先覚の事蹟を小泉八雲の文章を通して知ったので、ハーンが書いた通り五兵衛としてしまったのである。

それでも中井の文章は小学生向けにいろいろと工夫されていた。登場人物も孫を抜いて簡略化されていた。五兵衛が火をつけた理由も（ハーンのようにサスペンスを置かず）、

「もつたいないが、これで村中の命が救へるのだ」

と最初から説明されていた。その五兵衛の村における地位も「長者」より通りの良い「荘屋」に改められていた。しかし中井常蔵が書き改めた中にはラフカディオ・ハーンの原文以上に見事な一節があった。それは日没後の高台で、稲むらの火が風にあおられて又もえ上る、という最後の情景である。『稲むらの火』が子供心に強い感銘を残したのは、一つにはこの感動の光景ゆえにちがいない。

ハーンの原作『生神様』は、その題名通り、日本の神様がいかなるものであるか、を説明した作品である。カミはゴッドと同じでない。しかしカミがゴッドと英訳され等価値のものとして扱われたために、西洋人は日本の神道を誤解し、天皇についても誤解した。戦死者を軍神として祀ることにも怪訝の念を示した。西洋キリスト教の唯一神のゴッドが支配する世界とは違って、日本では人が死んで神となる（西洋では人間はゴッドによって創られた被造物《クリーチャー》にしか過ぎない）。いや日本には生きながら神として祀られる人もいる。ハーンはその日本の神道的風習を説明する好例として濱口大明神の話を選んだのである。

それに対して『小學國語讀本』ではその同じ濱口の話が、志士仁人《ししじんじん》は己を犠牲にして仁を成す、という儒教風倫理の訓えとして選ばれていた。西洋人読者を念頭に置いて、日本のカミを説明するために物語を書いたハーンと、日本の小学校児童を念頭に置いて、一つの生ける修身訓話として書き直した中井訓導の力点の違いがはしなくもそこに現れたといえるだろう。しかし文学者ハーンが一番力を注いだのも、全三節から成る『生神様』の中で、この津波の話であったにちがいない。日本の英語教科書でテクストとして選ばれる箇

所も、もっぱらこの第三節『稲むらの火』の話のみのようである。

ジャーナリズムへの関心

それではラフカディオ・ハーン自身は、いかなる材料に依拠して彼の『生神様』を書いたのであろうか。日本は地震が多く、津波が多い国である。『稲むらの火』が小学校教科書に選ばれた時、震災予防評議会の今村明恒教授は、この種の教材は非常の際の心得としてもまた貴重であることを強調し、さらに、「此の物語の出典と実話とを以てしたならば、(教育の)効果は更に倍蓰《ばいし》すべく、教方の如何によつては児童をして終生忘れ難い感銘を覚えしめることも不可能ではあるまい」と説いた。(11)『稲むらの火』の出典はハーンの『生神様』だが、それではハーンの『生神様』の出典は何で、また津波の実話はどのようなものであったろう。

アメリカで新聞記者として生計を立ててきたハーンは、日本へ来ても新聞に興味を寄せた。彼は自分自身では日本の新聞は漢字が読めなかったが、家人に記事を読ませては説明させ、読み手の表情や声音から、記事の情感的な内容まで察することができた。来日以後のハーンの執筆動機にはその種のジャーナリスティックなものが幾つかまじっているが、その代表的な例は明治二十六年四月二十二日付『九州日日新聞』の犯罪記事に触発されて書かれた『停車場にて』の一篇であろう。そしてそれと同じようにこの『生神様』も、明治二十九年六月十五日(ハーンの記事にも、『広辞苑』にも、六月十七日とあるが、「三陸大津波」は当時の新聞を調べると六月十五日夕刻に起った)、宮城、岩手、青森三県を襲った、死者二万に及ぶ、大津波に触発されて書かれた。その天災の後でかつて安政元年に紀州を襲った大津波のことが回顧され、広村の濱口儀兵衛についての記事が新聞等に出たのにちがいない。（左右田実教授は大学書林の英文教科書版『ハーン小品集』に、その記事は『大阪朝日新聞』に出た、と伝聞で――おそらく田部隆次の多くの誤聞を含む『ヘルン』（研究社英米文学評伝叢書）に基いて――註している。同新聞の記者であった楚人冠杉村広太郎（一八七二―一九四五）は後に『濱口梧陵伝』（大正九年）を編んだ人である。それだから濱口の事蹟が朝日紙上に報道された可能性は強いのだが、しかし三陸大津波の後の同紙に目を通してもその記事はついに見当らなかった。ちなみに『生神様』は同年（一八九六年）十二月号の『大西洋評論』誌に発表され、ハーンの来日後第四の著作集『仏の畑の落穂』の巻頭に掲げられた）。その新聞記事そのものは実物を確認できなかったが、その内容は後に『濱口梧陵伝』に収められた安政元年海嘯の実況についての『濱口梧陵手記』とおそらくひとしいものであろう。いま和歌山県の幕末維新の民政功労者濱口梧陵（七代目儀兵衛、一八二〇―八五）の手記から、ハーンの物語の素材となったと思われる節を幾つか拾ってみよう。なおこれは手記そのものにはないが、広村の地には安政元年夏六月十六日にも強震があって、「恰も夏祭の夕暮なりしが」と『梧陵伝』には出ている。その事がハーンの耳にも伝わって「祭の夕べ」という設定となり、国語教科書の「豊年を祝ふよひ祭」という設定となったのではあるまいか。実際の津波は嘉永七年（正確には安政元年、一八五四年）十一月五日（陰暦）に発生した。以下『濱口梧陵手記』より引用する。

嘉永七年寅十一月四日四ツ時（午前十時）強震す。震止みて後直ちに海岸に馳《は》せ行き海面を眺むるに、波動く模様常ならず、海水忽《たちま》ちに増し、忽ち減ずる事六七尺、潮流の衝突は大埠頭《だいふとう》の先に当り、黒き高浪を現出す。其状実に怖るべし。

伝へ聞く、大震の後往々海嘯《つなみ》の襲ひ来るありと。依つて村民一統を警戒し、家財の大半を高所に運ばせ、老幼婦女を氏神八幡境内に立ち退かしめ、強壮気丈の者を引き連れて再び海辺に至れば、潮の強揺依然として、打ち寄する波は大埠頭を没し、碇泊《ていはく》の小舟岩石に触れ、或は破れ覆るものあるを見る。斯《か》くて夕刻に及び、潮勢反つて其力を減じ、夜に入つて常に復す。……

五日。曇天風なく稍《やや》暖を覚え、日光朦朧として所謂花曇《はなぐもり》の空を呈すと雖も、海面は別に異状もなかりしかば、前日立退きたる老幼茲《ここ》に安堵《あんど》の思をなし、各々家に帰り、自他の無異を喜び、予が住所を訪ひ前日の労を謝する者相次ぎ、対話に時を移せり。午後村民二名馳せ来り、井水の非常に減少せるを告ぐ。予之に由りて地異の将に起らん事を懼《おそ》る。果して七ツ時頃（午後四時）に至り大震動あり、其の激烈なる事前日の比に非ず。瓦飛び、壁崩れ、塀倒れ、塵烟空を蓋ふ。遥に西南の天を望めば黒白の妖雲片々たるの間、金光を吐き、恰《あたか》も異類の者飛行するかと疑はる。暫くにして震動静りたれば、直ちに家族の避難を促し、自ら村内を巡視するの際、西南洋に当りて巨砲の連発するが如き響をなす、数回。依つて歩を海浜に進め、沖を望めば、潮勢未だ何等の異変を認めず。只西北の天特に黯黒《あんこく》の色を帯び、恰も長堤を築きたるが如し。僅かに心気《しんき》の安んずるの遑《いとま》なく、見る〳〵天容黯澹《あんたん》、陰々粛殺の気天を襲圧するを覚ゆ。是に於て心窃《ひそか》に唯我独尊の覚悟を定め、壮者を励まし、逃げ後るゝものを扶《たす》け、与《とも》に難を避けしむる一刹那、怒濤早くも民屋を襲ふと呼ぶものあり。予も疾走の中左の方広川筋を顧れば、激浪は既に数町の川上に溯《さかのぼ》り、右方を見れば人家の崩れ流るゝ音凄然《せいぜん》として胆を寒からしむ。

瞬時にして潮流半身を没し、且《かつ》沈み且浮び、辛じて一丘陵に漂著し、背後を眺むれば潮勢に押し流さるゝものあり、或は流材に身を憑《よ》せ命を全うするものあり、悲惨の状見るに忍びず。然れども倉卒の間救助の良策を得ず。一旦八幡境内に退き見れば、幸に難を避けて玆に集る老若男女、今や悲鳴の声を揚げて親を尋ね子を捜し、兄弟相呼び、宛《あたか》も鼎の沸くが如し、各自に就き之を慰むるの遑《いとま》なく、只「我れ助かりて玆にあり、衆みな応《まさ》に心を安んずべし」と大声に連呼し、去つて家族の避難所に至り身の全きを告ぐ。匆々辞して再び八幡鳥居際に来る頃日全く暮れたり。是に於て松火を焚き壮者十余人に之を持たしめ、田野の往路を下り、流家の梁柱散乱の中を越え、行々助命者数名に遇《あ》へり。尚進まんとするに流材道を塞ぎ、歩行自由ならず。依つて従者に退却を命じ、路傍の稲村《いなむら》に火を放たしむるもの十余、以て漂流者に其身を寄せ安全を得るの地を表示す、此計空しからず、之に頼りて万死に一生を得たるもの少からず。斯くて一本松に引取りし頃轟然として激浪来り、前に火を点ぜし稲村浪に漂ひ流るゝの状観るものをして転《うた》た天災の恐るべきを感ぜしむ。波濤の襲来前後四回に及ぶと雖も、蓋《けだ》し此時を以て最とす。……

ラフカディオ・ハーンは明治二十九年、三陸大津波の直後、今回の天災とあわせて報ぜられた四十二年前のこの安政津波の故事を家人に朗読させた時、この稲むらの火を深く印象に留めた。ハーンは彼自身は広村を訪ねたことはなかったが、この素材をもとに後は芸術家としての自由な空想を働かせて彼なりの「生神様」を書いたのであった。

詩と真実

文政三年（一八二〇年）生れの濱口儀兵衛は勝海舟とも交際のあった、幕末期の傑物である。濱口家は元禄期以来代々儀兵衛を名乗り、銚子の濱口家は𠆢号をもって名高い家業のヤマサ醤油をいまも継いでいる。

七代目儀兵衛が秀れた実務家であったことは、科学的ともいえる観察を含んだ右の『濱口梧陵手記』に徴しても明らかだろう。しかし芸術家のハーンはその原材料を自由自在に変改した。

まず「明治になるずっと以前」という風にはるかな過去に話をずらした。そして一八五四年には数え年で三十五歳の壮年であった濱口を「もう老人」に改めた。ハーンは日本の村落社会における老人の智恵を強調したかったから、それで英文中にもローマ字綴りで「おじいさん」や「長者」という言葉を点綴し、五兵衛に配するに孫の十歳になる忠を以てした。子役を使うという手法は『停車場にて』でもハーンがすでに用いた手法であった。『濱口梧陵手記』によると壮年の儀兵衛は頻発する地震から津波の襲来を予覚していた。広村は宝永四年にも津波に襲われた前歴のある村である。しかし作中の五兵衛はほかの村人と違って老人であるから「子供の時に父親の父親から聞かされたことをおぼえていた。」そしてその際も「祖父」という言葉を使わずに、

"he remembered things told him in his childhood by his father's father."

という言い廻しをあえて用いた。そうしたところにも「代々語り伝えられてきた民衆の智恵」というハーン好みの考え方が示されている。脱穀を待つばかりとなっていた稲むらに火を放って焼いた、という思い切った措置も、村の長者が自己自身の資産を犠牲に供した、ということでこの話に一段と重みを加えるのである。しかし実際の濱口儀兵衛は、第一回の津波襲来の後、人々を助ける目安として稲むらに火をつけたのである。それも時節からいって、脱穀した後の藁だけの稲むらだったのではあるまいか。そうでなければ(沖野岩三郎が『大人の読んだ小学国語読本』で評したように)ただちに火を燃やしつけ得たはずはない。濱口の実話は実務的であって、ハーンの小説ほど劇的ではない。手記によれば濱口は全資産を失ったわけで

もなかった。事件の三日目の十一月八日の項には、

予は流民救助として玄米二百俵を寄附する旨を掲示し、以て有志家に向つて先例を置けり。是に於て本村並に隣村湯浅の資産家続々米銭を寄附し来り、細民稍《やや》愁眉を開き得たり。

と出ているからである。豪族の濱口家はこの津波で全資産を失うような家ではなかった。しかし小説中と違って濱口の邸は台地の上ではなく低い平地の聚落の中にあったから、そこでは被害も受けたことであろう。なお安政元年の広村はハーンが書いた戸数九十軒、四百余人の村ではなく、戸数三百三十九軒、千三百余人の村であった。そのうち流失家屋百二十五軒、全潰十軒、半潰四十六軒、汐込大小破損百五十八軒であったと濱口の手記は報じている。流死人は三十人、内十二人が男であった。

ところでハーンが作中で地震を比較的軽微なものとして描いたのは、三陸大津波の様を伝えた当時の新聞記事によって安政の広村の津波の様も類推して描いたからであろう。次の記事がハーンの耳に達したかどうかはわからないが、参考例として明治二十九年六月十九日、宮城県志津川発の特派員横川勇次の『海嘯惨報』の一節を紹介しよう。

十五日は午後六時三十分頃雨歇《や》み、其後数回の地震あり。尤も強震にてはなかりしも割合震動時間は長かりき。それより午後八時頃に至り海面異常の音響あり。被害者の言に拠《よ》れば、汽車の軌道《レール》を走るが如き音響を聞きよもや海嘯《つなみ》とも思はざれば人皆これを訝《いぶか》り居りたる一刹那、丈余の激浪海面を圧し来り、其勢

尤も猛烈にして特に少しく低窪《ていあ》の地に在りては四方より捲寄《まきよ》せたる激浪落合ひ、一たび家屋に打当るや或はこれを倒し、或はこれを押流し、其勢実に激烈にて団欒《だんらん》の一家族実に寝耳に水の周章狼狽、難を免れんとせしも此時早く四面激浪の襲ふ所となりて、最先《さいさき》に床下に浸入せし潮水は忽ち床板を擡《もた》げ、同時に戸障子の類は流散し、同時に屋外に掃去られたるものは激浪に捲《まか》れて再び海中に奪はれ、家屋倒潰の時木材の為めに圧死《あつし》を遂げたるものあり、故に退水後、死体は或は材木の間、或は畑中に止《とど》まりありしも多かりき。……特に不思議なる二階建の二階のみは破壊せず其儘にて、恰《あたか》も激潮中は屋形船《やかたぶね》にても浮べたるが如くなりしものと見え、所々漂蘯《へうたう》したる後、原位置より数町距《さ》りたる田の中などに止《とど》まるもあり……

ハーンの「通り様《ざま》に大地の腸《はらわた》をひきちぎって行った」という描写は、趣味においてロマン派である作者が、津波をいわば怪獣として描いたものだが、その惨状の末尾に添えられた点描、

「湾の入江に沿って立ち並んでいた家並の中でいま目に見える残骸といえば、沖の海上で狂ったように揺れ続けている二軒の藁葺《わらぶき》の屋根ばかりである」

という一節は、偶然の一致かもしれないが、なにか横川記者の屋形船の報道から示唆を受けて書かれたスケッチのようにも思える。詩的な、印象的な、絵画的な一節といえよう。

広村堤防

それでは実際において濱口儀兵衛はハーンが描いたほど崇高な行為はしなかったのであろうか。その点について今村明恒教授は、

「しかし事実は物語よりも更に奇なる点があり、儀兵衛の実際の行動は一層崇高で、英雄的で、献身的で、波瀾に富んでゐる」

と評している。『濱口梧陵伝』を読む時、筆者もまた同じ感に打たれた。それは儀兵衛がこの天災の後、村人を動かして津浪除けの一大堤防を築いたからである。その目的の第一は天災から未来永劫、広村を守るためであり、第二は津波に襲われて虚脱状態におちいった村民に独立自助の精神と勤勉努力の習慣を身につけさせるためであり、そのために儀兵衛は広村のために特に年貢の免除を藩に願い出、堤防建設の工費は自分で負担する旨申し出たのであった。その許可願には、

「右工費は乍恐《おそれながら》私如何様にも勘弁《かんべん》仕り、已来万一洪浪御座候ても人命は勿論、田宅器財無恙《つつがなく》凌ぎ候見留の主法相立候上にて人心安堵《あんど》為致……」

と出ている。そして四年近い歳月を費して長さ六百五十二メートル、高さ三メートル、(平均海水面上約四・五メートル)、幅、底面十七メートル、上面二・五乃至三メートルの堤を完成したのであった。それは村の窮民へ授職の意味での建設事業でもあったが、延人員五万六千七百三十六人に及ぶ労働奉仕でもあった。

村人が濱口儀兵衛を神のように崇め、濱口大明神と呼んだのは、こうした事業の指導にも由来するのである。しかしハーンの興味を惹いた「生神様」の扱いについては、事実と小説とでは違いがあった。有田の代官の報告には次のように記されているので、『濱口梧陵伝』から引かせていただく。

儀兵衛、右之通色々救合諸事行届き世話候に付、同村住居之上下共、神仏之様に尊敬し、愚昧《ぐまい》好事之者共其了簡《れうけん》にて、儀兵衛を濱口明神とかに祝ひ込候趣相談致し、材木等を調《ととの》へ社を拵懸《こしらへかけ》候処、儀兵衛聞

伝へ「我等儀神にも仏にも成りたき了簡にては決して無之、当時此度之大難に付、諸人迷惑致候に付ては、人別も減り不申様諸事都合宜敷致、且つ上様《うへさま》にも忠義其の身之冥加にも相成、且は昔の広村に致し度き了簡故、斯く世話も致候……」

儀兵衛が村人のためにいろいろ世話したのは神様や仏様に成りたい了簡からではない。広村が大難にあったから、村のため、さらには棄村する者が出ることのないよう紀州の藩主様のためにも骨を折ったのだ。自分のために神社を建てるような余計な真似はゆめゆめしてくれるな、という趣旨である。それだからハーンの物語とは違って、実際に広村には「濱口大明神」を祀った神社は建たなかった。作品の結びの言葉、「村人はあの良き年老いたお百姓の御霊《みたま》に、心配事や難儀の時に助けを乞うていまでもお詣りしているそうである」

というのはハーン好みのフィクションであったわけだ。

第一節で神社建築の分析から話を起して――ハーンの神社建築への好意に似た関心は、彼が幼年時代からゴチックの寺院建築に対して抱いた恐怖に似た関心と対《つい》をなすものであった――神道的感情に言及し、自分自身がカミとして社《やしろ》に祀られたならばいかなる魂の交流があるであろうか、という大胆な空想をあえてしたハーンは、その物語の主題である生神様の例として五兵衛の逸事を第三節に持って来た。ハーンの作品構成はその点、モザイク風に材料を寄せ集めて細工する趣きがあった。そのために民俗学的考察を主とする第一、第二節と、物語を主とする第三節との間に文学的品質の上で違和感がないでもなかった。そのやや異質な二つの要素を一つにまとめるためにもハーンは、濱口大明神を祀った神社が実際に建立された、としたのであった。作中でハーンは主題の統一の必要から事実をまげたが、しかしそれは日本人の心性の真実を伝えるための工夫《アート》であった、といえるだろう。そしてそれはまたハーンの好みの心象風景でもあったのである。彼は作品の結びに書いた。

濱口老人はその後も丘の上の古い藁葺《わらぶき》の家で、子供たちや、その子供たちのまたその子供たちと一緒に、以前と同じように心ゆるやかに質素な生活を送ったということである。……濱口五兵衛が亡くなってから今ではもう百年以上が経った。しかしこの神社は、人伝てに聞いた話だと、いまでもまだ建っているそうである。

恩に感ずる心

和歌山県の地図を拡げると、和歌山市の南およそ四十キロメートルのところに広川町がある。昔の広村である。私がそこへ行きたいと思ったのは地図に小さな赤点が三つ押されて、史蹟「広村堤防」と出ていたからだった。

大阪天王寺駅を出た紀勢西線は和歌山を過ぎて、海南市、有田市を通って南下する。右手は石油コンビナートの臨海工業地帯の連続であったが、それがトンネルをくぐって有田川に沿って進むころから車窓の景色は一変して美しい蜜柑畠となり、湯浅の駅に着いた時には潮の香すらも感じられた。「ゆあさ」と書いたフォームの掲示板の柱の根元から、はまゆうであろうか、一メートルほどの背丈の植物がのびて、茎の頂きに白い花を繖形花序につけていた。ひなびた狭い町並みで、釣客のための宿の看板があちこちに出ていた。その湯浅町から広川を渡って南の広川町へ行くと(「湯浅千軒、広千軒、同じ住むなら広がよい」と広の人は歌うそうだが)、堤の裏手にモーターボートの泊地もあって意外に華麗な南国海岸の色彩を呈していた。その向うの美しい入江に沿って松林がずっと続いている。濱口儀兵衛が安政年間に堤防の外側に二列に植えた時は樹齢二十乃至三十年の松であったのが、いまは百数十年の老樹となってなお鬱蒼と茂っているのだ。その広村堤防は、私自身がその上に立ってみると、明治以前の土木工事とは思えぬほどのしっかりした大工事であった。長さは三百七十余間に及んでいる。海から吹いてくる風が心地よい。その石段に老人が憩うているので、濱口儀兵衛のことを問うと、堤防の向うに碑がある、という。昭和八年に建った「感恩碑」には畠山氏以来の築堤の歴史と濱口梧陵等の先賢の遺業のことが感謝の念をもって記されていた。その石碑の前を大きな黒鳳蝶《くろあげは》が光に映えながらゆっくりと舞っていた。

やがて土曜日の昼になって堤防に沿って中学生が下校して来る。

「君たち稲むらの火の話を知っているか」

と聞くと、友達と顔を見合せて、

「知ってる」

と答えた。そして中学校の校庭に濱口梧陵の銅像が建っている、ぼくらは小学校の二年の時と五年の時にこの土手の上まで土を運ぶ行事もした、という。それで中学校の名前を聞くと、なんと「耐久中学校」という返事だった。その由来は、幕末期に濱口梧陵が開いた塾が耐久塾であり、その耐久社の精神を継いで明治になって私立された中学が耐久中学なのである。——濱口儀兵衛はこうしていまもなお広の地に生きているのだ。濱口神社はないにせよ、濱口儀兵衛はいまもなお土地の人々の心の中で崇められているのだ。広川の人は耐久中学の名を取り、湯浅の人は耐久高校の名を取って、互いに競い合ってさえいるのだ。

私は一種の興奮を禁じ得ず、その足で、子供たちに郷土の先覚の事蹟を語り伝えてくださる先生方のいる耐久中学校を訪ねた。教頭先生はすぐ理科担任の若い佐々木公平先生を紹介してくださった。佐々木先生の案内で木下繁作の濱口梧陵銅像の復元した姿を見、かつての耐久塾を見た。それは木造の小家でかつては学校の柔道場として使用されていたという。それから私たちは濱口梧陵の墓に詣でた。手入れの行届いた山際の墓所であった。

山手の八幡宮へ坂を登って行く途中、ハーンの小説と実際の違いを話題にのせると、佐々木先生も、「村人たちが津波を避難して集った場所も本当は濱口の屋敷ではなくて、この八幡様の境内なのです」と言い、実は先生御自身がこの広八幡神社の宮司である、とつけ足された。もう何代も続いたお家柄であった。車で案内していただいたせいか、ハーンのいう「蟻の歩み」とは違って、すぐに着いてしまった。御説明によると、広では毎年十一月、津波祭を行ない、土を土手へ運んで、感恩碑の前で儀礼を行なうという。それだから土地の子供たちは地震や津波の時は皆どこへ逃げればよいか知っている由である。おそらく昭和二十一年の南海道沖大地震の津波のこともあって、人々はまた濱口梧陵の事蹟の記憶を新たにしたのでもあろう。昭和二十一年には、堤防外に紡績工場等が新設されていたために、またまた二十二名の溺死者を出してしまったからである。

私たちはまた教育委員会を訪ねて『広川町誌』を通してさらにいろいろ知ることができた。上下二冊の分厚い町誌は、広の人々が深く郷土に愛着していることの証左でもあった。勝海舟が、

「余少壮、君ト倶ニ剣技ヲ学ビ」

と濱口梧陵を偲んだ碑文を書き写すと、私は風光明媚の入江に名残りを惜しみつつ、広の地を去った。

激越なる感動

最後に『濱口梧陵伝』にも記され、『紀州文化』第八号で浜田康三郎氏が解説を寄せた、梧陵の末子濱口擔にまつわる一佳話を紹介して結びとしたい。

濱口擔は明治五年に生まれ、慶應義塾普通部を経て、東京専門学校（早稲田大学の前身）を卒業、明治二十九年に渡英した。父の濱口儀兵衛は明治十八年六十六歳でニューヨークで客死した人だが、そうした家柄であったから、外国留学に重きを置いていたのであろう。擔はケンブリッジ大学のペンブルック・コレッジで学んだ。その擔が明治三十六年（一九〇三年）五月十三日、ロンドンの The Japan Society に招かれて「日本歴史上の顕著なる婦人」と題して英語講演を行った。足掛け七年の在英生活を経た濱口擔の英語講演は流暢なものであったろう。当時の日英両国は同盟関係にはいっていたし、聴衆はこの三十歳を過ぎた日本の紳士に対してすこぶる好意的だったに相違ない。当夜は講演の題目が題目であっただけに婦人の出席がいつもより多かった。講演が喝采裡《かっさいり》に終り、質疑応答も一巡して、座長アーサー・デイオシー（Arthur Diosy）氏が将《まさ》に閉会を宣しようとした時、後列の一婦人が立上って遠慮深げに講演者に向いこうたずねた、

「私は今夜の御講演の主題につきましては何等質問討議すべき能力をもたないものでございます。それでほかの皆様が私どもには耳新しい日本の女性の上についていろいろ想いを馳せておいでになる間、私は自分ひとりで胸の中である問題をずっと考えておりました。しかしそれは日本の女性と直接関係がないために、皆様の質疑が終るのをお待ちしていたのでございます」

ステラ・ド・ロレーズ（de Lorez）嬢はそう断ってから聴衆一同へ向き直り、

「ここにおいでの皆様はハーン氏が『仏の畑の落穂』の冒頭に掲げた「生神様」の美談のことを御記憶でございましょう。それはいまから百年ほど前に、紀州沿岸に大津波が襲来した時、身を以て村民を救った濱口五兵衛の物語でございました」

と一篇の梗概を手短かにかいつまんで話し、彼女が深く濱口五兵衛に傾倒しているむねを述べ、ふたたび壇上の濱口擔に向って、

「かねがねこのように深く濱口を慕い、濱口の名に憧れております私でございます。お教えくださいませ、今夜の講演者の濱口様は私の崇拝してやまぬ濱口五兵衛となにか御親戚でいらっしゃいますか」

衆目《しゅうもく》は期せずして壇上の講演者に集った。濱口擔は思いもかけず、こうした外国の公の場所で自分の父親の事蹟を語られ、かつ突然な質問を真正面から受けて、激越な感動にとらわれ、一言も発することができなかった。司会者デイオシー氏が訝しんで近づき、講演者になにか小声で問い質した。そしてうなずくとデイオシー氏が、濱口に代って、

「今夜の講師濱口擔氏こそ正《まさ》しくハーンの物語の主人公、濱口五兵衛の御子息なのであります。お二人は父子であられるのであります」

と告げた。会衆一同は、なにゆえ青年講師が紅潮して、声を発するを得なかったか、その心事を察して感動を禁じ得ず、満堂はたちまち拍手と歓呼にどよめいたのであった。

濱口擔はしかし不安に捉われた。ド・ロレーズ嬢をはじめ聴衆が、今から百年以上も前の人物とハーンによって記された作中の濱口と自分が本当に親子関係にあるとは思わないのではないか、という不安である。

それで濱口擔はド・ロレーズ嬢に説明の一文を送り、あわせて書を遠く日本のハーンの許に送って当夜の小説的事件の詳細を報告した。ド・ロレーズ嬢もハーンもいたく心動かされて折返し懇篤なる書簡を送ってよこした。ハーンの書簡の方は失われたのか、『小泉八雲全集』には収録されていない。『濱口梧陵伝』所収のド・ロレーズ嬢の返書訳文は次の通りである。

恁《こ》んな遠く離れた異郷に於て、公衆の前で話されつつある物語の主人公が、外ならぬ御尊父の事だと分つた時、激越なる感情の為に擒《とりこ》となつた貴下のお心持は、十分御察しする事が出来ます。然し、あの晩、会衆はどんなに感動したでせう。拍手喝采の声はほんたうに割れる様でした。私も日本協会に於て、あんなに嬉しかつた事はなく、あれに似寄りの事さへ、未だ曾て見聞した事がありません。実際小説の一齣でした。

あれから多くの年が過ぎた。しかしいまもなお、私たち自身も講壇に立って、感動に声をつまらせた濱口擔の胸中を思いやることができる。私たち自身が外国人が外国の言葉で私たちの祖先の美談を語るのを聞く時に覚える感動――ハーンが温い同情を以て過去の健気な日本人を語るのを聞く時に覚える感動は、程度の差こそあれ、濱口擔が英京ロンドンで覚えた感動に似ているからである。坪内逍遥が「故小泉八雲氏の著作につきて」で述べたように、ハーンはたしかに「余りに温い同情を以てひたすら我が風俗人情の美なる側面のみを拾」ってくれた人であるかもしれない。しかしその「美なる側面」に感ずる心こそ、その祖先の人の恩に感ずる心こそ、これからもまた新たに「美なる側面」を創り出してゆく美しい日本の心、世界に通ずる日本の心なのではあるまいか。

第五章　異端児の霊の世界
――来日以前と以後のハーン――

ミシシッピー河の昼

マーク・トゥエインといえば、アメリカの少年皆が知っている作家である。しかしラフカディオ・ハーンといえば、今日、アメリカの子供はまず誰も知らない。ところが偶然、この二人の作家は相前後して同じ題材――ミシシッピー河とその支流の波止場の生活――を描いた。トゥエインとハーンの作家としての資質、ひいては光もあれば影もあるアメリカ文明の特質を解く恰好の鍵ともなると思うので、二人の描写をまず比べてみたい。

一八三五年に生れ、ミシシッピーに面したハンニバルの町で育ったトゥエインは、蒸気船の航海士《パイロット》になることが夢であった。後年その思い出を次のように書いたが、これは教科書などによく引かれる、典型的な「アメリカ少年の大志」である。一点の翳《かげ》りもない、陽光に照り映える『ミシシッピー河の生活』の一節を読んでみよう。

僕が子供だったころ、ミシシッピー河の西岸にあった僕等の町で、子供仲間にあったただ一つの野心といえば、それはミシシッピー通いの蒸気船の船乗りになる、という望みだった。なるほど、たまにはほかの事にも気を引かれたけれど、それはあくまでたまの事で、サーカスが来れば僕等はもう道化《クラウン》になりたくて夢中だった。そうしたたまの野心はじきに消えたけれど、しかし蒸気船の船乗りになりたい、という夢だけはいつまでたっても頭にこびりついて離れなかった。

一日に一回、安っぽく、けばけばしく塗り立てられた蒸気船がミズーリ州セント・ルイスからやって来る。この船の到着という事件の前は、一日が期待でもって光輝く。船が去った後は、一日が死んで、からっぽとなる。子供ばかりか、町全体がそのことを感じた。もう何十年も過ぎたけれど、それでもあの古き時代を僕はいま目の前の事のように思い返すことができる。

夏の朝、日に照らされて白い町はうとうと眠りこんでいる。通りにはほとんど人影もない。お店の前では、壁に斜めに倚《よ》せた椅子に腰掛けたお店の人が一人、二人、顎《あご》を胸に深くうずめて、帽子で顔をおおって居眠りをしている。ただミシシッピー河だけが、あの荘厳《そうごん》で、豪華なミシシッピー河だけが、悠々と一哩《マイル》幅《はば》の広さで、太陽の光に輝きながら流れて行く。

やがて、一条の黒煙が遠くの一点にあらわれる。途端に、黒人の御者《ぎょしゃ》で、眼がすばやくて声がよく通るので有名な奴が、

「蒸《じょ》お気《き》い船《せん》が、来たあぞー」

と大声をあげる。たちまちあたりの光景は一変して、酔払《よっぱら》いものそのそと身を動かす。店員も背のびして起きあがる。続いて騒然たる馬車の物音が聞え出す。どの家もどの店も割当て分の人間を供出《きょうしゅつ》したと見えて、一瞬のうちに死んだ町は活気を取戻して、動き始める。馬車も大八車も、大人も少年も、皆が

あらゆる街並から共通の広場――波止場《はとば》を目ざして急いで出てくる。そして皆、初めて不思議な、素晴らしいものを見たように、じっと目をこらして近づいて来る船を見つめる。船はなかなかハンサムで、すらりと長くて、小綺麗で、可愛い。高い煙突が二本あって、その間になにかぎらぎら光るものが揺れている。それにパイロットの船室が一風変った意匠《いしょう》をこらしてある。外輪にかぶせた箱はすばらしいもので、船の名前を書いた上には絵まで描いてある。上甲板はお客さんで真黒だ。船長は、皆が羨《うらや》ましがる、大きな鐘の横に突っ立っている。波止場に近づくと、にわかに真黒い煙がもくもくと転がり出るように煙突から出た。これは町に着く前に多少松の木を罐《かま》にくべたので、それで豪勢な黒煙が出たのだ。舳先《へさき》には、これまた恰好のいい甲板水夫が、巻いた綱を手に持って、一幅の絵のように突っ立っている。

船長が手をあげると、鐘が鳴り、外輪船《がいりんせん》の大きな輪が廻転を止める。と思う間に輪は逆転してあたり一面に白い泡を立て、それでもって蒸気船は停止する。船に乗ろうとする人と降りようとする人の押し合いへしあい、騒然とした叫び声、嬌声《きょうせい》、罵倒する声……しかしそれも十分後、船が煙突から黒煙を吐いて動き出すと、急に静かになり、さらにその十分後には町はまた死んで、酔払いもまた元通り眠りこんでしまう。

こんなアメリカ中西部の町で、マーク・トゥエインは治安判事の息子として育った。父親が皆の生殺与奪《せいさつよだつ》の権を握っているのだ、父親に無礼を働く者があれば、そいつを縛り首に出来るのだ、と子供心に思うと少年は得意だった。しかし蒸気船に乗組みたい、という気持はつのる一方で、船のキャビン・ボーイでも甲板水夫でもいいから、是非乗りたい、と思った。ところがそうこうするうちに町の少年が一人いなくなり、暫く姿を見かけない、と思ううちに、なんと彼が、ある日突然、機関士見習となって、蒸気船に乗ってハンニバルへ戻って来たのである。

「僕が教会の日曜学校で習った道徳は根底から覆《くつがえ》された」

とトゥエインは大袈裟《おおげさ》な調子で回想している。自分は教会の牧師や学校の先生の言うことをよく守るよい子だったのに、札つきの不良でおよそ宗教心のない奴の方が、一躍有名になってしまった。有名になって偉くなって、彼におっとりしたいいところが出てきたかといえば、そのかけらすらない。碇泊《ていはく》中も、錆《さび》ついたボルトを磨くか、手すりをこするかがせいぜいで、およそぱっとした仕事もしてない癖に、蒸気船が運休となると、町に現れて、油まみれの黒く汚れた服を着て通りをこれ見よがしに歩いてまわる。その恰好を見たら誰にでも彼が水夫だということは一目瞭然《りようぜん》だ。そして彼はなにかというと蒸気船の術語を使いたがり、こともあろうに馬についてまで「左舷《さげん》」だの「右舷《うげん》」だのとしゃあしゃあぬかしやがった。えい、きざな野郎だ、普通の人様の言葉は喋れねえのか、早く死んでしまえ！

しかもそのきざな野郎は、銭《ぜに》も、ヘア・オイルも、派手な銀時計——凄く目立つ真鍮《しんちゆう》製のチェーンつき——も持っている。ズボンも、吊りは使わず、ベルトで締めるというういでたちだ。彼はもう皆の讃歎の的で、かつ皆の憎悪の的だった。女の子は皆このいやらしい男に夢中になった。だから彼を乗せた船が「ボーッ」と汽笛をあげて町を離れて行くと、トゥエイン少年は、もう何箇月もの間経験しなかったような、平和な、落着いた気分を味わった。しかしほっとしたのも束の間、翌週、彼がまた颯爽《さつそう》と舞戻って来ると、彼は一だんと輝きを増したヒーローとなっていた。彼が教会へ現れれば、皆もう彼の方をじっと見つめ、うっとりとしている。この唾棄《だき》すべき爬虫類《はちゆうるい》に対してなぜ天にまします神はかくも好意を寄せ給うのか、なぜこの男をかくもちやほやし給うのか、そうなるとこれは問題がある、とトゥエインは思わずにはいられなかった。

こ奴の出現の結果どうなったかといえば、町の少年が次々と出奔《しゅっぽん》した。牧師の息子は船の機関士となる。酒問屋《さかどんや》の息子は、お店の手伝いはそっちのけにして船でバーを開く。地方裁判所判事の二人の坊っちゃんをはじめ船のパイロットとなった者がその町から結局六人も出た。当時、船の舵輪《だりん》を握るパイロットといえば全米中の花形の職業で、王侯貴族にふさわしいような高給で遇された。月に百五十ドルから二百五十ドル、食費・居住費は会社持ちというから豪勢なものだ。なにしろパイロットの月給二月分が牧師様の年俸をしのいだのだ。――それから一世紀後にアメリカへ留学した日本人の中には、百年間のインフレや物価騰貴にもかかわらず、これだけの金額を毎月もらえなかった人はざらにいたはずである。それを思えば、当時のアメリカの最大の交通幹線だったとはいえ、ミシシッピー通いの蒸気船のパイロットが、またなんと素敵な職業であったか、見当がつこうというものだろう。親に許されず、船に乗れなかった、取残された少年たちの心は慰められることがなかった。

それで結局マーク・トゥエインも家を飛び出すのである。しかし実際は事はそう簡単に運ばない。セント・ルイスへ行って、長い波止場に鰯《いわし》のように並んでいる船を次々とたずねてみたが、船員も水夫もすこぶる冷たかった。糞、いつかパイロットになって、こうした下っ端連中を俺の思いのままに売ったり買ったりしてみせる。――けんもほろろにあしらわれた家出少年は、そうした白昼夢を描いては我と我が心を慰めた。晴れのパイロットとして錦を飾るまで二度と故郷の土を踏むものか！

彼の回想はいかにも調子よく、まるで法螺話《ほらばなし》のように書いてある。しかし本名をサミュエル・ラングホーン・クレメンズといったマーク・トゥエインは、実際まず見習水夫として船に乗り、やがてはものの見事にパイロットとなって、南北戦争が勃発するまでの数年間、船の舵輪も握ったのであった。大体Mark Twain

というペン・ネームが、水深を測る単位である。水夫が重しのついた綱を水中にほうりこむ。たんこぶが一つ見えなくなった時、

「マーク・ワン（水深、一尋《ひとひろ》）！」

と叫び、たんこぶが二つ見えなくなった時、

「マーク・トゥエイン（水深、二尋《ふたひろ》）！」

と叫ぶ。水深二尋は蒸気船が航行して良い深さであった。

金儲けになんの恥らいも覚えないこのアメリカ作家は、出世して富豪の娘と結婚し、後に東部の町ハートフォードに豪邸を建てた。そのけばけばしい、安っぽく塗り立てた邸ははなはだ奇観だが、その階上のヴェランダへ出てみると、なるほど、そのヴェランダがミシシッピー通いの蒸気船の後甲板のように、一風変った意匠にしつらえてある。

ああ、これだ、この凝《こ》りようがアメリカの少年の夢を実現した姿なのだ、と思う。するとその少年の夢や大志の延長線上に、次々とアメリカ合衆国のヒーローたちが浮んでくる。大西洋を単身、単発の飛行機「スピリット・オヴ・セント・ルイス」号で初横断に成功したパイロット、リンドバーグは国民的英雄となった。宇宙船アポロで月まで行った、グレン、アームストロング等の宇宙航空士たちは、アメリカ少年の偶像であり、現代の英雄であった……

そうした今日に及ぶ系譜《けいふ》を考えるならば、パイロット志望のトゥエインの「少年の大志」がアメリカで学校教科書のみか、外国人のためのアメリカ教科書 *American Readings* の巻頭に出てくるのも、なるほど道理はあるとうなずけるのではあるまいか。燦然《さんぜん》と光り輝く、透明な白昼の陽光の下で、ヤンキーたちは屈託《くったく》の

ない笑いを浮べて、未来に向って挑戦する。その時、あの荘厳で、豪華なミシシッピー河の悠々たる流れは、そのまま少年たちの憧れを象徴する野生の力であり、生命の流れであった。そこには屈折も湾曲もなかった。それだからこのアメリカの文学者にあっては、出し抜かれた少年たちの屈辱感を描く時においてさえ、すべてはストレートで、単純明快で、翳りがない――それがトゥエインに代表される、いかにも新大陸らしい、アメリカの表の、いわば正統の、光の当る部分なのであった。

それでは同じく波止場の生活に取材したといってもハーンの作品は、どのようなものであったろうか。彼はもっぱら裏町の影の部分を描いた、といわれている。そのようなハーンの下層社会へのアプローチが、後年の彼の日本時代の著作活動とどのように関係するのか。その手がかりを得るためにハーンの当時の代表作の一つを、トゥエインとの対照裡《たいしょうり》に、見てみよう。

ミシシッピー河の夜

トゥエインより十五歳若いハーンが、ミシシッピーの支流オハイオ河に面したシンシナーティに来たのは一八六九年、南北戦争が終って四年後だった。その町で駈出しの新聞記者となったハーンは、港町の波止場の生活を幾篇もルポルタージュ風に書いた。「波止場の牧歌」という副題が添えられた『ドリー』はその代表作で、一篇の短篇小説を思わせる次のような趣向《しゅこう》である。

主人公のドリーは焦茶色《こげちゃ》の肌をした、牝豹のようなしなやかな力をしまった肢体に秘めた黒人の女で、薄物を身にまとって歩くと、その様はなにか蛇の優美を思わせるほど幻想的な雅致《がち》に富んでいた。舟を漕がせれば櫂さばきは見事だし、ピストルを撃たせても完璧《かんぺき》な腕前で、標的に背を向けて、目の前にぶらさがった鏡だけを頼りに撃たせてもおよそ射損ずるということはなかった。「その上ドリーはタヒチ島の女のように泳ぐこともできた」として、ハーンは次のようなエピソードを添えている。

蒸暑い夏の朝、まだ夜が明けぬ前にドリーはこっそり河へ降りて来て、月光に銀色に輝く流れの中で抜手を切って泳いだ。

「あんたそんな恰好をしたところを人様《ひとさま》に見られて恥しくないのかね？」

と驚いたパッチー・ブラジル巡査が、ある朝、叱責《しっせき》するような口調でたずねた。その時巡査が出会ったドリーは、濡れた服を一枚肌にまとい、縮れた髪から滴る水を絞りながら、波止場から上って来たのである。

「私を見たのは可愛いお月様だけよ」

とドリーは答えて、感謝するようにその黒い瞳《ひとみ》を明るい月の方へ向けた。

メルヘンを思わせる雰囲気だが、しかしここに登場する人間も、場所も、時間も、「少年の大志」を描くマーク・トゥエインの視界の中には、どれ一つはいらなかったものだった。いや、はいったとしても、口にしないものだった。すなわち、主人公は黒人女、場所は風俗取締りの巡査がパトロールする波止場の裏の盛り場、時間は夜である。月光の下でドリーが抜手を切って泳ぐから夜だというのではない。なるほど波止場のほかの女に比べれば、ドリーは滅多に口喧嘩せず、盗みは絶対せず、酔っ払って千鳥足になることもおよそ稀であった。しかし「波止場の女」の一人として、ドリーも夜、稼ぐ女であることに変りはなかったからである。ドリーのピストルが当るか当らないか、その腕前をめぐって船員と客が大金を賭けたこともあった。

警察まわりの記者だっただけに、ハーンの観察は時に、細かな部分で、意外にリアリティーに富むことがある。ドリーについて彼はこう書いた。彼女には身上話を打明ける仲間の女がおらず、自分を語らない。それでほかの女たちの間で、ドリーは「気取り屋だ」といいはやされていた。これはほかの女が皆ドリーに対して面白くない感情を抱いていることのあらわれでもあった。ハーンはこんな些事《さじ》も書きとめている。

ある時、この盛り場で、花の咲く雑草の植木鉢を窓辺に飾ることがにわかに流行となったことがあった。そうした植木をこの黒人街の人々は上品ぶった言い方で「お花」と呼んだ。ドリーはこの流行になびこうとしないので、早速「気取っている」と世間から目された。

「いったいあんたはなぜ花の鉢を窓辺に置かないのかね?」

とパッチー・ブラジル巡査が気をまわしてたずねた。

「そりゃあ」

とドリーが答えた、

「そりゃあ、わたし、いくらなんでもそう花をいやしめることはできないよ。ここの盛り場は、だって、花なんか飾れる場所じゃないもの」

そんな潔癖な感覚にこの黒人女の気品《きひん》に似たなにかがふと示されている。ドリーの生活も、トゥエインの作中人物と同様、河や蒸気船とはもちろん無縁でありえない。ドリーはマギー・スパロック婆さんが子供のように養っている蟹股《がにまた》の黒人の子供トミーを可愛がって、何時間でも一緒に遊んでいた。ミシシッピー河から支流オハイオ河へはいって来る大きな白い船の名前や、またその船が寄って来る遠くの都会の名前もみな教えた。ハーン記者は黒人仲間で使われる蒸気船に関する隠語が表現力に富むことに興味を惹かれたらしい。波の間に船首を突っこみ、船尾から低く垂れこめた乱雲状の長い尾を曳いて静々と進む蒸気船の姿をドリーは年増娘《としまむすめ》にたとえてこう大声をあげた、とハーンは記している。

「見て御覧、トミー、あの年増娘は今日は馬鹿に胸を張っているよ。綺麗な髪飾《ひだかざ》りをつけてるじゃないか。あのかもじを見て御覧、トミー。あの年増娘は髪の毛をずいぶん後ろの方までカールさせているねえ」

英語では船を she で受けるせいか、トゥエインの描写でも蒸気船は「なかなかハンサムで、すらりと長くて、小綺麗で、可愛い」と擬人化《ぎじんか》されて形容されていた。またハーンの文中では「オールド・ギャル」old gal と呼ばれていた（gal は girl の俗語）。しかし船尾にまき起る白波を「あの年増娘は髪の毛をずいぶん後ろの方までカールさせているねえ」とは、ずいぶん面白い言い方をしたものだと思う。そして南北戦争後のオハイオ河の波止場の、黒人たちのこんな隠語を書きとめておいてくれた作家は、ハーンをおいてはほかにいなかったのである。

ハーンはまたギリシャの島で母一人子一人で暮した幼年時代の記憶をどこかでよみがえらせたかのように、こんな事も書いている。

ドリーは船の名前を読むことはできなかったが、その光りを放つ形はもう空で憶えていた。船の荒々しい、深い汽笛の声のさまざまな声音《こわね》もそれと承知していた。それでドリーはトミーにそれを教えこんだ。するとそれは、子供心にはいわば大きな水棲《すいせい》動物となって、波止場に着いては眠り、なにかおそろしい自分自身の鼓動する生命力でもって、白い月明《げつめい》を通して河の上を進むもののように思われた。

もちろんドリーにも「男」はいた。アレックという名前の混血の波止場人足《にんそく》で、アレックが波止場で働いている限り、ドリーはほかの男にまず目もくれなかった。しかし水路が凍りついて、盛り場に銭《ぜに》がなくなると、アレックはミシシッピーの下流へ移ってしまうのである。それでもある年の春には四十数ドルの大金をポケットに入れて南から帰って来た。そしていちはやく機関士見習になったマーク・トゥエインの少年と同じように、アレックもしこたま儲けた、と得意で、新品の銀時計を一つドリーにお土産に持って来たのであった。ところがどうしたわけかその銀時計は時間通りに動かない。それで時計よりも蒸気船の汽笛で時刻はよく承知のドリーは、「いったい全体こいつはどうなっているんだろう」と思って、時計の蓋を開けてしまうのである。

シンシナーティ時代のハーンは、図書館の常連で、そこでフランス文学を読みふけっていた。推量に過ぎないが、ハーンはそこでボードレールの『おもちゃの形而上学』を読み、それを次のドリーの挿話に応用したのではあるまいか。『おもちゃの形而上学』は、森鷗外の要約に従えば（『花子』）、

「子供がおもちやを持つて遊んで、暫くするときつとそれを壊して見ようとする。その物の背後に何物があるかと思ふ。おもちやが動くおもちやだと、それを動かす衝動の元を尋ねて見たくなるのである。」

ドリーの場合は、銀時計の蓋を開けてしまって、

「おやまあ、腹わたのまわりに小さな毛がはいっている」

とドリーは言った。

「これじゃあ、うまく動くはずはないよ」

そう言ってドリーはゼンマイを曳き出してしまった。

「なんだかひどく変チキリンな恰好をした毛だね」

これはドリーの幼児のような無邪気さを印象づけるためにハーンが挿入した挿話だが、後に見るように、この銀時計も話の大切な道具立ての一つとなるのである。

波止場の牧歌

波止場のほかの女たちと違って、ドリーには多少自尊《じそん》の念があって、見境いなく媚《こび》を売るということはなかった。しかしアレックがある夏の夕方、ダンス・ホールで悪酔いして乱闘にまきこまれた時、彼女の運命は変った。警察に起訴されたアレックは罰金五十ドルと強制労働三十日の刑に処されたのである。ハーンの文章を引くと、

「黒いマリヤ」と呼ばれる囚人護送馬車がガラガラ音を立てて走り去った時、ドリーは市の公園をあてもなくさまよって、噴水のほとりの小さな石の獅子像の一つに腰掛けると、アレックが自分にくれた、壊

れてしまった時計を取出して眺めては、声を殺してさめざめと泣いた。アレックの懲役場での三十日の強制労働が終り次第、アレックの罰金を全額自分が支払ってやろうと決心すると、ドリーは立ちあがって、進まぬ足を進めながら盛り場の方へ戻って行った。

ドリーがどうしてその金を儲けたか、その唯一の手段については詳しく述べる必要はないだろう。とにかくドリーは、昼といわず夜といわず、盛り場の一番芳《かんば》しからぬ場所でしょっちゅう見かける女となったのである。

「あんたがこんな生活をこれ以上続けるなら」

と見かねたパッチー・ブラジル巡査がついに叱りつけるように言った。

「警察はあんたを浮浪人として逮捕するが、それでもいいかね」

そう言われた時、アレックが懲役刑に処されてもう三十日近く経っていたが、ドリーは罰金の全額を儲けることは到底できなかった。それで彼女はドレスや家財道具を一切合財《いっさいがっさい》売り払った。古道具屋からがらんとした部屋へ戻ると、床《ゆか》の上に横になって、飯も食わず、腹を減らしたまま、疲れはてて眠ってしまった。しかしその時ドリーは、自分の「男」の罰金を支払えるだけの金がついに手にはいったと思うとたまらなく幸福だったのである。

身柄《みがら》を釈放されたアレックはドリーに恩義を感じてまる一週間は酒を謹しんだ。しかしこの男にしてみれば一週間禁酒したというのは、自分の身柄の自由と引換えになみなみならぬ自己否定をした、ということでもあった。ぶらぶらしていたアレックもやがてメイズヴィルの郵便船に職が見つかり、波止場から船に乗って旅立って行く。

男は、かつてはドリーであったがいまは幽鬼《ゆうき》のごとく衰えはてた女のもとを離れていった。ドリーは禁止されていたにもかかわらず、自分の窓から赤い、ぼろぼろになったハンカチを振った。すると予定の出発時刻より少し前に誰かが船の鐘を勝手に鳴らした。

「誰よ、勝手に鐘なんか鳴らして」

とドリーは叫ぶと、口にくわえていた葉巻をはたりと落した。

「鐘をつくなんて縁起でもない」

後になつて蒸気船が毎週、定期的に帰って来る時、ドリーはあの時の妙な鐘の音《ね》を思い返した。アレックが帰って来ないからである。彼は出しなに、自分は God's people に会って来るつもりだ、と女に言った。「神様の人々に会って来る」という言い方は、黒人の波止場人足仲間では「自分の生家を訪ねて来る」という意味なのだそうである。こんな言い廻しそのものに興味を覚えるのも若い新聞記者ハーンの特徴であった。しかしドリーは、アレックがまさかこれほど長い間、留守をするとは思わなかった。話は——ある意味ではありきたりの筋かもしれないが——次のような形で終る。

……ある夕方のこと、ドリーが舞踏館の入口に坐って、綺麗に漂白《ひょうはく》した牛骨《ぎゅうこつ》で作った小さな飾りボタンをアレックのために磨いていた時、誰かがドリーに、アレックはメイズヴィルでかくかくの次第で結婚した、それがまた「飛切り第一級の結婚式でねえ」と話した。ドリーはなにも言わなかったが、牛骨のボタンと小さな鑢《やすり》を片づけると、立上って二階の部屋へ戻った。

「気持がくじけない限り」

とパッチー・ブラジル巡査が言った、

「気持がくじけない限り、あの連中はこの辺では絶対死なないね。しかし気持の方が体より先に死ぬんだね」

そしてドリーの気持はその時もう死んでいた。

皆がドリーを寝台のある部屋へ移し、黒人の牧師（?）を呼んだ。牧師は本業の理髪店を閉めてすぐ来てくれた。皆はドリーのために祈り、讃美歌をうたったが、衰えはてたドリーは黒人たちが歌う奇妙な奴隷の讃美歌には耳を傾けない。ハーンはロマンティックな筆致でその臨終の場面を次のように描く。

碧灰色《へきかいしょく》の夕べの空はいつか濃い夜の紫へと変っていった。月は開けはなたれた窓からドリーの窶《やつ》れた顔を照した。部屋の白く塗った壁には、川波に反射する月光がゆらめきつつ映っていた。そして階上の祈りの声や讃美歌の歌声に混じって聞えるのは、階下から唸りをあげて響いてくる、熱狂的なバンジョーと、絃楽器の低音の演奏と、踊り子たちの脚が一斉に立てる荒れ狂った雷《かみなり》のような喧騒《けんそう》である。

ハーンはこの最期の場面でも快楽の巷《ちまた》を象徴する階下の楽隊の騒音との対照裡に黒人たちの讃美歌を、そ

の崩れた英語とともに、紹介する。しかし、

「しーっ、静かに」

とドリーが渾身《こんしん》の力を振り絞って起き上った。

「あれは蒸気船の汽笛と違うかい？　アレックが帰って来た、わたしの人――わたしの人が帰って来た」

と言ったと思うと、ドリーは崩れ落ちるように倒れた。月光の輝く波止場のあたり一帯に鳴り響くのはメイズヴィルの郵便船の蒸気の汽笛であった。ハーンは映画のようなこの物語の最後を次のように結んでいる。

皆が亡くなったドリーをきちんとベッドの上に横たえようとした時、彼女の骨ばった小さな手になにかがしっかり握られていることに気がついた。――しっかり握りしめられていたので、一本一本の指を開くのに少なからぬ力が必要なほどだった。
それは銀時計――ゼンマイを抜かれてしまった、あの古い壊れた銀時計なのであった。

異人種に共感する心

センチメンタルな話と評すれば、そういえるかもしれない。とくにトゥエインの「少年の大志」と比べればハーンの感傷性は明らかだろう。『ドリー』には繊細さはあるが、トゥエインの散文を貫く力強さはない。ハーンは現状逃避の気持から常に脱出を夢み、その文芸の世界では異質なものへ憧れ続けた。しかしトゥエインの世界は、本質的に白人少年たちの仲間の世界であり、その中での競争である。だからトゥエインの夢には身近な生活の臭いがあるのだ。ドリーの場合には朝目を覚まして、顔を洗い、食事をして、という日常

はあまり思考の対象とならない。なるほどドリーもアレックの罰金を払うために家具を売払うが、その売上高がいくらだったかは問題とならない。作者ハーンにとって大切なのは、寝台まで処分したがらんとした部屋で、帰らぬアレックを待つ痩せ衰えた女の姿だからだ。それに反してトゥエインにとってはパイロットの月給が何ドルであるか、とくに社会的地位の高い牧師の年俸との比較で何倍となるかは、すこぶる重要な意味を持つ。牧師様の一年分の収入もパイロットの二月分の収入に及ばない、とあけすけに言う勘定高さは、トゥエインがアメリカ合衆国の生活人であることを雄弁に物語っている。

ハーンの物語に朝の情景がなく、トゥエインの回想に夜の情景がないことはすでにふれた。アレックから貰った銀時計はじきに壊れてしまったが、ドリーにはもともと時計は不要だった。蒸気船の汽笛で時刻がわかったからでもあるが、彼女にとってせわしい時の流れは、そもそも無縁だったからである。ドリーの世界に太陽は登場しない。月は絵のような詩情をつくり出す一要素としてのみ意味がある。ドリーは所詮《しょせん》、私たちとは住む世界が違う存在なのである。

それに反してトゥエインの世界は、中学生的といえるほど私たちの生活に身近である。例えば吊りのないベルトのズボンに対する少年の気持は、吊り紐のない、ベルトのスカートに憧れる日本の女の子によっても、自分の気持として了解されるのだ。

それに比べれば『ドリー』は夢の産物といえるかもしれない。しかし後の日本時代のハーンを理解する上で、この『ドリー』に示されたアメリカ時代のハーンの特徴は、彼の日本における著作活動の成功の鍵を予示している点で、実は非常に大切なのである。

第一の特徴は日の当らぬ人々への関心である。白人文明が中心であった弱肉強食の十九世紀アメリカ社会で、ハーンはこともあろうに社会の裏に住む有色人種の生活に同情ある興味を示した。そのような二十代のハーンだったからこそ四十代、地球の裏に住む黄色人種の国に来て、その庶民の生活に共感を寄せ得たのである。ドリーを描くハーンの筆には差別感というものがおよそなかった。長い間、不見転《みずてん》と違う、という評判をまがりなりにも維持してきたドリーが、アレックにみつぐために、ついにすっかり自堕落《じだらく》な女となった時、ハーンはこう書いた。

多分、天にましますは父――我々一人一人の父であり、黒人の父でもあれば白人の父でもある偉大なる父――は（そうした経緯であるから）ドリーの哀れな過《あやま》ちの数々をすべてお許しになったに相違ない。

ハーンは早くキリスト教信仰をなくしてしまった人だが、しかしここではキリスト教の神は白人の父でもあり黒人の父でもある、と訴えたのである。こうした主張は、ハーン自身の身の上に起った事件と引較べてみると、単なる筆先の感傷でなかったことが察せられる。

ハーンは一八七二年から『シンシナーティ・インクヮイアラー』紙に寄稿を始め、七四年ごろ同紙記者となり、二年後『シンシナーティ・コマーシャル』紙へ移った。短篇『ドリー』はこの商業新聞の一八七六年八月二十七日号に掲載された読物である。しかし翌七七年十月下旬、ハーンはシンシナーティを逃げるように後にしてニューオーリーンズへ向った。理由はマティー・フォーリーという女と関係したためである。マティーはある白人農園主と黒人女奴隷の間に生れた女で、教育はなかったが話し上手だった。ハーンが『インクヮイアラー』紙の記者となったころ、彼が下宿した家の調理場で働いていた。背が低く、容貌が醜く、少年時代に誤って片目を失明したハーンは、財産も収入も少く、とても白人の女とはまともに結婚できない、というコンプレクスに悩まされていた。そのせいかどうか、ハーンはこの黒人のマティーに同情し、女もまたハーンに好意を寄せて、二人はただならぬ仲となった。当時のオハイオ州は白人と黒人の結婚を法律で禁止していたが、ハーンは一国者《いっこくもの》だから、あえて法律違反の結婚をし、本来あげてはいけない式まであげた。しかしその同棲生活はうまくゆかず、マティーの方から逃げ出した。社会の掟にそむいたハーンは白人社会から白眼視《はくがんし》され、いたたまれなくなって南のニューオーリーンズへ落ちのびたのである。

その破局が起る前だったから、一八七六年のハーンには「波止場の牧歌」が書けたのかもしれない。最後に女が死ぬとはいえ、この短篇はすこぶる甘美な筆致で描かれている。男に尽して陋巷《ろうこう》に死ぬ黒人の女ドリーは、やはり男に尽して陋巷に死ぬ日本の芸妓君子（『心』に収む）の一先蹤《いちせんしょう》ともいえる。もちろん二人の女の献身は、黒人の文化と日本人の文化が異なるように、その現れ方は異なっていたが。

第二の特徴は異国・異人種の文化への関心である。後年、アメリカ国外のマルティニークや松江・熊本などの片田舎へ行って紀行文を書いたハーンが異国趣味の作家と呼ばれるのだとしたら、アメリカ国内のオハイオ河の波止場の黒人男女の生態を描いた作品も、それなりにすでにエグゾティックな作品といえよう。「ドリーはタヒチの女のように泳ぐこともできた」という記述は、ロティややがてゴーガンも加わるあの当時の異国趣味の流行、文明以前への憧れを示唆している。ニグロたちの生態は、日本人にとってはもちろん異国的な風俗だが、アメリカ白人にとっても、国内にある異国・異人種の風俗として、一種の野性味と野性美とをたたえる可能性を秘めていた。ハーンは、愛読したフランス作家ゴーチエが古代エジプト女の美を讃えたと同じ筆法で、黒人女ドリーを讃えたのである。このようにして地方色に価値を認め、異文化に憧れを寄せた若き日があったればこそ、ハーンは十数年後には日本の片田舎の風習にもそれなりの価値を認めることができたのだといえよう。

第三の特徴は芸術表現に際して民俗学的見聞を生かした、という点である。『ドリー』は話の趣向そのものはロマンティックにできているが、メルヘンの登場人物に似た女主人公を除けば（日本の『君子』の場合も同じだが）、道具立ては意外に写実的なハーンの観察から拾われて組立てられている。黒人たちの風俗・迷信・宗教などがそれで、後で紹介するが、ハーンはそれらについては別に独立した記事をいくつも書いている。そうした関心の持ち方は、明治二十三年に来日してから十四年間、地方の風俗、慣習、常民の心性、歌、諺などに興味を寄せ、その観察をたくみに作品中にちりばめたこととも実は軌《き》を一にしている。

そして日本人の読者がハーンの著作を通して明治の日本を再発見するように、マルティニークの人々も十九世紀末の仏領西インド諸島の生活をハーンの記録を通じてなつかしむ昨今であるらしい。日本でハーンの怪談が原作との対比で読まれるように、それらの島々ではハーンの採集して再話した物語がやはり土語（クレオール語）の原作との対比でいまもなお読み続けられている。そして程度の違いこそあれ、一部の少数アメリカ人は、ハーン以外誰一人書きとめてくれる人のいなかった前世紀のオハイオ河沿いの波止場の生活を彼の著作を通してはじめて知って、先祖の生活をなつかしんでいるもののようである。

その間の事情を著者に即して言えば、後年、日本の怪談の再話物を世に出して世界的に名声を博した小泉八雲は、無名の記者のころも、マルティニークの島が「幽霊の国《ペイ・デ・ルヴナン》」であることに惹かれて長逗留したのだし、それ以前のオハイオ河の流域でも、黒人たちが物語る怪談に耳を傾けていたのである。たとえば『ドリー』の続篇の『バンジョー・ジムの物語』は、ブラジル巡査をはじめ共通の人物が何人も登場するが、話の眼目《がんもく》はバンジョー弾きの黒人ジムが、悪疫《あくえき》で死んだはずの黒人男女が崩れかかった旧舞踏館で踊り狂う様を幻覚に見る恐ろしい話である。それは『耳なし芳一《ほういち》』などを書くより三十年近くも前の習作なのだが、そうした初期の著作にすでにあらわれた幽霊への関心に接すると、「三つ児の魂百までも」という諺を思い出さずにはいられない。

いったいハーンはどのような幼時体験を経た人であったのか。子供の時にどのような心理的外傷《トラウマ》を受けたがために、そうした関心にとらわれたのか。そして後年、その心の傷手《いたで》をどのような形で芸術創作へ昇華させていったのか。最晩年のハーンには、未完に了った自伝的文章がいくつか残されている。それらの文章と伝記的事実をたよりに、ハーンの幽霊に対する関心の推移を眺めてみたい。

God, Ghost そして ghosts

ハーンが怪談に終生とらわれたについては、やはりそれなりのいわれがあったらしい。家庭の崩壊後、いたいけな子供は精神不安定となり、極度に神経質な、幽霊の幻影に絶えずおびやかされる少年となったのである。

ハーンの英国人の父親、チャールズ・ブッシュ・ハーンはれっきとした家の出の男で、ヴィクトリア女王の一聯隊付の軍医としてギリシャに進駐した。バイロン卿がその独立のために戦って死んでから二十年ほどしか経っていないこの国は、当時まだイギリスの保護国の域を出ていなかった。ハーン軍医は駐屯地で島の女に子供を生ませた後、上官・同僚の諫《いさ》めも聞かず結婚をあえてした。ラフカディオはその二番目の男の子である（長男は夭逝《ようせつ》した）。ラフカディオが一八五〇年に生れた時、その部隊はすでに島から移動していた。

なぜ自分が幽霊について語り出すと、妖怪変化《ようかいへんげ》があれほど迫真力を持って迫ってくるのか、そのいわれについて自己分析をほどこして、作家の心の生い立ちを回想したことがあった。『私の守護天使』と題された自伝風の文章がそれで、キリスト教国で育てられたハーンが、幼時体験と、後年の異国異教の霊的なるものへの切実な関心との間にひそむつながりを、自覚的にたどったものである。ハーンは六歳の頃の自分についてこう語っている。

およそ有り得る限りの理由の中でも最上の理由であのころの私はお化けや鬼や魔性《ましょう》のものの存在を信じていた、——というのは私はお化けや鬼を、昼も夜もこの眼で見ていたからである。眠る前に私は自分の頭を掛布団の下に隠した。それはお化けや鬼が私を覗きこむのを防ぐためだった。それだからお化けや鬼がベッドの寝具を引張りに来た時、私は大声をあげて叫んだ。私にはなぜ私がこうした目にあったことをほかの人に話すのを禁じられていたのか理解できなかった。

ハーンはダブリンの大叔母の家でカトリック教徒として教育されるはずだった。だがいかにも神経質な子供だというので、教理のことは何も説き聞かされずに育った。そしてそこにはこんないたいけな子供の思い出も語られている。

私が寝た部屋の壁にはギリシャのイコンが懸かっていた。それは油絵の聖母子の小さな画像で、あたたかい色で塗られ、美しい金属ケースの中に大事に納められていた。それだから外から見えるところといえばその人物のオリーヴのような緑色の顔と手と脚だけだった。それでも私はその茶色い色をした聖母は私のお母さんだと思っていた――そのお母さんのことを私はもうほとんど忘れていたのだが、――そしてその大きな眼をした画中の子は私自身だと思っていた。

ギリシャへ帰って再婚したが、母は気が狂って精神病院に収容され、そこで長い歳月を過した挙句に亡くなるのである。幸いハーンは、母の悲惨な晩年のことはつゆ知らず日本へ来てしまったが……

六歳の少年ラフカディオは、「父と子と聖霊の御名《みな》により」という祈願の言葉は教えられたが、しかしその語句が何を意味するかは知らなかった。それでも「聖霊」Holy Ghost の Ghost という言葉が少年の好奇心をいたく刺戟した。それがなにか禁じられた話題と関係があるように思われて、少年はおずおずとたずねた。皆の説明でもって、Holy Ghost は、日が暮れた後、小さな子に変な顔を見せたりする習慣はないものだ、という理解は与えられた。それでも、

その Ghost という名前は、とくにその字の綴りを祈禱書の中で正確に覚えてからというもの、私を漠然とした不審《ふしん》の念で満たした。そしてその大文字のGの中になんともいえぬ畏怖《いふ》の念と神秘の感をおぼえたのである。今日でさえもあの恐ろしい字を一目見ると、あの漠《ばく》とした恐れにみちた幼年時代の空想が時として生き生きと私の心中によみがえるのである。

周囲の人はこの神経質な子供に向ってお化《ゴースト》けの話も妖精《フェアリー》の話もしないように気をつけていた。しかしそう

した周囲の配慮にもかかわらず、ハーンはそれまで自分につきまとっていたどの鬼よりももっとずっと恐ろしい鬼たちにまつわることを、突然、知らされるべく運命づけられていたのである。その望ましくない知識を彼に与えたのはジェーンというカトリックに改宗したお嬢さんであった。

退屈な説教をまた聞かされて辛抱のできなくなった少年は、その人に「教えて頂戴」とある日思い切ったことをたずねた。

「教えて頂戴、なぜほかの人の気に入ることをするよりも先にまず神様の気に入ることをしなければならないの?」

ジェーンは少年が、神様が誰だか知らない、と知ると、少年の顔をその黒い両の眼でじっと突き刺すように眺めて、叫んだ。

「まあおまえ! おまえが神様が誰だか知らないなんて、まさかそんなことが!」

「神様! あなたをお創りになった神様ですよ! 太陽を創り月を創り青空を創った——すべてをお創りになった神様ですよ! おまえ知らないの?」

「おまえは神様がおまえや私を作ったことを知らないの? 神様がおまえのお父さんやお母さんや皆を作ったということを知らないの?…… おまえは天国や地獄のことを知らないの?……」

そのほかジェーンがなんと言ったのかハーンは憶えていない。ただ晩年にいたるまではっきりと次の言葉は憶えていた。

「そしておまえを地獄に突き落して生き身のまま火の中でいつまでもいつまでも永久に焼くのよ！……考えても御覧、永久に燃えて、燃えて、燃えるのよ！　叫び声をあげて燃えさかるのよ！　永久に炎の責苦《せめく》から救われはしないのよ！……　指をランプで火傷《やけど》した時のことをおまえ憶えている？　それなら体ごとおまえが丸焼けになることを考えても御覧、いつまでも、いつまでも、いつまでも燃えるのよ！　永久に、永久に！……」

顔に恐怖と苦悩の色を浮べてジェーンはそう叫び、突然わっと泣き伏すと、ハーンに接吻し、部屋を出て行った。六歳のハーンはその時もう取返しのつかないほど不幸になった。ジェーンが言ったことが本当か嘘かなどということは考えなかった。しかしそうした事を言ったことで少年はジェーンを憎んだ、――多分そう言った時の恐ろしい口調ゆえにますます憎んだ。そしてハーンは「ジェーンがはやく死ねばいい、そうなればもう二度とあの顔を見なくてすむから」と思ったのである。ジェーンは将来尼になるはずで夏の間はどこかの修道院で暮しており、冬の間だけ、ハーンを引き取って育てている大叔母の邸へ泊りに来ていた。

しかし運命といおうか、ハーンは奇妙な境遇の下でまたジェーンと会うこととなった。ある夏の終りごろ、まだ寒くもならず、アイルランドでも気持のよい時節、夕焼けの空が明るい時分に、お邸の四階で、ハーン少年は思いもかけずジェーンが、いつもの黒いドレスを着て、部屋から出て、自分の方へやって来るのに会った。

私は驚いて、「ジェーン姉さん！」と叫んだが、しかし聞えなかったらしい。その人はゆっくりと、頭は仰向けに上へあげたまま、近づいてきた。（……）私の脇を通った時も、その人の顔を私は見なかった。見えたのはその白い喉と顎と、その束ねた美しい髪の毛とだけだった。（……）ジェーンが大きな四つの柱のある寝台の足元をまわって、その向うの窓に近づこうとしているらしいのが見えた。私も寝台の向う側まで追いかけて行った。すると、はじめて私がいたことに気がついたかのように、ジェーンはこちらへ振向いた。私は、その顔にはきっと微笑が浮んでいるだろうと思って、その笑顔に答えようと思って私も顔をあげた。……しかし彼女には顔がなかった。そこにあるのは青ざめた、のっぺらぼうのような面《めん》が顔の代りにあるだけだった。そして私が唖然《あぜん》として見つめている目の前で、彼女の姿はかき消すように消えたのである。

あまりの驚愕《きょうがく》に襲われたため叫び声すら発することもできなかったハーンは、辛うじて階段の上までたどりつくと、そこで躓《つまず》いて階段から落ちた。人々はすぐに駈けつけてやさしく介抱してくれた。しかし子供のハーンはいましがた見たことについて一言もいわなかった。それについて話をすれば罰せられるであろうことを子供心に知っていたからである　……そして二、三ヵ月後、寒い季節が始ったころ、ある朝今度は本当のジェーンが帰ってきて四階にある例の部屋にはいった。ジェーンはハーンを散歩に連れ出して、お菓子や玩具や絵本などを買ってくれた。しかし日が暮れて暗くなってからは少年はただもう薄気味が悪かった。するとジェーンはその翌日から病気になり、そのまま死んでしまった。死んだと聞いた時、ハーンは悲哀の気持ではなく恐怖の気持でいっぱいとなった。自分は一度ジェーンが死ねばいいと思った。そしてその願いはかなえられてしまった――だとするとその罰が当る日がやがて来るかもしれない！　漠とした物思いや漠とした惧れ――キリスト教信仰などより比べものにならぬほど古い、太古《たいこ》の危惧《きぐ》や憂慮の念が、まるでなにか未生《みしょう》以前の眠りから目ざめたように、ハーンの身内で目をさました。――なかでもあの（フュステル・ド・クーランジュが『古代都市』で書いた）死者を恐怖する気持が。死者は人間を憎む、たたりをなす存在だ、という気持が。

　ハーンのこのような「幼年時代の記憶」はあるいは多少小説化されているのかもしれない。しかしこのような幼時体験を聞かされると、ハーンの後年の極端なカトリック嫌いも、お化けや鬼や怪談への親身な関心も、なるほどと首肯《しゅこう》される節があるように思われる。ジェーンはカトリック信者として、お化けとか魔性《ましょう》の霊とかいったものが人の目に見えることはないと保証してくれた。だが幼いハーンが自分の目でしかと見たのはジェーンの内なる自己《インサイド・セルフ》――彼女の化けた姿か彼女の鬼の姿だった。彼女は、少年が「ジェーンが死ねばいい」とひそかに願ったことを知ってハーンを憎んだから、誰もいない寝室に彼を引込んで、のっぺらぼうの顔をしてハーンを慄えあがらせたのだ。皆ふだんは温良そうで光の中を笑いながら歩いている。だけれどみんな嘘をついている。あの人たちはみな夜の暗いことをひどくおそれているから、それで本当のことはあえて口にしないのだ……これが少年ハーンの推理だった。こうして幼い心には疑惑が生じた。カトリックの信仰は失せ、ハーンの心には第二の「黒い信仰」ともいうべき時期が始った。そしてその恐怖の信仰は後々まで尾を曳いたのだった……

前に「子供を捨てた父」を論じた時にもふれたが、改宗を迫る非寛容な大宗教が支配を確立すると、従来の土着の神々は滅びて、「流竄《るざん》の神々」gods in exile となって身を潜める。妖怪変化に身をやつした異教の神々はヨーロッパでもブルターニュやアイルランド、北欧の辺境では生きのびることが出来て、フェアリー・テールの主人公ともなった。またそれだけに、正統的なキリスト教信仰の立場からは、妖怪変化の類は一切認めず、子供たちにもフェアリーの話もしない、という厳しい立場も生れたのである。そして先の排他的な一神教の一元的支配が逆に弛むと、今度は魑魅魍魎がまた息を吹き返す。十九世紀の西欧は、キリスト教信仰の衰退とともに「黒い信仰」が裏で息を吹きかえした時代でもあった。カトリックの信仰を失い、不安におびやかされたハーンの魂であったからこそ、黒人たちの怪談にも、中国や日本の怪談にも、異常なまでに心動かされたのだ、と言えるかもしれない。自己の属する白人の宗教や西洋の文化を全面的に信ずることのできなくなった時、この疎外された魂は、異人種や異国の魅力に誘われてゆく。聖霊の Ghost からお化けの ghosts へ、その自分の気持の推移を自己分析したのが『私の守護天使』の一文だったのだと思う。

そのような魂の経緯をたどるならば、ハーンの関心がその先『霊の日本』(一八九九年)、『怪談』(一九〇四年)、さらには一名を『神国日本』と呼ばれる最後の著述『日本――解明の試み』へと発展したのは、ごく自然な、ほとんど首尾一貫《しゅびいっかん》した成行きともいえる。「神国」という別名は、ハーン自身が英文草稿の上に漢字で書き添えた二字で、いかにも誤解を招きやすい。しかし「死者の霊がカミとして祀られ、その死者の霊が支配する国」日本という意味で理解するなら、ハーンの主観の中における日本解釈としてはいたってすなおなのである。それは日本の愛国思想家が唱えたような万邦無比の「神国日本」ではない。古代ローマも「神国ローマ」であった、とする『古代都市』の著者フュステル・ド・クーランジュの考えを、二十世紀の

日本にも応用した一解釈としての「神国日本」にほかならなかったからである。(12)

それでは幼年時代のジェーンの話が、日本の怪談にどのように結びつくか、実例に即して見てみよう。

のっぺらぼう

聖霊から幽霊へ、一神教の世界から多神教の世界へ、とハーンの関心は移った。気持が移っただけでなく、ハーン自身海を渡って、キリスト教の西洋から八百万神《やおよろずのかみ》の日本へと実際移り住みに来たのである。するとそこは意外にもハーンには馴染《なじ》みやすい霊の世界だった。少年ハーンは叱られるのが恐さにジェーンの顔なき顔の話は黙っていた。しかしいま日本でその話をすると皆「のっぺらぼうだ」と言い、妻節子の養母稲垣トミ刀自《とじ》は貉《むじな》の悪戯にきまっちょる、とその場で断定した。幸いハーン自身に『貉』と題する怪談があり、短い再話物なので、まず参考に全文を引かせていただく。

東京の赤坂には紀伊国坂《きいのくにざか》という坂がある。その坂道がなぜこう呼ばれるのかそのわけは知らない。坂の片側は古いお濠《ほり》で、深くて幅もなかなか広く、緑の土手がどこぞのお邸のお庭らしい場所まで高くもりあがっている。他《た》の側は御所《ごしょ》の高い壁で、石垣が長く長く続いている。街燈や人力車が世に現われる以前、この界隈《かいわい》は日が暮れた後は人気《ひとけ》が絶えてたいへん物淋しかった。それで家路に遅れた徒歩《かち》の人は、日没後ひとりで紀伊国坂をのぼって帰るよりは、何町遠回りしてもよいからよその道をまわって帰ったものである。

というのもみなそのあたりに出没する一匹の貉《むじな》ゆえであった。

その駱を最後に見かけた人は京橋に住んでいた年老いた商人で、もう三十年前くらいに亡くなった。以下はその老人が物語ったままの話である。——

ある晩、かなり夜も更けた時刻、その男が紀伊国坂をすたすたと急ぎ足でのぼって行くと、お濠端《ほりばた》に女がうつむけにかがんでいるのに気がついた。ひとりきりで、ひどくしゃくりあげて泣いていた。さてはお濠に身を投げて死ぬつもりか、と察した男は、なにか助けてやれぬものか、なにか自分のできることで慰めてやれぬものか、と思って立ちどまった。ほっそりとした上品な女で、身なりもいやしからず、髪は良家の子女のように高島田に結《ゆ》ってある。

「お女中」

と男は大声で呼びかけながら近づいた（そのころは身分のある見知らぬ若い女には「お女中」と呼びかけるのが礼儀だった）。

「お女中、そうお泣きなさるな。なにか困り事でもあるなら言うてください。もしお助けできることがあるなら、喜んでお助けいたしましょう」

（商人がそう言ったのは心底《しんそこ》からそのつもりだった。商人は本当に親切心に富んでいたのである。）しかし女は泣き続けた、——そして長い袖の片方で泣顔を男から隠していた。

「お女中」

と男はできるだけやさしい口調でまた声をかけた、

「まあ、どうか、私の言うことをお聞きなさい。……この辺《あたり》はどう見ても若い女が夜分に出歩くような場所ではない。お願いだから、お泣きなさるな。さ、どうすれば私がなにかお役に立つか、それを言うてください」

ゆっくりと女は腰をあげて立ちあがったが、しかし背を男の方に向けたまま、顔を長袖に隠して泣きじゃくった。男はそっと女の肩に手をやって、言い聞かせた、

「お女中、お女中、お女中……まあ私の言うことをお聞きなさい、ほんのちょっとの間《ま》でいいから。……お女中、お女中」

……するとその時、女はこちらを振向いて長袖を落すと、自分の顔をその手でつるりと撫《な》でた。――と見れば女の顔には眼もなければ、鼻もない、口もない、――アッと男は悲鳴をあげて逃げ出した。

紀伊国坂を上の方へ、上の方へ無我夢中で逃げ出した。あたりは一面の真暗闇《まつくらやみ》、前方は空無《くうむ》でなに一つ見えない。怖《おそろし》さのあまり後《うしろ》を振向くこともできず男はひた走りに走った。するとやっとのことで提灯《ちようちん》の火が見えたが、遠くの方で辛うじて螢の火ぐらいの大きさに見えた。男が一目散でそれに向って駈寄ると、道端で屋台を開いた夜鷹蕎麦《よたかそば》の提灯とわかった。しかしああした目にあった後では、どんな光であれ、どんな人であれ、とにかくそこに口の利ける人がいるというだけで良かった。男は駈込みざま蕎麦屋の足もとへへなへなと崩れ折れると、ただもう「ああ、ああ、ああ」と声にならぬ叫び声で呻いた。

「これ、これ」

と蕎麦屋は突慳貪《つつけんどん》に言った、

「これ、いったいどうしました？　誰かあなたに怪我《けが》でも負わせましたか？」

「いや、誰も私に怪我をさせたのじゃない」

と男は、はあ、はあ、喘《あえ》ぎながら言った、

「ただ……」

「ただあなたをおどしただけですか？」

と屋台曳きの蕎麦屋はいたって冷淡にたずねた、「それでは追剝《おいは》ぎですか？」

「いや追剝ぎじゃない、追剝ぎじゃない」

と恐怖におびえた男は喘いだ、

「出たんだよ……出たんだよ女が、——お濠端で。——そしてあの女が見せたもの……ああ、あの女が私に見せたものをおまえさんに口で言ったって話にならない！」

「へえ！　もしひょいとして女があなたに見せたものはこんなのではございませんでしたか？」

と一声言うと蕎麦屋は、その自分の顔を手でつるりと撫でた。——と途端に蕎麦屋の顔は大きな卵のようにのっぺらぼうとなった。……そして、それと同時に、屋台の火も消えた。


ハーンについて秀れた伝記を書いたエリザベス・スティーヴンソン女史は、ハーンが幼年時代のジェーンにまつわる恐怖体験を利用して『貉』を書いたのであろう、と推測した。しかしハーンの蔵書に『貉』の種本ともいうべき『百物語』第三十三席が現に残されている以上、スティーヴンソン女史の推測は、ほぼ間違いといわなければならない。

芸術家ハーンはもちろん原話にいろいろと手を加えているので、例えば冒頭の紀伊国坂についての説明は、ハーンがいわば舞台を描いてみせたものといえる。御山苔松——この名前は「御山の大将」のもじりだろう——の第三十三席は、「席」という語が示すように、一席の話をそのまま語り言葉で写した文章だが、テン

ポがすこぶる速い。東京人には不要の赤坂四谷あたりの説明もない。いま女との出会いの場を原話から引くと、

……早く指《さ》す方へまゐらうと飛ぶが如くに駈出しますと、ポント何やら蹴附《けつつ》けたものがありますから、ハット思ッて提灯を差し附《つけ》て見ると、コハ如何《いかに》高島田《たかしまだ》にフサ〳〵と金紗をかけた形姿《みなり》も賤しからざる一人の女が俯向《うつむけ》に屈んで居りますから、驚きながらも「貴女《あなた》どうなさいました」ト聞《きく》と、俯向たまゝ「持病の癪が起りまして」といふから「ヲヽ夫《それ》は嘸《さぞ》かしお困り、ムヽ幸ひ持合せの薄荷がありますから差上ませう、サヽお手をお出しなさい」と言ふと、「ハイ誠に御親切様にありがたう御坐います」と礼を述ながら、ぬッと上《あげ》た顔を見ると顔の長さが二尺もあらうといふ化物《ばけもの》、……

すなわち、老僕と身分いやしからざる女との間に会話があり、高島田の女もいろいろ受け答えをしている。ハーンは幼年時代の体験がよみがえったからであろうか、それとも芸術的配慮からであろうか、もっぱら商人が一方的に話しかけるよう工夫してある。その際、英語であれば「ミス」に相当するような日本語の呼掛け語はなにかを家人に問うたのに相違ない。家人が「お女中」と答えた時、「女中」は英語の「メイド」ではないか、とハーンはあらためて問い、その結果として「そのころは身分のある見知らぬ若い女にはお女中と呼びかけるのが礼儀でした」という説明を得たのであろう。ハーンはこの短い怪談の中で、ローマ字綴りの「お女中」の語を八回も繰返し使った。それは後年、『私の守護天使』を書いた際、ジェーンがのっぺらぼうの顔を見せるまで、いろいろと描写を重ねて、サスペンスの間をもたせたのと同じ手法といえる。ハーンの苦心は、

〈―― which therewith became like unto an Egg……And, simultaneously, the light went out.〉

という結びで、大文字でEggと書いて、白い、のっぺりとした、目や鼻や口のない、顔なき顔を表わそうとしたのである。この方が「顔の長さが二尺」という化物より気味の悪さもたしかに一段上であろう。英語には「のっぺらぼう」に相当する表現はないらしく、ハーンはジェーンの顔なき顔を描く際は、

〈She had no face. There was only a pale blur instead of a face.〉

と書いた。思うに、「のっぺらぼう」に相当する言いまわしがないことは、その種の幽霊がキリスト教世界に出現しにくいことを示唆するものではあるまいか。

しかしハーンからジェーンの話を聞かされた稲垣トミは、即座に、

「それは貉《むじな》の悪戯だがネ、さもなきゃ貂《てん》だ」

とも、

「顔無しの怪物《ばけ》なら日本人だらが異人さんだらが、貉に定《きま》っちょる」

とも言った由である（小泉一雄著『父小泉八雲』、「昔人」の章）。ハーンはふだんは口数の少いこのお祖母様の強い断案がよほど気に入ったのであろう。『百物語』第三十三席では原題は「獺《かはうそ》」となっていたのを（「それは御堀に栖《す》む獺《かはうそ》の所行《しわざ》だらうといふ評判で御坐いましたが、この説話《はなし》は決して獺《うそ》の皮ではないさうで御坐います」）、英文怪談では「貉」に改め、英語の題もあえてMUJINAとしたのであった。

自己の内なる恐怖

ハーンのアメリカ時代の記事を読むと、なるほどこうした男であったから、後で日本で怪談・奇談・迷信

の類に興味を持ったのだな、と合点される節がいかにも多い。その記事の中には犯罪記事もかぞえることができる。

ハーンは十九歳、文無しで渡米して、シンシナーティの町で、下端《したつぱ》の使い走りの仕事から始めて、活字拾い、ついでルポルタージュ記者として五年後には名を成すにいたる。二十四歳の青年を一躍有名記者にしたのは『不法な火葬』とも『皮革製作所殺人事件』とも呼ばれる一八七四年十一月九日『シンシナーティ・インクワイアラー』紙に載った犯罪記事で、それはヘルマン・シリングというドイツ系移民労働者が、生きたまま皮革製作所の炉《ろ》で焼き殺された、という事件のルポルタージュであった。ハーンはまず、なぜシリングが加害者父子の怨みを買ったか、事件の前史を事実に即して簡潔に報道する。ついでリポーターとして現場へ急行して目撃した（と称する）事柄を感覚に訴える文章で如実《によじつ》に描写する。シリングは厩《うまや》で殴られ、刺され、挙句に炉へ突込まれて焼かれた。ハーンは検屍官とともに死体の調査に立会ったが、焼かれたシリングの死骸は、

半焦《はんこ》げの腱《けん》によって互いに引吊られ、半ば溶けた肉によって恐ろしい様で膠《にかわ》状に引っついた、ボロボロに崩れかかった人骨の塊と、沸騰した脳髄《のうずい》と、石炭と混ざって煮凝《にこごり》になった血。頭蓋骨は砲弾の殻のごとく爆裂し、焼却炉の高熱の中で飛び散っていた。その上半分はぶくぶく煮沸《しやふつ》する脳髄の蒸気の圧力でもって吹き飛ばされたかのごとく思われた。……脳漿《のうしよう》はほとんどすべて沸騰してなくなってしまったが、それでも頭蓋の底部にレモン程度の大きさの小さな塊が残っていた。パリパリに焼け焦げて、触るとまだ温かった。パリパリに焼けた部分に指を突っこむと、内側はバナナの果実程度の濃度が感じられ、その黄色

い繊維質は検屍官の両手の中でさながら蛆虫のごとく蠢《うごめ》いているように見えた。両眼は、真黒に焦げた眼《がん》窩《か》の中で、泡を吹いたカリカリ状のものと化し、鼻骨はどこかへ飛んでしまって、あとにはぽっかりと恐ろしい穴が開《あ》いていた。

一見、客観的報道を重んずる新聞記者のリアリスティックな記述であるようでありながら、そこに展開されるのはハーンの悪魔的とでもいえるような空想力である。私たちは実際に焼け残りの人間の脳味噌――それもレモン程度の大きさになってしまった塊――に指を突込むことなど、出来るだろうか。その温度や濃度を云々できるだろうか。スティーヴンソン女史は当時のハーンを評して、

「ほかの記者たちはハーンの能力に驚嘆したが、しかしハーンがそばにいると何となく気が落着かなかった」

と書いている。(13) それは女史が言うように、ハーンの報道は客観的な風を装いながら、その実、「ハーンが自分自身の内に抱いている恐怖やおそれに形を与えて表現したもの」であったからだろう。私たちはハーンが文名を確立した、この二十四歳当時の新聞記事に、晩年の『怪談』の作者のグロテスクな好みをすでにかいま見るのである。

ハーンのアメリカ時代の著作は、邦訳が昭和五十五年以降恒文社から出版されつつあるが、その『アメリカ雑録』の中に含まれた『人間遺体の利用に関する覚え書』などという一文は、人間の皮をなめして本の装丁に使った話からはじめて、死人の脂肪の利用法など、変態的な話が次から次へ出てくる。ナチス・ドイツの強制収容所における人間遺体利用の事を知っている私たちには、ハーンの覚え書が恐ろしい現実感をもっ

て迫ってくる。しかし頭蓋骨の利用など、文学史的に考えれば、シェイクスピアのハムレットにもバイロン卿の伝記にも、アメリカのインディアン物にも次々と出てくるわけで、ロマン主義の道具立ての一つと呼ぶことさえもできよう。『人間遺体の利用に関する覚え書』は『皮革製作所殺人事件』のちょうど一年後に『シンシナーティ・コマーシャル』紙に出たものだが、この科学記事を装った一文の中ではこんなことも書いている。

人間の脳は、昔も今も食肉人種の間では非常な珍味と考えられているが、それ以外の目的にも使われてきた。運よく筆者が手に入れたある珍奇なアイルランド史によると、ケルト族の古代の首領の中には、敵の脳髄を恐るべき攻撃用武器に変えた者がいたという。脳髄に特殊な加工をし、形を損うことなく、石灰岩の固さにしたものを強い皮紐に付けると、致命的な威力を持つ飛道具になったのである。この脳髄のボールを使って残忍なアイルランドの首領達が行なった恐るべき殺戮《さつりく》の様は、前述の伝説的年代記の中に鮮やかに描かれている。

先ほどの、沸騰した挙句「レモン程度の大きさ」になってしまった脳髄といい、この攻撃用武器に仕立てられた脳髄といい、いずれも根拠のある事実ではあるまい。一見もっともらしく書いてあるが、犯罪記事といい、科学記事といい、自己の内なる不安に捌《は》け口を与えるための、ハーンの執拗《しつよう》な描写だったのではあるまいか。

語り手と聴き手の主観

ところで、そのような自己の内なる戦慄に芸術的な形を与える上で、怪談というジャンルほど適したものはない。そしていまそのような視角から、ハーンのアメリカ時代の著作活動を再検討してみると、この作家がシンシナーティでもニューオーリーンズでも仏領西インド諸島でも、民俗の風習からはじめて怪談奇談の類に非常な注意を払い、口承伝説の幾つかを拾い集めていることに気づかれてくる。その最初期の仕事の一つは『不思議な体験』と題された一八七五年九月二十六日、『シンシナーティ・コマーシャル』紙に載せた記事で、幽霊をよく見かけるという女から聞いた幾つかの話の末にこんな話が出てくる。文中に記された、下宿屋の調理場で働いている、という身分から推察すると、この話上手の女こそ一時期ハーンが同棲した相手マティー・フォーリーではないか、と思われる。

わたしがこの前、変な目にあったのはシンシナーティの家でね。西五番街でしたよ。わたしは料理人兼女中で部屋の掃除もしてました。下宿屋の母屋《おもや》にくっついた離れがあって、どういう関係になってたのかよく知らないが、とにかくその離れで若い女が死んで、その亡霊が戻って来たんだそうです。もっとも勤めて暫く経つまではその事情についてなにも聞かされなかった。ある夕方、そろそろ暗くなる頃、用事があって離れの二階の一人部屋の一つに行きました。そうしたら真白い服をまとった若い御婦人がいらして、鏡の前に立っていらっしゃる。お背は高くて、黙ってらっしゃいました。丁度お陽《ひ》さんが血のような色をあたりに染めた夕方で、まだ薔薇色の夕映えがかすかに暗い灰色と混じっていました。部屋の中の物は形恰好がはっきりしてましたよ。輪郭《りんかく》もきちんと見えた。わたしは下宿屋の食堂で下宿のお客さんは皆集って晩御飯をお食べになっていると思っていたから、最初部屋にはいった時は、鏡の前の方《かた》はどなたかお客様が訪ねてみえたのだ、と思ったね。訪問のお客様まで一々こちらが皆知るわけにはいかないでしょう。わたしはちょいとそこに立って御婦人を見てたけれど、顔は全然見えなかった。だって背中をわたしの方へお向けなものだから。なんだか並はずれて背の高い方という気がして——そう、黒い髪が鏡の上の暗い影の中に消えて見分けのつかないような感じでした。それでひょっと鏡の中を覗いてみようという気をおこしたんですよ。それでわたし覗いたら、高い、白い、静かな姿が映っていたけれど、顔というか頭がなんにも見えないのさ。それではっとして近づいて触ろうと思ったら、その白い姿がふっと蠟燭が消えるみたいに消えちまった。まるで鏡に吹きかけた息が消えるみたいにさ。

このマティー・フォーリーが語った話も、稲垣トミ刀自に聞かせれば、貉《むじな》にきまっちょる、と断定したことであったろう。

しかしハーンは妻の節子に、自分の女性関係の過去を語るのをはばかったからであろうが、ジェーンの話はしても、この黒人の料理番の話は口にしなかったもののようである。ただ振返ってみると、ハーンは米国でも日本でも、伝説や怪談を物語ってくれる土地の女と同棲《どうせい》し、同棲することによって、民族や人種を異にする語り手の感情の起伏《きふく》を我物とすることができた。それがハーンの再話文学の成功の一秘訣《ひけつ》であったといえるのではあるまいか。そしてその点にのみ関していえば、マティーも節子も民俗学にいわゆる informant として同じ役割を演じたといえよう。

ハーンが来日して六番目に書いた本 *In Ghostly Japan* は普通『霊の日本』と訳されている。この邦訳題名も一見、戦時中に唱えられた「東洋的霊性」「精神の日本」といった主張ととかく混同されがちだが、形容詞の ghostly は、いままで詳しく見てきた通り、亡霊や妖怪変化の名詞 ghost に由来している。くだいて訳すなら『お化けの日本』に近い内容である。そしてそれと同じ観点から見なおすならば、ハーンの初期アメリカ時代の著作中にも、*In Ghostly America*『霊のアメリカ』という標題の下でまとめたらよいと思われる作品が幾つも並んでいる。ハーンは彼自身がお化けにとりつかれた人間であったから、それで黒人の迷信にも、日本人の迷信にも学術的関心を寄せ、文学的にはポーや上田秋成を愛し、彼自身、内なる恐怖に形を与えるごとく、次々と創作を重ねていったのである。

森鷗外は明治二十九年七月二十五日、寺島の喜多川荘の百物語に招かれて、

「百物語とは多勢の人が集つて、蠟燭を百本立てて置いて、一人が一つ宛化物《づつばけもの》の話をして、一本宛蠟燭を消して行くのださうだ。さうすると百本目の蠟燭が消された時、真の化物が出ると云ふことである」

とその趣向を説明したが、しかしこの日本の合理主義的知性は怪力乱神にはあまり興味がなかったとみえて、こんな冷淡な書き方をしている。

……百物語と云ふものに呼ばれては来たものの、その百物語は過ぎ去つた世の遺物《ゐぶつ》である。遺物だと云つても、物はもう亡くなつて、只空しき名が残つてゐるに過ぎない。客観的には元から幽霊は幽霊であつたのだが、昔それに無い内容を嘘《ふ》き入れて、有りさうにした主観までが、今日消え失《う》せてしまつてゐる。……それだから人を引き附ける力がない。

鷗外は、雇われた話家《はなしか》の口から、古い怪談を聞こうという気にもならず、途中で席を立った。百物語の内容がいつも同じとは限るまいが、明治二十七年、東京町田宗七編の『百物語』第三十三席が、実は先のハーンの『貉』の原話である。

怪談は過ぎ去った世の遺物だ、という鷗外の見方に一応の理はあろうが、鷗外もいうように、かつては「それに無い内容を嘘《ふ》き入れて、有りさうにした主観」が実在した。いや、ハーンの場合には、お化けや魔性《ましよう》が現実に存在していた幼年期があった。『ゴシックの恐怖』（『影』に収む）という一文は、夜《よ》な夜な自分を苦しめに来たお化けの形を後にキリスト教会の尖ったゴシック建築の中に認めて戦慄した、という恐怖感覚を分析した一文で、少年ハーンにとって幽霊や魑魅魍魎がいかに身近な存在であったかを裏書している。ジェーンののっぺらぼうの顔を見た、というのも実話であろう。

そのハーンがその種の恐怖から解放されたのは、実に不思議な話だが、十三歳から十七歳まで在学した聖カスバート神学校時代、ブルワー・リットンの怪奇小説『憑《つ》かれた者と憑く者と』（*The Haunted and the Haunters*）を読んだ時であった。ハーンにとってリットンを読んだことの意味はよほど大きかったらしい。その証拠にハーンはこの十九世紀のイギリス作家を後年、東京大学の講義でも非常に高く評価した。それだけではない、ハーンは、森鷗外をはじめとする啓蒙思想の持主とは反対に、怪談という文芸ジャンルそのものをたいへん重要視した。明治三十年ごろだから、日本で怪談の再話物に着手するよりまだ五、六年も前だが、ハーンは東京大学で「小説における超自然的要素の価値」についてとくに一章を設けて講義し、冒頭まず、「超自然の物語など、すぐれた文学の中ではすでに時代遅れのものだと考えるのは、大きな誤りだと私は申したい」

と述べ、文学・芸術における ghostly なるものの価値を強調した。そして実例としてブルワー・リットンの『憑かれた者と憑く者と』を世界最上の怪奇小説として挙げた。実作者の文学講義は誰でもそうなりがちだが、ハーンの文学講義も自己の文学を語ったものであり、自分の文芸上の好みや立場を弁明したものである。リットンの作品は、イギリスの一紳士が胆試《きもだめ》しに幽霊屋敷に一夜泊ってみた時、眼前に展開される怪異な事件を淡々と叙した小説で、同行した下男はおびえて途中で飛び出し、犬は首の骨をいつのまにか折られて死亡するのだが、主人公は幸い生きてその邸を出ることを得る。筋の工夫はあまり見られず、恐怖の盛上りも、集中的ではない。その小説の心理的恐怖はむしろ初歩的で機械的であるとも評されており（エリザベス・スティーヴンソン）、芸術的効果からいえばハーン自身の怪談にとうてい及ばない作品である。『幽霊屋敷』の題で平井呈一氏が邦訳したことがあると仄聞《そくぶん》するが、日本では全く評判にならなかった。——しかしハーン個人にとっては神学校の図書室でリットンの恐怖小説を発見したことは意味深い体験だったのであろう。ハーンは自分の幼年時代の幽霊屋敷に似た体験をほかの人も体験していた、と知った時、一種の安堵感《あんどかん》を覚えた。リットンの恐怖小説に魅せられたハーンは、その恐怖小説というジャンルそのものが逆に自己の内なる恐怖を鎮めてくれる、ということをも知ったのである。その興奮はまた少年ハーンが、将来この種のジャンルで創作へ向う下地を作ったものでもあったろう。

幽霊はハーンにはそのように身近な存在だったが、彼に怪談を語ってくれたマティー・フォーリーや小泉節子にとってはさらに親しい存在だった。この女たちにとって幽霊は主観的に実在し得る恐怖であった。節子は夫に怪談を物語る夜は、しばしばうなされた。それでハーンがいたわって話を休んだこともあった。節

図2　小泉八雲のスケッチ

子は『思ひ出の記』でさらに次のように言っている。

（ヘルンは）怪談は大層好きでありまして、「怪談の書物は私の宝です」といつてゐました。私は古本屋をそれからそれへと大分探しました。淋しさうな夜、ランプの心《しん》を下げて怪談をいたしました。ヘルンは私に物を聞くにも、その時には殊に声を低くして息を殺して恐ろしさうにして、私の話を聞いてゐるのです。その聞いてゐる風がまた如何にも恐ろしくてならぬ様子ですから、自然と私の話にも力がこもるのです。その頃は私の家は化物屋敷のやうでした。

……

私が昔話をヘルンにいたします時には、いつも始めにその話の筋を大体申します。面白いとなると、その筋を書いて置きます。それから委しく話せと申します。それから幾度となく話させます。私が本を見ながら話しますと、「本を見る、いけません。ただあなたの話、あなたの言葉、あなたの考へでなければいけません」と申します故、自分の物にしてしまつてゐなければなりませんから、夢にまで見るやうになつて参りました。

話が面白いとなると、いつも非常に真面目にあらたまるのでございます。顔の色が変りまして眼が鋭く恐ろしくなります。その様子の変り方がなかなかひどいのです。

節子は、夫の顔の色が青くなって眼を据えているので、ふと恐ろしくなったことさえあった。伯耆《ほうき》の幽霊滝の伝説を語った時、

「アラッ、血が」あれを何度も何度もくりかへさせました。どんな風をしていつたでせう。その声はどんなでせう。履物の音は何とあなたに響きますか。その夜はどんなでしたらう。私はかう思ひます、あなたはどうです、などと本に全くないことまで、いろいろと相談いたします。二人の様子を外から見ましたら、全く発狂者のやうでしたらうと思はれます。

小泉八雲と節子は、これほどまでに怪談の世界に没頭していたのだ。日本の学生が英文で *Kwaidan* を読んでも面白い、とスリルを感じるのは、小泉夫妻の主観の中で霊魂の話が真実味を帯びて追体験されていたなればこそである。『耳なし芳一《ほういち》』に没頭していたころは、ハーンは日が暮れてもランプをつけなかった。節子が襖を開けないで次の間から、小さい声で、

「芳一、芳一」

と呼んでみると、

「はい、私は盲目です。あなたはどなたでございますか」

と内から言って、それきり黙った。笑いもせずに黙った、といわれている。

――ハーンの妻が、仮にミッション系の学校で高等教育を受けた日本女性であったとしたら、こんな（女学士の目から見れば）児戯《じぎ》に類したことがはたしてできただろうか。まず第一に彼女は必ずや英語を喋ったであろう。次いで西洋的価値観を良しとして、迷信、俗信、怪談、鬼談の類は内心小馬鹿にしたことであろう。妻が、日本の土に根ざした、小学四年で教育を了えた没落士族の娘の節子であったからこそ、夫婦の間で右に語られたような、本能的といえるような、協力と合作が可能だったのである。ちょうどオハイオ河沿いの怪談も、白人の女でなく、無教育の混血女、マティー・フォーリーだったからこそ数々聞き出せたように、日本でも相手が節子だったからこそ聞き出せたのだ。節子が、

「わたしが、女子大学でも卒業した学問のある女だつたら、もつと〳〵お役に立つでせうのに……」

と言うと、ハーンは節子の手を執って戸棚の傍へ連れて行き、並んでいる自分の著書を指して、

「斯《こう》、誰のお蔭で生れましたの本ですか？　学問ある女ならば幽霊の話、お化の話、前世の話、皆馬鹿らしいものと云ふて嘲笑《わら》ふでせう」

と言ったのは、そして面映《おもはゆ》がる節子に向ってのみか、その場にいあわせた十にも満たぬ長男の一雄に向ってまで、

「此の本皆あなたの良きママさんのおかげで生れましたの本です。なんぼうよきママさん。世界で一番良きママさんです」

と言ったのは（小泉一雄『父「八雲」を憶ふ』、「東京牛込」の章、恒文社）、――節子はその言葉をあくまでお世辞としか取らなかったようだが――単なるお世辞ではなかったのである。

それだけにハーンは妻が東京や、その地の「近代文化」に憧れることを嫌った。上京後、節子が女子大の

茶話会《さわかい》へ招かれて、夫に無断で出席した時は、ハーンは非常に腹を立てた。

ハーンは蒼白な顔でその非をなじり、ヘルン言葉で、

「あなた英語知るない事、今日何ぼう幸せでした」

と叫んだ。茶話会には外国婦人も来ていたから、ハーンはそう言ったのであろう。今日の女性の大半は、その日の節子と同様、なぜ女子大の茶話会へ行ってはいけないのか、とハーンの立腹を不可解に思うであろう。節子もついにヒステリーを起して倒れた。一雄はしかしもうひたすら父親に同情的で、その時のハーンの声音は哀調を帯びていて、終生忘れられない、と『父小泉八雲』で回想している。

雪女

先にのっぺらぼうについて東西比較考察をしたが、ハーンの名篇『雪女』についても、米国時代の著作との関連で一考したい。

ハーンの怪談については、小泉節子が夫に朗読して聞かせた原作は相当数判明しており（講談社学術文庫『怪談・奇談』に収む）、その原文とハーンが再話した英文とについては、玉石混淆であるが、幾つか比較研究もなされている。その中にあって、原作が活字の形で残されていない作品が『雪女』で、これについてはハーン自身が単行本『怪談』の序文に、

『雪女』という奇妙な物語は、武蔵の国、西多摩郡《ごおり》、調布の一百姓が、自分が生れた村の伝説として物語ってくれたものである。それがかつて日本語で記録されたものがあるかどうか私は知らない。しかしその伝説に語られた不思議な信仰は、必ずや日本の各地に、さまざまな珍しい形で存在したものであろう」

と述べている。実際、ハーンの来日当時、雪女の伝説がすでに活字となっていたかといえば、おそらくまだだったであろう。柳田国男が雪女の伝説にもふれた『遠野物語』を刊行したのは、ハーン没後六年のことで、日本の民話の組織的蒐集はその後、始まったのである。

そのような次第で、ハーンがどのような原話を聞いて、いかように加工したかを推定することは、はなはだ難しい。それに雪女の伝説それ自体が生きもののように変化して行く。たとえば雪国ではこんな話もある。山で自殺した女が元いたあたりで、タクシーの運転手が女客を乗せた。だが到着した時には女の姿がなく、「あ、雪女だ」とはっと気づいたりする。伝説はこのように機械文明の時代にはいってもそれなりに発展するものである。

ハーンに物語をした調布の百姓も、越後あたりから出稼ぎに来ていた人であろう。「武蔵の国のある村」という書き出しになっているが、吹雪の激しさからいって、関東地方の伝説とは思えない。話の筋は周知のように、茂作《もさく》と巳之吉《みのきち》という樵《きこり》が、吹雪に襲われて、渡し守の小屋で一夜を明かす。夜中、若い巳之吉が、顔に吹きつける雪で目を覚ますと、戸口が開いていて、全身白装束の女が老人茂作の上に屈みこみ、白い息を吹きかけている。そして巳之吉に向っても息を吹きかけたが、「お前さんは可愛らしいから、可哀想になった。今度の出来事は誰にも言うな。言えば命はないよ」と言って消えるように雪の外へ出て行く。年老いた茂作の方は氷のように冷くなって死んでいた。

翌年の冬、巳之吉は道でお雪という娘と知りあって、好き合うた仲になり、夫婦になった。申し分のない嫁で、五、六年後、巳之吉の母が息を引き取る時も、母はお雪に優しい褒め言葉と礼を言って亡くなったほどだった。夫婦の間に十人の子が生れたが、男の子も女の子も皆そろって可愛らしく、色が白い。しかも早く老ける百姓の女たちと違って、お雪は十人の母となっても、若くてつやつやと光っていた。

それがある晩、巳之吉は行燈《あんどん》の明りをたよりに縫物をしているお雪に、昔見た雪女の話をしてしまった。お雪はいきなり縫物を放り出し、坐っている巳之吉の上に屈みこむようにして叫んだ。

「あれは、この私でした。一言でも喋ったら命はない、と申しておきましたのに。それでも寝ている子供たちのことを思えば、いまあなたの命を奪うわけにもいきません。子供のことはくれぐれもよく面倒を見てやってください。子供をいじめたりしたら、容赦《ようしゃ》はしませぬ」

と甲高い声で言ううちにも声は、風の叫びのごとく、細くなり、女は白く輝く霧のようになって天井に立ち昇ったと思うと、激しくふるえて煙出しの穴から外へ消え、それきり二度と姿を見せなかった……

国学院大学の野村純一教授の御教示によると、雪女の伝説は昭和にはいってからこの方、雪深い東北、北陸地方でずいぶん集められたようである。上越市にお住いの小山直嗣氏が編んだ話の中には、もしかするとハーンの「雪女」の話が逆輸入されて伝わったのではあるまいか、と思えるほど似た筋の話もある。しかしながら日本の民話には一般に、雪女が渡し小屋で茂作老人を凍死させてしまうという印象深い前半部が欠けている。それよりむしろ笑話としての要素に富むものが多い。雪女を親切心から火箱でもって温めてやったら翌朝女の姿はなくて布団が水でグッシャ、グッシャにとけていたとか、嫌がる嫁コを無理にすすめて風呂に入れたらそれきり何の音もしない。あまり不思議なので戸を開けて見ると中に誰も居らず、風呂桶にはシガマの嫁コのさしていた笄《こうがい》と櫛とが浮んでいた、といった類である。ハーンがどのような材料を用いてどのように加工したかを突き止めるのは、いまとなっては非常に難しい。

もっともハーンの『雪女』の中で、これは彼の個人的なタッチが色を染めたのだ、と思わせる節もなくはない。その第一例は、日本の再話物ではおおむね茂作老人と巳之吉は父子の関係であるのに対し、ハーンの再話では、（調布の百姓がどう語ったかはわからないが）、親方と手伝いという関係になっている。日本の再話物にはそれなりの説得力があるので、父親を殺した雪女であったからこそ、その秘密を息子が自分の前で話してしまった時、叫び声を発して姿を消したのだ、ともいえよう。しかしハーンは、彼個人の体験からして父親と息子の関係を重視する気にはなれなかった。その代りに母親との関係を重視した。日本の再話物になくてハーンの再話にあるのは、巳之吉の母である。ハーンの母を求める気持がこの母を作中に登場させたのだろうが、母はいかにも優しい日本の母に描かれている。お雪という道に迷った娘をやさしく家に泊めてあげただけでなく、その気立ての良さに惚れて、娘に江戸行きを断念させて我が家に引き留めた。「申し分のない嫁で、母が息を引き取る時も、お雪に優しい褒め言葉と礼を言って亡くなったほどだった」という一節は母と嫁の関係が理想的だったことを示している。ハーンの個人的なタッチが色を染めたのだ、と思わせる第二例は、ハーンの別れて去った母を思うの情がやはり書かせたのではないかと思われる、「子供のことはくれぐれもよく面倒を見てやってくれ」という雪女の最後の頼みである。前にハーンは怪談においても日本の女の悪口は書かなかった、と述べたが、ここでも雪女は、当然殺してしまってもよい男の命を許して、一条の煙となって消えてしまう。この女が雲散霧消《うんさんむしょう》する結びは、私の見た限りでは日本の雪女伝説にはないようで、先の新潟県北魚沼郡湯之谷村の伝説では、

「すっと立ち上がり、白い下着一枚になって、荒れ狂う吹雪の中へ飛び出してしまいました」

という終りとなっている（小林正樹監督の映画『怪談』でもそれと同じ終り方となっている）。それで私は、ハーンがアメリカ時代に知ったスカンディナヴィアの伝説の結びが、『雪女』の結びのヒントとなった

のではないか、などと考えるのである。

ハーンが一八七八年八月四日、ニューオーリーンズの『アイテム』紙に発表した『夢魔《むま》ならびに夢魔伝説』は、彼のエドガー・ポーに対する傾倒を表明した一文だが、その中で夢魔 nightmare という語の起源にまつわる次のような伝説を紹介している。nightmare という語はそもそもスカンディナヴィア起源で、より適切な綴りは Night-Mara 夜のマーラ、であった。このマーラは美しい女だが、眠っている人のもとにあらわれてはさまざまな方法で苦しめる。しかし他の幽霊と同じく、一度部屋にはいると、そのはいった時と同じ道を通らなければ外へ出られない。それで古代ノールウェイの一人の騎士が、夢魔に襲われたことを感じ、自分の部屋に通じる唯一つの穴――ドアの鍵穴――をふさいだ。はたしてマーラはそのえもいわれぬあやしい美しさの中にその全身をあらわした。騎士は結婚を申込み、七年の間に子供も二人生れた。ところがある日、夫はおろかにも、

「お前さんはどうしてここへはいって来たか、私が話して聞かせてもけっして自分でも信ずるまいよ」と鍵穴を詰めた秘密を打明けてしまった。ちょっとそこから外を覗いてみたい、という女の言葉に釣られて男が軽はずみにも詰物をはずすと、マーラは一条のあわい靄《もや》と化して、その鍵穴からすーっと抜けたと思うとそのまま永久に姿を消した……

日本の農家には扉に鍵穴はないから、ハーンは『雪女』では煙出しの穴を使ったのであろうが、こうしたいかにも妖精的な話の終りが、ハーンの『雪女』にフェアリー・テールめいた印象を与えるのであろう。日本の『置賜地方昔話集』では、雪女が吹雪の中へ飛び出して行くと、雪崩が起り、その雪の中から女の着物の裾がちらッと見えた、という視覚的に印象深い結びになっている。それなりに効果的な幕切れであるが、

しかしその場合、着物の裾の色は赤であらねばならず、雪女の白と矛盾するようにも思われる。いずれにしても「家を飛び出す」のは人間的次元での行為だが、靄や霧となって消える様は怪談の世界の現象であるといえよう。

俗信への興味

私事にわたるが、私達一家がメリーランド州ベセスダに住んでいた時、娘が小学校の友達から爪のついている兎の足を贈られて、ちょっと気味の悪いような、戸惑った顔をしていた。アメリカ人の友達は、

「兎の足は幸福をもたらします」

と説明したが、娘がそのエレンの家へ遊びに行くと、兎の足が十四、五本も転っていて、いろいろな色に染めわけてあった。兎の足をくれたもう一人の友達シーラの両親は、私たちが日曜、教会へ来ないことを残念がるような、熱心な白人キリスト教徒であった。しかしもしかすると兎の足をお守りとしてぶらさげる慣習は、非キリスト教起源の俗信に由来する風俗なのではあるまいか。そんなことを思うのは、兎の足のお守りのことが、ハーンのアメリカ時代の作品に何度か出てくるからである。

先の短篇でドリーという黒人女がトミーという蟹股《がにまた》の黒人の子を可愛がっていたことは、すでに述べた。ドリーはまたトミーにいくらでもヴードゥー教に関する恐ろしい話をして聞かせることができた（ハーンによると、ドリーはミシシッピーの河口地帯や西インド諸島で行なわれたこの Voodoo という呪術のことを訛ってフードゥーと発音した由である。こんな細部にわたる観察も、ハーンの話にリアリティーの肉付けをしている）。そのヴードゥー教の黒人たちは蛇の頭を集め、蜘蛛《くも》を集め、また地上を匍いまわる恐ろしいも

のを集めては毒を含んだ呪い薬を作っていた。なんでもそうしたものをウィスキーに浸しておくと、しまいにはその不潔な液体が「草と同じくらい緑」色になるのだそうである。

小さなトミーはこんな話を聞かされて、身も世もあらぬ思いをしたことであろうが、しかしそこはドリーは心得たもので、ひからびた兎の片足を袋に入れてそれを首にかけるようトミーに渡してあった。ドリーは、兎の足はあらゆる悪を追い払う霊験あらたかなお守りだと信じていた。

ハーンによると百年前のアメリカで、兎の足をお守りとして信心していたのは、黒人の、それも波止場あたりにたむろする下層階級の連中だったらしい。舞踏館の旧館で幽霊が出ると聞いて以来、バンジョー弾きのジムも、盛り場を通る時はいつもウールのシャツの胸のポケットに必ず兎の片足を差して歩いた。それがある金曜の夜、兎の足を忘れたらしい。そのせいかどうか、マギー・スパロック婆さんの家で泥酔したジムは、帰り道、幽霊たちの舞踏を見、半死半生の目に会う……

馬鹿らしい迷信だ、と兎の足を笑う読者もおられるだろう。十九世紀の西洋は科学万能の合理主義の時代であった。キリスト教信仰のみが正統視されて、他の信仰は迷信視された世紀でもあった。「迷信」という言葉にまつわる譏誚《きしょう》的なニュアンスは、西洋近代との接触によって不可分的に生じたものである。ハーンは、今日の言葉でいうなら、民俗学的視点から、兎の足に限らず、迷信や俗信に多大の興味を寄せた。ほかの人なら「迷信」superstition と呼ぶことも「信仰」belief と呼んだ。たとえば日本に雪女の伝説があるのも一つの信仰のせいである、と。

考えてみると私たちの生活は、そうした迷信だか信仰だかの慣習によってずいぶん取囲まれている。子供の頃、父親が帰って来て、玄関で手をたたいて「塩」と言った。母親が台所から塩を取って玄関に撒《ま》きに行く。その塩をこするように靴で踏んで父親がはいって来る。「お帰りなさい」と子供がお辞儀をする。そして子供心に今日、父は誰かのお葬式へ行ったのだな、と思う。

塩を撒く、というお祓《はら》いや浄《きよ》めの習慣も、前後関係によってはいかにも旧弊な因習という印象を与えることもある。明治初年、西洋人の外交使節が天皇に謁見した際、宮中ではその穢《けが》れをはらうために、使節が帰った直後に、塩を撒いてお祓いをした。文明開化の時代にそんな習慣が残っていることがおかしくて、横浜や神戸の西洋人居留地では笑い話の種ともなった。

しかしその噂を聞いた時、ハーンは別の意味で面白い、と思った。ルイジアナ州に住む黒人たちも、「フードゥー」された時に、同じように塩を撒いてお祓いをしたことを思い出したからである。「フードゥー」される、というのは「ヴードゥー教の呪《まじな》い」をかけられた、という意味で、その呪いに対する危惧《きぐ》の念は、ルイジアナ州では、教育のある階級としかつきあったことのない人には想像も及ばぬほど下層社会では広くゆきわたっていた。その中でよく知られていた迷信は「枕の魔法」で、自分が憎む人が寝ている枕に、なにかものをさしこめば、その祟《たた》りで相手は重病に罹るとか死んでしまうとか信じられていた。たとえば生きている雄鶏を二つに引き裂いて、その翼の一端を相手の枕の中へ押込んでおく。この種のブラック・アートの起源はアフリカの由だが、十九世紀の後半、南部の黒人たちの間でもその起源の信仰についての自覚はもう失われていたらしい。それで枕を開けて、もしなにか呪いの品が見つかったら、まず塩を撒いてお祓いをし、それからさっさと焼かねばならない。カトリックの信者たちは、そうしたものの上で十字を切り、呪いの品をたちまち火にくべてしまう。

ハーンが一八八六年十二月二十五日、『ハーパーズ・ウィークリー』に発表した『ニューオーリーンズの迷信』は、そうした一連の呪術行為を記述した民俗学研究とでも呼べるような記事だが、ハーンはその町のスペイン街として知られた古い界隈で彼自身が目撃したこんな事件を報じている。

無分別のせいか悪意のせいか、それともこっそり誰かに命ぜられてか、若い黒人の娘が木の葉を引きちぎってはフランス人の一家族が住んでいる小さな家の前の歩道に撒《ま》いた。娘が最後の葉をすりつぶして撒き了えた時、怒ったフランス人の奥さんが、箒《ほうき》と一握りの塩をもって飛び出してきて、娘めがけて塩を投げつけると、さっさと木の葉を掃き出した。黒人の娘は文字通り恐怖におののいて絶叫し、こう叫んだ。

"Oh, pas jeté plis disel après moin, madame ! pas bisoin jeté disel après moin; mo paspé vini icite encore."

この崩れたフランス語は訳すとほぼ次のようになる。

「ああ、奥様、もうこれ以上わたしに塩を投げないでくださいまし。もうこれ以上わたしに塩を投げないでも大丈夫でございます。わたし、もう二度とここへ来ませんから」

なにか塩をかけられたなめくじの恐怖が、人間の口をついて叫び出たような絶叫である。呪いをかける人自身、かけられた人以上に、呪いを恐れ、お祓いを惧れていたことは明らかだ。片言のフランス語は、訳された日本語よりも、もっとずっと単音の破裂に近い、より本能的な表現となっている。

ここではフランス人の奥さんは木の葉を掃くために箒を持ち出したように書かれているが、箒を突きつけられることは、きわめて縁起が悪いことと目された。うっかりして箒の先を突きつけたがために、無教育な男に殴り倒されたり、こづかれたりした人も多い。ニューオーリーンズで次のように観察したハーンは、後年日本へ来て、両地の俗信のあまりの共通性にさぞかし驚いたに相違ない。

もう二度と会いたくないと思うような訪問客にうるさくつきまとわれたら、帰った後で床《ゆか》に塩をまけ。そして客が出て行ったのと同じ扉口からその塩を掃き出せ。そうすれば、その客がまた来ることは二度とないだろう。

縁起の悪い俗信の数々を紹介したが、心温いハーンはこの迷信の話を次のような佳話で結んでいる。普通、俗信は下層社会ではびこりこそすれ、なかなか社会の表面まで出て来ることはないのだが、それでも上流の白人家庭に雇われた有色人種の乳母の口を通して、女性とか子供にまつわる可愛い話の花が咲く時がある。たとえば乳母たちは、こんな話をいたいけな白人の子供に語ってくれた。

「お坊っちゃん、お嬢さん、いいですか。あの小っちゃな鶏がどれもこれも水を飲んでは頭を上へあげるのは、あれは善き神様に水を下さった御礼を申しあげているのですよ」

神様、あなたは水の童貞さまのために讃えられてあれ
水はとても役に立ち貴重で貞節でつつましやか

というのはアッシージの聖フランチェスコの『創造讃歌』の一節である。小鳥にも話しかけた聖人様が、神様によって創られたものすべてを通して創造主を讃えているのだが、ニューオーリーンズの乳母が語った

鶏についての俗信にも、それに似た素朴な信仰が生き生きと伝わってくるようである。

ハーンはそのように教育のない乳母の話にも貴重ななにかを感じることのできる人であった。だからこそ有色人種の無教育の乳母を主人公として小説『ユマ』を書くこともできたのである。――無教育といえば、ハーンその人の生母もギリシャの島に生れた、読み書きのできない女であった。しかしその母が幼い自分に話して聞かせてくれたいろいろの物語――そのお話はみなもう忘れてしまったけれど、しかしそのお蔭でいまの自分は文筆家として一本立ちできるようになったのだ。そう信じているハーンは、仏領西インド諸島を舞台とした『ユマ』を書いた時も、後年日本へ来ていろいろ物語を書いた時も、深い同情と理解をもって、教育はないけれども性善良な女を、その美しい心根を、次々と描いていったのである。

ハーンという人は、その生い立ちや、信仰のあり方のゆえに、白人でありながら、他民族や異人種の心性に近づき得る、類稀《たぐいまれ》な背景をこうして備えていったのであった。

最後のヴードゥー教徒

今日、ニューオーリーンズへ行っても、ヴードゥー教はもはや観光用の呪術と化したようで、その信仰そのものは死に絶えてしまったらしい。しかし十九世紀の初期、植民地入植者の古い世代にとってはヴードゥー教は、はっきりそれとわかる実体であり、黒人暴動の一原動力としてすこぶる危険視され、時にはヴードゥー教退治のために苛酷《かこく》な措置も講ぜられたという。

ハーンには『最後のヴードゥー教徒』という記事があって、一八八五年八月末、ジャン・モンタネー（またの名をジャン・ラ・フィセル、またはジャン・ラタニエ、またはジャン・ラシーヌ、またはジャン・グリグリ、またはジャン・マカク、またはジャン・バイウー、または通称ヴードゥー・ジョン、またはバイウー・ジョン、またはドクター・ジョン）がほとんど百歳に近い年齢で死んだ時、追悼の一文を書いた。今日でこそ黒人たちの公民権運動の一環としてアフリカ渡来の黒人奴隷たちの根《ルーツ》を探る運動が盛んだが、十九世紀の後半、この種の問題意識を持った人は、白人であれ黒人であれ、非常に珍しい。

ジャン・モンタネーはアフリカ、セネガルの産で、その土地の黒人君主の息子であった、という。その証拠としてジャンは自分の頬にある傷痕を見ろ、とよく言った。幾つもの傷が左右のこめかみの端から唇の隅にいたるまで曲線を描いていた。子供の時に頬を深くえぐってつけられたものだが、三本の平行な傷痕は一族中の自由民を意味し、四本は捕虜ないし奴隷を意味する。背丈《せたけ》は中背《ちゅうぜい》で、作りは強壮、肩幅は広く、筋肉は見事に発達し、皮膚の色はそれこそ墨《すみ》を流したように黒い色をしていた。額は後ろにひっこみ、二つの眼は小さく光っていた。鼻は平たくて、鬚は羊毛状で、生涯の最後の数年間だけ灰色になった。よく通る、よく響く声を持ち、いかにも権威のある態度作法を心得ていた。

子供のころスペインの奴隷商人に誘拐《ゆうかい》され、アメリカの南部で、綿花栽培に従事したが、黒人仲間に隠然たる影響力があったので、農園主も一目《いちもく》おかざるを得なかった。ジャンの占《うらな》いはよく当る、という評判で、その評判が年とともにひろまったために、やがて何千人もの人が群をなして彼の忠告を聞きにやって来た。黒人も白人も、男も女も、ルイジアナ州の郡部のクレオールの町からも、ニューオーリーンズの彼の家へやって来た。上品に着飾った婦人で、ヴェールで面を隠した人が、ジャン・モンタネーの玄関の扉を叩くこともあった。そのために彼の身代《しんだい》は最盛期には少くとも五万ドル以上になったといわれる。

プリウール通りがバイウー道路と交っているところからローマンにまで及ぶ広大な敷地を買い、家を建てると、ジャンは自分専用の二頭立ての馬車に乗って外出した。乗馬は血統書つきの名馬で、しかも乗りっぷりが板についていた。鞍《くら》はメキシコ製の丹念に飾り立てられた代物《しろもの》で、それに本人は悠然と跨っている。家庭では、最良の品しか飲み食いせず、一リットル一ドル以下の葡萄酒など見向きもしなかった。十五人の妻を持ち――白人たちは十五人の女を「妻」という尊称では呼ばなかったかもしれないが――ジャンはアフリカの仕来り《しきた》に従って女たちをみな自分の正妻であると言った。そしてその妻の中には、最下層の出ではあったけれども、白人の女も一人まじっていた。

ハーンはこの豪儀《ごうぎ》な黒人に対する率直な感嘆の念を隠そうとはしない（その点はトゥエインが豪勢なパイロットに対する感嘆の念を隠そうとしないのと対《つい》をなしている）。アフリカの君主の後裔《こうえい》にはある種の人間的品位もあった。特別の機会にはジャンは近隣の黒人たちに食物――ゴンボを椀《わん》に入れて配るとかジンバラヤを皿にのせて配るとか――の形で大盤振舞《おおばんぶるまい》をした。最初は人気取りにそうしたのかもしれない。しかし後には、疫病《えきびょう》や災害の年に慈善のために行なった。彼自身が貧窮して、施しものの食物を自分で料理せねばならなくなった時でさえも必ず行なった。……

ジャン・モンタネーはそれほど大金を儲けながら、財産の管理の面ではいつも難儀した。そしてこの種の取引きで損をするのは自分が文盲《もんもう》のためだ、と思い、読み書きを習おうとした。そして名前の書き方を習ったところで、つい好い気になって、頼まれて白紙の下の部分にサインしてしまった。そのためジャンの動産・不動産は恐るべく巧妙、狡猾な手段で人手に渡ってしまったのである。……

ハーンは、彼自身が相続するべき莫大な財産を他人の手に奪われた苦い経験をもつ男だけに、白人の不正についてもとくと承知していた。ジャン・モンタネーは「最後のヴードゥー教徒」として、薬草を使い多くの病人を癒《なお》したが、それでも晩年には財産を失った結果、二十数回差押えを喰らい、何遍も立退き、追立て処分にあった挙句、ついに白人の妻に生ませた頭の良い混血娘の家で亡くなった。ハーンはその小伝ともいうべき文章を次のような挿話で結んでいるが、いわゆる文明以前に生れたこの男の大いなる力に対する驚嘆と共感とが、男のみじめな最期にもかかわらず、文章を明るいものとしている。

モンタネーは、彼の生涯のもっとも不幸不運な日々でも、このニューオーリーンズの町のいたるところで肌の色の濃い人々から迷信的といえるほどの尊崇《そんすう》を受けていた。ジャンがカナル道路の向うの白人側の居住区域にまで姿を現わして誰か病人の治療にあたった時、黒人たちの間には興奮をじっと抑えたような熱気が湧いた。皆低い声で囁きあい、じっと見つめていたが、

「あすこにフードゥー・ジョンがいるぜ」

と黒人訛りで言う時も、あまり大声とならぬよう気をつかっていた。ジャン・バイウーが文明の一都会で成しとげたことが文字も知らぬアフリカ生れの奴隷の手で成り得たということ、富を得、名声を博し、長年にわたり豪奢《ごうしゃ》な生活を送り得たということ——それは近代の大衆がいかに信じやすく、いかに惑わされやすいかの奇異なる一例証だといえるかもしれない。しかしそれはまた、ジャンが天性の知恵という点で、人並みならぬ男であった、ということの良き証しでもあるのである。

『最後のヴードゥー教徒』という題名は、フェニモア・クーパーの有名な小説『最後のモヒカン族』（一八二六年）と同じ、ロマンティックな問題把握の視点を含んでいる。いいかえれば圧倒的な、白人・西洋文明

によって追われた、滅びゆくものへの挽歌《ばんか》である。ハーンのその種の同情心は、ニューオーリーンズでは、革命派に囲繞《いにょう》されながらも、あくまでスペインに忠誠を誓う「最後の剣術師範」にも向けられ、後に日本へ渡るに及んでは、西洋化の波に押流される封建文化の良きものへの限りない哀惜《あいせき》の念へと転ずるのである。

蟹売りの言葉

ジャン・モンタネーという最後のヴードゥー教の大立者は、ジャンという名が示すように、フランス語系の黒人であった。占いの結果も、フランス語が訛った、いわゆるクレオール語で相手に伝えていたものと思われる。ハーンはこのクレオールの方言に多大の興味を示した人で、その労働歌その他を採集している。クレオールと呼ばれる混血黒人たちは、クレオール方言のほかに、商売等の関係で、英語を話すこともあったが、それが甚だブロークンな英語であった。しかしそれなりに表現力に富み、カラーフルでもあったので、ハーンは彼等の英語の言い廻しをノートに書きつけたりもした。日本では、日本語が印欧語と語系を異にするために予期したほど日本語が上手にならなかったハーンだが、それでも紀行文には地方色を添え、かつ民衆の気持を上手に再現するために、助手の力を借りての上だろうが、地方人の言いまわしを直訳的に英訳してそれを自分の英文の中に織りまぜる、という工夫もこらしている。そのようにして拾われた日本語方言は、出雲弁なり熊本弁なり、その土地々々の言葉に復元するのがハーンの著作の正確な日本語訳というものであろう。

明治二十四年の夏、出雲の加賀《かか》の潜戸《くけど》へ行った帰り、ハーンは漁村でこんな目に会った。加賀浦の村の宿屋で、広くてさっぱりとした座敷に通されて、掛物を眺めていると、突然妙に暗くなったことに気がついた。あたりを見まわすと、戸口も障子も窓も、およそ宿屋の開いているところはみな、この異人《いじん》さんを見に集った人々で真黒にふさがってしまったとわかった。皆黙ってにこにこしてハーンを見ている。加賀浦にこれほど数多くの人がいようとはハーンはついぞ思わなかった。

宿の主人はこの人だかりを迷惑に思って正面の戸を閉めた。すると黙ってにこにこしている人々は家の裏手へ廻った。裏の戸も閉めた。すると皆は家の左右に集った。そこでその戸も閉め切ったので家の中は耐えがたいほど暑くなった。すると外の人々がおだやかに中を見せてくれと苦情を言った。

宿の主人は腹を立てて、群衆に向けて諄々《じゆんじゆん》と理屈を説き出した。しかし声を荒らげたりはしない。そこでハーンは直訳調の英語で主人が言った言葉をノートに書き記した。いまその言葉を、出雲市御出身の富永良子氏のお助けを借りてもとの出雲弁に復元してみると、宿屋の主人の言い分はざっと次のようになる。

「おまえがた！　失礼なことをさっしゃあ。なにが珍しいかね？

「芝居だない！

「太神楽《だいかぐら》だない！

「相撲取りだない！

「何が面白いかね？

「このしはお客さんだけん！

「いま御膳《ごぜん》についとらいに。じろじろ見いのはいけんよ。帰られえ時に見い分にはええがね」

しかし外では、おだやかな笑い声が「中を見たい」と言い続ける。村人は主人は手強《てごわ》いと見て、もっぱら宿屋のおかみや女中さんに頼みこんでいる。が主人の気持をちょっとやそっとで変えさせることはできない。その村人にも村人なりの理屈があるのだが、その方も出雲弁に復元してみると、

「小母さん！
「お嘉代さん！
「どうぞ障子を開けてござっしゃい。見せてござっしゃい。
「おらやつが見たてて、減《へ》えもんだないけん。
「だけん、見い邪魔さん方がええ。
「さ、早やこと開けてござっしゃい」

ハーンは、こうぴったり襖《ふすま》や障子を立てられては暑苦しくてたまらないから、むしろ宿の主人に向って苦情を言いたいくらいだが、しかし主人は自分の沽券《こけん》にかかわるという不機嫌な顔をしているので、口もさしはさめない。家の裏には高窓があって、その障子の穴から子供たちの眼が一つずつこちらを覗いている。ハーンがその窓の方へ近づくと、覗いていた連中は音もなく地面に飛び降り、小さな臆病そうな笑い声を立てて逃げ散った。

ハーンは加賀浦から帰る途中でも、宿屋の主人の、
「帰られえ時に見い分にはええがね」

という言葉を面白がって繰返した。実際、彼が帰る時、加賀浦の村人たちは皆、彼のあとからついてぞろぞろ浜の小舟までやって来たのである。そして皆この驚くべき「見たてて、そいで減《へ》えもんだないけん」を見つめたのである。ハーンはノートにその言葉をこう直訳した。

"Thing - that - by - looking - at - worn - out - is - not."

そしてまた宿屋の主人の言葉の方はこう訳した。

"Returning - time - in - to - look - at - as - for - is - good."

「帰られえ時に見い分にはええがね」という原語は冨永氏の推定だが、ハーンのこの奇妙な英語が、日本語の語順をそのまま正確に書き写したものであることには、間違いない。

日本語の方言も、これだけ注意を払って拾ったハーンであるとすれば、ニューオーリーンズの新聞『アイテム』一八七九年十月五日号に発表した、その土地のクレオールの蟹《かに》売《う》りのブロークンな英語の言い廻しも、必ずや実際の蟹売りの言い分をそのまま拾ったものであろう。いま参考に原文を引用する。

WHY CRABS ARE BOILED ALIVE

And for why you not have of crab? Because one must dem boil 'live? It is all vat is of most beast to tell so. How you make for dem kill so you not dem boil? You not can cut dem de head off, for dat dey have not of head. You not can break to dem de back, for dat dey not be only all back. You not can dem bleed until dey die, for dat dey not have blood. You not can stick to dem troo de brain, for dat dey be same like you —— dey not have of brain.

dem, dat, dey, de が them, that, they, the で、vat が what で、troo が through であることは簡単に推量がつく。奇妙なところに of がある、と目障りに思う読者もいるかもしれない。だがこれは教育のない混血の黒人たちが、元来フランス語の崩れたクレオール方言を話していることを考えれば察しがつく。蟹売りの第一行の英語は次のフランス語の直訳なのだ。

Et pourquoi vous n'avez pas de crabe?

元の言葉に戻してみれば、先の of はフランス語の不定冠詞の否定形の de を機械的に英語に置換えたものだ、ということが知られる。日本ならば魚屋は、「さあ、買った、買った！生きのいい蟹、うまいよう！」と威勢よく言い立てるところだろう。そしてニューオーリーンズの蟹売りも調子よく大声を張りあげていたに相違ない。ところが買手の誰か――白人の女ででもあろうか――それが「生きたまま茹《ゆ》でなけりゃならないから、蟹はいやだ」と苦情をこぼしたらしい。そこで混血の蟹売りは、なぜそのまま茹でなければならないのか、その訳について一席ぶった。その申し分が面白いので、ハーン記者はそれをそのまま記録して新聞に載せたのである。

後年ハーンが山陰の漁村の方言に興味を寄せたのも、もともとアメリカでこんな蟹売りの売り言葉に打興じたからだ。その因縁に鑑み、再度冨永氏を煩わして、等価値の方言として、クレオールの蟹売りの言葉も出雲方言に移していただいた。

そんなら、なして蟹買わんかね？　生きとうのを、そのまんま茹《ゆ》でんならんからかね。そげんこと言うなあ、大馬鹿さんでないかね。どげして死なせえかね、茹でえのやめえなら。頭を切いことはできんがね、頭がないもん。背骨を叩きやぶうこともできんがね、背骨ばっかしだないもん。血い出して死なせえこともできんがね、血がないもんで。脳味噌に穴あけえこともできんがね、あんたとおんなしに脳味噌がないもんのう。

無教育の黒人の蟹売りに、蟹も「あんたとおんなしに脳味噌がないもんのう」とやられて、けちをつけた買手は、怱々《そうそう》に頭を掻いて引きあげたに相違ない。後にはからっとした、黒人の明るい笑い声が、南部の夏空にこだまするかのようである。

護国の霊

しかしハーンはなにも黒人の迷信やクレオールの習俗にのみ関心を寄せたわけではなかった。ハーンは文筆一本で生活を立てた人だから、おびただしい数の記事を書いた。その中にハーンの霊の世界への関心が、時たまちらりと覗いて見えることがある。例えば旅先から書いた記事にこんなものもあった。

ハーンは先に述べた事情で、シンシナーティを逃げるように去り、ミシシッピーを船で南へ下った。途中メンフィスで長逗留《ながとうりゆう》したが、その時敗けた南軍の将ネーサン・ベッドフォード・フォレストの葬儀に立会った。イギリス人ハーンにとってアメリカの南北戦争は本来よそ者同士の戦さであり、北が勝ったこともさしたる問題ではなかったであろう。だがメンフィスという南部の町の人々にとって、ヤンキーに破れた怨みは敗戦後十余年、まだまだ深かった。ハーンはその敗者の情に心動かされるところがあったのだろう、フォレスト将軍の経歴と人柄を報じたあと、一八七七年十一月六日の記事を、次のような人界と自然界の感応する一篇の光景描写で了えている。

人々がフォレスト将軍の遺体を埋めたその同じ夜に、嵐が捲き起った……　私は北から霧が次々とミシシッピー河を渡ってアーカンソー州へはいって来るのを見た。それは軍隊の侵入に似ていた。ついで陰鬱な灰色の雨が降り始め、最後に疾風《しっぷう》が、その雨をついて、狂えるごとく吹きまくる様を見た。それはさながら突撃を繰返すがごとくであった。その夜景を見るうちに私は奇妙な幻想にとらわれた。それは戦死した南軍の騎兵隊の将士が、いま決死の奮闘をしたフォレスト将軍の霊を迎えて、いざ共に立上り、ユニオンのために戦って死んだ北軍の将兵の霊と、幽界でいまなお一戦を交えつつある、という幻想であった。

ハーンは日本でも『耳なし芳一』に打込んでいた時は、書斎のそばの竹藪で、夜、笹の葉ずれがサラサラ鳴ると「あれ、平家が亡びて行きます」とか、風の音を聞いて「壇の浦の波の音です」と真面目に耳をすましている人であった（小泉節子『思ひ出の記』による）。戦没した勇士の霊という問題は彼にとってけっして無縁ではなかったのである。

明治二十八年、日清戦争終結後、ハーンはジャーナリストとしての職業意識から、日本陸軍の凱旋を神戸駅まで見に行った。『戦後に』というルポルタージュでハーンは、西洋とはまったく違う静かな帰還風景を次のように報じた。

すこし跛をひきかげんの半白《はんぱく》の将校が、巻煙草をふかしながら先頭に立って進んでくる。群衆は私たちのまわりにぎっしり詰めよせていたが、みな、万歳の歓声もあげず、話し声さえたてないでいる。その静けさを破るものは、ただ通過する兵隊たちの歩調正しい靴の音だけである。見ている私には、これがみな去年出征の時に見たのと同じ兵士たちだとは、どうしても思えなかった。ただ肩章の番号だけが去年見たのと同じだった。どれもこれも日に焼けた恐い顔をして、髯をぼうぼう生やしたのが大勢いる。濃紺《のうこん》の冬用の軍服は摺《す》り切れて破け、靴などもう原型をとどめないまでに穿《は》き減《へ》らされている。しかしその力強い、ゆすって歩くような歩調は、艱難辛苦《かんなんしんく》に耐えた兵士の歩調だった。もうただの若者ではない。屈強《くっきょう》な男だ。……口には出せぬような数々の苦しみに耐えた男たち、その表情には喜びの色もなければ得意の色もなかった。

出迎えの多くの人は、その変化の訳を直感して、明らかに心動かされた様子だった。しかしとにかく、この兵士たちは前よりもさらに優秀な兵士となったのだ。いま故国の土を踏んで、これから歓迎や慰藉《いしゃ》や贈物を受け、人々の温いもてなしを受けるのだろう――これからまたもとの兵営に戻って、そこでゆっくり休養を取るのだろう。

私は万右衛門に言った、

「今晩、この部隊は、大阪か名古屋へ着くんだろうね。そこで消燈喇叭《しょうとうラッパ》を聞いて、いまは帰らぬ戦友をしのぶことだろうね」

するとと爺やは、素朴な真剣な顔をしてこう答えた、

「きっと西洋の方は、死んだものは帰らないと思召《おぼしめ》しでしょうが、私どもはそうは思いません。日本人は誰でも死ねばまた帰ってまいります。帰る道を知らないような日本人は居りません。支那からだろうが、朝鮮からだろうが、荒れた海の底からだろうが、戦死した者は、みんな帰ってまいりましたよ。ええ、もうみんな、私どもと一緒におりましてな。日が暮れると、集って自分たちを故郷へ呼び戻した喇叭の音にじっと耳を傾けておりますよ。そしていまにまた、天子様の陸軍がロシヤとひと戦《いくさ》やる召集令が下る時には、みんなやっぱり、あの喇叭の音を聞きに寄ってきますぞ」

ハーンは、日本が三国干渉の十年後にロシヤと戦って勝つ、ということを実際見ずに亡くなった。しかしこの明治二十八年六月に書かれた一文を読むと、日本国民がいかなる覚悟でロシヤを相手に戦うかが、もうはっきりと見てとれるようである。

作中では「私」は万右衛門という爺やと連れ立って行ったことになっているが、小泉一雄の『父「八雲」を憶ふ』によれば、一雄も父母と一緒に俥で神戸駅へ凱旋将兵を出迎えに行き、群衆の中で一人お婆さんが泣きながらうろうろしているのを、母節子が呼びとめていくばくかの金を恵んでしきりに慰めていたのを記憶している、という。婆さんは「いくらさがしても、この行列の中に、帰って来るはずの倅《せがれ》が居ない」と言って泣いていたのだった。

ハーンはその日も妻の口から、日本人の感情——戦死者の霊は必ず帰って来て、草葉の蔭で私たちを見守っている——を聞かされてうなずくところがあったに相違ない。「日本人は誰でも死ねばまた帰ってまいります」そうした思想以前の思想ともいうべきものが私たちの中にあるからこそ、第二次世界大戦の後でも、日本人はさいはての地から遺骨を拾って帰り、死者の霊を神社へ祀ったのではあるまいか。勇者は死んで護国の霊となる。そして静かに、草葉の蔭で、一旦緩急《いったんかんきゅう》ある時を待っている。

われは墓の中にてしづかに待たん
筒の音《つつね》の今一度わが耳をつらぬくまで
馬の蹄《ひづめ》の今一度わがねぶりをおどろかすまで
つるぎと太刀のうち合ふ声の今一度聞ゆるまで
其時こそ御門《みかど》はわが墓の上をよぎりてかへりたまはめ
其時こそわれは墓の中よりをどり出でて
御心《みこころ》をたすけ奉らむ

護国の英霊という考え方は、程度の差こそあれ、西洋にもあるのだろう。右に引いた詩はハイネがナポレオン皇帝に死後も仕えようとするフランスの『二人の擲弾兵』（夏目金之助訳、改行と漢字当字は平川）をうたったものである。

しかしハーンについては次のようなことが言えるのではあるまいか。二十代、アメリカの地で、フォレスト将軍葬式の夜、南軍の騎兵隊の亡霊が、嵐をついて、北軍の戦死者の一隊と激しく合戦する様を想像し得た男であったからこそ、四十代、やはり新聞記者として日本の護国の英霊の存在に鋭く反応し、五十代、怪談『耳なし芳一』を書く際も、壇の浦の波に消えた平家の侍たちの霊に感応するところがあり得たのではないか。フォレスト将軍の遺体を埋めた夜、嵐が捲き起った様を叙するハーンの文を読んだ時、『平家物語』を英語散文に訳したならば、このようにもなろうか、という印象を私は受けた。『平家物語』もすぐれた戦記文学の一つとして、その背後に戦没将士の霊の実在を読者に感じさせるからである。

万物流転

死者の霊に関心を寄せずにいられなかったこととも関係があるのであろうが、ハーンは、日本へ来てもお寺が好きだった。『死者たちの文学』と題した一文は、牛込の瘤寺のたたずまいや、お寺の庭、とくにその墓地について、丹念に記述したものである。『耳なし芳一』の怪談でも、芳一《ほういち》が盲人であるにもかかわらず、大きな門、石段、廊下、広い畳座敷といったお寺の地理が細かく記されてある。いや、目の見えない人の感覚として、目明き以上に、寺のたたずまいに鋭敏に反応したためかもしれない。しかし芳一が広い畳座敷の奥の、衣摺《きぬず》れの音が木の葉のそよめきのように聞えた、と思った場処は、その実は赤間ヶ関の阿弥陀《あみだ》寺の墓地であり、芳一は安徳天皇のお墓の前で、あたり一面に舞う鬼火の中で、夢中になって琵琶を鳴り響かせ、平曲壇ノ浦合戦の条りを歌っていたのである。

ハーンは狐が出るような淋しい場処、夏の夕べには螢が飛び交うような、暗い場処が好きだった。松江時代には庭つきの屋敷に住める、という望外の幸せにめぐりあったことも手伝って『日本の庭で』と題する一文を書いたが、しかし自然が工業化の進展につれて破壊されることを予感して、その随筆を次のような詠嘆《えいたん》で結んでいる。

……山の松林をつつむ緑の薄明の中から、金色の大気を通して、山鳩の嫋嫋《じょうじょう》と鳴く声が、愛撫するごとく、哀願するごとく、私の耳に気持よく流れるように聞えてくる。

テテ

ポッポー、

ポッポー、

カカ

テテ

ポッポー、

カカ

ポッポー、

テテ、……

欧洲の鳩でこんな鳴声をする鳩はいない。この山鳩の声を初めて聞いて心動かされることのないような人は、この幸せな大和島根《やまとしまね》に住む資格の薄い人だ。

しかしこれらすべても——この古い家中屋敷《かちゅうやしき》もその庭も——何年か経つうちに疑いなく姿を消してしまうことだろう。もうすでに数多くの庭が、私の家の庭などよりずっと広く、ずっと美しいたたずまいの庭が、あるいは稲田に変り、竹藪と化した。そしてこの雅致《がち》に富める出雲の町も、ついには長年計画中であった鉄道が開通し、人口は増加し、町は変り、月並な都会と化してしまうことだろう。そしてこの辺の土地も、工場用地となり、煙突も立つことだろう。なにもここ松江だけではない、日本全土から、かつての太古の平安と太古の魅惑とは消え失せるべく運命づけられている。諸行無常《しょぎょうむじょう》は事物の本性であり、とくに日本ではその感が深い。万物流転《ばんぶつるてん》――変わるものも変えるものも、ともどもに変えられてしまい、ついには身の置きどころすら見つからなくなるのである。しかもそれは惜しんでも詮《せん》ないことだ。この土地をかくも美しくしてくれた、いまは死に絶えた芸術は、仏教信仰の芸術であったし、仏教の聖典にあっては次のような言葉がすべてを慰める言葉となっているのだから――

「まことに、あらゆる草も、あらゆる木も、あらゆる岩も、あらゆる石も、みなことごとく無に帰するであろう。草木国土皆入涅槃《そうもくこくどかいにゅうねはん》」

日本に仏教的なこの世はかりそめのものという感情がしみわたっているから、日本人は文化遺産を蓄積することも保護することも知らない。産業化の至上命令のもとで過去の趣きあるものが無神経に破壊されてゆく。それを見ながら人々は諦めたごとく時勢に流されてゆく。そして流した人も、流された人ももろとも、その波に呑まれてゆく。

昭和二十年代、占領軍の要員として来日したアメリカ人や、朝鮮戦争の帰途、山陰へまわったアメリカ兵は、出雲の風物がハーンが半世紀前に描いた世界と大差ないことを認めて、心をなごませた。松江市がにわかに変貌したのは昭和四十年代、自動車が普及したためであった。それまで松江の市民は、湖の向うに沈む夕日を自分の家の縁側から眺めることもできた。しかしいまは宍道湖《しんじこ》大橋が折角の景観を無残なものとしている。自動車は日本のように人口密度が稠密《ちゅうみつ》な国にはふさわしくない――そう嘆く一米人に共感しつつも、しかし同時にアメリカに起った変化についても、私は考えずにはいられない。今日、ニューオーリーンズへ行っても、ハーンが描きとめてくれたフランス系市民の閑雅な生活や、混血の女たちが歌う唄、伝承、そうしたものはすっかり消え失せてしまった。産業化の進展に伴う風俗の劃一《かくいつ》化は、日本以上に米国において激しい。それに、気をつけて読むと、ハーンが前世紀に記述したニューオーリーンズのフランス系入植者たちのいわゆるクレオールの邸の中庭についての描写の中にも、時勢の推移を嘆く声はひとしく聞かれるのである。いまからちょうど百年前、ミシシッピー河の河口に位置するこの町のラテン系の一劃をハーンは次のように叙した。

穏やかな幸福と静寂が、もと、裕福な農園の持主の住居であった、この古い家を包んでいる。多くのクレオールの家と同様、正面は平凡で、いっこうに魅力がない。アーチの下の入口の大きな緑の扉は閉っている。バルコニーがついた窓の緑の鎧戸《よろいど》も半ば閉っている。それはいわば、まだ睡気の去りやらぬ眼が、階下の物騒しい通りをぼんやり見おろしている――それとも階上の空の深い青みをゆったりと渡って行く、ちぎれた棉のように軽やかな雲を、ぼんやり見あげている、といった風情《ふぜい》である。しかしこの玄関の扉の向うに「小さな天国」がそっと横たわっているのだ。大きな中庭は、奥行が深く、幅も広くて、周囲は熱帯樹の緑が枠を形造っている。広場の白い柱に蔓《つる》がまつわりついている。壁には色が染めてあるが、植物がその壁沿いに匍いあがって、二階や三階の窓から中を、かっと燃えあがるような緋色の花の眼で、覗きこむ。バナナの樹が睡たげに、鮮緑色の羽毛をこくりこくりさせている。蔓が繁ったために食堂の窓はもう見通しも利かないほどだが、その蔓のお蔭で、この客人を遇すること厚き家の玄関の上には、涼しげな緑の樹蔭ができている。無花果《いちじく》の老木《ろうぼく》の節《ふし》くれだった腕は、蜜を含んだ実《み》の重さでふるえているが、その樹が中庭の明るい、天然自然の絨毯《じゅうたん》のような、四角い芝生の上に憩《いこ》いの影を落している。通路沿いには一定間隔に大きな陶製の壺が置いてあり、その中に豪勢な、幅広の葉の植物が突っ立っている。それはまるで蛮人の哨兵が白い哨舎にはいっているような感じだ。さかとげのついた奇想天外な、幅広の葉で、花は蜂鳥のように絢爛《けんらん》たる色彩である。泉が一つ、西の広場の入口近くで、囁くともなく囁き声を立てている。そしてそこに立つと、無花果の老樹の影深い繁みから、甘美な、嘆くような、恋する鳩の鳴声がクー、クーと聞えるのである。

私たちは先に、ハーンが松江の根岸邸に居を定めて、テテ・ポッポー、カカ・ポッポーという山鳩の声に耳を澄した記事を読んだ。その時西洋の鳩でこんな鳴声をする鳩はいない、とハーンが言ったのは、このクレオールの庭で鳴いていた恋する鳩を思い出しての比較ではなかったか。しかしアメリカの南部でも産業化の波は外からひたひたと打ち寄せてくる。ハーンは「小さな天国」と彼が呼んだクレオールの中庭の幸福を、外界との対比で、次のように叙した。

外では棉《わた》を積んだ車がガラガラと音を立て、市街電車がけたたましく鐘を鳴らして走って行く。しかしこの内部ではそうした音も苛烈な外界の騒音の単なるこだまにしか過ぎない。そうした音はこの内の閑静な居心地をおよそ妨げることはないのである。この内には、古びた椅子に、古びた良き人々が腰掛けている。違う時代の言葉を語り、この物質主義の時代には忘れられてしまった趣味のよい騎士風をいまなお守っている。外では鋼鉄の時代が轟々と音を立てる。アメリカの怒ったような交通の波また波の唸り声である。内にはものうげな泉のせせらぎと、パリやマドリイの格調正しい言葉で会話する、深く音楽的な声と、黒髪の子供たちが舌足らずな発音でお喋りする、甘美な、母音に富めるクレオール方言のみである。そしてその大人や子供の話し声の合間に、時々やわらかな、撫でるような鳩のクー、クーという鳴声が混じる。外は西暦一八七九年のアメリカ、内はいまなおスペイン統治の時代である。

そしてその忘れ去られた時代を点描《てんびょう》するかのように、ギターが一つ、泉のほとりのひなびたベンチの上に置き忘れたままになっていた。ハーンが扉から覗くと、人影は見えなかったが、雪のように白いテーブルの上にはボルドー産の葡萄酒の壜が並び、誰が吸っていたのか西インド諸島の煙草の豊かな匂いが鼻をついた……

石造りの邸、南国の光、絢爛たる色彩……クレオールの中庭を構成する要素は、日本の庭のたたずまいとはおよそ違う、明るい、かっちりとした、硬質の美である。しかしその違いにもかかわらず、古い生活様式がすたれてゆくことを惜しむ心情において、ハーンはニューオーリーンズの運河向うの一劃にいても、松江のお濠端の一劃に住んでも、変るところはなかったのである。

未来志向の――といえば聞えがいいが、その実、弱肉強食、適者生存の――アメリカ社会にあって、この過去追懐《かこついかい》のノスタルジアは切々と私たちの胸に訴えてくる。ニューオーリーンズにフランス語を話す人々がまだいたことは、大正十年ハバナからその地へ船で渡った木下杢太郎の随筆『クウバ紀行』などには見えるが、いまはない。二階、三階の窓から室内を、かっと燃えあがるような緋色の花の眼が覗きこむ、というハーンの描写は、同じ風物を描いた杢太郎の、「折から雨が沛然とやつて来て、高きフランボワイヤント樹の火のやうに紅い花が、真黒な空の前にめらめらと輝きました」という印象を想起させる。カリブ海周辺のラテン文化の残照を描いて心に残る散文は、ハーンと、日本人にあっては『其国其俗記』の著者木下杢太郎とであろう。

『停車場にて』

さてこのようにハーンの著作活動をアメリカ時代と日本時代との対比において読みくらべてみると、さまざまな特徴が共通項のように浮彫りにされてきた。とすると、日本研究の代表作といわれるような諸篇についてもその視角から再検討してみたらどうだろうか。客観的な風を装った文化論風の短篇にも、ハーンの嗜《し》好《こう》というか個人的体験が深い翳《かげ》を落しているのではあるまいか。一例として『心』の巻頭に掲げられた『停車場にて』をとりあげてみる。

昨日《さくじつ》の福岡発電報によれば、福岡で逮捕《たいほ》された凶悪犯人は裁判にかけられるため、本日正午着の列車で熊本へ護送されるという。すでに熊本から刑事が犯人の身柄引取りのため福岡へ派遣された。

もう四年前になるが、強盗がある夜、熊本相撲町《すもうまち》のとある家へ押入り、家人を縛りあげ、数多《あまた》の金目《かねめ》の品を奪って逃げたが、警察の巧妙な追跡にあい、賊は二十四時間以内に、盗品をばらすひまもない内に、逮捕された。しかし捕って警察へひかれてゆく途中、犯人はやにわに捕縄《ほじょう》をふりちぎり、巡査のサーベルを奪って巡査を殺し、逃亡した。そしてそれきり行方は先週まで杳《よう》として不明のままになっていた。

ところが先週、たまたま福岡監獄を訪れた熊本の一刑事が、労役《ろうえき》に従事中の囚人の中に、自分の脳裏に過去四年間、写真のように焼きつけられていた顔を見つけた。「あの男は誰だ?」と刑事は看守に尋ねた。「窃盗《せっとう》を働いた男で、ここの帳簿では草部《くさべ》となっています」

刑事はつかつかと囚人の方へ歩み寄って言った。

「おまえの名前は草部ではない。野村貞一《ていいち》、おまえは人殺しの件で御用だ。熊本へ来てもらおう」

凶悪犯人はすべてを自供した。

私は大勢の人と一緒に停車場まで犯人の到着を見に行った。群衆が激昂《げきこう》しているのではないか、と思って出かけたのである。もしかするとリンチまがいの暴力沙汰も起るのではないか、と内心おそれてもいた。殺された巡査は日ごろ皆からたいへん好かれていたし、それに身内の者だって必ずや見物人の中に混じっているだろう。それに熊本人は、人だかりした時はあまりおだやかな方ではない。また巡査が大勢出て警戒に当っているだろうとも思った。しかし私の予想ははずれた。

汽車はいつもと同じような、せわしげな、騒々しい光景のうちに到着した。乗客たちが小刻みに速足で歩く下駄の音がからころ響き、日本語の新聞や熊本のラムネを売る子供の甲高い叫びが聞えた。駅の柵の外で私たち見物人はものの五分近くも待たされた。すると背後から刑事に押されて、改札口を通って、犯人が出てきた――図体《ずうたい》の大きい、凶悪な人相をした男で、頭を垂れ、両手は後手《うしろで》に縛られていた。犯人と刑事とは改札口を出たところで二人とも立ちどまった。すると人々はよく見てやろうと前へ詰め寄

せてきた――黙ったままであったが、詰め寄せてきた。すると刑事が大声で呼んだ、

「杉原さん、杉原おきび。ここにいませんか?」

私のそばに立っていた、背中に子供をおんぶした、ほっそりした、小柄な女が「はい」と答えると、人込みの間を分けて前へ進み出た。この女が殺された巡査のお上《かみ》さんだった。背負っているのは殺された巡査の息子だった。刑事が手を振って合図したので、群衆は後ずさりして、犯人と護衛のまわりに場所をあけた。その空いた場所で、子供をおぶった女は立ったまま殺人犯と面と向いあった。あたりはしんと水を打ったように静まった。

するとお上さんに向ってではなく、その子に向って、刑事がゆっくり話しはじめた。声は低かったけれども、一語一語はっきり言って聞かせたので、私もその一語一語を聞きとることができた。

「坊や、こいつが四年前におまえのお父さんを殺した男だ。坊やはその時まだ生れていなかった。坊やはお母さんのお腹の中にいた。いま坊やに坊やを大事に可愛がってくれるお父さんがいないのは、この男の仕業《しわざ》なのだよ。この男をよく見て御覧」

といって刑事は犯人の顎《あご》に手をかけると、ぐいと力を入れて、うなだれていた男の顔をしゃくりあげ、眼を正面へ向けさせた。

「よく見て御覧、坊や。恐《こわ》がるんじゃない。辛《つら》いかもしれないが、これは坊やの勤《つと》めだ。じっと見て御覧」

母親の肩越しに子供はじっと見つめた。まるで恐怖心にかられたように、大きく目を見ひらいたまま

じっと見つめた。それから泣きはじめた。やがて涙が溢れた。しかしそれでもじっと、いわれたとおり子供は見つめた――見つめた。じっと相手の、すくんだ顔を真正面から見つめ続けた。

人々はまるで息を殺したかのようだった。

その時、私は、犯人の表情が歪《ゆが》むのを見た。犯人が、手錠《てじょう》をはめられていたにもかかわらず、いきなり地べたに身を投げるようにひれ伏すと、顔を地べたにこすりつけ、喉をつまらせたような声で呻《うめ》きながら叫ぶ様を見た。それは聞く人の心を揺さぶらずにはおかぬ悔恨《かいこん》の情に駆られた叫びだった。

「御免なあ、御免なあ、坊や、許してくれ。俺がやっちまったのは──憎くてしたことじゃない、ただもうおっかなくて、おっかなくて、逃げたい一心でやっちまった。悪かった、本当に俺は悪かった。何ともいえねえほどの悪い事を坊やにしちまった。だがいまはその罪滅《つみほろぼ》しに俺は死にます、俺は死にたい、俺は喜んで死にます。だからな、坊や、どうぞ堪忍《かんにん》しておくれ、俺を許しておくれ」

子供はまだ黙ったまま泣いていた。刑事は地べたでわななないている罪人《ざいにん》をひき起した。静まりかえった群衆は二人を通すために道をあけた。すると、その時突然、その場に集っていた人々の間からいっせいに啜《すす》り泣きが洩れはじめた。そして私は、日に焼けて赤銅《しゃくどう》色の刑事が私の前を通った時、私がかつて見たことのないもの、世間の人がおよそ見かけることのないもの、そしておそらく私が生涯に二度と見かけることのないであろうものを見た──日本の巡査が目に涙を浮べているのを見たのである。

『停車場にて』は、この後に日本人の間にしみ渡っている仏教的心性や日本人の父性についての考察が続くが、まず右のルポルタージュの構成そのものについて分析してみよう。『停車場にて』の組立ては、アメリカ時代の犯罪記事──たとえば『皮革製作所殺人事件』──と同型に属する。すなわちいかにも記者上りの彼らしく、福岡発の電報で物語を始めて、要領よくまず事実《ファクツ》を知らせる。ついでルポルタージュ記者である「私」は停車場へ犯人の到着を見に行く。停車場へ陸軍将兵の凱旋を「私」が見に行った別の記事（『戦後に』）についてはすでにふれた。これは『皮革製作所殺人事件』に即していえば「私」が検屍場《けんしじょう》へ焼死体を見に行くこと（実地検証）に相当する。この冒頭にまず事実を陳述《エクスポゼ》して、それから感覚的・具体的・会話的な内容に移る、という段取りは、『デカメロン』以来の短篇の骨法で、起源的には「短篇」novellaと「報道」newsとが同じ狙いをもっていたことがわかる。

アメリカ時代のハーンには『暴動寸前』(Almost a Riot)という警察記事もあり、それは一旦逮捕された与太者《よたもの》が逆に巡査に喰ってかかり、しかも――いまでもアメリカのスラム街ではよく起ることだが――ふだんから警察に敵意を抱いている群衆によって巡査たちが弥次られ、こづかれ、警察バッジも奪われる、という暴民の激昂ぶりを描いたものだった。ハーンにはそうした「獣的な《ビーストリー》」シンシナーティの下町の記憶があったから、熊本も軍都《ぐんと》と聞いていたし、人々の気性は激しいと聞いていたから、「群衆が激昂しているのではないか」「暴力沙汰も起るのではないか」と懸念《けねん》したのである。そうした懸念の一つ一つが余計な心配であったとわかった時、新聞記者ハーンは米国と日本の国民性の違いを知らされたのだし、またその種の観察を報じたことによって読者にも米国と日本の社会の対照を強いた、といえるのである。熊本駅の駅頭で、意外にも、群衆の間から啜り泣きの声が洩れた。――二十年前のシンシナーティの暴動寸前の光景を記憶していただけに、ハーンはひとしお深く感ずるところがあったのだろう。

詩と真実

ハーンは異国趣味《いこくしゅみ》の作家と目され、そのために米国の日本専門家の間で軽《かろ》んぜられることが多い。しかしこの短篇中ではエグゾティックな要素は、点描《てんびょう》的に用いられるだけである。「一八九三年六月七日」と書く代りに〈Seventh day of the sixth Month; ―― twenty sixth of Meiji〉と書いたのは、かつてヴォルテールが回教暦などを使ったと同じく、世界はなにも西暦の社会だけではないことを読者に示唆するための道具立てだろう。「相撲町《すもうまち》」The Street of the Wrestlers はハーンがその熊本に実在した町の名前に興趣を覚えて用いたので、事実とは違う。実際の犯罪は天草の島で起ったからである。それ以外の異国風といえば「強盗」を burglar という普通の英語に訳さず strong thief という新表現を試みたことぐらいだろう。

作中で叙景描写はただ一度、汽車が到着する熊本駅の騒々しい光景だけで、このせわしげな物音やからころという下駄の響きは、それに引続く、水を打ったような静寂《せいじゃく》を引立たせるためのものである。ハーンは前にも『赤い婚礼』で同一手法を用い、鉄道の線路に寝て若い二人が情死する直前に、駅弁売りの甲高い声があふれる田舎の駅を描いた。

ハーンの筆は巧みである。刑事が、

「杉原さん、杉原おきび。ここにいませんか?」

と呼んだ時、私(ハーン)のそばに立っていた、背中に子供をおんぶした、ほっそりした小柄な女が「はい」――ローマ字で Hai と綴られている――と答えて、人混みの間を分けて前へ出た。レポーターが一人称で書いているから、こうした細部は臨場感をひとしお強める。それに引続く、子供をおんぶした妻が、犯人と面と向いあって立つ、というクローズ・アップの光景は、テレビや映画の一齣《ひとこま》を思わせずにはおかない。刑事が子供に向ってゆっくり一語一語はっきり言って聞かせたから、外人であるハーンでも、一語も洩らさず聞きとることができた、というのも納得のゆく説明で、その場の水を打ったような静けさと、刑事の声に聞き入る人々の注意力のほどを如実に感じさせる。四歳の子供は、刑事にいわれた通り、父親殺しの顔を見た。見つめた。涙を流しながらもじっと見つめた。するとその時、ハーンは「私は犯人の表情が歪むのを見た。」

この〈I saw〉という目撃者ハーンの感動のこもった句の三回の繰返しが、このルポルタージュを生かしている。私は犯人が悔恨の情にかられて、地べたにひれ伏して叫ぶ様を見た。それは聞く人の心を揺さぶらずにはおかぬ叫びであった。（英語の叫びも、日本語の叫びを直訳したような語順となっている。）そして犯人が許しを乞うた後、ひき起され、群衆の間を通って行く時、人々の間から啜り泣きが洩れるのを私は聞いた。そして私は日本の巡査が目に涙を浮べているのを見た。

ところで、ハーン研究者の間ではつとに知られていることだが、『停車場にて』は、ハーンが日本の新聞記事を材料にして書いた、半創作とも呼ぶべき文章である。アメリカ時代に警察担当の新聞記者を勤めたこともあるハーンは、来日後も新聞に関心を示し、妻や家人に日本の新聞を声に出して読んでもらった。ハーンは自分だけでは漢字混りの日本語文章は読めなかったが、もともと言葉の才能があり、はやくから異民族の間に立ちまじって、その民話を採集する骨《こつ》も心得ていたので、難解な言葉さえ説明してもらえば、新聞記事の意味内容を理解することができた（「強賊《ごうぞく》」の「強《ごう》」は「強い」、「賊《ぞく》」は「泥棒」という説明を聞いて **strong thief** という普通の英語にはない新しい英語表現を思い浮べたのだろう）。熊本生れの故丸山学教授は、明治二十六年の新聞を調べて、同年四月二十二日の『九州日日新聞』に出た記事が、ハーンの『停車場にて』の材料であることをつきとめた。（丸山学『小泉八雲新考』所収、『丸山学選集』文学篇、古川書店、昭和五十一年、に再録。）犯人の実名は、草部でも野村貞一でもなく、変名を静岡房太といった大淵末次郎で、福岡県生れの男だが、佐賀監獄から熊本駅、それもより正確には池田駅へ四月二十日に護送されてきた。ハーンの作中で福岡、熊本といった地名が選ばれているのは、こうした大都会の名前の方が西洋人読者にはまだしも馴染《なじみ》があるという計算からに相違ない。物語の冒頭の六月七日という日付は、腹稿を七週間あたためた挙句、その日になって『停車場にて』を書き了えた、という日付でもあろうか。殺害された警官の名前は杉原ではなく宮崎寛保であった。

明治二十四年から二十七年へかけて、熊本時代のハーンは第五高等中学校で、週に二十七時間授業という、たいへん忙しい日々を送っていた。四月二十日は金曜日で授業があった。だから、ハーンが彼自身停車場まで犯人の到着を見に行った、ということは有り得ない。それが丸山教授の推理で、十中八九当っているに相違ない。『九州日日新聞』の記事はたいへん長く、大淵が犯した罪も逃走の経緯も甚だ複雑だが、ハーンは『停車場にて』の執筆に際して、犯罪、逃走、逮捕の経緯は最小限に簡略化した。ハーンにとっては、日本の心とはなにか、を西洋人読者に伝えるのが眼目《がんもく》であったからである。ハーンは読者の注意がもっぱら駅前の情景へ集中するよう工夫した。いまその部分の『九州日日新聞』記事を引くと、

池田駅には予《かね》て巡査殺しの強賊到著と聞へければ、此の強賊の顔を見んと著車毎に群集する見物引きも切らず、……軈《やが》て罪人末次郎は柿色の仕着せに竹の子笠を頂き、手械《てかせ》足械厳重に巡査数名に引き立てられ、汽車を下りて停車場内に来るに、見物の諸人「アレこそ大罪人の末次郎よ」「巡査殺しの悪人よ」と罵り騒ぐ声かしまし。宮崎氏の遺族は内々警察より沙汰ありしこととて諸人より前に進み出で其の通るを待ち居りしが、軈て其の前を通る時、縄取りの巡査は罪人を引止め、自から其の笠を取りて宮崎氏の遺族に向

ひ、「方々能く御覧候へ、七年以前寛保氏を殺害せしは此の男にて候ぞや、夫の仇《かたき》、子の敵《かたき》、嘸《さぞ》な無念に在《いま》さんか。今は時節を諦め玉へ」と云はれて妻と母親は過ぎし昔しを想ひ出し罪人の顔二目とも見も分かず其の儘カツパと打伏して人目も恥ぢず歎きしには、弥次馬連の見物も思はず袖をぞしぼりける。此の時宮崎氏の遺子某（氏の殺害せらるゝ当時は胎内に在り、本年七歳）は何事とも知らず、母と祖母とが頻りに打泣くを見て不審の面色なりしが、軈て巡査は小児に向ひ、「御身は当時胎内にありて知り玉はざらんが、是れこそ御身が父寛保氏を切殺して立退きし強賊よ、能く〳〵顔を見候へ」と教へければ、幼なき身にも父を殺せし悪人と聞いてはいとゞ無念の弥《いや》まさり、思はず双の目を挙げて罪人の顔をつく〴〵と打眺めしが、又たハラ〳〵と涙をこぼし母の涙を添へにける。此の有様を見て見物の諸人恰《あたか》も水を打つたる如く、平生一滴の涙なき護送の巡査も思はず鼻つまりしを咳に混《まぎ》らし、流石《さすが》の悪徒も亦た双の目をしばたゝき、「如何に夫《そ》れなるが宮崎氏の遺族とや、嚮《さ》きに某《それがし》身を免れん為め何の怨みもなき宮崎氏を手にかけ、此の熊本を逃れしも、天道は恐ろしきもの、遂には斯る縄目の恥、三尺高い絞首台に上るは近きにあるなるべし。御身達も嘸かし我れを憎い奴、怨めしい者と思ほされんか、今は云ふとも詮なからん、只だ此の上は尋常にお仕置《しおき》受くる筈なれば、御身達も安心してたび玉へ」と云ふより巡査は笠を被らし、其の儘引いて監獄へと護送しぬ。……

新聞の社会面は一国民の心や一時代の特性を伝えるものである。なるほど明治の新聞であるから、文体は歌舞伎調で古いかもしれない。だが内実においてこの記事はヒューマンなタッチを持っている。今日の大新聞の記事よりよほど良い意味での物語性に富んでいることは、マス・コミの世界で働く人も認めるところではないだろうか。

ところでこの『九州日日』と比べると、ハーンが何を、どのように変えたか、判然としてくる。ちょうど彼の怪談物の原話と再話との関係と同様、ハーンの物語作家ないしは日本研究者としての技倆《ぎりよう》や狙いが、その変容の過程を通してわかってくる。まず、原話では七年前の犯行が再話では四年前となった。当然、事件当時胎内にいた遺児も七歳から四歳へ年齢が下った。この変更は重要である。七つの子供は実際は祖母と母の傍に立っていたのだが、四つに下げたことで、痩せた小柄な杉原おきびがその子をおぶった姿で殺人犯と対決することとなるからである。西洋にない、この子供をおんぶする恰好ほど明治の庶民の母を象徴する姿はあるまい。七歳の子供ではもう背に負うことはできないから、ハーンは年齢を意図的に下げたのだ。また新聞によれば、宮崎家の遺族には警察から内々通知があり、当日は早朝から群衆の前へ出て待っていた。しかし再話では祖母（故宮崎巡査の母）は出てこない。母一人子一人の姿の方が哀れさもひとしおまさるからだろう。同行の刑事の数も数名を一名に減らした。さらに注目すべき変更は、原文ではいきなり地べたに身を投げ伏して、人目も恥じず泣いたのは、殺人犯ではなくて、宮崎巡査の妻と母だった、という事実である。

この種の事実分析は、ある人々には、折角ハーンによって創られた美しいイメージを壊すもの、という不満を与えるかもしれない。また別の人々には、ハーンが描いた日本はやはり一篇の詩、一個のフィクションにしか過ぎない、という感をあらたにさせるかもしれない。しかし私見では、『停車場にて』の場合は、ハーンの変更は、許容範囲内のことに思える。日本に作品の材を取った時、ハーンには二つの目標があった。第一は素材そのものの中に日本人の心性をとらえる、という文化解釈についての客観的報道であり、第二はそうして書いた文章が芸術作品としても一人立ちできるよう工夫する、という文筆家としての野心であった。

ハーンは印象の統一をはかって、犯人が身を投げ、顔を地べたにこすりつけ、呻くように叫んだ、と書いたが、新聞に報ぜられた犯人の悔恨の言葉を考慮するならば、ひれ伏した行為は自然であり、現に日本人読者の多くは（『甘えの構造』の著者土居健郎氏も含めて）それをすなおに実話だと思って長年読んできたのである。

ホーフマンスタールは、日本人の内面の生活を自分もともに生きようとしたハーンに深い敬意を寄せた人で、ハーンの前半生について知っていたわけではなかったが、その著作のあるものを「最高度に教養のある、真面目で、内実のあるジャーナリズム活動の所産」といい、

『停車場にて』は、ほとんど取るにも足らぬ逸話、センチメンタリズムから脱却しているとはいいきれない逸話だが、だがそれは書く術《すべ》を心得た人によって書かれた。しかも感じる術を心得た人によってあらかじめ感じられた。

とも評している（『ラフカディオ・ハーン』、『ホーフマンスタール選集』第三巻、河出書房新社、所収）。「書く術《すべ》」という術《アート》は、米英の読者に読ませるための事実の取捨選択や順序の変更というコンポジションに関するものである。それは、読ませるための工夫《アート》が芸術《アート》なのであるから、許容される変更であろう。ハーンにとって報道すべき重要事は日本人の心性であってこの犯罪の詳細ではなかった。その点、事実の変更は多少あったが、真実の変更はなかった、とでもいえようか。

もちろんアクセントをつけるためにある種の理想化が行なわれ、それが日本人のナルシシズムに訴えて

『停車場にて』が愛読された、といえるかもしれない。ホーフマンスタールはハーンを「感じる術を心得た人」とも評したが、『停車場にて』を書いた時のハーンには、良かれ悪しかれ、理想化が働いている。実際の犯人はもっとずっと奸智《かんち》にたけたふてぶてしい人間だったのかもしれない。作品の感動は明らかに新聞記事よりも純粋になっているが、しかしそれは妻の節子がこの新聞を朗読した時に示した微妙な感情の動きにハーンもまた感応したからではあるまいか。妻の声が涙声になったのを聞いた時、ハーンは自分は駅頭に居合わせなかったけれども、駅前の広場で静まりかえった群衆の間から洩れてくる嗚泣きをその心の耳に聞いたのに相違ない。ハーンの心眼には熊本駅前の情景がその時まざまざと見えたのだ。そしてハーンはこの事件を通して、日本の庶民の間にしみ渡っている仏教的心性や、正義と慈悲についての（いかにも西洋人とは違う）観念について、思いめぐらす節があったのである。

ハーンは「罪を憎んで人を憎まず」という諺が行なわれているこの国に驚きをおぼえた。犯人も人の子であり、哀れである、と人々が感じていること、その事実に感動した。「……その（熊本の）人々はすべてを了解し、罪人が悔悟し自らを恥じたことを良しとして、激昂や憤怒によってではなく、その罪の大いなる悲しみによって、自分たちもまた心が一杯になったのである――儚ならぬこの人生の難しさ、人間の弱さ、そうしたことについてこの町の人々は、単純素朴な、だが深い体験を通して、しみじみと身にしみて会得《えとく》するところがあったのである」

ハーンは日本社会で警察官が単なる法律の執行者以上のことをすることにも驚きを覚えた。犯人に自分が犯した罪の深さを、その罪が生んだもっとも単純明白な結果――いたいけな遺児を示すことによって、はっきりと悟らせたからである。ハーンはそのような日本の警察官に美点を認めた。それだから熊本時代、妻節子の遠縁の親戚がハーンの家で数ヵ月食客として過し、内証で巡査の試験を受けて合格した時、節子をはじめ親戚の者がひどく反対したにもかかわらず、

「否々《ノーノー》、そのように怒るないよき」

というハーン独特の日本語で家人をなだめて、青年の巡査への門出《かどで》を祝した由である（小泉一雄『父「八雲」を憶ふ』、「東京牛込」の章）。青年がやがて官服を着て現れると、子供の一雄はお巡りさんの黒い紐のついた呼子笛《よびこ》を借りて、ピリピリと音高く吹いて遊んだ。

ところで警察官の眼を通して社会の下積みの人々を見る、というハーンの視点は、明治時代に来日した他の西洋人たちにおよそ欠けている視点だが、やはり北米シンシナーティ時代に警察まわりの記者をした際、養われたものであろう。短篇『ドリー』の中で、ドリーの恋人、混血青年アレックについては見るべき性格描写がなかったが、それに反して、時々姿を現わしては一言、二言ドリーに声をかけてくれるパッチー・ブラジル巡査は人情味のある人物であった。ドリーやバンジョー・ジムを見守るブラジル巡査は、厳格だが、温い眼差をしている。このお巡りさんの目にはハーンその人の目が感じられる。『停車場にて』に出てくるのも日に焼けて赤銅色の「毫《ごう》も容赦《ようしや》仮借《かしやく》はしないけれども、しかも慈悲と慈愛に満ちた正義の裁き」を行なう老練の刑事である。その二人に共通する人柄が感じられるのは、単なる偶然ではないであろう。

父と子の関係

それでは『停車場にて』は、客観的な日本文化解釈と見てよいのであろうか。この話にはさらに大切な指摘が添えてある。それは、

……このエピソードでいちばん意味深い事、というのはそうした事はきわめて東洋的だからだが、それは「前非《ぜんぴ》を悔《く》いよ」という訴えが、もっぱら犯人の父性を通してなされた点にある。そしてその父性――人の子の父親としての気持は、日本人誰しもの魂の一隅にしっかりと深く根ざしている、子供たちを可愛がる優しい気持に通じている。

という父性に関する日本人論である。そして日本人が子供を可愛がる例として、日本で古今を通じていちばん有名な大泥棒である石川五右衛門も、ある夜とある家に忍びこんだが、無心に自分に向けて手を伸ばした赤子の可愛らしさにひかれて、その子をあやしているうちに、所期《しょき》の望みを遂げ損った、という話（民間伝説）と、数ヵ月前に一家全員が就寝中、文字通りばらばらに斬殺《ざんさつ》された家で、その血の海の中でたったひとり泣き叫んでいた、かすり傷一つ負わない男の子が見つかった。「一家鏖殺《みなごろ》しの強賊《ごうぞく》共は、その子には怪我をさせまいとして細かく気をつかった、それにははっきりした証拠がある」という話（新聞記事）が添えられている。民間伝承に興味を寄せ、新聞の犯罪記事に関心を持ったハーンが、そこから拾った知識で巧みに自説を裏付けたものといえよう。

ところで外国人ハーンに言われてみると、なるほど日本では大人の男が大人の女に直接声をかけるのはなんとなく気恥しくて、そばに子供がいれば子供を介して会話する、大人も聞いているのを承知の上で子供に向って話しかける、という会話形式の存在に気づかれてくる。刑事は「お上さんに向ってではなく、その子に向って」ゆっくり話しはじめた、と作中にあるが、いかにもありそうな光景である。（ジョージ・サンソム夫人カサリンの著書 *Living in Tokyo*（p.175）によれば、十九世紀の末から在日西洋人宣教師や語学教師の間では、「町や村で歓迎されるこつは乳母車を押して行くことだ、そうすれば日本人が必ず話しかけにくる」という秘訣が語り伝えられていた由である。）

しかしながら先に見た『九州日日新聞』によれば、刑事が話しかけた相手はまず殺された宮崎巡査の妻と母だった。その事実を知っている私たちは、ハーンの日本人の父性についての考察は、停車場で起った事件によってではなく、あらかじめハーンが抱いていた見方によって導き出された結論、という感触を抱く。ハーンは自分がもくろむ筋書にあわせて事件の細部を改変した、ともいえるのだ。石川五右衛門の話も新聞記事も、帰納的に結論を出すための材料として用いられたというより、あらかじめ用意されていた結論を補強するべく拾われた材料だったようである。

「前非を悔いよ」という訴えが、もっぱら犯人の父性を通してなされた。その点がきわめて「東洋的」だとハーンは結論したが、その時ハーンは何を考えていたのか。一八九〇年、北米から船で横浜へ真直に来たハーンは「東洋」についてはは日本以外の土地はその後も踏まなかった。だから「東洋的」という言いまわしは不正確で、正しくは「日本的」と言わなければならない。それなのに「東洋的《オリエンタル》」と言ったのは「西洋《オクシデント》」とは違う、という強烈な対比の意識があったためだろう。具体的にいえば、かつて英国人の父親に捨てられて深く傷つけられたハーンだけに、対照的に、日本の親子関係がうるわしいものに見えた。その良い面が一層際立《きわだ》って見えたのだ。

それにハーンその人がこの年、四十半ばになってはじめて一児の父となろうとしていた。『停車場にて』を書いていた時、節子は身ごもっていたのである。その秋、長男一雄が生れた時、ハーンは躍りあがって喜んだ。その生き生きした喜びを友人ヘンドリックに報じた手紙が残っているが、その時にも一瞬苦い思い出がハーンの念頭をよぎった。

「自分の子供を生んでくれる女を虐待する男も世の中にはあるのだと思い出したら天地が暫く暗くなる様な気がした」

ハーンが書き足したこの一節に名前こそ出て来ないが、それが父親の所業《しょぎょう》に言及した、ラフカディオの本能的反撥とでもいえるものであることは間違いないだろう。父親の行為を非難する気持が強ければ強かっただけにハーンは、自分は英国人の父親とは違う、自分は日本で我が子も、我が子の母も大事にしよう、と心に誓ったのである。

バジル・ホール・チェンバレンはハーンと同い年の人だが、ハーンより十七年先に日本に来て日本語の学習に打込んだ人だけに、西洋人日本研究者の長老をもって自ら任じていた。ハーンもなにかにつけてチェンバレンの教えを乞うたし、当初二人の仲はすこぶる良かった。ハーンがなにかといえば日本人の肩を持ち西洋人を貶《おとし》めることを不快に感じていたが、その文才に免じて大目に見ていた。ハーンの死後七年、明治四十四年一月『心の花』に寄せたチェンバレンの一文は、まだ旧友に対する暖い感情に溢れていた。

ところがそのチェンバレンが最晩年、ハーンの描いた日本に騙《だま》されるな、あの極度に近眼の男の日本観は主観的に過ぎる、という棘を含んだ言葉を*Things Japanese*『日本事物誌』第六版（一九三九年）に発表したのである。それはちょうど日本の評判が国際的に低下した昭和十年代のことだったから、世間は多くチェンバレンの意見に賛同した。しかしチェンバレンははたして世にいわれるほど客観的かつ公正な学者だったのだろうか。一例として『日本事物誌』の「欧亜混血児《ユーレイジアン》」についての項目を読んでみよう。

欧亜混血児《ハーフ・カースト》は、しばしばユーレイジアンと呼ばれる。……混血児は通常、ヨーロッパ人の父よりも日本人の母に似る。これは、白色《フェアー》の親は黒色《ダーク》の親に負けるという生理学上の一般法則によるものである。日本のユーレイジアンの数が増えはじめてからまだそれほど歳月が経っていないので、この混血した種族《レース》が今後も生き続けるか、それともこうした場合にしばしば起るように、三代目か四代目かで死滅してしまうものか、いまのところはまだ判らない。

小泉家は現在三代目と四代目で、お健やかの由仄聞《そくぶん》する。人間を単なる実験材料のように観察するチェンバレンの眼付きには、彼等と自分とは違う、という不遜《ふそん》な思いあがりがどこかにひそんでいるのではないだろうか。それが見られる側の人に不快の情を与えるのではないだろうか。チェンバレンには一時期日本の「女」がいたが、生涯結婚せずに通した。一見学術的な彼の筆致のうらにはやはりその時代特有の偏見がひそんでいたように思える。

境界を越えること

チェンバレンとハーンの違いは、同じく日本研究者といいながら、チェンバレンがあくまでイギリス人としてのアイデンティティーを保持し、精神的には西洋人居留地の内に滞ったのに対し、ハーンが居留地の境界を越えてしまった点だろう。

ラフカディオ・ハーン。一人のヨーロッパ人の完全な移行。限界を越えること。「居留地の境界を越えるのは太平洋を渡るのとほとんど同じことである、――太平洋も民族間の相違にくらべればはるかに狭い」

これはホーフマンスタールが『ヨーロッパの理念』（『ホーフマンスタール選集』第三巻、河出書房新社）と題した「ある講演のための覚え書」に書きつけた一節だが、ホーフマンスタールは、ハーンが西洋人でありながらその限界を越えた稀有《けう》な例として引用句に全面的に共感の意を表したのに相違ない。かつて北米のシンシナーティで州法に背いて混血女性と結婚式を挙げるという「境界を越える」行為をあえてして失敗したハーンだったが、日本の松江では見事にその「境界を越え」た、といえよう。

ハーンの日本における達成が外国人としていかに類稀な性質であるかは、次の問を発することによって一層明瞭となる。いったい日本人の作家、文筆家でかつてアジアの国々へ旅してその土地に長く住みつき、その土地の人の心を心として文章に描き、その作品がその土地の言葉に訳されて愛読されたような人がいただろうか。残念ながら答は皆無《かいむ》に近い。が、僅かにただ一人、例外として柳宗悦をあげることができる。柳宗悦は『朝鮮人を想ふ』（一九一九年）の冒頭で、他民族の内面生活理解の問題にふれて次のように説いているが、ここで注目したい点は、柳の発言がハーンを念頭に置いて行なわれた、という事実である。柳は書いた。

私は屢々想ふのであるが、或国の者が他国を理解する最も深い道は、科学や政治上の知識ではなく、宗教や芸術的な内面の理解であると想ふ。言ひ換へれば経済や法律の知識が吾々を他の国の心へ導くのではなくして、純な情愛に基く理解が最も深くその国を内より味はしめるのであると考へてゐる。私は日本に於ての小泉八雲の場合の如きをその適例であると思つてゐる。恐らく今までハーンほど日本を内面から味はひ得た人は無いであらう。外国人の書いた日本に関する本に関する本が何百あるか知らないが、ハーンの著作ほどその美しさと鋭さと温かさとに充ちたものはないであらう。彼は或る日本人よりも日本を一層よく理解してゐた芸術家であつた。科学や政治は却つて屢々独断に充ち利己に傷ついた不純な理解であつた。

牧野陽子氏が『柳宗悦・民芸への道』（『季刊芸術』四十九号）で評しているように、柳はハーンを「西洋人」でありながら、日本よりも優位にたっている「西欧文明」の観点からでなく、日本をその「内面から」「純な情愛」をもって理解した人、また、日本の表層文化ではなく、民族の心の「内面」を理解した人として捉えた。そこで柳は朝鮮在留の日本人を批判しつつさらにこう続けた。

朝鮮に住み朝鮮を語る人々の間にはまだハーンのやうな姿は一人もないのである。その古墳を発き古芸術を集める人はあるかもしれぬが、それによつて朝鮮に対する愛の仕事を果した人は一人もないやうである。彼等は如何なる美を捕へ得たであらうか。涙が嘗て彼等に湧いた事があるであらうか。日本は多額の金と軍隊と政治家とをその国に送つたであらうが、いつ心の愛を贈つた場合があらうか。

柳宗悦の発言の是非もさることながら、私にはこの発言に見られるハーンから柳への刺戟伝播《しげきでんぱ》が興味ふかい。柳は、西洋人であるハーンが日本の心を理解したように、今度は日本人である自分が朝鮮の心を理解したい、と述べたのである。

ちょうど民法学の分野で梅謙次郎博士――梅は偶然ながらハーンの晩年の親友であった。ハーンの遺言もフランス語で梅博士宛てに書かれた――が、明治初年若き日の自分たちがフランスの学者から恩恵《おんけい》に浴したことを徳として、その恩恵を今度は日本のみならず朝鮮へもひろげようと志し、法典整備のため半島の地へ渡って不幸にも伝染病で倒れた。その場合、梅謙次郎にとって規範とすべき人々は文明の事業に尽したフランスの法学教授たちであったろう。それと同じように、柳宗悦は、自分の朝鮮理解に際して日本理解者のハーンを先例とし、規範として半島の地へ渡ったのである。梅謙次郎はいってみれば「朝鮮におけるボワソナード」たろうとして斃《たお》れたが、柳宗悦は「朝鮮におけるハーン」たろうとして立派な仕事を成しとげた、といえよう。柳宗悦が李朝陶磁器の美の発見者となり、朝鮮文化の自律性の擁護者となったことは人も知る通りである。ここでそのような刺戟伝播の一例に触れたのは他でもない、私に次のような願いがあるからだ。

今日、海外へ赴く日本人の数はかつてなく多い。だがその中から日本人居留地の境界を越えて、その土地の内側に移り住み、その土地の内面の生活を自分もともに生きる、という人は出てこないものだろうか。その土地の人が話す事柄を耳さとく解し、その土地の子供たちの話し言葉も拾えるような日本人。お婆さんが孫たちに語って聞せるような言葉、恋する女や悩める女の口をついて出、その人がもし拾ってくれなければ、椰子の木蔭や沙漠の油田の夕闇にそのまま消えてしまうような言葉。南の島の田舎の村でそのような言葉を掬《すく》いあげ、その物語をたくみな日本語に綴り、その土地の人々の内面の生活をまず日本人に伝える。すると十年経ち、二十年経つうちに、その人の著書がその国から来日した留学生の眼にもとまり、その人の著書がやがては逆にその土地の言葉に訳されて、いつまでもその土地で愛読される……

そのような仕事は文壇の作家には不可能であろうか。もしそれが至難の業だというなら、ハーンこそまさにその不可能を可能とした、世にも稀な作家だった、といえるのではあるまいか。

第六章　草ひばりの歌
――ハーンにおける民俗学と文学――

日本行の計画書

三十九歳になった男が、これから未知の外国へ渡航してその体験を書物に書き記そうとする。その出発前に出版社に提出した計画書の十余の項目が、それから十余年にわたって書かれる十余の著述の題目にそのまま重なるのだとしたら、一体その男は意志的に志を遂げたのだろうか。それとも夢想家の夢がたまたま当ったのだろうか。

日本行の話が具体化した一八八九年、ラフカディオ・ハーンはニューヨークのハーパー書店に宛ててその計画をこう述べた。

日本のように外国人旅行者がすでに大勢その土地を踏んでいる国について、これから本を著そうとするに際して、いままでにない全く新規な事物が発見できようとは考えていません。――大体そんな新発見ができるなどと企むのは浅墓《あさはか》に過ぎましょう。そうではなくて、そうした事物を私はまったく新しいやり方で見なおしてみたいのです。……私の狙いは、「日本で暮らしている」「日本で生きている」という生き生きとした実感を西洋人読者の脳裡に創り出すことです。——すなわち、ただ単に外からの外人観察者として見るのではなく、日本の庶民の日常生活に私自身も加わって、日本の庶民の心を心として、書いてみたい……

ハーンはそれから具体的な執筆予定項目として「第一印象」「紀行と風光」「日本の自然の詩趣」など十六列挙したが、その中には必ずしも文学的とも思われぬ次のような項目も含まれていた。

こどもの生活と遊戯
家庭の生活と信仰
伝説と迷信
婦人の生活
古い民謡
言語慣習

彼がそのような項目を列挙し、またハーパー社がそのような申出をしたハーンを特派員として日本へ送ることを承諾したについては訳があった。日本渡航以前のハーンがアメリカのジャーナリズムで多少名を成していたとすれば、それは彼がニューオーリーンズ時代（千八百八十年代）、ルイジアナの風俗や仏領西インド諸島の生活をルポルタージュして、好評を博していたからである。その中にはフランス系市民の閑雅な生活だけでなく、土人の子供の遊戯も、混血の乳母の伝承も、元奴隷たちの民謡も、片言のフランス語の蒐《しゅう》集《しゅう》も含まれていた。

昨今でこそ北米では黒人奴隷の伝承を探ろうとする『ルーツ』などの運動も活撥だが、前世紀にハーンのような同情をもって、南部のフランス系植民地の民謡を採集しようとした人物は珍しかった。ほとんどただ一人といってもよかった。たとえば次の歌は、黒人奴隷が片言のフランス語で歌った「クレオールの歌」と呼ばれるものの一つだが、地方新聞の記者であったハーンが、混血の女性から習ったものである。十九世紀の初頭、農園ではやったというこの歌に「鎖」の言及があるのは、奴隷の身分を示唆するものに違いない。

俺は知らない、なにが、一体なにが
　俺をこんなに苦しめるのか、
俺は知らない、なんで、またなんで
　俺の心がこんなに燃えるのか。
ああ神様、なんという痛み、苦しみ、
　俺は長いことずっと悩んだ、
鎖よりも辛い苦しみ、
　一思《ひとおも》いに死んだ方がましなくらいだ。

お前は憶えているか、美しいせせらぎが

バナナ林の間を流れていたのを。
お前は水につかっては
嬉々《きき》としてはしゃいだ。
あの水はいまはもう流れない――
流れはすっかり止まった――
お前がもう水につからないから
川もお前をうらんでいるのだ。

原詩はこの拙訳よりもずっと土臭い、フランス語の片言だが、その第二連の前半を引くと、

Toi conné qui belle rigole
Qui coulé dans bananiers.
Où toi té sé fé la folle
La foi qui toi té baigné.

こう崩れては、フランス人でも判りかねるフランス語であろう。だがそれでも、

「ウ、トワ、テ、セ、フェ、ラ・フォル」

と単音節が軽快に続くと(第三行)、植民地農園《プランテーション》のバナナ林の小川で、混血娘がはしゃぎながら水浴びし

ている情景が眼に浮ぶのである。そして実際、北米と違って、仏領西インドの島々では黒い肌をした女たちは底抜けに陽気だったらしい。『マルティニークのスケッチ』の中でハーンは土着の人の著書からこんな名文句を拾っている。

「愛情の結びつきから生れたために、有色の女は、愛に生き、笑いに生き、忘却に生きる」

なにかゴーガンが描くところの南海の島の女たち、という印象ではあるまいか。そしてその感じが似ているのも故ないことではなかった。タヒチ島へ行く前に、ゴーガンの気に入りとなったのがこのマルティニークの島だったからで、ゴーガンとハーンは偶然同じ年（一八八七年）にサン・ピエールの港で暮していたのである。――フランスの画家が島の女をどのような目で見ていたのか、ゴーガンの一八八七年六月二十日付の妻宛の手紙を訳してみる。

いま俺たちは黒人の家に落着いた。パナマ地峡にいた時に比べるとここは天国だ。俺たちの下は椰子の木がずっと生えた海岸で、上はありとあらゆる種類の果物の樹が繁っている。

黒人の男も女もひねもす歩きまわって、クレオールの歌をうたい、ひっきりなしにお喋りしている。それが単調だと思ったら大間違いで、実に多種多様なものだ。フランスの植民地の生活がこんなに素晴らしいものとは夢にも思わなかった。自然は豊かだし、気候は暑いかもしれないが、時々は涼しい風も吹く。多少金があれば極楽だろうが、しかしその多少が無ければ駄目だ。

ゴーガンは十六、七のいたって可愛い黒人の女から果物を貰った。実はそれは、もっと大事なものをあなたにあげる、という合図だったらしい。それと知らずにばんじろうという果物の実を食べようとしたゴーガンは土地の弁護士から注意された。

「あなたはヨーロッパの方で、この土地を御存知ないようですな。出所も知らずに果物を召上ってはいけませんよ。その果物にはまじないがかかっています。女は自分の胸に押しつけて実を潰した。その果物をお口にすれば、あなたはあの女のものになってしまいますぞ」

ゴーガンははじめは土地の人がうぶな自分を冷やかしているのだと思ったが、相手は真面目にその迷信を信じているらしかった。その後ゴーガンは（ハーンも罹ったが）悪質な風土病に悩まされて悲惨な窮状を空しく訴えることになる……

しかし喉から声を振りしぼるだけの気力も失せるという業病《ごうびょう》を除けば、マルティニークの島は、歌も、迷信も、黒人の女も、邪気のない、面白い風俗ではあるまいか。ゴーガンと同じく、文明世界に背を向けたハーンが、混血の土着民の片言の「クレオールの歌」を集めようとした気持は、私たちにもわかる気がする。ハーンは先の民謡紹介の一文（『アイテム』紙、一八八〇年七月二十六日付）を、当時すでに次のような訴えで結んでいた。

「本紙読者のどなたかが、この種の珍しい歌謡をさらに幾つか記者宛にお届け願えれば、幸甚であります」

民俗学と文学の間

ハーンが、従来の西欧的伝統の外に新天地を求めて、すでに北米時代に南太平洋の伝承に材を拾って『泉の乙女』などの『異文学遺聞』を再話した経緯についてはすでにふれた。

ハーンが各国の民間の伝承や民謡に興味を寄せたのは、初めはそうした素材をもとに自分で翻案や再話物を書こうとしたからにちがいない。しかし当初は書籍的であった民俗伝承についての関心や知識が、いつしか自分自身の新聞記者としての実際の仕事を助けるようになっていた。人種の混ざりあったニューオーリンズで運河の向う岸の古い界隈を取材し、さらに南下して仏領西インド諸島で二年間を過すに及んで、ハーンは文筆家としての自分自身を生かす最良の道の一つは、民俗学的興味を抱いて土地の人に接することだ、と自覚するにいたったのである。

そのためにハーパー社へ提出した日本行の計画書にも、民俗採集とでも呼べるような項目を列挙したのだろう。そして実際、来日するやハーンの活動の一半は、後述するように、民俗学的蒐集に向けられた。もっとも日本人読者が従来その面にはすこぶる無頓着《むとんちゃく》であったので、『Folklorist としての小泉八雲』という一文を書かれた故丸山学熊本商科大学教授は、日本人がその面をすっかり見落していることを再三嘆かれたのである。

しかし日本人がハーンの中の民俗学者的側面に気づかず、彼を目してまずなによりも文学者とした見方にも、それなりの理由はあった。ハーンはあくまで文筆の人で、その野心が文芸の世界にあったことは否めない事実だからである。しかし丸山教授に注意されてみると、なるほど文学者とはいいながら、ハーンの著作にはフィクションと呼ばれる性質のものがいたって少いことにも気づかれてくる。日本時代には長編、中編の小説もなく、架空の独創的仮作にすこぶる乏しいのである。明治、大正の人々は小泉先生を尊敬するあまり文豪小泉八雲などという呼び方をしたが、「文豪」という呼び名はハーンにはいささかそぐわないように思える。

――それでは創作家としてそのような欠落があるにもかかわらず、なぜハーンが書き遺した小品は、あのような深い哀歓の情をもって、いまもなお日本人読者に迫るのだろうか。従来の米英の文学史ではハーンはロティの亜流と目され、異国趣味の作家として分類されてきた。ところが今日、海外旅行の機会が多くの人に与えられるようになると、ロティのように異国情緒を売物にした作家は、初恋の地のトルコではともかく、フランスでも日本でも愛想をつかされたように忘れられてしまった。それなのにハーンの文章だけは古びず、新訳を通しても依然として私たちに愛読されている。なぜだろうか。

その秘密は、行きずりの旅行者ロティの文章と違って、ハーンの著作が正確な民俗の観察によって裏打ちされているからである。ロティとハーンの決定的な相違は、その点においてなのである。ハーンがハーパー社に宛てて書いた「日本の庶民の日常生活に私自身も加わって、日本の庶民の心を心として」ルポルタージュを書きたい、という基本姿勢は、本来ならば民俗学学徒として異文化の民に接する際の心構えであった。しかしフランス領西インド諸島で暮した時と同様、このような謙虚な姿勢でもって日本に臨んだお蔭で、ハーンの仕事は、民俗学的蒐集はもとより、文芸的な諸作品にいたるまで、結果としてきわめて内容の充実した、真実なものとなったのである。(その事は、アメリカ東部の名門の出身者であるアダムズやローウェルの高姿勢の概念的な日本論と比べてみれば、対照的に判然としよう。)

だが考えてもみるがいい。普通、どこの国でも文芸の徒が外国へ関心を寄せるとしたら、それはもっぱら外国文学の大道と目される流行のフランス文学などへであった。(ハーン自身も仏文学の紹介者としてアメリカで名を成したことについてはすでにふれた。)そして小国や小言語の文化は、足早の観光の対象とはなっても、長期の逗留の対象とはなりがたいものであった。しかし十九世紀も後半になると当時勃興期にあった民俗学の関心は（ちょうど昨今の文化人類学の関心がそうであるように）、むしろ辺境の文化や未開の国の民俗にも向けられるようになった。そして明治二十三年当時の日本は、欧米人の目にはもちろんまだ辺境の島国だったのである。アメリカの日本学者が活躍しだした第二次世界大戦後とは違って、この東アジアの島国の文学史がこれほど豊かであろうとは、前世紀末の西洋の文芸人は誰一人思っていなかった。日本学の権威、チェンバレンまでが（アーサー・ウェイリーの翻訳が千九百二十年代になって出るまでは）『源氏物語』は堪えられぬほど平板で風味に欠けている、と言い張っていた始末であった。――ハーンはそのような日本へ、文字に記された文学よりも口伝えに伝わる文学の方にむしろ豊かな材料があると期待して、太平洋を渡って来たのである。彼が妻にも解《げ》しかねるほど「辺鄙なところほど好き」だったのも、背後にそういう民俗採訪の動機が秘められていたからにちがいない。

　ラフカディオ・ハーンは、日本を海外へ伝えてもっとも広く読まれた外国人著述家の一人であろう。小泉八雲は日本文化を世界へ紹介した最大の功績者であるという風に普通世間ではいわれている。しかしハーンが英語に移して有名となった日本文学の作品は『耳なし芳一《ほういち》』にせよ『雪女』にせよ、正統の国文学史には名前すら出てこない「怪談」というジャンルに属する。この事実にはパラドックスが感ぜられよう。そしてこのような辻褄の合わぬ事態が生じたのも、ハーンの日本文芸への関心の糸口が、前述の通り、口承文芸にあったために相違ない。『怪談』はハーンが目で読んで書物から英訳したものではなく、家人が語って聞かせた怪談を彼が英語に移して芸術的加工を加えたものである。その場合のハーンは「目の人」であるよりも「耳の人」であった。たとえば『耳なし芳一』に即して言うなら、

一、夏の夜の怪談がすべてそうであるように、この種の話は、印刷された文字で読むより、上手な語り手

が闇の中で語る時に迫真力を増す。すなわち怪談は耳に訴える語りの文芸である。

二、作中の琵琶法師芳一は盲目であり（ハーン自身も盲目に近い視力の人であった）、そのために芳一が三日目の晩、耳を澄して武士の足音が近づいて来るのを聞く条りで、芳一は全身が耳と化したといってよい。

三、その両の耳をちぎられるのであるから、恐怖は極致に達する。

という三重に聴覚に焦点を絞った、集中度のきわめて高い構造となっている。

そのハーンの英文の聴覚性を証する文体分析の詳細はここでは省くけれども、ハーンの明治日本への近づき方が、書籍や辞書を通して外国文学を学ぼうとする世間一般の書斎派の教授たちとは異なるものであったことは明らかであろう。またひるがえって日本の作家でアジア諸国の民俗を描いて、ハーンほど土地の男女の心を摑み得た作家がいまだに出ていないことを思えば、ハーンが成しとげた業績が並々ならぬものであることは自明であろう。ハーンは明治の庶民へ近づく際には民俗誌的視点を重んじ、その成果を表現する際には文章推敲の努力を惜しまなかった。そのハーンの成功の鍵ともいうべき民俗学的関心と文学的達成のかかわりあいを、英語で書かれた明治文学といわれる彼の作品の幾つかを通して、探ってみよう。明治二十年代の日本の地方の生活を描いて、ハーンほど鮮やかに庶民の心を捉えた作家は、日本人の作家には誰一人いなかったのであるから。

ひどい宿、幸ふかい宿

若槻《わかつき》礼次郎が明治十七年、松江から初めて上京した時、旅筋は次の通りであった。六年後にハーンも似た道筋を逆に北へ向けて山越えをするので、やや長きにわたるが『古風庵回顧録』から引かせていただく。

その頃鉄道は、山陰道などには全然なかった。だから松江から東京へ出るには、まず鳥取県の米子に出で、山中十七里という中国山脈を越えて岡山県に出て川船で岡山に降り、汽船で神戸へ、神戸で汽船を乗替えて横浜に行き、横浜から汽車で東京へ出るというのが順路であった。

私の初旅は、松江から八里の米子まで実父が送ってくれたが、そこからは唯一人、背中に東京で使う寝巻などの一包を背負って、山越えをした。この山越えは、非常に淋しい所で、昔は藩公が江戸へ出るのに、ここを通り越すと、飛脚を国元へやって「御無事に山中をお通りになりました」と報告させたという程で、山賊なども出没したという。だからここを越すには、必ず二三人誘い合って行くのが普通であった。私は淋しさをこらえて、ただ一人とぼとぼと歩いた。人にも行き逢わず、人家もほとんどないので、途を聞くことが出来ず、ただ電柱を目標にした。この山の中で、二晩宿屋に泊って、三日目に美作に降りた。旭川という川があって、落合という所から岡山行きの船が出る。丁度落合へ二里という所で、帰り車だというので人力車に乗った。そして落合の宿屋に泊った。

そこの川舟は何軒かの宿屋が持っているが、宿屋同士競争していて、商売敵きの宿屋の客は絶対に乗せない。私はそんなことを知らんから、宿に着くとすぐ、「明日の朝舟が出るか」と聞いたら、「出します」というので泊った。三時ごろ目を覚ますと、遠くで法螺貝の音が聞えるが、宿はシンとしている。起きて行って聞くと、雨が降って川の水が高いので舟は出ないという。私は気が気じゃない。受験の願書を東京で出すことにしていたのに、期限が切迫している。この朝の舟に乗れなければ、間に合わないかも知れない。私は約束が違うといって宿の者を責めたが、どうにもならない。そこを飛出して、舟の出る宿屋へ行った。その宿屋は裏へ通り抜けると、河原になっていて、舟が繋いである。舟にはお客がもう乗っている。何処から来たというから、嘘をつくわけに行かず、あの宿屋から来たというと、それではこの舟に乗せるわけにゆかんといって、幾ら頼んでも乗せてくれない。舟の中を見ると、お客は早起きして行ったので、みな横になって寝ている。私が入れれば、寝ている者も起きなければならんから、お客の方でも「乗せるな」という。それでも私があまり困った顔をしていつ迄も立っているので、「何処かへ乗せてやれ」と云う者があって、客席ではなく、舟を漕いだりするところの片隅に、邪魔にならんように小さくなって乗せてもらい、ホッと一息ついた。

四時過ぎにようやく夜が明けて、寝ていた人々も起きて話し始める。知った人はいないが、出雲の人が多いらしく、「私も出雲、あんたも出雲か、お気の毒だ、ここへ入れ」という。岡山へ着くころには、親しい人も出来た。松江から北海道へ開墾に行くという家族連れの人がよくしてくれて、一緒に汽船で神戸へ行った。

この「あんたも出雲か」というお国訛りのお喋りは、いまでも東京と山陰を結ぶ寝台列車に乗れば途端に耳にはいる。しかし昔なつかしいその情景を除けば、交通の便の方はまたなんと近代的に発達してしまったことだろう。私たちはたといしたくとも、一世紀前に十八歳の代用教員若槻礼次郎が草鞋《わらじ》ばきでしたような、心ときめく山中の一人旅や川舟の旅をすることはもはやできない。鉄道網は全国いたるところに敷かれてしまった。その工事は日進月歩で、若槻が司法省法律学校を受験に上京した六年後の明治二十三年、ハーンが松江中学校の英語教師として赴任する頃には新橋から姫路まで、そして明治二十七年、日清戦争が始る年には広島まで鉄道は通じるのである。

しかし山陽道から北へ歩を転じ、一歩山の中へはいれば、当時の農村の生活は徳川時代と比べてもさしたる変化はなかった。ハーンが強力《ごうりき》の車夫をとっかえひっかえ、俥で中国山脈を北に抜けた四日間の旅は、通訳を一人連れていたとはいえ、やはり物淋しいものであったにちがいない。ハーンは後に妻の節子に伴われて、今度は松江から南に向けて山を越えたことがあったが、小泉節子はその時の恐ろしかった印象を、

「ひどい宿でございました」

と『思ひ出の記』に、さながら一篇の「怪談」を物語るがごとくに、回想している。

車夫の約束は、山を越えまして三里ほど先きで泊るといふのでしたが、路が方々こはれてゐたので途中で日が暮れてしまつたのです。山の中を心細く夜道をいたしました。そろそろ秋ですから、いろいろの虫が鳴いてゐるのです。山が虫の声になつてしまつてゐるやうで、それでしんとして淋しうございました。「この近くに宿がないか」と車夫に尋ねますと「もう少し行くと人家が七軒あつて一軒は宿屋をするから、そこで堪忍して下さい」と申すのです。車が宿に着きましたのが十時頃であつたと覚えてゐます。宿といふのが小さい田舎家で気味の悪い宿でした。行燈は薄暗くて、主《あるじ》は老人夫婦で、上り口に雲助のやうな男が三人何か話してゐます。二階に案内されたのですが、婆さんが小さいランプを置いて行つたきり、上つて来ません。あの二十五年の大洪水のあとですから、流れの音がえらい勢ひでゴウゴウと恐ろしい響きをしてゐます。大層な螢で、家の内をスイスイと通り抜けるのです。

ところが先の北行の時も、この南行の時と同じくハーンは恐いもの知らずで「いちばん距離が長くて、いちばん人が通らない道を選んだ」。山中の宿屋は、若槻が書くように、貧乏な旅人にたいしては突慳貪《つっけんどん》であったのだろう。しかし愛想のよい西洋人の客ハーンにたいしては、珍しさも手伝って、皆が親切であった。異国の旅人の心は平和な幸福感に満ちて、道中の景色を次のように描写している。

昼なお暗い松と杉の森、遠くほの霞む夢のような空、目に柔かな白い日射し——こういうものがなかったなら、私はふたたび西インド諸島にあって、ドミニカ島やマルティニーク島の丘の、つづら折りの道を登っているのではないか、ふとそんな思いに誘われることが時折だった。実際私は、光り輝く地平のかなたに、棕櫚やパンヤの樹影をいつしか探し求めているのであった。しかし谷間と林の下の山腹に拡がる鮮かな緑は、若い籐蔓の緑ではなく、稲田のそれだった——田舎家の庭ほどの大きさもない、かわいらしい田んぼが、何枚も何枚も重なり合って、蛇のようにうねる細い畦《あぜ》で区切られている。

お百姓の貧しさには驚いたが、しかし山中の岨道《そばみち》にも馬頭観音《ばとうかんのん》の像があった。自分たちが使役《しえき》する牛馬の霊のために祈るほど心やさしい国民なら、自分の身に危険なぞありようがない、とハーンは小さな祠《ほこら》の前で思った。

田舎の宿は、外見こそ風雨にさらされて古ぼけていたが、中は気持が良かった。磨きこんだ階段や縁側はよごれ目一つなく、まるで鏡のように女中の素足を映していた。——ハーンが小村の宿屋のもてなしに感じいり、その清潔さに目をみはったことには実はそれなりの理由もあった。それ以前の彼の貧乏暮しは、私たちが想像する以上にみじめなものだったからである。ハーンは『マルティニークのスケッチ』の中で、ユーモラスな誇張も多少混じえてのことかもしれないが、仏領西インド諸島では一番ましな町といわれるサン・ピエールの宿の暮しを次のように描いている。すなわち、水はけの良いこの町にはペストの心配が少いだけ幸せだ、とは認めながらも、

しかし寝台にはいる前とか、服を身につける前とかには、いくら気をつけても気をつけ過ぎることはない。なにか不快なものがいろいろと密《ひそ》んでいるかもしれないのだ。それはあるいは、大きな蟹かと見まごうばかりの巨大な蜘蛛かもしれない、蠍《さそり》かもしれない、百足《むかで》かもしれない。――それともある種の大蟻かもしれない、それに咬まれると、赤熱した針で刺されたような痛みがかっと燃えるようだ。サン・ピエールの町で暮したことのある人なら、この大蟻のことをよもや忘れることはないだろう……

辺鄙《へんぴ》な伯耆《ほうき》の山中に来て、淋しい宿が気に入って、

「面白い、もう一晩泊りたい」

と言い出すハーンの心中を妻の節子は解《げ》しかねた。彼女が肘掛窓にもたれていると、顔や手にピョイピョイ虫が何か投げつけるように飛んで来て当った。節子夫人は随分ひどい虫だと思ったが、ハーンはその虫にまじって家の内をスイスイと通り抜ける螢に見とれていた。西インド諸島で悪質な昆虫類とつきあってきたハーンにとっては、流れるように飛ぶ螢は真に愛すべき、美的な、霊的な存在だったのである。ハーンは後に随筆『螢』を著し、螢についての俳句を幾つも引くけれども、加賀の千代の句が実景として眼に映ったの

はこの山中でのことにちがいない。

川ばかり闇は流れて螢かな

民俗採訪の旅

ところで私たちが長い間、もっぱら紀行文として読んできたハーンの初期の作品を、別の観点から読むことを主張したのが丸山学教授であった。教授は『盆踊り』と題された中国山脈を越えて松江へ向う旅筋の記録に事項索引をつけて読むことを示唆したのである。すると民俗学者としてハーンが何に注目していたかが判然とする、という。私たちは日本に伝統の古い紀行文というジャンルに馴れすぎたあまり、ハーンの大切な一面をなるほど見落していたのかもしれない。すなわちこの英文で十八ページほどの一篇の中にも、

神社・仏閣、路傍の石像（お地蔵様、唐獅子、狐、馬頭観音）。

鎮守の森、鳥居、祠、庚申塚、天狗の面。

稲田の中の虫除けのお札、しめ縄。

盆踊り。

その歌謡。

などがいたって正確に記述されている。この文章は観点をあらためて見なおせば一つの民俗採訪誌としても読めるのである。ハーンは山中の衣食住の有形文化、中でも民間信仰にまつわるものを目ざとく見つけると、そのたびに人力車を止めて、仔細に観察しては丹念にノートを取っていったに相違ない。そして山を

下《くだ》って上市《うわいち》へ出た夜に、忘れがたい盆踊りの光景を目撃する。それはいまは小学校となったお寺の境内であった。

揃うた　揃ひました　踊り子が揃うた
揃ひ着て来た　晴れ浴衣《ゆかた》

あとはすだく虫の音と、草履《ぞうり》をする音と、おだやかな手拍子の音だけである。ハーンは夢心地となった。たゆたい、はばたくような踊りの輪を、魔法に呪縛《じゆばく》されたような心地となって見つめていた。いまは白い提灯に火がともっているお墓の石の下の祖先たちも、昔はこうした踊りを眺め、似たような手振り、似たような身振りで踊ったのに相違ない。そうした人たちも亡くなって、いまは女の子の草履が立てる土埃と化してしまったが……

ハーンが代々《よよ》の人々に思いを馳せていると、突然、低く張りのある歌声が、静けさを破った。二人の百姓の大男が音頭をとり始めた。

野でも　山でも　子は生み置けよ
千両蔵《くら》より　子が宝

ハーンは片隅のお地蔵様が歌声を聴いて微笑しておられるように思った。すると女たちの細いやさしい声が、男たちの歌に和した。

思ふ男に　添はさぬ親は
親でござらぬ　子のかたき

ハーンはその歌詞を一々書きとめて、通訳に助けられながら後から英訳も添えた。ハーンの出雲への山越えの旅は、こうして、民間信仰にまつわる有形文化の記述的観察から始って、無形文化である民謡の採集へと進んだのである。その時四十歳のハーンは、十年前、アメリカの南部で「クレオールの歌」を集め始めた時の自分を思い出していたにちがいない。

私たちは毎年、八月のお盆の前後に列車が帰省客で混むことを知っている。この暑い盛りによりによって混雑する列車に乗ることはない、と批判がましく言う合理主義者もいるかもしれない。しかしそう言っても、大都会の根なし草の住民には、田舎へ帰れる人が羨しい。地方に帰れる者には魂の故里があるのだから。――そして先祖の霊を大事に祀ろうと思い、村のお年寄りと旧交を温め、お盆のような民俗行事をいつまでも大切にしたいと願う心根の人であるなら、明治二十三年（一八九〇年）の山陰の一村の盆踊りの光景を正確に記録してくれたハーンにたいしても、おのずから親しみを覚えるのではあるまいか。

旧世代を尊ぶ気持

東南アジアの歴史に多少関心を抱けば、その地域の過去を文献に書き記してくれた人々が、土着の人ではなくて、中国人や西洋人などの外国人であったことを承知しているはずである。私たちの日本についても、外国人が書きとめておいてくれたお蔭で湮滅《いんめつ》を免れた数々の有形、無形の文化がないわけではない。ハーンがたまたま居合わせなかったら、実際、上市や下市の盆踊りも、歌の言葉も、また明治二十年代の山陰の日常生活も、私たちにこれほど鮮やかには伝わらなかったであろう。当時の日本には常民（common people）の生活の形態を通して日本人を理解しようとするような、ハーンのごとき問題意識を抱いた日本人の民俗学者はまだ現れていなかった。（柳田国男らの活動は大正年間になってから本格化する。「なにヤとやれ」「なにヤとなされのう」などの陸中小子内《おこない》の浜の月夜の踊の歌が『清光館哀史』に記録されたのは一九二六年のことである。平川『小泉八雲　回想と研究』、講談社学術文庫、一八〇ページ以下参照）。民俗学は当時は世界的にもまだ若い学問だったのである。すなわちハーンが来日した一八九〇年（明治二十三年）はドイツでは民俗学会が創立された年であり、米国ではその二年前の一八八八年、フランスの学会が発足したのはそのさらに三年前の一八八五年であるという。

もちろん学会結成以前から「文字以前の民俗学者」は各地にいたのであり、現にハーンは来日以前から相当数の仏・英両語の民俗学関係の文献を集めていた。その蒐集の一動機が各国の民俗伝承を材料に再話文学を創ろうとしたことにあった点はすでにふれた。しかしハーンはアショーの聖カスバート神学校時代も成績優秀で、根が勉強好きであり、北米時代にはただ一人で新聞にさまざまな論説を書く必要に迫られたこともあって、通俗科学書の類も実によく読んだ。彼は自分の構想や着想、時には夢想に類したことまでも、時代の「科学的」水準に照して検証してみる、という操作を怠らなかった。――そうした自学自習の性癖も手伝って、民俗学についても民俗学概論に類した書物まで目を通していた。富山大学に保存されているハーンの蔵書の中でも John Fiske の *Myths and Myth - Makers* などはいたるところに傍線や記号が記入されている。当時評判だったフレーザーの『金枝篇』などもよく参照した書物にちがいない。

いまハーンの口承文芸蒐集の努力について一例を示そう。妻節子の回想によると、東京の牛込時代のハーンは、子供たちの手を引いては、

夕暁け、小焼け
明日天気になーれ

と自分でも歌ったといわれるが、在日生活が十年に及んだころ、そうした歌詞を集めて『日本わらべ唄』(『日本雑録』に収む)を発表した。その前置きを読むとハーンがどのような使命感に促されてこの種の採集を企画したかが窺われるが、それは民俗学学徒としてのハーンの自覚を示す学術的考察といえよう。ハーンは過渡期の日本で、急速に忘れ去られようとしている子供の歌の数々をローマ字で記録し、それに英訳を添える労を惜しまなかった。いまその前置きから引くと、

その数二万七千に及ぶ小学校の公教育の影響によって、日本の民俗の文学、文字に記されることのなかった歌謡や伝承の文学は、急速に記憶の外へと忘れられつつある。私自身が記憶する範囲内でも、この口承文芸の一変種——それは部分的には西洋の児童文学《ナースリー》に相当するものであるが——は新事態によって非常な影響を受けた。私が日本へ着いたころ(明治二十三年)は、子供たちは祖父や祖母から教えられた古

い唄をうたっていた。日本で家庭での教育は普通、祖父母にまかされていたからである。しかし今日（明治三十年代）、子供たちは道で遊ぶにせよ、お寺の境内で遊ぶにせよ、学校の教室で習った新しい歌をうたっている。その小学校唱歌は西洋風音階に則って作曲された曲にあわせて作詞されている。――そしてそれよりもっとずっと興趣に富める、明治以前の唄はいまでは聞く機会も絶えて稀になってしまった。

とはいえ、そうした唄は完全に忘れ去られたわけではない。というのはわらべ唄は遊戯とわかちがたく結びついており、子供たちの遊戯が突然すたれるということはあり得ないからである。それに日本には、小学校で、オルガンを弾く先生から唱歌を教わったことのない幾百万のお祖父さんやお祖母さんたちがまだ達者に生きており、そのようなお年寄りたちは自分の子供や孫が昔ながらの唄を自分たちにあわせて繰返し歌うのを喜んで聞いている。しかし考えてみると、この善良な旧世代のお年寄りたちが祖先の集っているところへ行ってしまった暁には、この人たちが教えてくれたわらべ唄の大半は、誰ももはや歌わなくなってしまうであろう。しかし幸いにも日本の民俗を研究する人々が、こうした文字に記されなかった口承文芸を保存蒐集するよう努力してくれた。その人たちの協力のお蔭で以下の報告書をここに発表することができたのである。……

これが学者的努力でなくして何であろう。消え去ってゆく旧世代の旧文化を尊ぶハーンを目して過去追懐の夢想者のように言い立てる人は内外に多い。ハーンに浪曼的性向のあったことやその時代に特有の感傷主義のあったことは否定しないが、彼が失われていこうとする古き良き日本に注いだ愛情のある眼差は、ただ単にセンチメンタルな眼差だけではなかったのである。

『日本わらべ唄』に集められたローマ字綴りの原歌とその英訳を丁寧に読んだ読者の中には T.YUMEZI の蔵書票を貼った竹久夢二もいた。日本の過去の子供たちの歌が、外国人の手で集められ、そしてまた新しい世代の日本の詩心ある画人へ伝えられたこともあったのである。森亮教授が所持される夢二の旧蔵書には一箇所だけ、原歌の夢二による替歌らしいものがローマ字で書かれているとのことである。(14)

人柱の噂

三日、快晴。大橋開通式。松江市ノ賑ハ予ノ実ニ未ダ嘗テ見ザル処、渡リ初《ゾ》メニハ羽山某老夫婦及三築老夫婦、煙火奏楽ノ間ニ知事ニ携ヘラレテ之ヲナセリ。予ハヘルン氏階上ヨリ全式ヲ望見セリ。式了リテ後ヘルン氏及中山氏ト共ニ市街ヲ散歩ス。橋上ハ勿論市街殆ンド通行ニ悩ム程ノ多人数群集ス。ヘルン氏方ニ午飯ヲ喫シ、更ニ三人相共ニ灘町ニ本日ヨリ開場セル谷ノ音連ノ相撲ヲ観ル。

これはハーンが松江で親しくつきあった、島根尋常中学校教頭西田千太郎（当時、二十七歳）の明治二十四年四月三日の日記である。当時末次本町にいたハーンはその時の模様を『神々の国の首都』の第七節に次のように書き記した。

鉄柱で支えられた長い白っぽい橋は見た目にはっきり分かるほど近代風である。実際、ついこの春に極めて盛大に開通式が行なわれたばかりである。非常に古くから行なわれている習慣にしたがえば、新しく橋が架かると、渡りぞめをする者はその土地で一番仕合せな人たちでなければならない。そこで松江市当局は誰にもまさる仕合せ者を捜し求めて二人の老人を選び出した。どちらも結婚生活が半世紀以上に及び、十二人をくだらぬ子供をもち、しかも一人だって欠けてはいない。この立派な家長たちが、それぞれに老いて位がついた妻を伴い、既に成人した子供たち、更に孫や曾孫《ひまご》たちまで従えて、どっと沸き起こる大歓声、盛んに打ち揚げられる花火、とどろく祝砲のさなかに橋の渡りぞめを済ませた。

松江には昭和四十七年に、無粋な自動車用の大橋が高々とかかって、市から西の湖に向って開けた折角の景観を著しく損ねた。だが開通式の写真を見ると、その時も子福者の老人夫婦が子や孫に伴われて渡りぞめをしたらしい。もっとも「昔の橋の方が良かった」という感想は明治二十四年の時にも洩らされているので、ハーンはその前の橋の「弧《こ》をえがいて架かり、おびただしい橋脚に支えられて、まるで長い足の無害な百足《むかで》のような姿」の方がずっと画趣に富んでいた、と評している。

ところで昔の木造りの橋が三百年間びくともしなかったことについては訳があった。慶長年間、松江の殿様の堀尾吉晴がこの川が始まる口に橋を架けた時、橋は工事するたびに壊れてしまうので、ついに水底にひそむ霊の怒りを鎮めるために、男を一人生きたまま、水勢のもっとも激しい川床へ埋めることとしたからである。『神々の国の首都』の第七節にハーンは書いた。

人柱《ひとばしら》になったのは源助という男で、雑賀町《さいかまち》に住んでいた。襠《まち》のついていない袴《はかま》をはいて橋を最初に渡った男が橋の下に埋められるとあらかじめ決められていたからで、源助が襠のない袴で橋を渡ろうとし、そこで彼が犠牲になったというわけである。そのために橋の中央の橋脚は三百年間彼の名前をとって源助《げんすけ》柱《ばしら》と呼ばれてきた。月の無い夜には、それもいつも決まって二時から三時にかけての真夜中に、その柱の回りを鬼火が掠《かす》め飛んだと言い立てる者もいる。他の国々と同様に日本でも亡者《もうじゃ》の発する火は大抵青いものだと信じられているのに、ここの鬼火の色は赤だったという。

架橋にまつわる人柱の伝説が世界各地にあることは、南方熊楠も紹介し、柳田国男も『妹の力』の中で論及している。「マザー・グースの歌」の一つの「ロンドン・ブリッジ」も、子供がうたう歌とはいいながら、背後で言及しているのは不吉な人柱の故事であろうといわれている。

London Bridge is broken down,
Broken down, broken down,
London Bridge is broken down,
My fair lady.

ロンドン・ブリッジが崩れ落ちた、
落ちた、落ちた、
ロンドン・ブリッジが崩れ落ちた、
マイ・フェア・レイディー。

いったいなぜ頑丈に造られたはずの橋が崩れ落ちるのか。またこの「美しい淑女《フェア・レイディー》」は誰を指すのか。この橋と何の関係にあるのか。子供たちは遊戯をしながらこの歌を気軽に歌っているけれども、そこには一抹の不安が漂っている。不思議な橋は、架ければ崩れ、崩れればまた架け直さなければならない。『イギリスわらべ唄辞典』をオックスフォードから出したオーピー夫妻は、根も葉もない意味捜しを戒める学者だが、この「ロンドン・ブリッジ」の歌詞については「過去の暗く恐ろしい儀礼の記憶を留めるものといっても間違いではあるまい」と註している。そうした由緒も知らず、今日も子供たちは無心にLondon Bridge is falling down……などと歌っていることだろう。イギリスの伝承童謡の中で飛びぬけて人口に膾炙《かいしゃ》しているのがこの「ロンドン・ブリッジ」の由である。

ハーンは源助柱の言い伝えを聞くと、迷信的とか野蛮的とかいって断罪する前に、諸外国にもそれと似た例があるかないか民俗学の書物に当って調べてみた。そしてバルカン半島にはその種の人身御供《ひとみごくう》をうたった民族歌謡が多いことを知った。とくにグリムが紹介したセルビアの民族歌謡『スカダル城の建設』は哀れさこの上ないものであったから、松江城の築城にまつわる、踊りが好きだった娘の人身御供の話を紹介した際には（『神々の国の首都』十七章）、その名をあわせて挙げたのだった。残酷な習俗であるにせよ、民俗学の知識をもって対する時には、ものの見方に寛容な相対化が行なわれるようである。

源助柱の哀話は、松江の町を美しく描いた『神々の国の首都』の中でも印象深い一挿話であった。そしてこの民間の伝承がまず拾われておればこそ、その次の、明治二十四年、近代化日本の奇妙な噂もそれなりに納得されるのだろう。というのは今度の新しい大橋の架設に際しても新しい人柱が必要で、それも田舎の人たち、髪をまだちょんまげに結っている者に決ったとの噂が流れた。そのために何百人という古風な老人たちがちょんまげを切った。するとまた別の噂が広まって、新しい大橋を最初の日に渡った千人目の人を捕えて源助の二代目にするという。それで例年ならば稲荷《いなり》の社《やしろ》に参詣に来るお百姓さんたちで市中がごったがえすはずなのに、当日、お百姓さんたちの数はいたって少なかった、というのである。

近代化を急ぐ明治の指導者の中には、ハーンがこの種の迷信をやや誇張して記事に書くことを、恥部に触れられたように感じた向もあるかもしれない。しかし今日の私など、産業化の余慶を当然のことのように享受している一人であるためか、そうした恐ろしい噂も立たぬままに、宍道湖《しんじこ》寄りに新たに高脚の自動車大橋が架かってしまう時勢を、かえって自然への畏敬《いけい》を欠いた、不信心の時代のように淋しく感じるのである。

ところでルポルタージュ作家としてのハーンの見事さの一つは、彼が民俗学的知見を生かして、過去の習俗と近代化の努力を二重写しにして読者に呈示している点にあるのだろう。渡りぞめに子福者の羽山老夫婦、三築老夫婦が知事に手を引かれて、鉄柱で支えられた松江大橋を渡るという情景は、一面では古くからの民俗のしきたりを重んじた姿であり、一面では明治国家の官僚に代表される国造りの光景である。その過去と現在の交錯が読者の感興を惹くので、源助柱の哀話も、過ぎ去った過去の話にとどまらず、それがいまなお近在のお百姓の心奥《しんおう》にかすかな恐怖を呼んでいるという事実がひとしお面白味をそえるのである。——理性的に考えればそんな馬鹿な話はない、といいながらもなお恐ろしいのが怪談の特徴だが、この源助柱の言い伝えの紹介は、後年東京時代にハーンが打込む怪談物の蒐集や再話のはしりでもあった。ハーンが『怪談』の著者となるきっかけも、すでに述べた通り、彼の口承文芸への民俗学的関心の中にひそんでいたのである。

ハーンは、通り一遍の説明には満足せず、相手の本音《ほんね》を聞き出すこつを心得ていた。松江時代、加賀《かか》の潜戸《くけど》へ舟で行った際も、櫓《ろ》を漕いでいた女が石ころで舷《ふなばた》を叩いた。女ははじめ外国のお客さんに岩屋にこだまする奇妙な音を聞かせるためだと合理的な説明をよそおったが、よくよく聞きなおすと、なんでもこの地方一帯の漁民は、難所や魔の棲むあたりを通る時には、石でこつこつ舷を叩くのだ、とのことであった。

言葉は不自由であったかもしれないが、ハーンの聞き上手は北米のシンシナーティで犯罪記事をルポルタージュする時も、仏領西インド諸島でも、また日本の田舎でも、遺憾なく発揮されたのである。

人形の墓

民俗学的観察は松江時代のルポルタージュに深みを添えたが、後にはそれでもってハーンの物語文学それ自体が深みを増すこととなる。ハーンの著作の中で、その種の観察によって成り立ち、しかも一篇の珠玉の文学作品と化した小品に『人形の墓』があげられる。

「この話は、熊本時代にハーンの家で使っていた梅という子守の身上話。作中で万右衛門とあるのは、実は節子夫人のことである」

といった解説が普通（ここでは田代三千稔氏の英語教科書版の註を引いた）添えられている。身上話の骨子はあるいは梅が語った通りかもしれない。しかし随所に鏤《ちりば》められている工夫は、これは文学者ハーンのものである。老僕と「私」が適宜口をさしはさんで話を進めるあたり、見事な短篇進行上の技巧といえる。いま初めから読んでみよう。

万右衛門はその子をなだめすかして家の中へ呼び入れると物を食べさせた。その女の子は年は十か十一で、悧口そうで、哀れなくらいすなおだった。名前はいねといったが、田圃の稲の意味で、ほっそりときゃしゃな感じはいかにもその名に似合いだった。

万右衛門にやさしく説き伏せられて、その子が身上話をはじめた時、私は娘の声音《こわね》が急に変ったので、なにかおかしな話を聞かされるのではないかと感じた。娘は高い細い優しい調子で話し出したが、まったく一本調子で、――まるで炭火《すみび》にかけた湯沸《ゆわか》しの歌う音が単調で無感動なのとどこか似ていた。実はこのようにしっかりした、平坦な、よく透る声で、女子供がなにか胸を打つ話やむごい恐ろしい話を物語るのを耳にするのは日本では珍しいことではない。声は単調かもしれないが、けっして感情がないわけではない。それは語り手がじっと気持を殺しているのである。

これは小説技法の上からいえば「枠」と見なすこともできる。メリメの短篇などと同様、話の実質はこれから娘が語る内容にあるので、はじめの一頁はその導入部に過ぎない。

しかし民俗学者ハーンという面を意識して読むと、ここには民衆の語りを上手に採集しようとする細かい気づかいが、ふんだんに示されている。ハーンは相手がおじけづくことのないよう、小泉家の人に助けてもらって、門《かど》つけの娘に家に上ってもらう。「万右衛門」は妻節子をはじめとする家人のシンボルである。こうして場《ば》が設けられた。「名前はいねといったが、田圃の稲の意味で」という説明も、「日本の女の名前」を日本研究の一つの課題として、女子師範学校の生徒の名前を分類して報告したことのある(『影』に収む)ハーンらしい観察といえよう。そして音楽会でかすかな序奏に耳を澄すように、ハーンは単調な語りの出だしの中に悲劇を予感した。小泉一雄によれば熊本時代のハーンは出入りの魚屋でも時によると呼びとめて話を聞いたというが、機会があればいつでもこの種の語りに耳を傾けていたに違いない。

「家は皆で六人でした」

といいねは言った、

「母さんと父さんと、父さんの母さんでとても年取ったお祖母さんと、それに兄さんとわたしと妹。父さんは表具屋《ひょうぐや》でした。襖《ふすま》を張ったり、掛物の表装をしたりしてました。母さんは髪結いで、兄さんは印《いん》形屋《ぎょうや》へ奉公に出てました。

「父さんも母さんもよく仕事して、母さんの稼ぎは父さんより多いくらいでした。皆きれいな着物を着ておいしいものを食べていた。本当に困るような目にあったことは父さんが病気になるまではなかった。

「暑い季節の最中でした。それまで父さんは病気知らずでしたし、病気が重いとは誰も思わなかった。父さんもそうは思わなかった。それがあくる日にはあっという間に亡くなりました。私らは皆もうすっかり驚いて、母さんは悲しみの心を隠して、その後も今までと同じようにお客さんのお相手をしてました。それでももともと体はあまり丈夫でなかったから、父さんが死んだのが急に身にこたえて、父さんの葬式をすませた八日後に母さんも死にました。あんまり不意だったので皆もう驚いて不安になった。そしたら近所の人が私らにいますぐに人形の墓を拵えないといけないと言ってくれた――そうしないとまた家から誰か死人が出る、と言うのです。兄さんは本当にそうだなと言ったけれど、愚図愚図してすぐ言われた通りにしなかった。もしかしたらそれだけのお金もなかったのかもしれないけれど、ともかくお墓は拵えなかった」……

人形の墓が民俗を調べる内外の学者の興味を惹く風習であることはいうまでもない。ハーンは英文でもNINGYŌ-NO-HAKAとローマ字綴りで題しているのだが、作中でも自分が、

"What is a ningyō-no-haka ?"

(「人形の墓って何ですか?」)

と口をさしはさみ、万右衛門に娘に代って答えさせている。

「それは」

と万右衛門が代りに答えた。

「それはあなたもそれと気づかずに沢山御覧になってるにちがいありませんよ。——ちょうど一見、子供のお墓みたいです。一家から同じ年に二人死人が出ると三人目も死ぬと信じられています。『いつでもお墓は三つ』という言いならわしもあります。それだから同じ年に二人死んでお弔いをした時は、二人のお墓の脇にもう一つお墓を拵えて、そのお墓に小さな藁人形をいれたお棺をおさめます。そしてそのお墓の上に小さな墓石を立ててそれに戒名《かいみょう》を刻みます。お墓のあるお寺の和尚様がこうした小さな墓石の戒名を書いてくれます。人形の墓を拵えればそれで一人死なずに助かると皆思っている……その先をいねや、話しておくれ」

短篇を進行させる関係で万右衛門の口を借りているが、以上はハーンが日本の民俗の風習を西洋人読者に報告した記述といってもよい。「二度あることは三度ある」に相当する俚諺《りげん》"Always three graves"も、民俗学

者ハーンらしい言葉の拾い方だが、当時の日本語でこの諺は（いま仮に「いつでもお墓は三つ」と訳したが）正しくは何と言ったのだろう。友引を忌《い》む習俗のことなども思いあわされるのである。

女の子はまた語り出した。

「家にはまだ四人残ってました。お祖母さん、兄さん、わたし、妹です。兄さんは十九で、父さんが亡くなるすこし前に年季奉公を了えてました。きっと神様のお慈悲だと有難く思いました。兄さんが家をつぎましたが、仕事はたいへん上手だし、知合も友達も多くて、お蔭でなんとか暮しも立ちました。最初の月には十三円稼ぎました。これは印形屋としてはなかなかの稼ぎです。ある晩気分が悪くて家に帰り、頭が痛いと言いました。母さんが亡くなってから四十七日経っていました。その晩は食事が喉を通りませんでした。翌朝になるともう起きあがることができず、熱もたいへん高く、私らは一生懸命看病して、夜も寝ずにつきっきりだったけれど、兄さんはよくなりませんでした。病気になって三日目の朝、みんなぎょっとしました。兄さんが譫言《うわごと》で母さんに向かって話し始めたからです。ちょうど母さんの四十九日で、母さんの魂が家を離れる日でした」

日本人読者にたいしてならば「四十九日でした」という説明でもう足りるのだが、ハーンは西洋人読者を想定して書いているから、いねに「母さんの魂が家を離れる日でした」と説明を補《おぎな》わせたのである。

「兄さんはまるで母さんが呼んでいるように話しました。『はい、お母さん、はい、じきに私も参ります。』それから兄さんは私たちに母さんが自分の袖を引張ると言いました。そして手で指さして『ほら母さんがそこにいる、そこだ。おまえたち見えないか？』などと言いました。そしてその日の午前中、そんな事ばかり口にしました。しまいにお祖母さんが立ちあがって、床《ゆか》をきつく踏みつけて、母さんを大きな声で叱りました。『たか』とお祖母さんは言いました、『たか、おまえのしてる事はたいへん間違っとるぞ。おまえが生きとる間、みんなおまえを大事にした。誰かおまえに向かって慳貪《けんどん》な口を利いた者がいたか。それなのになぜ男の子を取って行こうとする。この子がいまは家の大黒柱《だいこくばしら》なことくらいおまえも承知だろう。もしおまえがこの子を取って行けば、もう誰も御先祖様のお世話をする者はいなくなる。たかや、それではむごすぎる。おまえ、それでは恥知らずで、邪険《じゃけん》ではないかえ。』お祖母さんはたいそう怒ったのでその体は上から下までわなわなふるえました。それからお祖母さんは坐って泣きました。わたしも妹も泣きました。しかし兄さんは母さんがまだ袖を引張ると言いました。そしてお日様が沈んだ時、兄さんは息を引きとりました」

小品ではあるが、ここには劇的状況がある。能のシテが最後に舞をまって、激しく床《ゆか》を踏みつけるような緊張感がある。そして年老いた祖母がしまいに坐って両手に顔を伏せて泣くさまは、能舞台さながらの終りである。ハーンは祖母の言葉に、フランスの史家フュステル・ド・クーランジュの『古代都市』から啓発された知識を巧みに生かしている。死後も魂が地上に留ると信じている民族は、古代ローマ人も日本人も、その祖先を供養《くよう》するために家を継ぐ男子を大切にする。男の子を取られそうになったと、祖母が嘆くのは、ただ単に稼ぎ手がいなくなることを惧れてのことではない。家が滅びること、「もう誰も御先祖様のお世話をする者はいなくなる」ことを危《あやぶ》んでのことである。そしてハーンはここでも口承の歌謡をローマ字で採集してそのまま本文中に挿入した。それが本当に「お祖母さんが勝手に作った歌の言葉」であるかどうかは確かではないが、この場所にいかにもぴったりとはまった、哀切な歌謡である。

「お祖母さんは泣きました。泣きながらわたしたちの頭を撫《な》でて歌をうたってくれました。それはお祖母さんが勝手に作った歌の言葉だけれど、いまでも覚えています。

親のない子と
浜辺の千鳥
日暮《ひぐれ》日暮に
袖しぼる。

「こうして三人目の墓が出来ました。けれどもそれは人形の墓ではなかった。そしてそれで家もおしまいになりました。親類のところで冬まで一緒に暮しましたけど、お祖母さんはある晩、誰も知らぬ間に、亡くなりました。朝見ると、お祖母さんは眠っているみたいに死んでいました。それからわたしと妹は別々になり、妹は畳屋の家に引取られました。父さんの知合いで、その家でとても大事にされて、学校へも行かしてもらっています」

「ああ、不思議なことだ。ああ、困ったねえ」

と万右衛門が呟いた。皆が気の毒に思って一瞬あたりが静まった。

第二次世界大戦後の日本では、芸人が三味線を弾いて物語り、喜捨《きしゃ》を頂いて去る、といった風景は見かけなくなってしまった。哀れな身上話をして、家から家を廻る、いたいけな姿はもはや見る機会はない。しかし明治の日本では、よく目撃する風景であったのだろう。自明のこととして、この短篇も「門つけ」の風俗についていっさい説明抜きで話が始っている。語り了えた娘は、そこでなにがしかの喜捨を頂戴したのであろう。


いねは畳に手をついてお辞儀をして礼を言い、立去ろうとして立ちあがった。いねが下駄の鼻緒に足をかけた時、私はいねが坐っていた場所へ行って老人に一つものをたずねようとした。いねは私のつもりを察したらしく、万右衛門に向って、すぐになんともいいようのない合図をした。すると万右衛門は合点して、近づいて隣りに坐ろうとする私を押しとどめ、

「あの娘さんは」

と言った、

「あの娘さんは旦那様がお坐りになる前にまず畳をお叩きなさるようにと申しております」

「またそれはなんで?」

と驚いて私はたずねた。私は靴をはいていないので、その子が坐っていた場所のぬくもりが気持よく足の裏に伝わった。

万右衛門が答えた、

「他人の体の温《ぬく》みが残っている場所に坐ると、他人の不幸がみんなあなたの中にはいってしまう。だからまずそこをお叩きくださいと娘さんは言ったのです」

だが私はその儀式をせずに坐って、万右衛門と顔を見あわせて笑った。

「いね」

と万右衛門が言った、

「旦那様はおまえの心配事や不仕合せを御自分でお引受けくださったんだよ。旦那様は」

（私には万右衛門がその時使った日本語の丁寧な敬語の言い廻しが再現できない）

「旦那様は他人の苦しみを御自分もわかちあってよくよく知りたい、とお考えでいらっしゃる。それだから、いねや、旦那様のことは別に心配しなくともよいのだよ」


短篇『人形の墓』はこうして終る。俗信を「私」が逆に利用したことで、温い人情が最後に余情を添える。いねが無言で合図して万右衛門が合点する様は、畳を叩かないで坐れば他人の不幸を取りこんでしまうという俗信が当時かなりひろく行われていたことを示唆する。田部隆次氏は『ヘルン』の「著書について」の章で「人の坐つたあとの畳をたたいて坐ると云ふのは出雲の習慣である」と説明しているが、ひょっとして今日、私たちが客に座布団を急いで裏返して差出すのも、この禁忌と関連のあるしぐさなのかもしれない。人様にじかに肌の温みを感じさせるのは失礼に当るのだ。漱石の『猫』では、それだから、鈴木藤十郎は猫が澄まして坐っていた座布団を勧められて、「一寸之を裏返した上で、それへ坐る」（第四章）という滑稽が生じた。しかし「その子が坐っていた場所のぬくもりが気持よく足の裏に伝わった」などというハーンの一節は、芭蕉の残暑の句「ひやひやと壁をふまへて昼寐《ひるね》哉」にある肌触りなどと同様、靴ばきのまま生活している西洋人にはおよそ実感しがたい日常生活の一点景であろう。

少女の俗信をやさしくうべないながらも、ハーンは畳を叩かずにその場へ坐って、万右衛門と顔を見あわせて笑った。この笑いも説明の要らない以心伝心《いしんでんしん》の笑いである。すがすがしい、人情を解した者のみが知る心の清らかな笑いである。(その一事は、この条りに、俗信を迷信として頭ごなしに馬鹿にし、その場へあぐらをかいて坐りこみ、日本の下層民の無教育と迷妄を笑う、西洋人のがさつな嘲笑を想定してみれば、対照的に判然としよう)。そして「私」その人の人情味が加わって『人形の墓』は終る。

「旦那様は他人の苦しみを御自分もわかちあってよくよく知りたい、とお考えでいらっしゃる。それだから、いねや、旦那様のことは別に心配しなくともよいのだよ」

このような作者であったからこそ、ハーンは旧日本の庶民の哀歓を作品に結晶させることができたのである。『人形の墓』は、民俗学の手法をもって民間の信仰や芸能を了解したハーンが、その知識を共感により十全《じゅうぜん》に生かして芸術作品に組立てた、比類ない一篇といえよう。

達磨の眼、ハーンの眼

周知のように映画監督ヒッチコックは、自作の映画中に必ず一回、顔を出す。作者と観客の間に人間的なふれあいも生じて、そのパーソナル・タッチは憎めない。ハーンの作品でも作者はしばしば作中に顔を出す。『人形の墓』の旦那様である「私」は、すでに二度ほど読者が心中に覚えた質問を代りに訊いてくれたが、最後に思いやりのあるしぐさで、読者の感情移入を誘った。（ハーンが「万右衛門がその時使った日本語の丁寧な敬語の言い廻しが再現できない」とカッコ内で述べたのは、一つは語学上の問題だろうが、いま一つはハーンが照れた、という面もあったのだろう。）

ハーンが民間信仰に主題を求めて書いた数多くの文章の中で、作者の個人的タッチが気持よく出ている作品としては、ほかに『乙吉の達磨さん』を挙げることができる。これはハーンが晩年、夏を過した焼津《やいづ》の魚屋乙吉《おときち》の家での話で、その二階建ての建物はいまは明治村に移されているから、目にとめた読者もおられるだろう。

その魚屋でハーンはいろいろな品物を眺めた。そして神棚の下に、赤い達磨《だるま》が載っているもう少し小さい棚を見つけた。お供物《そなえもの》も置いてあった。ハーンはよそでも見慣れていたので、この習慣には別に驚かなかったが、達磨に眼が一つしかないのにはぎょっとした。「大きなおそろしい片眼で、お店の薄暗《うすくら》がりの中でまるで大きな梟《ふくろう》の眼のようにねめつけている感じだった。」その先の二人の会話を引くと、

それで私は乙吉に声をかけた、

「乙吉さん、達磨さまの左眼は子供たちが叩き潰したのですか？」

「へー、へー」

と乙吉は屈託《くつたく》なく笑って、すばらしい鰹《かつお》を俎板《まないた》の上へ持ちあげて答えた、

「はじめから左眼はございませんでした」

「もともとそういう風に造ってあったのですか？」

と私がたずねた。

「へー」

と乙吉は、長い包丁で音も立てずに銀の身をすーっとおろしながら答えた、

「このあたりの人は盲の達磨しか作りません。わたしが達磨を手に入れた時、目は左右ともありませんでした。去年、大漁《たいりょう》の日の後、わたしが達磨さんに右眼を造ってあげました」

「だがなぜ両眼とも作ってやらなかったのかね？　片眼じゃいかにも気の毒な感じがするが」

と私がたずねた。

「へー、へー」

と乙吉は、銀紅色の魚の切身をガラスのすだれの上に手際よく並べながら答えた、

「この次たいへんすばらしい目にあいましたら、その時にもう片方の眼も造ってやりましょう」

ハーンは、乙吉の「へー」という答を聞いた途端、その善良な声の調子にこの世の憂節《うきふし》はいっさい忘れてしまう、と書いているが、この魚屋がハーンの気に入りであったことは、右の会話と、話の間《ま》に間に描かれた包丁さばきのリズムからも感得されよう。二人の関係は最上のものであった。ハーンは焼津を去る前の晩、乙吉が持って来た勘定書《かんじょうがき》が馬鹿馬鹿しいほど正直で商売気がないことに驚き、心づけの意をこめて、勘定書の倍額を払った。「すると乙吉の満悦《まんえつ》の態《てい》は、それはしごく当り前でもあり同時にいかにもきちんとした品のあるものだったが、見ていても気持がよかった。」

ハーンは情にほだされると、多額の金を渡すことを躊躇《ちゅうちょ》せぬ人だった。焼津でも床屋で鬚を当らせると、

剃刀《かみそり》の切れ味がいかにも快いので、その剃刀を研いだ砥石《といし》をわざわざ見せてもらい、これはよい石だとほめたことがあった。そして自分のナイフもその床屋へ研がせにやった。ハーンは乙吉にその研料《とぎ》はいくら払ったらよいかとたずねた。乙吉が「三銭くらいでしょう」と答えると、ハーンは「安過ぎる」と驚き、五十銭を書生に持たせてやった。三銭と五十銭ではあまり違い過ぎるので、書生が二十銭に決めて床屋へ持っていった。そのことを後で聞いたハーンは気持がおさまらず、「自分はあの床屋の腕前にたいして五十銭は払うべきだと思ったのに、何故勝手なことをする」と書生を叱り、残りの三十銭をふたたび持たせてやった……

そうした話も伝わる焼津時代のハーンだったのである。

翌朝、ハーンは早い急行列車に乗るために三時半に起きて着換えた。その物怪《もののけ》の出そうな時刻でも、階下へ降りると温い朝御飯の用意が出来ていて、乙吉の日に焼けた小さな娘がいそいそとハーンにお給仕をしてくれた……

最後の熱いお茶を一杯啜りおえた時、私の眼は何気なくこの家の神棚の方へ向いた。神棚の左右の小さなお燈明《とうみょう》はまだ燃えていた。その時私は達磨さんの前にもお燈明が一つあがっているのに気がついた。そしてそれとほとんど同時にはっと気がついた。達磨さんが真直に私を見つめている——二つの、眼を、あけて、ということに！

ハーンに関心を抱く者なら、この一篇を読んで、ハーンがそれより三十数年も昔、アショーの神学校時代に同級生と遊んでいて、誤って左眼を潰されてしまった身の上を思わずにはいられないだろう。彼の肖像写真のほとんどすべてが向って右を向いたり、俯《うつむ》いた姿勢となっているが、それは醜く潰された左眼を見せまいとする配慮に由来する。ハーンが、

「だがなぜ両眼とも造ってやらなかったのかね？　片眼じゃいかにも気の毒な感じがするが」

と問いただした時、ハーンも乙吉も、達磨の片眼のことだけでなく、ハーンの片眼のことも意識していたにちがいない。いやハーンが最初に声をかけて、乙吉が屈託なく笑って、

「(この達磨には) はじめから左眼はございませんでした」

と言った時から、ハーンの片眼のことは、二人の念頭にあったのだ。

その事を心得て読むと、帰京するハーンを見送る達磨が両の眼をあけていたのは、ただただ過分の心づけを頂戴したお礼のしるしだけではないような気がする。「ヘルン先生」の身の上の安全を祈る素朴な気持も手伝って、乙吉は良き客が東京へ去る前夜、赤い達磨に両の眼をそっと入れておいたのに相違ない。

片眼を失ったために性格も変り、まともな結婚を諦めるほど悩んだ、といわれるハーンである。達磨に両の眼が大きく開いたことがなにか我が事のように嬉しく感ぜられたにちがいない。どれほど喜ばしく驚かされたかは、その英文の大文字の組み様からもまざまざと感ぜられる。

……and almost in the same instant I perceived that Daruma was looking straight at me —— WITH TWO EYES !

……

乙吉の信心の誠に打たれたこの種の個人的な挿話に気を取られて、私たちはハーンが達磨に興味を寄せたのは、それがもともとは日本の民間信仰や民俗芸術や子供の玩具との関連においてであった、という基本的事実をややもすれば失念しがちのようである。それでは最後に、ハーンの民俗学者としての位置を、他の内外の民俗学者たちとの関係で、一瞥《いちべつ》しておきたい。

チェンバレン、柳田、ハーン

日本民俗学の父、柳田国男が『海南小記』（大正十四年）をチェンバレンに捧げたことは、その書の有名な自序によって知られる。

日本とこの学者との因縁は並々でなかつた。日本に生れて一生を勉強したものにも、チェンバレン氏だけの蒐集と述作とを、遺し得た者は多くなかつた。我々が今ごろ少しづつ、必要を唱へてゐる民俗誌の研究に、彼は遠国から来て三十年前に手をつけた。……定めて人知れぬ愛着をもつて、この学問の成長を希ふてゐたことと思ふのに、あの後先生の跡を踏んで、これを敷衍しようとした者が無いばかりか、不本意なる若干の小誤謬までが、今にそのままにして棄ててあつて、本だけがいはゆる珍本となつて、読みもせぬ人の本箱の底に追々と隠れてゆくのである。先生の今の境遇を知る者には、これは言ひやうも無い寂しさであつた。……

海南小記の如きは、至つて小さな咏嘆の記録に過ぎない。……すなはち新しい民俗学の南無菩提のために、謹んでこの書をもつて日本の久しい友、ベシル・ホール・チェンバレン先生の、生御魂《いきみたま》に供養し奉る。

柳田国男は、和辻哲郎などと同じく、かつてアナトール・フランスの『白き石の上にて』の読書を通して、「世界の中の日本」の意味に目覚めた人であった（拙著『和魂洋才の系譜』「黄禍と白禍」の章、参照。河出書房新社）。そしてそれと同じように、西洋人チェンバレンの研究に刺戟されて、日本民俗学の意味に目覚めたのである。『海南小記』はチェンバレンが沖縄研究に寄与したものに対する最高の「お返し」であり、チェンバレンの「衣鉢」は柳田国男の心に継がれた、ともいわれる。柳田自身がその自序の一節で、

「（チェンバレン）先生の感化が暗々裡に働いてゐることは確かであつて」

とその学恩に深く謝しているからである。といっても、柳田はチェンバレンから直接学んだといえるような直弟子筋ではなく、二人の個人的関係はほとんど無いに等しかった。大正十年から十二年にかけて国際聯盟の官吏としてジュネーヴに勤務した頃、目と鼻の先に住むチェンバレンに面会を求めなかったのは、相手の病身と高齢のせいもあったが、その前後にチェンバレンに面会している日本人がほかにいることを考えると、やはり書物を通しての師を訪問するのが柳田にはいささか大儀であったのだろう。しかしそのように片思いを寄せる日本の民俗学の一学徒が、『海南小記』なる書物を、

チェンバレン先生の、生御魂《いきみたま》に供養し奉る。

と序に書いて献呈して来た時は、チェンバレンもいささかぎょっとしたことであろう。その書振りは日本人読者にも異様に響く。しかし日本ではたとい生きている間でも、その御魂は供養することができる、とい

う民俗の観念になじんでいる人々には（例えばハーンの『生神様』の読者には）、これがこの土地の土着の、神道的な考え方である、と納得もゆくだろう。

次にチェンバレンとハーンの関係はどうであろう。二人は、ハーンが地方に住んでいた間は、夥《おびただ》しい手紙をやりとりした仲であった。それは二人が共に日本の民俗に深い関心を寄せていたからで、とくに明治二十六年、ハーンが熊本高等学校で教えていた時には、二人して共著で『日本の民俗』という本を編む計画を進めたこともあった。それは机上の計画で終ったが、しかし二人がそれ以前に協力した書物があった。それはチェンバレンの『日本事物誌』で、その「煙管《きせる》」Pipes という項は、ハーンの知識に全面的に依拠《いきょ》しているからである。私たちは今日、松江の小泉八雲記念館へ行くと、一部は近年盗難にあったけれども、それでもおびただしい数の煙管の蒐集に驚くが、それは単なる煙草好き以上の民俗学的興味のあらわれだったのである。「煙管」は二人の英国人の文通の好き話題となった。ハーンは書く、

図3　煙管とほら貝（松江、小泉八雲記念館蔵）

煙管《きせる》は、どうも私には、一箇の家庭用道具が、日本における家庭生活との関係で、自然に進化発展したもののように思われます。その工芸品としての進化発展も研究の好題目でありましょう。

私はいろいろな型の違う煙管をもう百種類以上集めました。

ハーンの明治二十四年八月の手紙を基にしてチェンバレンは一種の民

俗誌でもある『日本事物誌』の「煙管」の項に数ページにわたる綿密な説明を書いた。その中には、

……現在使用されている小型の煙管《きせる》は、人が煙草を三服やっと吸えるだけである。三服目が終ると、火の付いた煙草のちっぽけな小球は火の玉となり、遊離して、一吹きすれば煙管から跳び出るようになる。もしそれが下に落ちれば、灼熱の弾丸にでもやられたように穴があく。しかし熟練した日本の喫煙家は、けっしてそんな不体裁なことをしない。彼はただちに火皿に入っているものを竹の筒（灰吹《はいふき》）の中にあける。これはその用途のために備えつけてあるもので、やや痰壺《たんつぼ》に類する。

という吸い方の説明もあり、さらに、

外国人は、日本人の真似をしようと思っても、そううまくはゆかない。彼の新しい喫煙修業は、身のまわりのあらゆるもの——畳でも座蒲団でも——特に自分の着物を焼いて小さな丸い穴を作ることから始まる。

とユーモラスな口調で語られている。これは著者チェンバレンの体験というより、報告者ハーンの失敗談を著者が、悪戯心もなしとはせずに、引いた、と見るべきだろう。当時二人の仲はすこぶる親密であったので、チェンバレンはその項目の中に、

現著者の一友人は、上はきわめて芸術的な傑作品から、下は土工人夫（あるいは土工人夫の媼）の五銭

の煙管まで、百種以上の煙管を蒐集した。

ときわめて私的な言及をしている。ハーンは煙管――とくに虫の模様のついた煙管が好きだったらしいが――の煙草の火が落ちても近眼でよく見えなかったらしく、それで洋服にも、座蒲団にも小さな丸い穴を作ったのであろう。熊本でも彼が引越した後の書斎には幾十というほどの黒い焦跡が畳の上に残っていたといわれる。チェンバレンとハーンの民俗学を通しての交友の一面は以上の通りであった。

それでは次にハーンと柳田国男の日本民俗学との関係はどうであろう。

「ハーンの作業は……後に日本で柳田国男氏などによって生長して行く民俗学に近かった」

とは戦前に『小泉八雲新考』を、戦後に『Folklorist としての小泉八雲』という一文を書いた故丸山学教授の言葉である。丸山氏は、青年時代、蓮田善明らと交って文芸に志向し、また外国文学をよく学び、しかも外国人日本研究者の発言に教えられて逆に日本の民俗研究へ回帰して来た学究だった。丸山氏の歩みはその点で丸山氏の師でもある柳田国男の精神の軌跡と相似通っているといえる。またそれだけに丸山氏の右の発言は含蓄に富むものと思うのである。

それではなぜハーンが切り拓いた民俗学が、後の世代の日本の民俗学者によって受け継がれなかったのか。なぜ「民俗学者ハーン」という側面はすっかり閑却《かんきやく》されてしまったのか。帝国大学であれほど数多くの俊秀を講義に引きつけたハーンでありながら、なぜフォークロアの面では一人も弟子が出なかったのか。――それはハーンの教え子が主として英文科の学生だったために、学生たちはハーンの中にもっぱら「文学者」を見てしまったからだろう。それにハーン自身も大学ではもっぱら文学講義に情熱を注いで、民俗学に言及することはいたって少なかった。そうしたさまざまな事情がからみあって、第一書房版『小泉八雲全集』の中でも民俗学関係の訳文はとくに好ましからざる出来ばえとなった。広島文理科大学第一回生として学問世界の過度の中央集権を苦々しく思っていた若き日の丸山教授は、昭和十一年、『小泉八雲新考』で次のように鋭い批判を展開した。

結局これらの翻訳者たちが、ヘルンの学殖の中でフォークロアの方面だけは遂に充分に受け継いでいないことも否定し得ないところである。右の（第一書房版）訳文によると"**folklore**"を訳して「伝説学」となし、"**folksaying**"を単に「俚諺」となしているという程度である。私は訳語の妥当性について云々しているのではない。フォークロアを単に伝説の研究なりと見做し、フォークセイイングを俚諺のみを意味するように理解したことの誤りを指摘しているのである。そうした不充分な理解から、翻訳の種々の部分において、ヘルンの文中に盛った意味、乃至はヘルンが意図した内容を正しく日本語に移植することに失敗しているのである。もちろんこの全集の邦訳が執筆された頃（大正十五年から昭和三年）は「民俗学」や「土俗学」乃至は「民族学」というような言葉はあまり一般には用いられていなかったのではあるが、訳者にフォークロアの学的内容について今少し理解があったならば、より正しくヘルンの文の意味が日本語に移されたことであろうし、それによってヘルンの著作の価値が更に別のアスペクトからも評価されたであろうと私は信ずるものである。たとえば **James Hastings** 編の *Encyclopaedia of Religion and Ethics* など権威ある外国の民俗学の研究書が、日本民俗の文献としてヘルンの作品を取り上げているのに対して、母国日本では一般読者は全くそれに気がつかず、民俗学者さえもそれを見落しているという状態であるが、その責任の一部はこの翻訳態度に帰せられるべきではあるまいか。私は寡聞にして日本の民俗学者がヘルンの著作の中の観察や解釈について言及しているのを見たことがないのである。繰返して言うが、私はヘルンの作品の全部を民俗誌として見るべきものであると主張するのでもなく、また民俗誌として見るべき作品にしてもそれを同時に文学作品として見ることも大いに必要であることを充分に知っているつもりである。要するにヘルンの著作への一つのアスペクトとして、この見地が附加さるべきものであることを指摘したいのである。

暗々裡の感化

私の目に触れた限りで、ハーンの業績を柳田国男の『民間伝承論序』（昭和九年）によって新しく位置づけることを示唆したのは、昭和五十二年、河出書房新社版『小泉八雲作品集』第二巻に解説を寄せた仙北谷晃一武蔵大学教授が初めてではないかと思う。仙北谷氏はその中で、ハーンの能力的限界にもふれつつ、次のような詠嘆的口調で、ハーンの特質を論じている

そもそもハーンは、チェンバレンとは違い、日本語は殆ど読めなかった。言語の修得を前提にしなければ、一国の文化理解は不可能だとする今日の通念から考えれば、確かにハーンは研究者失格ということになる。だが、私たちは、ハーンの文章を虚心に読んでゆきながら、「ああ、ここに日本がある」と、しばし巻を措いて感慨に耽ることが再々だ。

そして氏はハーンの日本研究を、濫觴《らんしょう》期《き》の柳田民俗学と一脈通ずる性格を持っているとして、ハーンの日本研究を柳田国男の『民間伝承論序』の次の三分類によって区分してみた。まず柳田の分類を引くと、

第一部は生活外形、目の採集、旅人の採集と名づけてもよいもの、之を生活技術誌といふも可。在来の所謂土俗誌は主として是に限られ、国々の民間伝承研究は通例之に及ばなかつた。第二部は生活解説、耳と目との採集、寄寓者の採集と名づけてもよいもの。言語の知識を通して学び得べきもの。物の名称から物語まで、一切の言語芸術は是に入れられる。是が又土俗誌と民間伝承論との「境の市場」であつた。第三部は骨子、即ち生活意識、心の採集又は同郷人の採集とも名づくべきもの。僅かな例外を除き外人は最早之に参与する能はず。

この三つの分類に則して考えてみると、ハーンの日本研究は「第一部から始って、直ちに第二部を通り抜け、容易に第三部に到達したかに見える。〟群盲象を撫ず〟の逆で、殆ど独力で以て日本文化の精髄を、その心を、感得した。現実に生きている人々の姿も雅致のある英語に写されたが、今は亡き無数の人々を、有名無名に拘らず、ハーンの想像力はよみ返らせたのだった」（仙北谷晃一、同右）

その過去を喚起する力においては、ハーンも柳田も、チェンバレンよりははるかに秀れていた。二人はその点においては似通っていた。柳田の仕事とハーンの仕事が互いに相似る分類の中に納まるのは、両者がとも

にチェンバレンに代表されるような、英国系の民俗学の学統に裏面で連なっているからであろう。しかし学問対象の分類のような客観的に取扱える分野ではなく、「今は亡き無数の人々を、有名無名に拘らず、よみ返らせる」力は、生得のものである。その生得の力を存分に生かすことを柳田に教えてくれた人物はいったい誰なのだろうか。ひょっとしてハーンの著作自体が柳田の民俗学の志向になにがしかの刺戟を暗々裡に与えてくれたのではあるまいか。

よく知られるように柳田がいちばん心おきなく交際した外国人は、イギリス人のロバートソン・スコットであった。柳田は第一次世界大戦の最中にはスコットが著した反独宣伝の書『是でも武士か』を訳したこともあった。そのスコットはハーンの愛読者で、柳田に向ってしきりとハーンのことを話したらしく、この二人の旅の友は大正四年という早い時期にわざわざ松江のハーンの旧邸を訪れている。北堀の武家屋敷の主人、根岸磐井は柳田の大学時代の同期生で、後には『出雲に於る小泉八雲』などの書物も著した。そうした事情を踏まえてロナルド・モース氏は『近代化への挑戦』（日本放送出版協会、一九七七年）と題された柳田国男論の中で、ハーンが大正天皇即位の際に従四位を追贈されたのは、このスコットの熱意が宮内省筋に近い柳田を動かした結果かもしれぬ、と想像している。その推量の当否はさておき、スコットと柳田がハーンについて旅行中しきりと語りあったことは間違いない事実であろう。

柳田国男の学問は一見いかにも日本の土着の学問のようにも見える。それを柳田自身が新国学と言っていたらしい。しかし十八世紀の日本で漢意《からごころ》の排除を主張した本居宣長の国学も、荻生徂徠の古文辞学などから刺戟を受けたことが今日では知られている。同様に、柳田国男の日本の民俗への志向も、外部から直接、間接の影響を蒙っているのであろう。ただ柳田の著書には遺憾ながら脚註がいたって少い。著者は他者に何を負うているかをはっきりと述べていない。またそのことをはっきりと自覚していなかったのかもしれない。私はチェンバレンに限らずハーンの影響──というかハーンと相似た心の動きを柳田民俗学の中に感じる者であるが、確実な影響関係を立証するてだてはもはや見つけがたいことかもしれない。『雪国の春』に収められた柳田の盆踊りの描写など、『小泉八雲　回想と研究』中の拙論で述べたごとく、いかにもハーンの山陰の旅の文章に触発された観察という感想を私は抱く者ではあるが。

一身二生

しかし柳田国男の門下には一人、間違いなくハーンに導かれて民俗学へ踏みこんだ学者がいた。本稿ですでにたびたび言及した丸山学である。

丸山学はハーンが死んだと同じ年、明治三十七年、熊本県玉名郡に生れ、広島高師を経て、新設の広島文理科大学英語英文科を第一回生として昭和八年に卒業し、若くして広島高師の教授となった。前後二回にわたる長期の軍隊勤務の後、戦後は郷里の熊本商科大学に勤め、昭和四十五年、学長として在職中、六十五歳で亡くなった。昭和五十一年、『丸山学選集』全二巻が東京の古川書房から出版されたが、一巻は「文学篇」から成り、一巻は「民俗篇」から成る。前者には著者三十歳の処女出版『文学研究法』と三十二歳の『小泉八雲新考』ほかコンラッドについての文章等が収められ、後者には主として晩年の民俗随筆が収められている。丸山学は英文学者として出発し、民俗学者として終った、いわば一身二生の学者であった。昭和三十年、五十歳の時、松江でふたたびハーンの遺跡を回った丸山学氏は、森亮氏に向い、

「私を民俗学に導いたのはハーンの著作だった」

という印象深い述懐をしたという。そして民家の屋根の両端の瓦の先端がそり上がっているのを指して、

「この地方の特色です」

と言った。森氏は島根大学教授として当時すでに十余年、松江に住んでいながらそれに気づかなかったので、何事にも先達はあらまほしきこと也と感じ入った。私は日本における独創的なハーン研究者として丸山学、森亮の両先輩に深い敬意を抱いているので、お二人の出会いのこの挿話を懐しい事のように感じる。

「書信によるお付合いが重なるにつれて、九州の民俗に関する御本やわらべ歌を集めた御本などまで頂戴した」

と森教授は故人を回想するが（森亮『夢なればこそ』、文華書院）、丸山学篇『わらべうた類聚』が、先に触れたハーンの『日本わらべ唄』編輯と同質の問題意識に発した蒐集であったことはいうまでもない。

熊本生れの丸山教授はハーンの熊本時代についてもっとも精密な調査をした学者であるが、ハーンの著述の民俗学の文献として到らぬ点があることも忘れずに指摘している。すなわち常民の集団組織の伝承についての記載に乏しい点が欠点だというが、そう指摘する丸山教授だけに、若者組とか講とかについての氏の記述と解釈は興味深い。自分と同じ年の人が死んだという話を聞いたら、大急ぎで鍋蓋を持って来さして耳をふさぐ、という一見滑稽な習慣の紹介に始って、その背後にある信仰――自分と同年の者が死ぬことは、自分もまた同じことになると考えて、その報知は聞きたくないと思う心理――に触れ、次いで日本人の間できわめて強い同年、同期の連帯感に及ぶ『同年講』などの一文は、縦社会といわれる日本の社会秩序を横に織りなす同年平等の感覚に言及して、私たちの友情の特質にまで触れている。それは無駄のない、達意の、高等学校の国語教科書に載せたら良いと思うほどの文章である。――そしてそう述べても故人に失礼に当らぬ

と信ずるが、若い日の「文学篇」より戦後の「民俗篇」の文章の方が、おのずから彫琢された名文、滑らかで読みやすい名文となっている。学術の文章でありながら同時に文学の作品ともなっている。その種の特質は柳田国男のある種の文章についても言えるのであるが、そのような一身二生ともいうべき、自己自身に忠実な、自己表現の道を歩んだ丸山学の人生の道程に、私はやはりラフカディオ・ハーンの幅広く、底深い感化の力を感じるのである。

小泉八雲の研究者として出発した丸山学が晩年、「耳ふたぎ」の事実に着目したのもなにかの因縁であろうか。ハーンのいちばん有名な怪談は、坊様が琵琶法師の耳を般若心経《はんにゃしんぎょう》の尊い言葉でふたぐのを忘れてしまったために、平家の怨霊《おんりょう》に両の耳をちぎられてしまった話である。その『耳なし芳一』の語りで、耳が決定的な役割を果す点についてはすでにふれた。

草ひばり

丸山教授に従えば、日本人の民俗研究でいまだにハーンに及び得ぬ分野は、昆虫にまつわる伝承の研究においてであるという。(今日、ハーンの知識の出典はおおむね判明している。)ロティとハーンの日本にたいする親近感の違いは、この虫にたいする好みの相違にまで露骨である。たとえば船が長崎湾にはいる時、あたり一面の緑の山から蟬時雨《せみしぐれ》が聞えた。それを耳にすると東洋の憂鬱《メランコリア》を覚える、と言ったのがロティであった。それに対し、暑い日の蟬の声が好きで、妻もまたその夫の嗜好《しこう》を心得ていたから、焼津にいるハーンに宛てて「セミ、アサカラ、ウタウ、ミン、ミン、ミン、ミン、ツク、ツク、ウイス、ツクツクウイス、ウエヨース」と擬声音を節子も書いたのが、小泉家の雰囲気であった。ハーンは蝶、蚊、蟻、蠅、蛍、蜻蛉、蟬、草ひば

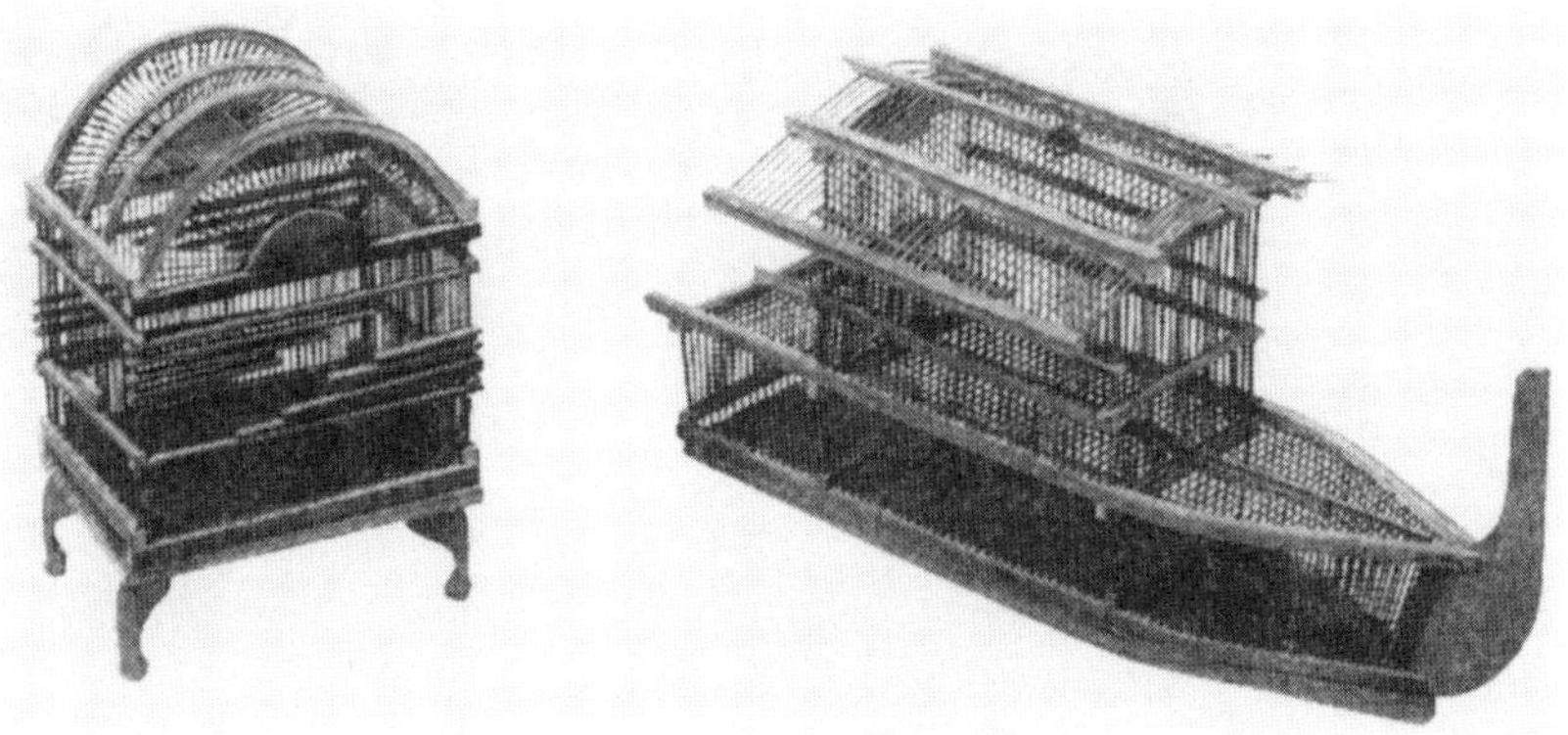

図4　虫かご（松江、小泉八雲記念館蔵）

り、蚕、そして虫屋の歴史まで随筆の主題とし（『虫の楽師』）、東京大学では虫をうたった古今東西の詩歌を講義の材料とした。ハーンが、「本当に虫を愛する人種は日本人と古代のギリシャ人とだけである」と結論するのを読む時、自分が帰化した国と母の国を誇る気持を私はそこに感じるが、それと同時に、来日以前は仏領西インドの島でさまざまな虫に悩まされたであろうハーンを想像して微笑を禁じ得ない。だが気をつけてみると、サン・ピエールの宿にいた時も、虫の描写はすでに博物誌的な精密さをもって行なわれていた。すでに引いた諸害虫の他にも、

斑点のついた黄色っぽい小蟻は「気違い蟻」fourmifou と呼ばれている。大きな黒蟻は動作が鈍くて、咬みついたきり放さないから、じきに叩き潰されてしまう。毒のある小さな赤い蟻は、小さくてほとんど眼に見えないほどである。それに全く咬まない小さい黒い蟻もいる……

とさながら昆虫図鑑のごとくに記述は続くのである（『マルティニークのスケッチ』）。

しかしその種の事実羅列的な観察は、たとい民俗学的報告の場合であろうとも、ハーンの真骨頂《しんこっちょう》を示す仕事ではなかった。ハーンの著述の命は、『人形の墓』の場合がそうであるように、民俗の観察に基きながら、それによって文学の短篇を書くという両者の緊張関係の中に存した。昆虫の観察についても同様である。最晩年の『草ひばり』の一文にしみじみとした情感が漂い、その作品の冒頭に引いた日本の俚諺「一寸の虫にも五分の魂」がいかにも生きているのは、ハーンがこの草ひばりという小さなこおろぎにことよせて自分自身を語っているからだろう。随筆は草ひばりの記述的描写から始まる。

しかし、いつも日が沈む時分になると彼の極めて小さな魂が目を覚ます。そうなると部屋中にえも言われぬ美しさを湛えた繊細で神秘な音楽が広がり始める。極端に小さな電鈴《ベル》の響きとでも言おうか、細く、かぼそく銀《しろがね》のすずしい音色《ねいろ》震え波立つ調べを響かせる。夕闇が深まるにつれてその音は美しさを増す。時折りその音は盛り上がって家全体が小さな不気味な共鳴で打ち震えるように思われるくらい、――また時折りは次第に細くなって繊細極まる、かすかな声となる。しかし、高いときにも、低いときにも、この虫の声は物にしみ透ってゆく異様な音色をもっている。……ひと晩中この微小なものはそんな風に歌うのだ。その声は寺の鐘が夜明けの時刻を告げるときに至ってようやく途切《とぎ》れる。

ハーンはこの虫の歌に前世の命を思い、来世の命を思う。『源氏物語』の「鈴虫」の巻の、「虫のね、いとしげう、乱るゝ夕かな」に始まる鈴虫の宴も、背後に仏教的死生観を漂わせた風流であったが、ハーンの「種の有機的な記憶の歌」という哲学は、進化論の色彩りを染めつけた仏教的死生観といえよう。

ハーンは夜ごと夜ごとに嘆くような、美しい、応答の来ない震え声で鳴くその微小なる虫にあわれを覚えた。そして雌の草ひばりを買ってやろうと捜しにかかったが、もう時期が遅すぎた。虫売りの商人は笑って、「草ひばりでしたら九月二十日頃に死んでるはずですよ」と言った。しかし草ひばりは温いストーブのあるハーンの書斎で結局、十一月の末になってもまだ鳴いていた。それが、

昨晩——十一月二十九日だったが——机の前に坐っていたとき私は奇妙な感じがした。部屋の中がなんとなく空虚である。それから草ひばりがいつもと違って鳴かないのに気が付いた。

虫は、石のようにかたく干からびた茄子《なす》の傍で死んで転がっていた。書生が休暇で帰った留守の間、女中が餌をやるのを忘れたのである。それでいて、死ぬすぐ前の晩にも草ひばりは素晴らしい声で歌っていた。

「何と雄々しく最後の最後まで彼は歌ったことだろう」

とハーンは心動かされた。酷《むご》いことだが、最後に自分自身の脚も食べてしまっていた。その草ひばりを見た時、ハーンは自分に残された僅かの命を歌い尽くす運命を自身も予感して、最後に一言書き添える。草ひばりだけの運命ではない、「世の中には歌うためには自分で自分の心臓を食らわなくてはならない人間の姿をしたこおろぎもいるのである」。

十四年間の在日生活を通して、ハーンは最後の最後まで書くことに尽くした。その間に書かれた十余の著作は、ハーパー社に宛てた計画をハーンが物の見事に実現したことを示している。振返ってみると、まるで後の著作集の題目をあらかじめなぞって書いたような「日本行の計画書」であって、なにか倒錯した印象す

ら覚える。

しかし一事だけ予定項目の羅列と違う点があった。それは箇条書の計画書と違って、民俗学は民俗学、文学は文学という風にそれぞれ別箇に分類されることは少く、両者はハーンの中でしばしば一箇のものとして融合された、という事実である。知識と知識の足し算をすることは知っても、知識と知識の掛け算を心得ぬ世の「群盲」と、ハーンはその点が違っていた。

明治三十七年の秋も小泉家では松虫を飼っていた。九月も末近くなり松虫は少し声を枯らした。ハーンは節子に向って言った。

「あの小さい虫、よき音して、鳴いてくれました。私なんぼ喜びました。しかし、だんだん寒くなつて来ました。知つてゐますか、知つてゐませんか、すぐに死なねばならぬといふことを。気の毒ですね、可哀相な虫」

夫婦は縁側で、

「この頃の温い日に、草むらの中にそつと放してやりませう」

と約束した。

ハーンはその数日後、九月二十六日、狭心症で亡くなった。五十四年三ヵ月の命であった。

註
（1） Marcel Robert : *Lafcadio Hearn*, t. I, 東京、日仏会館、p.75.
（2） ハーンが「妻の成人した子供」となった過程の分析については平川『小泉八雲とカミガミの世界』、文藝春秋、第二章「小泉八雲と母性への回帰」の章を参照。

（3）梶谷泰之「ハーンの日本文書簡」、『英語青年』、昭和四十年十二月号、研究社。なお「ヘルンと手紙」については小泉時『ヘルンと私』、恒文社、一九九〇年を参照。

（4）森亮編『小泉八雲』（現代のエスプリ）、至文堂、一八二ページ。

（5）雑誌『へるん』、第五号。

（6）Elizabeth Stevenson：*Lafcadio Hearn*, *Macmillan*, p.33.　この伝記は、スティーヴンソン女史に日本についての親密な知識と共感がないため、ハーンの来日以前の部分が興味深く書かれている割には来日以後の部分が突っこんで書かれていない憾みがある。なお本書は遠田勝氏の手でE・スティーヴンソン著『評伝ラフカディオ・ハーン』、恒文社、として訳出された。

（7）一九九四年現在、ハーンがイヴトーの聖職者学院に在籍したことを証する学籍簿中の名前などのドキュメントは見つかっていない。しかしそのフランス語能力からして、ハーンが少年時代のある時期を、夏休みなどであったかもしれないが、ノルマンディーだかノール地方だかの寄宿学校で過したことは確実と思われる。

（8）森亮編『小泉八雲』（現代のエスプリ）所収、岡田幸一「ヘルンの文学講義をめぐって」参照、至文堂。

（9）西田幾多郎は田部隆次《たなべりゅうじ》『小泉八雲』（北星堂）に大正三年三月「序」を寄せて興味深い批評を述べた。

（10）中井常蔵氏とその教え子の文章は広川町教育委員会に保存されていた。筆者は昭和五十年七月、閲覧の機会を得た。

（11）今村明恒『「稲むらの火」の教方に就て』、震災予防評議会、昭和十五年刊。

（12）ハーンがフュステル・ド・クーランジュの『古代都市』の知識を借りて「神国日本」を説明しようとした経緯については Sukehiro HIRAKAWA：Interpréter le Japon à travers la culture française—le cas de Lafcadio Hearn—『日仏文化』三十五号、一九七八年三月、東京、日仏会館、所収論文を参照。

（13）Elizabeth Stevenson：*Lafcadio Hearn*, Macmillan, p.299.

（14）森亮『小泉八雲の文学』、恒文社、一五五ページ。なお日本におけるハーン研究の回顧と展望については本書が詳しい。ほかに平川編『小泉八雲　回想と研究』、講談社学術文庫、に銭本健二氏の手になる、より新しい「八雲研究・回顧と展望」の続編が収められている。

原本新潮社版へのあとがき（一九八〇年）

ラフカディオ・ハーンは私たち日本人にとって心なつかしい文学者である。それはなにもハーンが美しい文章で私たちの祖国を西洋に紹介してくれたからではない。そうではなくて、ハーンの文章を読むと日本人である私たちが、そこに魂の故郷を見いだすような感銘を受けることが、いまもなおあるからだ。いや、産業化が日本列島を荒し、都市化が田園の自然を壊して、日本人の心をセメントのように冷く硬いものにさせてゆく時、ハーンが書きとめておいてくれた、貧しいけれども穏やかな明治の日本は、なにか望郷の念に似たノスタルジアを私たちの胸中に呼びさましてくれる。その詩情は大和田建樹らが作詞した明治の小学唱歌に似通っている。

いまから振返ると実に不思議な気がするが、私が小泉八雲をはじめて読んだのは、中学一年の国語教科書でであった。それは日本がアメリカと戦っていた昭和十九年の初夏で、松江の朝を描いた一節だったが、大橋を渡る下駄の音や柏手を打つ光景が印象的だった。そのころは単純に錯覚して西洋人も帰化すれば日本語が書けるように思いこんでいて翻訳ということに気がつかないでいた。しかし後になって『知られぬ日本の面影』を英文で読んでいっそう心打たれた。森亮教授は、

「私がハーンの日本時代の著作を〝英語で書いた明治文学〟として珍重するのは、それが明治二十年代の日本を写したリアリズム文学を予想外に含んでいるからである」

と『夢なればこそ』（文華書院）の中でいわれたが、けだし適評と思う。「松江の朝」には古き良き日本が実によく描かれている。それに当時の中学生には、大橋川の水で顔を洗い、口をすすぐ習慣も、もやを売ることも、すなおに日常の事として理解された。私は東京都渋谷区西原の邸町に住んでいたが、それでも戦時中の建築だったために家には水道もガスもなく、井戸水を汲むことや、松葉や小枝で焜炉に火を起すことが私の当番だったからである。

ハーンの文章でそれとは別に印象的だったのは中学四年の英語教科書に出てきた「読書論」だった。日本人が教科書用に書いた英文と違って、ハーンの On Reading は内容も適切だった。私が後に、ただただ読書量の多さを誇る先輩をひそかに軽蔑して、自分自身に忠実に本を読もうとつとめたのも、こうした文章のお蔭かもしれない。この「読書論」も後になってハーンの東京大学の講義の一節と知った。そのころ課外の英語の時間に『怪談』を習った。英文で読みながらも「こわーい」という感じがひたひたと迫ってきた。悪戯坊主が表紙の *KWAIDAN* の *K* を手で伏せてきゃっきゃと笑ったが、あれも怖さをまぎらすためだったのだろう。その教科書版はたしか福原麟太郎先生編のもので、巻頭に Drinkwater だかのハーン評が引かれており、日本について書いたハーンが当の日本人から認められているのは著者のメリットである、といった趣旨が記されていたかに記憶する。それは実は私が頭の中で勝手に拵え上げた評語なのかもしれないが、外国人で日本について書いた研究者でG・B・サンソムのように当の日本人から長く価値を認められる人は、やはり真に秀れた著者だからだろうと思う。

その後私は旧制高校一年を経て昭和二十四年新制東大へ進学した。その第一回生に限って存在したドイツ語既修フランス語未修の小人数クラスにはいり、昭和二十五年秋、駒場に新設された後期課程、教養学科フランス分科へ進学した。フランス語を第一外国語として学ばねばならなかったので、ハーンはどうしても縁遠くなった。その私がハーンにまた心打たれたのは、昭和三十年、フランスに留学中、ノルマンディーの一友人の家に呼ばれて、そこで仏訳の『心』を借りた時である。巻頭の『停車場にて』を読んだ時は、古き良き日本に再会する思いがして、眼頭が熱くなった。その友はカトリーヌ・ドディエといい「香取奴」と書いたが、彼女はハーンの著書に惹かれて単身日本へ行き、その帰路、私たち日本人留学生とフランス郵船の二等甲板で一緒になったのであった。ハーンの仏訳者の Marc Logé が、その筆名にもかかわらず実際は婦人であること、カトリーヌもその訳者に会いに行ったことなど後になって聞いた。私は自分がフランス生活に多少ともなじめたのは一夏、別荘に私を招いてくれた彼女のお蔭だといまも有難く感じているが、そのカトリーヌが日本人に親切にしてくれたのはいってみればハーンの感化である。それではなぜハーンが日本人の善い面にあれほど感じやすかったのかといえば、それは妻小泉節子をはじめ周囲の日本人がハーンに対して親切だったからである。明治の庶民が一外国人に示した親切の余慶が遠く昭和の私たちにも及んでいるのだ。私はカトリーヌとその家族に恩を感じると同時に、ハーンに恩を感じ、さらにハーンに親切を施した明治の人に恩を感じた。何十年、何百年前の人の恩愛が伝わるということは事実あることだと私は信じている。

もっとも私がハーンの魅力にそのように感じやすかったのは私が外国にいて日本のことを思っていたからかもしれない。竹山道雄氏も昭和初年、留学の帰途、ポート・サイドで買ったハーンを読んで深い感銘を受けた、と聞いた。昭和四十年代のはじめ、私は森鷗外を中心に『和魂洋才の系譜』の論文をまとめていたが、鷗外が『妄想』で使った「洋行帰りの保守主義者」という表現に接するたびにハーンが『心』に描いた「ある保守主義者」の半生を思わずにはいられなかった。そのようにハーンに対する関心は深まったけれども、しかし大学前期の二年間、ドイツ語フランス語を主に学んだ自分が英語で著述したハーンの研究者になろうとは思いもしなかった。人間、奇妙なまでに大学後期の二、三年間に習った課目に後々までとらわれるものである。

私が昭和四十二年、松江に初めて小泉八雲の家を訪ねたのは偶然に近い。津和野に鷗外の跡を訪ねる途中、汽車を降りたまでである。その日、小泉八雲記念館で梶谷泰之教授が編んだ『松江のへるん』という案内書を買って、そこに引かれているハーンの英文の美しさに打たれた。ハーンの描写を読みながら城山の天守閣に登るのも一興だったが、都々逸の「お前百まで」の英訳も心に残った。結婚式の披露の宴で新郎新婦のお祝いにその句を引いたこともあったが、後に『文章の解釈』(東大出版会)でエクスプリカシオン・ド・テクストとはなにか、という実例にその分析を試みたこともある。

その後、紛争を経て、大学は従来の小研究室専属の体制とは異なる可能性が開かれてきた。教育組織としてはフランス語教室に属する私が、それとは異る研究組織に属することも許されるようになり、他大学へ呼ばれる時は、英文学科、国文学科、日本史学科などでも授業の機会が与えられ、私はしばしばハーンを教材に選んだ。昭和四十七年の二月、東大駒場キャンパスはまたまたストライキで麻痺したが、私は一般教育演習参加学生の電話番号を控えておいたので、事務の新井正子さんに頼んで皆を封鎖されたキャンパスの外の喫茶店に呼び出してもらった。するとまるで何事もなかったかのように演習もそのまま進んだので、三月末には前年同様、また松江へ学生たちと出かけた。加賀の潜戸《くけど》へ行く船の上で、浜田の親戚の家へ寄って来たという学生からもらったお握りをほおばったことも、椿にまつわる怪談を聞いたことも忘れられない。隠岐島へ行く時はハーンの *From Hōki to Oki* を読んで、その舟路や山路をまたたどった。大橋川を下った船は朝靄の中を進んで行ったが、あの山陰の中海《なかうみ》もやがて埋立てられて石油基地にされてしまうのかと思うと淋しい気がする。

島根大学の森亮教授のお宅へ夜分うかがったのもその前後のことである。タクシーの運転手が番地をたよりに探してくれたが「立派な門構えだからここが大学の先生のお宅だろう」と言った。ぴたりと当ったが、東京では通用するべくもない言葉だったので、印象に残った。森先生には学生たちが泊っている安宿にお越しいただいてハーンについてのあの的確で肌理の細かいお話をうかがった。海を渡って島前《どうぜん》の国賀海岸まで同行してくださったソウル大学の鄭明煥教授は繰返し「いい学生たちですねえ」といわれたが、それは不思議な日々であった。なにしろ私は出雲の旅へ出る前は不覚にも過激派学生に捕って「捕虜」となったこともあったし、帰京後は春休み返上で連日のように不快な日直の当番を勤めたりした。それだけに別世界であったあのうららかな山陰の旅やその時の学生がひとしお懐しく思い出されるのである。

私がそのようにして教室で扱った内容を、その後『新潮』その他に発表することができた。今回一冊の書物にまとめることを得たのは新潮社の坂本忠雄氏、藍孝夫氏、そして渋谷遼一氏の御助力による。坂本、藍両氏は筆者が五年前同社から出した『夏目漱石——非西洋の苦闘』執筆の際もなみなみならぬ御配慮をいただいたが、今回、前著と対をなす『小泉八雲——西洋脱出の夢』執筆の際も細かな点によく気をつかってくださった。筆者の文章が学術論文でありながら同時に文学作品ともなり得ていることを認めていただけて有難く思っている。本書の中で虚構といえる部分は「泉の乙女」の章の冒頭のギルと出版社員との会話だけであろう。(この会話は学術文庫版では消去した)。なお初出は次の通りである。一巻の書物に編むに際して多少訂正をほどこした箇所もある。

小泉八雲の心の眼　　『新潮』昭和五十一年五月号

子供を捨てた父　『新潮』昭和五十一年十月号
泉の乙女　『新潮』昭和五十二年三月号
稲むらの火　河出版『小泉八雲作品集』第三巻、昭和五十二年
一異端児の霊の世界　『新潮』昭和五十五年五月号
草ひばりの歌　『新潮』昭和五十二年十一月号

昭和五十年秋、私ははじめて渡米して、ニューオーリーンズを訪ねた。その際の見聞もまじえて書いたのが「小泉八雲の心の眼」である。「子供を捨てた父」は副題にもある通りハーンの民話と漱石の『夢十夜』の文芸比較で、その旅行の途中、プリンストン大学やパリ大学でも講演した。ハーンの民話は外国人の聴衆にも理解しやすい話なので、それを基に比較すると漱石の特質も伝わりやすい、と考えたからである。河出書房新社の竹村美智子さんは私が前に同社からダンテ『神曲』の翻訳や『和魂洋才の系譜』の著書を刊行した時に親身に世話してくれた人だが、私が従来のハーンの邦訳について不満を洩すのを聞いて、河出から『小泉八雲作品集』三巻の新訳を出すことを企画してくれた。森亮教授に訳すべき作品を選定していただき、仙北谷晃一氏等に協力してもらい分担して訳したが、訳すうちに次々と新しい視点が開けてきて「泉の乙女」や「稲むらの火」のハーンの再話文学の特質、また「草ひばりの歌」などのハーンにおける民俗学と文学の相関作用について次々と扱うことができた。それは愉快な日々で東京大学の大学院生のレポートばかりでなく、金沢や富山の学生の答案からもずいぶん示唆に富める感想を得た。富山大学の英文科へ集中講義に出かけたのは同校にあるハーンの蔵書を調べる下心であったが、たまたまフェーン現象も起った七月の猛暑の日々で、連続の授業に同大学の先生も出席されるので、手を抜くわけにもいかず、私はもう疲れはてて

しまい、ヘルン文庫の調査どころではなくなった。ヘルン文庫にはいって椅子に坐ると、第二次大戦後に出た豪華本 ***RE - ECHO*** に載ったハーンの水彩画をじっと眺めていた。朝日に揺れる海の波に詩人の魂をかいま見る思いがしたからである。小泉家のお話によると原画はその本の出版の際、アメリカへ渡ったまま戻らなかったという。同じ絵は白水社が昭和九年に出した佐藤春夫訳『小泉八雲初期文集　尖塔登攀記』にも色刷りで出ていたので、同社の了承を得て本書の巻頭にその複製を掲げた。(その色刷りは学術文庫版では載せることが出来なかった。代りに松江の小泉八雲記念館所蔵の品を幾点か掲げさせていただいた)。

しかしその時、帰りしなに立寄った和歌山県の広川町では偶然広八幡の宮司佐々木公平氏に紹介され、短時間のうちに多くを知ることができた。この「稲むらの火」については神奈川県の中学校、小学校の教職員を対象に講演したこともあったが、もともと小学校教科書に載った「稲むらの火」に関することでもあり、聴衆もひとしお熱心に話に耳を傾けている風があった。教科書の教材を公募する、などという民主主義的な美風が戦前の日本に行われていた、ということも驚きだった。私は今日の日本の国語教科書がいますこしきちんとした、立派な文章を載せるよう切に祈っている。

昭和五十二年、国際交流基金派遣のフェローとして私はワシントンのウィルソン・センターへ赴いた。日米関係について自信をもって論ずることが出来た面はハーンを介してだけなので、ハーン研究を名義に掲げたが、ウィルソン・センターでハーンの名前を知っていた同僚は皆無だったのではないかと思う。一人もいない、というのは間違いで、私よりやや遅れてやはりフェローとして着任された小川平四郎前駐中国大使は知っておられた。毎日、センターの昼食でもシェリー・アワーでも英語を使わなければならず、**intellectual companionship** があるようでないようなこのセンターの生活は私にはどこか馴染みが悪かった。小川大使とカー・プールをして御一緒すると、話題はおのずと日本人の英語の力や昔中学で習った英語の先生の話となった。そして私などよりはるかに先輩である小川さんが私と同じ中学で同じ中山常雄先生から習った、と知って「大使もトンボから習われたのですか」と思わず中山先生の渾名を言ってしまった。私がハーンの*KWAIDAN*をはじめて習った東京高師付属中学の先生である。

ウィルソン・センターに当時いたアメリカ人のフェローでハーンの名前を知っていた人は一人もいなかった、と言ったが、アメリカの日本専門家の間ではハーンの名前はもちろん知られている。しかしそれはハーンが文学者として秀れている、とか日本研究者として卓抜している、とかいう意味においてではない。それとはまったく逆の否定的な意味においてである。今日の北アメリカでハーンにポジティヴな意味を認めようとするような若手の日本専門家はおそらく主流派によって村八分にされることであろう。

私は第二次世界大戦以後のアメリカにおけるハーンのこの低評価と最近十年来の日本におけるハーンの高評価のギャップを興味ふかいことに感じた。日本海軍航空隊が一九四一年十二月七日日曜日、パール・ハーバーを奇襲して米国太平洋艦隊主力を撃破した時、すでに千九百三十年代を通じて低落の一途をたどりつつあったハーンの評価は潰滅的な打撃を受けた。「あの憎むべき日本という国を美化して米国民を欺いたハーン」という反応――いいかえれば、坊主憎けりゃ袈裟まで憎い、という戦時下の興奮の犠牲となったのである。イギリスでもその年に出たケンブリッジ『英文学史』はハーンの講義録を「全然価値がない」の一句でもって片付けた。completely valueless というこの語気の荒さは冷静な判断というより当時の日英関係の悪さ加減を反映しているもののように思われてならない。それというのも同じイギリスでも千九百二十年代の初めには当代切っての大批評家ゴスがハーンの講義録の力強い分析、洗練された趣味、その聴衆に生き生きと伝わる熱気のこもった印象、といった美点に対して讃辞を惜しまなかったからである(Edmund Gosse : *Silhouettes*, p. 226.)。

第二次世界大戦が日本の敗北によって終った後もハーンは英語圏諸国では復活しなかった。米英では新しい世代の日本研究者が登場して Japan interpreter としてのハーンに取って代ったからである。アメリカ人で戦前の日本で育った英才や各大学の秀才は、戦時中に日本語の強化訓練を受けると、戦後アメリカ占領軍の要員として日本へ進駐し、除隊後はさらに大学に残って米英における日本研究の主力となった。彼等は、自分たちはハーンと違って日本語の読み書き話しもできる、という自信があった。その日本研究者の何名かは、ライシャワー教授をはじめ、かつて宣教師の子弟として東京目黒のアメリカン・スクールや神戸のカナディアン・アカデミーなどに通学した人たちであった。(いってみれば今日、在外勤務の日本人の子弟で、現地校でなく日本人小・中学校へ通っている組に相当する、現地にたいして特別な見方をする人たちである)。彼等は、かつてその親がキリスト教宣教師として熱心に自分たちの価値観を異教徒の間にひろめようとしたように、敗戦後の日本に民主主義やアメリカ式生活様式を拡めようとした。占領軍の要員として降伏した日本に来た人々は、自分たちのアメリカ人としての生き方に自信をもち、西洋文明の優越についてなんらの懐疑も抱かなかっただろうと思う。

しかしハーンが来日した時の気持は違っていた。立派な芸術作品を生み出したいという文芸上の使命感は持っていたが、筆の職人であるハーンは、西洋的価値観を日本へ拡めるとか、キリスト教的文明の優位やその信仰を説く、といった宣教上の使命感は皆無であった。ただ単に皆無どころか、その種の宣教的使命感こそ日本理解を妨げるものとして斥け、さらには宣教師そのものを嫌悪した。キリスト教宣教師を唾棄したハーンが、その子弟であるライシャワー教授以下に認められないのは、むしろ論理的必然であるかもしれない。いずれにせよ教授の『アメリカ合衆国と日本』といった米日関係史にはハーンの名前は一度も出てこないのである。

私は渡米前、「比較文化論の動機」と題して『講座・比較文化』第六巻（研究社）で、ハーンの反西洋的価値観の由って来たる所以を考証したので、アメリカでもその論を敷衍した。その主要な論点は本書の第五章「一異端児の霊の世界」にほぼ再録してある。私はその論をはじめシカゴ大学で発表し、後でウィルソン・センターで英文でまとめた。それは *Japan Foundation Newsletter*, Dec. 1978-Jan. 1979 に転載され、意外に多くの反響があり嬉しく思った。私がイスラエルのヘブライ大学などへ講演に招かれたのもこの英語論文がきっかけである。（この論は Louis Allen ed., *Lafcadio Hearn : Japan's Great Interpreter*, Japan Library, Sandgate, Folkstone, U. K. 1991 に収録されている）。

一つ珍奇に思ったのは敗戦後渡米して、アメリカ人以上にアメリカ化したマサオ・ミヨシ氏の過剰な反応であった。氏は平川の前著『和魂洋才の系譜』や『夏目漱石――非西洋の苦闘』が面白かっただけに平川のハーン論に失望したという。バークレー大学の英文学教授である氏は英米の国文学史で今日ハーンが没却されているからハーンを論ずることもつまらない、と考えたのであろうか。日本的価値観を貶めアメリカ的価値観を良しとしてもっぱら英語で生活する氏には、それとは逆向きの方向に生きたハーンが奇妙に感じられたからであろうか。氏はさらに公開の手紙を寄越して平川のハーン論文は「論理に欠陥があり、証明に締りがない」と批評した。もっともこのミヨシ氏の反論は、私が彼の著書とその特異な人柄にふれた『比較文学研究』第三十六号（朝日出版社）の記事にたいする意趣返しのようなものであったから、額面通り受け取ることもないのであろう。小泉八雲を論じた平川の一連の文章の論理に疵があるかどうか、証明に納得のゆかぬ点があるかどうか、それは読者諸賢の御判断におまかせすることとしたい。私がここで言いたかったことは、脱亜入米のミヨシ氏の場合はやや特殊であるにせよ、一般にアメリカの日本関係の学者は西洋脱出のハーンにたいしてすこぶる冷淡である、ということである。日本人がいまなおハーンを愛読するのは日本人のナルシシズムのあらわれだ、という程度の見方が行われている、ということである。

ハーンはアメリカではこのようにして忘れられた。いまのアメリカの日本研究者たちは自分等の方がハーンよりも科学的だと自負しているようである。十年単位の物差で計れば確かにそう言えるかもしれない。しかし百年単位の物差で計れば Ph.D 産業で生み出された論文の大半は忘れ去られるだろう。しかしその時もなお、ハーンは日本人に読まれているであろう。また日本の英米文学者たちについても、学者づいた人の修士論文の大半は、これはもう完全に、忘れ去られるだろう。しかしその時もなお、ハーンの英文学史はある種の懐しみをもって回顧されるであろう。ハーンは生前、米英の読者を念頭において書いた。しかしハーンはいま日本人の心に生きている。小泉八雲はいまは日本に読者を持っている。作家としてのハーンもついに日本文学史の中に国籍を取得した、といって良いのかもしれない。日本人は――そしてつけ加えさせていただくならば日本の大学も――ハーンにたいしてけっして忘恩の徒ではなかったと思う。

筆をおくに際して、謹しんで未見の小泉家の御子孫の御健勝をお祈り申しあげる。過ぎた年の九月二十六日、雑司ヶ谷墓地に小泉八雲のお墓に詣でると、その命日、お墓は綺麗に掃ききよめられ、お花があがっていた。ハーンを大事に大切にする人の心づかいが感じられた。ハーンについてもっとも多く教えてくれたのは第一にはハーンその人の著作だが、第二には妻節子の『思ひ出の記』と長男一雄の『父「八雲」を憶ふ』

とであった。深く御礼申しあげる次第である。

駒場にて　一九八〇年十月

平川祐弘

講談社学術文庫版へのあとがき（一九九四年）

新潮社版が出た十三年前のことであった。恩師市原豊太先生に拙著をお贈りしたところ、かたじけなくも感想を短歌に詠んでお手紙をくださった。いまは亡き先生を偲び、謹しみて再掲させていただく。

『小泉八雲』を読む

平川の祐弘大人《うし》のものしたる『小泉八雲』を五度《いつ》読みぬ
優しかる学者にあらずば優しかりしハーンの姿斯くは描《か》き得じ
ミシシッピー河口の町の朝まだき物売る声に心動きし
出雲なる松江の朝の売声に続きて聴こゆ柏手の音
床中《とこぬち》に街の売声めでたりしプルウストも同じ微妙《みめう》の精神《こゝろ》

辛酉二月　市原豊太

女《をみな》もしあらざる時は家も無し埴生の宿にやさしかるひと
湖に濡れたる小猫濡れしまゝ懐にせる夫《つま》に惹かれし
片言を匡《ただ》すこと無く語り合ふ良き妻得たり小泉八雲

（呼びかへす鮒売見えぬ霰哉　凡兆）

外出《そと》せし妻を慕ふは幼児に異らざりき恵まれし夫《つま》
明け初むる箱根足柄その上を遥かに抜けり富士の高嶺は
日光の植物園の裏崖に並ぶ仏かロティの見しは
（東大理学部附属、裏は大谷《だいや》川の願満ヶ淵）

禍《まが》事を思ふと誣《し》ひし軽薄の蕩児は劫罰受けたりあはれ
釈迦牟尼の去り給ひしのち弥勒仏《みろくぶつ》出でます世まで救ふ菩薩ぞ
（五千六百七十億年）

病み臥《こや》すメキシコ水夫を看護《みとり》たる娘の門に花と果実《このみ》と
汚れしと我身を恥ぢて相愛の男に会はぬ浄らの婦《をんな》
「百姓は僧になつた」と結びし句読む者の胸漸く開く
我一人思ふ心はたゞ独り思ふに非ず祖先《みおや》の心
一高に知遇を得たるペッツォルド先生も語り給ひきマクス・ミューラーを
（教官室の席近く仏教の啓蒙を受く）

聖《たうと》かる教は啻《たゞ》に西欧と思ひ違《たが》へし事愚かしき
眉のごと細き新月懸りたる夜《よる》捕はれし女清かり
文学はエゴの利思ふ輩には縁無しといふ講義貴き
推敲を勧めしハーン　マレルブの訓へも然り不朽の書《ふみ》は
「稲むらの火」といふ文を年老いて初めて知りぬ子らは知りたり

（長男新はお茶の水附属にて、長女友子は疎開地耳成村にて）
小学の国語の本に国ぬちの文を集めし昔のよき日

麻裳《あさも》よし紀伊の濱なる濱口の儀兵衛はやがて「生き神様」に
三十を五つ越えたる壮年を孫ある長者に仕立てし心
年老いし祖父祖母《ぢぢばば》たちの積みたりし知慧貴びぬ古き日本は
津波より村を護りしその後に大堤防《どて》を築く費《つひ》えは我と
神ほとけ尊き者に成らむとはつゆ思はざり丈夫《ますらを》の胸
感恩碑建ちしも宜《うべ》に「耐久」の塾の名中学に伝はりてあり
講演の後に出でたる質問に激越の感言の葉も無く
激越の感動受けし同じ年世嗣の御子は生れしならむ

（附中三十回、旧勉太氏、現儀兵衛社長）

「島どの」と便り送りし栂尾《とがのを》の上人生《あ》れし近き浜辺か

（明恵上人、生れは有田近傍と記憶）

夜明け前抜手を切りて河泳ぐ娘と語る巡査宜しも
動かざる時計に焦《じ》れて取出《いだ》すゼンマイの髯「妙な毛だねー」
銀時計贈りし友を救はむと家財道具も売払ひけり
郵便船の汽笛聞えし臨終の掌《て》に握りたる壊れし時計
犯人もひれ伏して泣き群集も啜り泣きしと描けりハーンは

別れ行く旦那祝ふと残る眼を入れし達磨に肴屋の意気
忘られし餌に餓ゑ死にし草ひばり仆るる際《きは》まで鳴きてありけむ

＊

神仏ちゝはゝを語る言葉みな敬語なりけり鏡花の如く

右四十一首　　　　　　　　　　　　　　　　　　吉備眞庭上

フランス文学者の市原豊太先生は私の駒場以来の先生である。先生が歌を詠むようになられたのは右の一九八一年より一、二年前の八十歳に近くなられてからのことであった。その先生から突然一連のお歌を頂戴した時、まことに身にあまることと感じた。『小泉八雲——西洋脱出の夢』は好評で新聞雑誌にいろいろ有難い書評も出たが、この四十一首をいただいた時の感銘は忘れられない。その時の思いの一端は『短歌研究』一九八一年九月号で今野寿美さんと「小泉八雲と短歌的情感」について対談した時にも語ったが、忘れてはならないなにかのように胸にとどめていたので、拙著が講談社学術文庫から再刊される機会に、あらためて掲げさせていただく次第である。

「小泉八雲の心の眼」を『新潮』に一九七六年春に出したのが、私の一連のハーン研究の始めである。その前の年の暮に私は母を亡くした。その後、何人もの読者から「この著者のお母様はどういう方だったのでしょう」と直接間接に聞かれて、市原先生の「我一人思ふ心はたゞ独り思ふに非ず祖先《みおや》の心」にあらためて感じいった。私自身は自分の母をとくに自覚してハーンを論じたことはない。しかしこういう母親に育てられたからこういう小泉八雲を書くのだ、ということは私の場合に限らず言えるようにも思うのである。

ハーンとチェンバレンの日本理解や、ハーンの影の人ともいうべき『ある保守主義者』のモデル雨森信成については、その後『破られた友情』(新潮社、一九八七年)にまとめた。ハーンの母性への回帰をはじめとする比較文化論的諸問題については『小泉八雲とカミガミの世界』(文藝春秋、一九八八年)にそれぞれまとめた。その後もハーン関係の文章を日本語、外国語で発表する機会に多く恵まれたので、いつか前記とあわせて日本語四冊(あるいは五冊)、英語一冊のハーン研究に集大成して世に問いたいと願っている。なお平川編のハーンの邦訳「小泉八雲名作選集」五冊と平川編の『小泉八雲　回想と研究』はすでに講談社学術文庫に収められている。

牧野陽子さんは私が一九七六年、東大大学院で初めてハーンを取りあげた時の学生の一人であった。このように英語のよく出来る海外帰国子女にハーンのような平易な英文を教えて授業が成り立つだろうかという危惧が教師の私にないわけではなかった。しかし私は大学院の入試問題でも、平明なテクストを出題して自由に論じさせる方が難解なテクストを出題するより多種多様の学生の才能がよくわかる、という意見なので、あえてハーンを取りあげたのであった。その演習の最中、『人形の墓』を読んでいた時、イタリア人の女子学生が眼に涙を浮べたことがある。ハーンはいまでも人の心を打つのだな、と思った。しかし私にとって驚きであったのは、ハーンと接した学生の何人かがその後秀れた研究者となり、見事なハーン論や反論を次々と発表したことである。牧野さんの『ラフカディオ・ハーン——異文化体験のはてに』(中公新書)もその成果の一つである。『小泉八雲——西洋脱出の夢』が一九八一年サントリー学藝賞を受賞した時、私はブリティッシュ・コロンビア大学へ長期出張中で式に参列できなかった。その時私どもの代理として賞を受取ってくださったのも牧野さんである。今回本書の解説をお願いした所以である。その牧野陽子さん、講談社学術文庫の池永陽一氏、砂田多恵子さんの変らぬ御好意に御礼申しあげる。

平川祐弘

渋谷区西原の自宅にて　一九九四年六月二十七日

講談社学術文庫版への解説

牧野陽子

最近の数年間における小泉八雲、すなわちラフカディオ・ハーンに対する人々の関心の高まりには目ざましいものがある。次々と研究書や新訳が出され、シンポジウムが開かれる。テレビで特集され、教育番組はもちろん、クイズ番組にまでなる。ジョージ・チャキリスがハーンを演じた山田太一脚本のＮＨＫテレビドラマ「日本の面影」、風間杜夫主演の同題の舞台劇、久世光彦演出『怪談』の新たなドラマ化、オペラ「耳なし芳一」の公演なども記憶に新しい。ハーン再評価の動きは海外にまで及んでいるようで、アメリカ、イギリス、アイルランド、フランスなどでやはり新たな評伝や研究書、アンソロジーの類が相次いで刊行されている。

ラフカディオ・ハーンという希有な人物の思いがけなくも広く深い世界を明らかにして、このようなハーン再評価の流れの大きなきっかけを作ったのが、実は本書、平川祐弘氏の『小泉八雲――西洋脱出の夢』に他ならない。いわば、ハーンをまさに現在のハーンたらしめた画期的著作であり、ハーン研究における今や古典の位置にあるといっていい。

本書をはじめて読んだのは、私がまだ大学院の学生だった十三年前のことだが、読み終えた後に、一種の驚きにも似た深い感動にとらえられたのを鮮明に覚えている。夜もかなり更けた時刻で、本を閉じてもしばらくは机の上のスタンドの明かりの方を眺めながら、余韻にひたらずにはいられなかった。その時の感動は、今から考えると、ただ単に本書によって知りえたハーンの世界の奥深さだけによるものではない。当時、大学院の演習で学んでいた「エクスプリカシオン・ド・テクスト」や「比較考察」という基本的手法をもって見事に展開される比較文学比較文化研究の鮮やかさを見てとったこと、そして、最新の学術的研究でありながら、少しも堅苦しくなく、まるで芸術作品のように読者の心の琴線に優しく触れうるという事実にも驚き、つまりは、内容と手法と効果とがあいまって構成される本書の世界に感じ入ったのだと思う。

以下、そのことについて著者の論述にそってもう少し詳しく述べて、解説とさせていただきたい。

著者が本文中では一貫して「ハーン」の名で論じながら、本の題には「小泉八雲」と掲げているのは、当時、日本で「小泉八雲」ほどには「ハーン」の名が一般的ではなかったという状況もあったからだろう。それまで、ハーンとは『怪談』の作者であり、何よりも、帰化する程に日本を愛し、美しく古き良き日本の姿を文章に残してくれた人であった。つまり、あくまでも小泉八雲として知られていたのであって、四十歳で来日する以前のことにはそれほど関心が寄せられなかった。一方、欧米では、日本研究者の間ではハーンは忘れられ無視された存在であり、放浪のエキゾチスム作家として描かれた評伝などではアメリカ時代までに関しては詳しいものの、来日以降の部分となると途端に生彩を欠くというありさまだった。いわば、ハーンと欧米とは、二重の意味で不当に切り離されてきたといえるのだが、そうした中で本書は、その断絶の溝を埋めることでハーンの全容を総合的に捉え直し、文学者としての本質的な魅力を生き生きと提示してみせたのである。

平川氏は、それまで取り上げられることの少なかったハーンのアメリカの新聞記者時代の活躍や不幸な幼時体験に大きく光を当てた。そして、「ハーンの著作活動をアメリカ時代と日本時代との対比において読み比べ、様々な特徴を共通項のように浮き彫りに」（二七二頁）することをまず第一の眼目として、ハーンの内なるメンタリティを探った。その上でさらに、ピエール・ロティやバジル・ホール・チェンバレン、マーク・トゥエイン、夏目漱石など異なる同時代人との横の文芸比較を行うことで、それぞれの角度からハーンの特質を照らし出していった。著者の論旨展開の手法は、二つのテキストを突き合わせ、両者の共通点、相違点を探り、それぞれの綿密なエクスプリカシオンを繰り返すという、比較研究の最も基本的な手順を踏むものである。そして読者は、本書で初めて、ハーンの若書きの小品や一見客観的であると思われがちな新聞記事の記述の中に、晩年の作品に共通する要素が潜んでいるのを発見し、また、ハーンの日本での著作を、それ以前の作品や体験と照らしあわせれば、はるかに良く理解できることを知り、ハーンという人の感性がいかに際立ったものであったかを知った。

第一一頁の「ラフカディオ・ハーンは片目で、しかもその目もひどい近視だったが、耳はなかなかさとい人であった」という書き出しが実に印象的で、ハーンが鋭敏な聴覚によって活写したニューオーリーンズの異国情緒あふれる夜明けの描写と松江の有名な朝の描写を二重写しにしつつ叙述が始まる。そして、ハーンの日本での幸せな家庭生活やロティとの対象の捉え方の違いに言及しつつ、著者は、常に対象となる民族の「内なる声に耳を傾け」（四七頁）その声を自らのものとして感じとろうとする温かいハーンの「心の眼」に着目する。この第一章「小泉八雲の心の目」は本書全体に対して、いわば総論をかねた序論といった位置にあり、この中で伏線を張りめぐらすようにして示唆されているハーンの様々な局面、問題点が、続く各章ではテーマとなって個々に論じられている。

第二章「子供を捨てた父」では、子捨てというモチーフの考察、漱石との比較を通して、ハーンの不幸な幼時体験がえぐりだされ、第五章「一異端児の霊の世界」では、この論点がさらに展開されて、内なる不安や戦慄がいかに芸術的な形を与えられて作品化されたか、「幼年時代の傷ついた、物の怪に脅えた魂」（一一三頁）と、後年の西欧文明社会への反発と異国異教の霊的なるものへの関心、および終生変わらぬ母への思慕とのつながりが明らかにされる。第六章「草ひばり」ではハーンにおける民俗学的関心と文学的達成との融合が説かれる。

このように著者は、ハーンにおける幼時体験、異国異教への関心、印象主義的手法、ルポルタージュ手法、民俗学的視点といった様々な局面を、幅広い比較文学的視野において次々と肉付けしていったのだが、その中で疑いなく著者が最も重視し、かつ多くの紙面を割いているのは、ハーンにおける再話文学の形成である。著者は再話文学をハーンの文学活動の核心とみなし、そこにハーン文学の本質をみいだす。そして原材料から再話へと変容される過程を、つまり「ハーンがどのように読みこなし、どのように変形させて再話したか、原話を自家薬籠中のものとして一篇の珠玉の魂の童話に仕立てた、さながら魔術師が振る魔法の杖にも似たハーンの「再話文学」の秘密」（一二三頁）を先述した比較考察の手法を生かしつつ懇切丁寧に解明してゆく。本書の中でもとりわけ美しい章といえる第三章「泉の乙女」ではポリネシアの民俗伝承が、第四章「稲むらの火」では歴史的事実が、第五章の中で触れられる「停車場にて」については新聞の三面記事が再話の原材料であり、比較分析の対象とされる。

そしてそのような考察をへた結果、著者が到達するハーン文学の本質、ハーン再話の秘密とは何か。著者はまずそれを〝心優しさ〟であると主張する。すなわち、ものに感ずるすべを心得、その感動を書き表すべを心得た人が、他を理解しようとし、理解しえた結果を心の温かさという一点に集約したのである。この点で『小泉八雲――西洋脱出の夢』は平川氏の前著『夏目漱石――非西洋の苦闘』と対照をなしているといえるかもしれない。異文化と接触することの、前著は〝苦闘〟を論じているのに対し、ここではもっぱらその温かい〝夢〟に光をあてたからである。

ただ、著者のこの一見情緒的な結論は、決して声高に表明されてはいない。むしろ極力控え目に抑えられており、表だって著者が行うのは、あくまでも文学研究らしくハーンの様々な局面の分析であり、先述したような様々なテーマの考察なのである。だが、その考察を極めて鮮やかに遂行しながらも、著者はどのようなテーマからも最後には必ず一点に舞い戻ってきてしまう。そして各章の結びに小さく、だがしみじみとつぶやく。ハーンはかくのごとく心優しき人であったと。だからこそ異国に居ても、ものの美に感じ、代々《よよ》の人々の想いを蘇らせることができたと。著者のこのつぶやきは、通奏低音のように全体にちりばめられている。そして幾度も繰り返されるうちに、あたかも高音部のメロディの華やかな展開が終了したあと、それを支えてきた低音部のモチーフが残響の中に突如と姿を顕すごとく、本を読み終えた後になって胸に刻みこまれているのが気付かれるのである。

表層における様々なテーマの考察、そして根底に流れる「心優しき再話文学者」というハーン観。本書のハーン論はかように構築されているのだが、その構造を中間にあって支え、かつその構造の最奥にすえられた著者の根源的なハーン理解へと導く重要な布石がある。それが「耳の人ハーン」という論点であり、これまた表層のテーマ考察の陰に隠れてではあるが、やはり注意深く要所要所において繰り返される。例えば子供のときに現実に片目を潰され心に傷が残ったこと、ルポルタージュ記者としては鋭敏な聴感覚が力になったこと、民俗学的関心の中でも特に口承文芸への関心が強かったことなど。そして、最も生き生きと読者に訴えるのは妻節子について語るくだりだろう。

ハーンが元の書物自体の朗読には興味を示さず、すべての物語を夫人自身の言葉で、実感的に語らせたということに関して、著者は、怪談とはそもそも耳に訴える語りの文芸である（三〇二頁）ことをふまえた上で、「妻の節子が日本の昔話や怪談を夫に物語って聞かせたからこそ話の再話文学は生まれた」（三二三頁、傍点筆者、以下同じ）と主張した。「停車場にて」という作品の感動が新聞記事より純粋になっているのも、「節子がこの新聞を読んで聞かせた時に示した微妙な感情の動きにハーンもまた感応したから……妻の声が涙声になったのを聞いた時……群衆の間から洩れてくる啜泣きをその心の耳に聞いた」（二八三頁）からに違いないと述べ、ハーンの再話物は夫婦の「本能的といえるような、協力と合作」（二四一頁）の賜物に他ならないとした。

今やハーン夫妻に関する常識といえるほどに定着した感のある、平川氏のこの着眼が当時いかに重要なものだったかは、従来、朔太郎のエッセイを別にすれば、ほとんどの研究書では節子が伝記的事実においてのみ言及され、その役割もせいぜい日常生活での通訳程度に考えられていたこと、また次のような代表的見解――「『本を見る、いけません……』と申しましたと夫人が回想している位だから、原作の文辞の面白さや作品構成上の細かい技巧はハーンに伝わらなかった部分が多かった。ハーンがそういう方針だった上に、小学校を出ただけの節子の国文の読解力と鑑賞力に限界があったことも否めない」（森亮『小泉八雲の文学』恒文社、一九八〇年、三七頁）と比べればわかる。だが、著者はこのことを単にハーンの幸福な家庭生活の一スケッチとして提示するのではない。また民俗学にいう第一次資料提供者として妻を意味づけるのでもない。

著者はいわば、感動を語り、伝える存在としての役割をハーンに対する節子の中にみいだしているのである。そして、ニューオーリーンズ時代、ハーンが同棲した話上手の黒人女性マティ・フォリーにも同様な光を当てる。「ハーンは米国でも日本でも伝説や怪談を物語ってくれる土地の女と同棲し、同棲することによって、民族や人種を異にする語り手の感情の起伏を我物とすることができた。それが話の再話文学の成功の一秘訣であったのではあるまいか」（二三五頁）と。著者はだが、この節子――マティという系譜をさらにハーンの母にまで遡らせてゆこうとする。「ハーンその人の生母もギリシャの島に生まれた、読み書きのできない女だった。しかしその女が幼い自分に話してくれたいろいろの物語――そのおかげで文筆家として一本立ちできるようになったのだ」（二五二頁）とハーンは終生信じ続けたと著者は言う。そしてこのように節子――マティ――母という女の系譜を読み取った読者は、著者がハーンの作品のいたるところに浮かび上がらせる〝瞼の母〟を求める生涯を通じての憧憬が、いわゆる単なる母胎回帰、南洋の楽園回復願望以上のものを意味するのだと気付くはずである。〝母〟とは〝耳の人〟ハーンにとってまさに〝語る人〟、感動をやさしくつぶさに語ってくれる人としての根源的な存在に他ならなかった。その〝母〟をハーンはマティに求め、節子に求め、そしてついには自らが再話者、すなわち〝母〟と化すことによって〝母〟の不在を埋め尽くそうとしたのではなかったのか、と。

著者が読者に説こうとする「心優しき再話文学者ハーン」の本質とは、まさしくそのような〝語り〟なのであり、このありとあらゆるものの美・人の心・祖先の心を感じとり、それを語りつぐということは、人からすべての知識と技術をはぎとった時に残る、最も根源的な文学的営み、一言にすれば感動と伝承のまさに結晶化に他ならないのである。

本書を読み終えて気付かれる今一つの点は、いわゆる学術研究の一要素である評価や位置づけの言説が少ないことかもしれない。テーマ研究の中に若干見られるものの、ハーン文学の核たる再話作業をめぐる論考では皆無といっていい。著者はただ比較をし、エクスプリカシオンを繰り返し、ハーン再話の魅力を語るからである。だが再話文学の本質を先述したようなものとして捉えた場合、例えば、短編小説が新しいジャンルとして注目されていた十九世紀文学史の中にあって、モーパッサンの影響を受け、ポーの伝統を受け継いだハーンの再話文学とは常に短編小説として出来上がることを目標においていた(森亮、前掲書、四四頁、一〇三頁)、と位置づけ評価してみても、あるいはそれほど意味はないのかもしれない。

著者にあっては、そのような試みなどそもそも眼中になかったとしか思えない。氏はただじゅんじゅんと語り続ける。そして読者は、ハーンにおける「再話」の意味が判然とするのとほとんど同時に、なぜ著者が客観的裁断をさけてハーンの魅力を語ることに終始したか、なぜ再話に至る変容の過程をあれほどに綿密に再現したか、そして氏のとった手法が何を意味するかに、突然思いあたる。

ハーンをひとつの客観的な対象として突き放し、時代の中に位置づけようとする研究はいわば、一枚の絵を描き、読者に提示することに似ている。背景を描き、その中に過去の存在としてハーンというオブジェを固定させ、その姿形の色、明暗、などをはっきりさせてゆく。それに対して著者の手法は演劇に通じる。ハーン内部に起こった再話形成の過程そのものを動的に表現し、著作の中で読者の面前に再現しようとしたのだから。著者は自らハーンに同化し、ハーンを演じてみせた。いわばまさしく「再現」を試みたのだが、それが単なる直接的再現ではなく、著者がハーンに感動し、その感動と氏の捉えたハーン像の本質を読者にいかに効果的に理解させ、印象づけられるかを十分計算し尽くした上での再現であることを考えれば、著者の行う「再現」、すなわち比較とエクスプリカシオンの繰り返しが、ハーンと同じく「再話」以外の何ものでもないことを了解できよう。本書は平川氏によるハーンの人間を再話した「文学」なのである。それは〝再話〟という点でハーンという原材料とすでに同一のものではないが、〝文学〟という点で元の作品に匹敵するほどの力を読者に及ぼそうとする。

ハーンの名篇「神々の国の首都」は、松江の朝の描写に始まり、夕闇に消え入る音の情景に終わる。そしてその構成に美しく唱和するかのように、ニューオーリーンズの初夏の夜明けの声に耳を傾けるハーンの若い日の姿に始まったこの一冊の本は、晩秋の夕暮れ、闇に消えゆく虫の音にじっと耳をすまし自らの死も近いことを予期するハーンと妻のしみじみとした会話で閉じられる。深い感動が余韻となって残るのは、ハーンがそうであったように、そして著者がそうであるように、我々読者もまた、ものの美に触れえた感動をかみしめ、そしてそれをまた無限に語りついでゆこうとする「再話」の「語り部」の一人一人であるからに他あるまい、と私は思う。

平川氏の本書が刊行された後の反響は大きく、ハーンに対する新たな関心が学問の枠を越えて幅広く世に浸透していったことは前にも述べた通りである。そしていま再び本書を読み返してみると、その後発表された数多くのハーン研究が、氏の見解を展開させたものであれ、異を唱えるものであれ、やはり多くの場合、本書に啓発され刺激を受けたにちがいないことに気付き、本書のハーン研究に占める位置の大きさをあらためて感じる。平川氏は本書刊行後もさらにハーンの研究を進め、ハーンとチェンバレンの複雑な関係に焦点を当てて両者の相異なる日本理解のドラマを浮き彫りにした『破られた友情――ハーンとチェンバレンの日本理解』（新潮社、昭和六十二年）、そしてハーンの思想面、神道・仏教観を比較文化論的に考察した『小泉八雲とカミガミの世界』（文藝春秋、昭和六十三年）などの著書をはじめ、次々と新たな論考を世に出した。また諸外国でも繰り返し講演を行い、外国語論文を発表したことが、海外での再評価を促すひとつの要因にもなった。

このように平川氏はハーン研究の第一人者であるのは明らかなのだが、もとより周知の通り、ハーンの研究だけを専門としているのではない。むしろ、ハーンは氏の比較文学者としての研究の経歴の全体の中ではその一部に過ぎず、ダンテの神曲、ルネサンスのフランスとイタリアの詩歌研究に始まり、謡曲、明治以降の日本と西欧文明の文化衝突の問題など、あまりに対象が広汎にわたっているため、ここで氏の研究の全体について述べる余裕はないほどである。ただひとつだけ言えるのは、平川氏が取り上げるのが、常に人間における異文化という問題に関連しているということだろうか。また、対象とされる様々な研究テーマの中で、まるで船が母港に折々必ず戻ってくるように、繰り返し取り上げられてきたのがハーンをめぐる研究のように思われる。そしてそれはやはり、ハーンという人物の生き方、異文化との関わり方が平川氏の研究全体の根本に関わるものを象徴しているからではないだろうか。

もう一昔前のこと、平川氏の大学院の授業でハーンが取り上げられていた時、私はその講義に聞き入っていた。先生は学生に課題を与えて発表させる時以外は、ほとんど毎回授業に原稿を用意されてきて、それを張りのある美しいテノールの声で朗々と読み上げながら話をされたので、学生は驚き魅了された。その講義があいついで形となって雑誌に発表され、さらに一冊にまとめられたのが本書である。

ラフカディオ・ハーンが東京帝国大学で行った英文学の講義が極めて魅力的だったことについては、本書でも述べられている通りである。ハーンは、メモを記した手帳を片手に、低音の美しい声でゆっくりと、まるで歌うように話をしたという。今、本書を再読しつつ、平川氏のかつての授業のことを思いだすと、声の高さは確かに違うかもしれないけれど、不思議にハーンが講義をする姿に重なってくる。そして、その時の声の響きが想い起こされるのである。

（成城大学教授）

ハーンにおけるヨーロッパ、アメリカ、日本
——平川祐弘『小泉八雲——西洋脱出の夢』——

亀井俊介

小泉八雲ことラフカディオ・ハーンは、最近十年ほど再評価の動きが高まり、さまざまな著作集や研究書が刊行されている。だがイギリス人を父に、ギリシャ人を母にもち、アメリカに流れ、さらに日本へ来て日本人を妻としたこの作家の、変化に富んだ生涯と複雑な心を的確にとらえ、その文学的成果とあわせて生き生きと語ることは容易でない。ヨーロッパ、アメリカ、および日本の文化についての広い知識が必要なうえに、人間の心の営みについての柔軟な理解もなければならない。平川祐弘の『小泉八雲』は、その困難な仕事をなしとげた快著である。

この本は六章からなる。最初は「小泉八雲の心の眼」と題し、父親に捨てられて不幸な少年時代を送ったハーンが、日本で得た家庭生活に魂の歓喜を見いだす姿を伝えながら、よくあるハーンの生活の紹介にはとどまらないで、彼が明治中期の日本の風物をいかに見、そこにある永遠の価値をいかに文学化したかを語る。第二章以下は、そういうハーンのライフと文学を、作品に即して多角的、しかも綿密に検討してみせたものといってよい。ハーンによる民間伝承の再話や、怪談や、民俗学的関心にもとづく物語などの形成過程、特質、意味あいなどを、まことに興味深く説く。ハーンの代表作を、アメリカ時代の習作と対比してみせるの

も、論述に奥行きと幅を加えている。

「自己の属する白人の宗教や西洋の文化を全面的に信ずることのできなくなった時、この疎外された魂は、異人種や異国の魅力に誘われてゆく」というのは、ハーンについての常識的な解釈であろう。しかし著者がそれを一歩進めて、カトリック的な聖霊 Ghost からお化け ghosts への推移として説く時、ハーン文学の土台は不意に活気をおびてくる。著者はまた、「子供を捨てた父」を題材にしても、『怪談』の作者ハーンの猟奇的趣味性の裏にある健康さと、漱石（『夢十夜』）の軽妙な筆づかいの裏にひそむ陰惨さ」とのなす対照を、見事に指摘している。著者は先に好著『夏目漱石』（一九七六年）で「非西洋の苦闘」を論じたが、こんどはハーンを通して、「西洋脱出の夢」の美しい展開を語ったのである。

この本は雑誌などに発表した論文をまとめたもので、体系的な叙述はしていない。しかし膨大な材料をよくおさえ、素直なスタイルに近づいていることが、かえって内容をたかめ、感動を生んでいる。

＊＊＊

平川祐弘氏のエッセイ「小泉八雲の心の眼」を『新潮』（一九七六年五月号）誌上ではじめて読んだ時、私は感動で体がふるえるほどの思いだった。「片目で、しかもその目もひどい近視」のラフカディオ・ハーンが、「心の眼」で明治中期の日本の風物をとらえ、それを「魂の郷愁」すら覚えさせる文章に表現していく姿が、見事に描かれていた。平川氏はハーンに感動しすぎだ、という批判はしうるように思った。しかし感動を覚えないで、誰が本当に研究に打ち込めるか。「学問的」研究の多くがつまらないのは、感動なしの死んだ研究をしているか、または感動を読者に十分につたえるだけの学識や表現力が欠けているからではないだろうか。

平川氏のエッセイは、ニュー・オーリンズにおけるハーンのことから語りはじめ、日本で彼がようやくつかんだ家庭生活の仕合せ、「ヘルンさん言葉」の成り立ち、ロチやモーパッサンとの比較など、話題をつぎつぎと広げながら、ハーンが逆境のなかで育てた心の「優しさ」を浮き彫りにし、彼の文学の魅力の秘密を説き明かしていた。しかもおそろしく素直に語っていた。私自身は、とてもこれほどのあけすけに感動を語れない。

それ以後、平川氏はおもに『新潮』を舞台にして、ぞくぞくハーン論を発表した。およそ文芸雑誌を読まない私も、ただ平川論文を読みたいために『新潮』を買ったことが何度かある。こんど出版の『小泉八雲』は、それをまとめたものである。ただ一篇、ハーンのある作品集の解説として書かれた記事も収めているが、これには少し不満が残った。平川氏の文章の魅力は、ハーンの作品からたっぷり実例を引きながら、その見所、味わい所をじゅんじゅんと語るところにある。ところが、作品集の解説のため引用をひかえた文章では、そういう長所がよく発揮されないうらみがあるのだ。

ともあれ、これらのエッセイは、最初に述べた一篇を総論とした各論の趣きをそなえている。ヨーロッパにおけるハーンの不幸な生い立ちや、アメリカにおける彼の孤独なライフについての記述を随所にちりばめながら、ハーンにおける民俗学と文学との関係など、興味深いテーマをくり広げてみせる。

この本は、伝記とか作品案内としてのまとまりはもっていない。しかし一貫した視点がある。この本の副題「西洋脱出の夢」は、当然、平川氏のもう一つの著作『夏目漱石』(『小泉八雲』と編集や装丁の仕方まで呼応している)の副題「非西洋の苦闘」を思い起こさせる。ハーンについて、氏は「自己の属する白人の宗教や西洋の文化を全面的に信ずることの出来なくなった時、この疎外された魂は、異人種や異国の魅力に誘われてゆく」という。こういう心の動きを、時には文化交渉の問題に拡大してみせたり、時には夏目漱石の作品がもつ「陰惨さ」と対照的なハーンの「健康さ」という形で具体化してみせたりしながら、平川氏はほとんど自由自在に語っている。

ただし、こういう刺戟的な本を読んでいると、本から離れて、いろいろな思いがわいてくる。早い話が、ハーン（というより小泉八雲）の日本性とは何なのだろうか。たとえば平川氏は、アメリカ時代の新聞記者ハーンの著作を「ルポルタージュ」と呼んでいるが、私は前からあれはアメリカ文学の伝統的ジャンルである「スケッチ」だと思っていた。それが彼の来日後、円熟味を加えて、あの物語とも随筆ともつかぬ独得な作品になったのではなかろうか。また平川氏はハーンにおける「霊」（お化け）の意味合いを生き生きと語っているが、私はそこからすぐに彼と同時代のニュー・オーリンズの作家ジョージ・ワシントン・ケーブルや、現代の南部作家トルーマン・カポーティ（「夜の木」）などにおける幽霊の重味を連想した。もちろん、少しさかのぼればポーもいる。こういうアメリカ的なものを背負いながら、ハーンは日本人の「魂の郷愁」に訴える文学を作り上げた。平川祐弘氏の門をくぐることによって、人はさらにさまざまなハーンの面白味を見出すに違いない。

（当時東京大学教授、『本のアメリカ』冬樹社、一九八二年）

著作集第十巻に寄せて

――読書について――

読書や図書館との関係でハーンについての思い出を述べたい。学部二年生のころ駒場の東大教養学部図書館で旧制一高図書館蔵だった Lafcadio Hearn, *Life and Literature* を少し読んだ。ハーンの講義はもともと東大生向けであり、英文が平明でしかも熱気を帯びていたから、On Reading in Relation to Literature とか On the Relation of Life and Character to Literature とかは私に訴えるところがあった。とくに読書論は中学四年の英語教科書に上手に抄されていたので、英文を暗記していた。同級生だった深澤満穂と数十年ぶりに再会したとき、その英文を互いに諳《そら》んじて笑ったほどである。心に訴えるものがあったのは、文筆家としてのハーンが自己の体験を正直に学生に語っているからで、そのとき頭にとどめた句を一九八一（昭和五十六）年、新潮社から『小泉八雲――西洋脱出の夢』を出すとき、私はカバーの裏に書いた。

「信頼できる最大の文芸批評家とは」とハーンは東大の講義で言った、「それは読者である。それも日々の読者でなく、何代にもわたる読者の声である。」この恐しい「時」の試煉にさらされてハーンは西洋では半ば忘れ去られた。だが日本の読者の声はいまもなおハーンを好《よ》しとしている。一外人ハーンが小泉八雲として日本文学史に市民権を獲た秘密――彼の作品の古びることのない魅力の秘密を私は解き明かそうとつとめた。

Yet after all, the greatest of critics is the public—not the public for a day or a generation, but the public of centuries, the consensus of national opinion or of human opinion about a book that has been subjected to the awful test of time.

そのときは、ハーンが「時」の試煉にさらされてどのような運命をたどるかが問題だったが、ハーンは日本では確実に愛読されている。いまは、ハーンを論じた六巻の平川祐弘の著作は、そして英語やフランス語の研究書も、今後「時」の試煉にさらされてどのような運命をたどるか、そんなことが頭をかすめる。

『小泉八雲——西洋脱出の夢』がサントリー学芸賞を受賞したとき、私はカナダにいた。それで授賞式に欠席した。「そういう時は帰国するものだよ」と後で世間智に富む粕谷一希に言われたが、一九八一年当時は今と違って飛行機賃を自弁するなどということは私の思案の外にあった。長女は中学三年生で高校受験のために一旦帰国した。その際、交流基金から頂いた切符は使ってしまったから、長女はそのまま東京の私の家に下宿して居残った。下宿して、というのは家をカナダ人教授に貸してあったからである。そんな環境で育った長女は英語教師となり、長女の娘がいまは大学生でカナダへ留学している。休みのたびに帰国するが「トロント大学図書館に爺《じいじ》の本がたくさん集まっていた」と報告した。「ヴァンクーヴァーにはもっとある。もしかすると東大の図書館よりも揃っているかもしれない」と答えた。ブリティシュ・コロンビア大学で私は一九八一年秋から八二年春まで一学年度、授業や講演等の仕事をしたので權並恒治司書が私の印刷物をアジア・センターに片端から集めてくれたのである。

そういう大学に招かれるのは気持いい。日本でも講演に招かれた際、講師の著作物を演壇近くに並べてくれることがあるが、講師の業績紹介が簡潔に済むし、後で手にとることもできるし、好きである。一九七八年にプリンストン大学に招かれたとき、東アジアに特化した図書室に私の日本語書物のみか小泉八雲の翻訳まで揃えてあった。マリウス・ジャンセン教授が今度やって来る平川の著書を司書に揃えるよう命じておいたからであろう。そんなことが分かったのは科学史の留学生佐々木力が私が到着する以前にもう小泉八雲の訳を読んでしきりと感心していたからである。しかしこんなこともあった。これは西洋におけるハーン評価の問題と結びつくと思うので書き記すことにする。

ジャンセン教授はいろいろな日本人と親しかったが、芳賀徹にとくに好意を寄せていた。そのジャンセンがそれでも一度私をつかまえて真顔で「このままでは徹との友情にひびが入るから是非伝えてくれないか」と頼んだことがある。それは芳賀が執筆を引受けたくせに *Cambridge History of Japan* の十九世紀の巻に明治維新についてついに書かなかったから編集責任者のジャンセンも我慢ならなかったのである。

しかし私はその『ケンブリッジ日本史』第五巻に書いたある言葉のためにジャンセンとの仲が微妙になってしまった。ジャンセンは『和魂洋才の系譜』で森鷗外を扱った私に注目し **Japan's turn to the West** の章の執筆を依頼したのだが、そんな私がしきりにハーンを口にする。それをよほど奇妙に感じたらしい。ジャンセンはすでに日本で安保反対の騒動が起きたあと、米国の日本研究者はただ単に親日的であってはならず米国人としてのアイデンティティーを保持して日本に対するべきであり、ハーンのようになってはならない、という趣旨を含んだ一文をプリンストン大学の学内報に書いたことがあった。そんなジャンセンは日本研究の大先達としてはチェンバレンを尊敬していた。ジャンセンは小さいときオランダ人の父とともにアメリカへ移民した。世が世なら南アフリカへ移民してブーア人になっていたかもしれない。宗派は詳らかにしないが、熱心なクリスチャンの家庭の出で、次兄は宣教師である。クリスマスには家に招かれて平川家五人は御馳走になった。しかしせっかく誘われたにもかかわらず平川家はなぜかクリスマスに教会へ行かなかった。ヴァンクーヴァーのときは長女が「行きたくない」と言い張るから行かなかったのだが、プリンストンの時はなぜだか忘れた。私はプリンストンで大学内の教会へ入った記憶がない。

そんなことを気にするジャンセンとは思わなかったが、一度、元ジャンセンに習ったアメリカ人から「彼は国学とか、神道とか、ハーンとかは嫌いだ。ハーンはよした方が無難だよ。君みたいにしていると嫌われるぞ」といわれた。そうはいわれていたが、私は『ケンブリッジ日本史』第五巻で、ハーンの『ある保守主義者』を引くことで日本人の祖国への回帰の問題にふれた。私は日本がキリスト教化、ないしは西洋化すればするほど進歩だと考える大塚久雄のような洋魂洋才論の観念論者ではなかったからである、

近代科学から借りた知識の助けで日本古来の信仰を荒唐無稽なものと論証してみせた西洋人宣教師たちは、その論証の刃《やいば》がそれと等しい力をもってキリスト教信仰に対しても向けられることを知って狼狽する。宣教師たちは自分の教え子が優秀であればあるほどキリスト教に留まる期間が短いことを発見して驚きショックを受けた……

そして次のようにコメントした。『ある保守主義者』の主人公雨森信成にかぎらず、明治初年「外人宣教

師について学び、(西洋産業文明の発展の根底にはプロテスタンティズムがあるとし、日本の文明化を願う)愛国者としての義務感からキリスト教への改宗に踏切った人の中には中村正直や初期の同志社の学生もいた。一旦入信しながらキリスト教を捨てた人の数は多い。思想史上軽視されてきたが、主流としての日本知識人はむしろ「転向」した側にあったのだろう」(訳文は平川祐弘・竹山護夫『古代中国から近代西洋へ――明治日本における文明モデルの転換』、名著刊行会、二〇一〇年、一〇四頁)。

するとジャンセンはハーンの the more intelligent his pupil, the briefer the term of that pupil's Christianity という言葉や、それを引用して明治精神史の一面を説明する平川に悪意に似たなにかを感じたからであろう。『ケンブリッジ日本史』の私の原文にこんな英文を書き加えた。Stated conversely, later Japanese intellectuals, for all the surface brilliance and diversity of their variegated philosophical spectrum, have much in common with Hearn's hero on a deeper level of feeling.(*The Cambridge History of Japan, Volume 5, The Nineteenth Century*, ed. Marius Jansen, 1989, p.491-2).

「これは逆に言うと、後代の日本知識人も、その表面の様々な思想が発する輝きはともかくとして、深層ではハーンの「ある保守主義者」の主人公に通じるものを秘めている」という指摘である。for all the surface brilliance「その表面はブリリアントに輝いているが、それはともかくとして、腹の中では何を考えているかわかったものではない」とでも言いたげである。そしてジャンセンがいう「後代の日本知識人」には私が含まれているように思われた。当時の私を知る五百旗頭真が、日本では国際派に分類される平川がアメリカにあっては日本文化の名誉のために奮闘していた、と解説(『平川祐弘著作集』第六巻)したことがあるのは、ジャンセンと私とのそんなやりとりのある関係をはたから眺めていたからにちがいない。

日本人が米国に対して愛憎共存の感情を抱くように、米国人もまた日本に対して愛憎共存の感情を抱くことはある。敗北したはずの日本が千九百七十年代後半から八十年代にかけては経済大国として復活した。そんなわが国の右肩上がりの時期であったから、在米の私など為替レートの変動のおかげで円建ての給料がドルで受取るたびに毎月増額する。それだけ気も強くなる。それでそれだけ声高に日本への回帰の意味を説きもしたのだろうか。しかしアメリカ人一般にとっては打ち負かしたはずの悪の大国日本が経済強国となってよみがえったことは不愉快きわまる事態であった。それだから日本叩きが始まったのである。そして実はその被害者の中には戦時中、言語将校として特訓を受けた戦後第一世代の米国人日本研究者たちも含まれていた。彼らは日本が戦時のプロパガンダによって描かれたような悪の帝国ではなかったことに気づいたからこそ進んで日本研究に打ち込んだのであろう。だがそんな日本近代史をポジティヴに捉える彼らは近代化論者と呼ばれ、親日派、さらには天皇制を認める菊花倶楽部の会員として、日本のマルクス主義史学者と手をつないだ、反ベトナム戦争世代のアメリカ若手左翼の日本研究者によって猛烈に叩かれ始めたのである。

そんなジャンセンには屈折した感情があった。八十年代半ばにプリンストンに立寄った折、ジャンセンがさりげなく「こんな手紙が来た」と別れ際に渡したことがあった。ミュンヘン留学中の一米国人学生がその地の古文書館に保存されているバジル・ホール・チェンバレンと弟のヒューストン・チェンバレンの往復書簡を読んだ。若者はチェンバレン兄の日本批判に同感し、日本を美化して描くハーンを soft-headed「お頭《つむ》が弱い」と酷評する。その手紙は間接的には日本人に対する人種的偏見さえ感じさせた。戦時中の米国の反日感情がよみがえったような語気が剝き出しに出ていたからである。あるいはこれがすでに戦前から存在していた排日感情なのだろうか。海外におけるハーン評価はその時々のそんな日本評価と連動する。しかしそんな手紙を別れ際に何食わぬ顔で私に渡したジャンセンに私は悪意に似たなにかを感じた。私に対しても暗にsoft-headedと諷しているかに思われたからである。その直後『破られた友情──ハーンとチェンバレンの日本理解』（新潮社、一九八七年）を書物として出したとき、soft-headedと評されたハーンを私が意図的に「情に厚い」と訳しhard-headedと言われたチェンバレンを「思いやりの薄い」と訳したのはそんなやりとりがあったからである。一九八八年ライシャワー教授退官記念シンポジウムがラトガーズ大学で開かれた折は、ジャンセンももちろん来ていたが、その前で私はWho Was the Great Japan Interpreter, Chamberlain or Hearn?というペーパーを読み上げた。『平川祐弘著作集』第十一巻として収めた『破られた友情──ハーンとチェンバレンの日本理解』のさわりの部分を英文にしたものである。

それから十年近く経った一九九七年、私はその間に、ハーン来日百年記念の松江会議はじめいろいろなハーンの国際会議に関係したので、各国学者の研究成果を取捨選択し、右のラトガーズ講演も含めてSukehiro Hirakawa ed., *Rediscovering Lafcadio Hearn* (Global Oriental) を英国から出版することに成功した。ジャンセンにも一本贈呈すると「日本人で君のように英語の本まで編んで自説を主張する人は真に稀だ」と珍しく返事が来た、「日本音楽についてはハーンのいう方がチェンバレンより正しいようだ」とも書いてあった。この書物はよく売れてペーパーバックにもなったから、本のタイトル通り、ハーン再発見につながったのであろう。日本でももっとハーンを英語教科書に用いて英文を習いつつ日本理解を深める一石二鳥の教育をなぜ広めないかと訝しく思う。

最後に図書館の話にもどると、ジャンセン教授没後、プリンストンを訪れる機会があったが、以前の手頃で使いやすい開架式の東アジア図書室ゲスト・ライブラリーは失せていた。どうやら大きな図書室に吸収されてしまったらしい。学会の発表の合間に調べてみたが、ある時期以後、私の書物はどうやらもう入れていないらしい。書物検索の仕方が変わり不器用な私が見落としたまでかもしれないが、そういうこともあろうかと思い憮然とした。

ジャンセンと私との最後の会話は、やはり日本近代化にまつわる話題だった。彼が「英国から戻った中村正直は洋魂洋才を主張したぞ」とやや誇らしげにいい、私が「一度洗礼を受けた中村だが死んだ時は神道で葬式をあげたぞ」の答えで終わった。芳賀徹の推薦でジャンセンが文化功労者に選ばれ、夫妻で最後に来日した一九九九年の十一月三日の鳥居坂の国際文化会館での夕食会が果てたときのことである。振返ってみると、芳賀と私はその同じ International House で一九六一年秋、前田陽一先生の紹介で、ジャンセン教授に初めて会ったのであった。そのときはジャンセンが誰をプリンストンに招こうかと人選しているのだ、などということには気がつかなかったのだが。

【著者略歴】

平川祐弘（ひらかわ・すけひろ）

1931（昭和6）年生まれ。東京大学名誉教授。比較文化史家。第一高等学校一年を経て東京大学教養学部教養学科卒業。仏、独、英、伊に留学し、東京大学教養学部に勤務。1992年定年退官。その前後、北米、フランス、中国、台湾などでも教壇に立つ。

ダンテ『神曲』の翻訳で河出文化賞（1967年）、『小泉八雲——西洋脱出の夢』『東の橘　西のオレンジ』でサントリー学芸賞（1981年）、マンゾーニ『いいなづけ』の翻訳で読売文学賞（1991年）、鷗外・漱石・諭吉などの明治日本の研究で明治村賞（1998年）、『ラフカディオ・ハーン——植民地化・キリスト教化・文明開化』で和辻哲郎文化賞（2005年）、『アーサー・ウェイリー——『源氏物語』の翻訳者』で日本エッセイスト・クラブ賞（2009年）、『西洋人の神道観——日本人のアイデンティティーを求めて』で蓮如賞（2015年）を受賞。

『ルネサンスの詩』『和魂洋才の系譜』以下の著書は本著作集に収録。他に翻訳として小泉八雲『心』『骨董・怪談』、ボッカッチョ『デカメロン』、マンゾーニ『いいなづけ』、英語で書かれた主著に *Japan's Love-hate Relationship With The West*（Global Oriental, 後にBrill）、またフランス語で書かれた著書に *A la recherche de l'identité japonaise－le shintō interprété par les écrivains européens*（L'Harmattan）などがある。

【平川祐弘決定版著作集 第10巻】
小泉八雲《こいずみやくも》——西洋脱出の夢

2017（平成29）年4月25日　初版発行

著　者　平川祐弘
発行者　池嶋洋次
発行所　勉誠出版 株式会社
〒101-0051　東京都千代田区神田神保町3-10-2
TEL：(03)5215-9021(代)　FAX：(03)5215-9025
〈出版詳細情報〉http://bensei.jp

印刷・製本　太平印刷社
ISBN 978-4-585-29410-8　C0095